17
세기
애정전기소설

이상구 역주

월인

책머리에

역자가 강단에서 고전소설을 가르치면서 첫 시간에 하는 첫 질문은 고전소설의 특징에 대해 아는 대로 말해보라는 것이다. 이때 학생들의 대답은 '고전소설은 천편일률적이다, 행복한 결말을 맺는다, 비현실적이다, 사건의 전개가 우연적이다'라는 몇 마디로 한정된다. 이러한 대답은 학생들이 중등학교에서 배워온 것이기도 하고, 또 고전소설 일반의 실상과도 크게 어긋나는 것이 아니기에 틀렸다고 말할 수는 없다. 그렇다고 해서 이들의 대답이 맞았다고 할 수도 없다. 우리 고전소설 가운데는 많지는 않지만 비극적인 결말을 맺거나 당대의 현실을 비교적 사실적으로 형상화한 작품들도 다소 있기 때문이다.

학생들의 대답을 듣고 못내 아쉬운 마음에 <주생전>·<운영전>·<최척전> 등 몇몇 작품을 예로 들어 고전소설의 다양성과 진지성 등을 거론하는데, 이때 대부분의 학생들은 멍한 표정으로 고개만 끄덕이기 일쑤다. 그 이유는 이들 작품의 이름을 아예 들어보지 못했거나 또 들었다 하더라도 내용은 전혀 모르고 있었던 탓이었다. 그래서 이들 작품들을 찾아 읽어보라고 권하곤 하지만, 막상 학생들이 손쉽게 찾아 읽을 만한 책을 추천할 수가 없었다.

백 번 듣는 것보다 한 번 보는 것이 낫다고, 다양한 고전소설의 실상을 학생들에게 알려주기 위해서는 학생들로 하여금 관련 작품을 직접 읽게 하는 것이 최선의 방법일 터이다. 이러한 소박한 생각을 바탕으로 한문소설인 <주생전>·<위경천전>·<운영전>·<상사동기>·<최척전>

의 다섯 작품을 모으고 역주하여, 이 책을 엮었다. 이들 작품은 모두 임란 직후에 창작된 것으로, 뛰어난 작품성을 지니고 있을 뿐만 아니라 소설사적으로도 의의가 크다. 특히 고전소설은 천편일률적으로 행복한 결말을 맺는다거나 비현실적이라는 일반적인 편견을 씻어내기에 이보다 좋은 작품들이 없으리라 생각한다. <주생전>·<위경천전>·<운영전>은 비극적인 결말을 통해 중세적 이념과 체제 하에서 애정에 따른 질곡을 핍진하게 그려내고 있으며, <상사동기>와 <최척전>은 비록 행복한 결말을 맺지만 신분적 질곡에 따른 애정갈등과 전란으로 인한 서민들의 험난한 삶을 여실하게 보여주고 있기 때문이다. 요컨대, 이들 작품은 우리 고전소설의 다양성과 깊이를 새롭게 자각케 할 수 있는 훌륭한 작품이라고 할 수 있다.

이들 다섯 작품 가운데 <주생전>, <위경천전>, <최척전>은 이미 번역된 바가 있다. <주생전>은 문선규 교수에 의해 1961년 통문관에서 『화사 외 2편(花史 外 二篇)』이라는 제목으로 번역·출판되었으며, <위경천전>은 정민 교수가 번역하여 한양대 한국학연구소에서 발행하는 『한국학논집』 제24집에 「위경천전의 낭만적 비극성」이라는 논문의 부록으로 수록하였다. 또 <최척전>은 김기동 교수가 번역한 것을 1994년 서문당에서 『홍길동전·이해룡전·정진사전·최척전』이라는 제목으로 출판하였다. 이 가운데 <최척전>은 서울대본을 저본으로 삼아 축약·번역한 것이지만, <주생전>과 <위경천전>은 완역으로 주석까지 달려 있다. 이 책이 나오기까지는 이와 같은 선행된 작업에 적지 않게 힘입은 바, 이 자리에서 깊이 감사드린다.

이렇듯 몇 작품이 이미 번역되어 있음에도 새롭게 번역을 시도한 것은 무엇보다 이들 자료가 흩어져 있어 일반인들이 쉽게 찾아보기 어렵다는 점이었다. 위의 다섯 작품은 같은 시기에 나왔을 뿐만 아니라 애정전기소설이라는 공통점을 갖고 있기 때문에 한 책으로 묶을 필요가 있으며, 또 한 책으로 묶였을 때 필요로 하는 독자가 이들 작품을 한결

쉽게 구해볼 수 있으리라 생각한다. 다음은 기존의 번역이 대체로 직역을 위주로 한 터라 만연체의 문장으로 되어 있는가 하면, 어려운 한자어가 그대로 본문에 삽입되어 있어 요즘 독자들이 쉽게 접근하기 어렵다는 점이다. 이러한 상황을 고려하여 역자는 원문 내용에 충실하면서도 일반 독자들이 쉽게 읽어나갈 수 있도록 적절한 문체와 문장, 어휘를 선택하고자 노력하였다. 이러한 작업을 통해 연구자들은 물론 일반 독자들도 이들 작품을 쉽게 접할 수 있는 기회를 갖게 되었으면 하는 것이 본인의 욕심이다.

　이러한 욕심 때문에 부족한 점이 많은 것을 알면서도 이 작업을 감행하였다. 나름대로 최선을 다해 사전을 뒤적이고 이러저러한 문헌을 참조하여 번역하고 주석을 달았지만, 미진한 부분이나 오류 또한 없지 않으리라 생각한다. 제현들께서 애정어린 질정을 해 주신다면 추후 수정·보완할 것을 약속드리며, 이 책이 고전소설의 다양성과 진지성을 널리 알리는데 조그만 도움이 되기를 바랄 뿐이다.

　<역주>에 이어 독자들이 참조할 수 있도록 <원문>을 수록하였는데, <원문> 자체에 오류가 있다고 판단되는 부분은 주석 등을 달아 표시하였다. <위경천전>의 경우는 임형택 교수의 선행 작업으로부터 많은 도움을 받았다. 이 자리를 빌어 깊이 감사드린다. 아울러 어려운 여건에도 불구하고 서슴없이 이 책을 출판해 주신 도서출판 월인의 박성복 사장님, 바쁜 와중에도 원문 입력 등 수고를 아끼지 않고 도와준 김효진·양세은 양에게 감사의 뜻을 전한다.

일러두기

1. 이 책은 해제, 역주, 원문의 순으로 엮었으며, 끝에 전기소설 관련 논저목록을 수록하였다.
2. 역주 및 원문은 <주생전>, <위경천전>, <운영전>, <상사동기>, <최척전>의 순으로 하였다.
3. 번역은 원문의 뜻을 해치지 않는 범위에서 가능한 오늘날 독자들이 쉽게 읽어 나갈 수 있도록 힘썼다. 다만, 원문의 의미를 살릴 필요가 있다고 판단된 경우에는 원문을 삽입한 뒤 각주로 처리하였다.
4. 역문에서는 한자를 될 수 있는 대로 피하려고 하였으며, 어렵거나 오해를 불러 일으킬 가능성이 있는 경우에는 괄호 안에 넣어 병기하였다.
5. 주석은 각주를 원칙으로 하였으며, 각주의 표제어에 원문을 병기하였다.
6. 원문에서 탈자로 판단되는 글자는 해당 한자를 삽입하고 괄호로 표시하였으며, 오자나 오기로 판단되는 경우에는 각주를 달아 바로 잡았다.
7. 이 책에서 사용한 주요 부호는 다음과 같다.
   1) ( ) : 음이 같은 한자 병기나 탈자를 삽입했을 경우.
   2) < > : 시 또는 단편의 작품명을 나타냄.
   3) 「 」 : 논문명을 나타냄.
   4) 『 』 : 단행본 또는 작품집을 나타냄.
   5) " " : 대화나 인용을 나타냄.
   6) ' ' : 간단한 인용이나 대화 속의 대화를 나타냄.

차례

해제

1) 주생전(周生傳)

<주생전>은 이명선(李明善)이 『조선문학사(朝鮮文學史)』 연표(年表)에서 권필(權韠)의 작품이라고 명기한 이후 지금까지 대략 권필의 작품으로 인정되어 왔다. 물론 이 작품은 그의 문집인 『석주집(石州集)』에는 수록되어 있지 않다. 이로 인해 <주생전>의 작자를 권필로 단정지을 수는 없다는 견해도 있다. 그러나 『금오신화(金鰲新話)』가 김시습(金時習)의 문집인 『매월당집(梅月堂集)』에 수록되어 있지 않듯이, 이것을 문제삼아 이견을 제기하기는 어렵다. 소설을 폄하했던 당대의 시대적 분위기 속에서 <주생전>과 같은 소설은 도리어 문집을 편찬할 때 제외시켰을 가능성이 높기 때문이다. 더구나 『화몽집(華夢集)』에 수록되어 있었다는 북한 소새 <주생전>의 말미에는 "계사년중하 무언자 권여장(癸巳年仲夏 無言子 權汝章)"이란 기록이 있는데, 여장(汝章)은 권필의 자(字)이다. 또 계사년은 1593년인데, 당시 25세였던 권필은 전화(戰禍)를 피하여 유력(遊歷)하는 도중 주생을 만났다는 송도(松都)에 들렀던 것으로 확인되고 있다. 따라서 이를 부정할 수 있는 새로운 자료가 발견되지 않는 한, 굳이 권필 창작설을 부정할 필요는 없을 것이다. 권필의 생애나 사상적 경향 등을 고려해 볼 때도 <주생전>의 작자를 권필로 보아 무리가 없을 듯하다.

　　권필의 호는 석주(石洲)이며, 자는 여장(汝章)이다. 1569년(선조 2)에
서교(西郊) 현석촌(玄石村; 지금의 마포 서강)에서 예부시랑(禮部侍郎)을
지낸 벽(擘)의 다섯 째 아들로 태어났으며, 송강(松江) 정철(鄭澈)의 문
하에서 수학하였다. 19세 때 진사초시(進士初試)에 장원하고 이어서 복
시(復試)에서도 장원을 하였으나, 글자 하나를 잘못 쓴 탓으로 급제에서
제외되는 비운을 겪었다. 24세 때 임진왜란이 일어나 선조가 의주(義州)
용만(龍灣)으로 몽진(蒙塵)하게 되자, 구용(具容)과 함께 그 책임을 물어
이산해(李山海)와 유성룡(柳成龍)을 처단하라고 상소를 올렸으나 받아들
여지지 않았다. 이후 석주는 정치현실에 불만을 품고 과거에 뜻을 두지
않은 채 강화(江華)에서 유생들을 가르치거나 전국을 유랑하면서 시주
(詩酒)를 일삼았다.

　　35세 때인 1603년에는 월사(月沙) 이정구(李廷龜)의 천거로 그의 생애
중 유일한 관직인 동몽교관(童蒙敎官)을 제수받았으나, ‘녹을 위하여 허
리를 굽히는 것은 내 뜻이 아니다’라며 사직하고 강화에 은거하였다. 상
당한 기간 동안 강화에 은거하던 석주는 다시 현석촌으로 돌아왔는데,
43세 때 친구인 임숙영(任叔英)이 대책시(對策試)에서 조정의 실정을 극
언하는 내용을 썼다가 광해군(光海君)의 명으로 삭과(削科)당하는 일이
발생하였다. 이에 석주는 흔히 <궁류시(宮柳詩)>로 알려진 <문임숙영삭
과(聞任叔英削科)>라는 시를 짓는데, 그 내용은 다음과 같다.

　　　　宮柳靑靑鶯亂飛　파릇파릇한 궁궐 버들에 꾀꼬리가 어지러이 날고,
　　　　滿城冠盖媚春暉　성에 가득한 수레 덮개는 봄볕에 아양을 떠네.
　　　　朝家共賀昇平樂　조정에서는 모두들 승평악을 하례하는데,
　　　　誰言危遣出布衣　누가 포의로 하여금 준엄한 말을 내게 하였는고

　　이 시는 광해군의 외척인 유희분(柳希奮) 일파의 전횡을 풍자한 임숙
영의 절행을 칭송한 시이다. 조수륜(趙守倫)의 서가에서 <궁류시>를 발

견한 광해군은 석주를 국문(鞫問)한 후 관북(關北) 경원(慶源)으로 적배(謫配)시켰는데, 석주는 유배지로 향하던 도중 동대문 밖 주막에서 3일 동안 머물다가 장독(杖毒)을 이기지 못하여 절명하고 말았다. 이때가 광해군 4년(1612)으로 그의 나이 44세였다.

석주는 당대의 문인들이 두루 인정할 만큼 호방하고 강개한 성품을 지닌 인물이었다. 그는 임진왜란 등 정치적 혼란기에 야인(野人)으로 일생을 보내면서 오세불기(傲世不羈)한 태도를 견지하는 등 부조리한 세태에 결연히 맞서기도 하고 또 좌절하기도 했던 고독한 시인이었다. 이로 인해 그의 시는 자기 성찰을 통한 울분과 갈등을 토로하고, 잘못된 사회상을 비판·풍자하는 데 주목할 만한 성과를 거둔 것으로 평가받고 있다.

<주생전>은 청춘남녀의 비극적인 사랑 이야기라고 할 수 있는데, 줄거리는 다음과 같다.

주생은 총명하여 어려서부터 시를 지었을 뿐만 아니라 태학(太學)에 다닐 때도 동료들의 추앙을 받는다. 그러나 태학에 다니는 동안 연이어 과거에 낙방하자, 과거를 포기하고 장사꾼이 되어 이곳저곳을 떠돌아다닌다. 그러던 어느 날 배를 물에 띄우고 잠이 들었는데, 잠에서 깨어나 보니 어릴 때 살았던 전당(錢塘)이었다. 주생은 이곳저곳을 배회하다가 어릴 때 함께 놀았던 배도라는 기생을 만나, 서로 연정을 느끼고 동거한다. 그러나 몰락한 양반인 주생과 기생인 배도의 사랑은 오래 가지 않는다. 주생은 이웃에 사는 승상의 딸인 선화를 보고 한 눈에 반해 홀로 그리워하던 중, 선화의 동생인 국영을 가르치게 된다. 국영을 가르친다는 명분으로 승상댁에 우거하게 된 주생은 밤을 틈타 선화와 관계를 맺으며, 이후 주생과 선화는 백년해로를 기약하고 매일 밤 밀회를 나눈다. 그러나 주생의 행동을 이상하게 여긴 배도에게 이 사실이 탄로되면서 주생은 어쩔 수 없이 선화와 헤어져 다시 배도의 집으로 돌아온다. 주생이 배도의 집에 머무는 사이 국영이 뜻하지 않게 죽고, 배도마저

병으로 죽는다. 갈 곳이 없게 된 주생은 호주(湖州)에 사는 친척인 장노인에게 의탁하는데, 뜻하지 않게 장노인의 주선으로 선화와 혼약을 맺게 된다. 그러나 주생이 손을 꼽아가며 혼인날을 기다리던 중 왜적이 조선을 침범하고, 주생은 구원병으로 징발되어 부득이 조선으로 온다. 다음 해 봄에 명나라 군사는 왜적을 대파하고 경상도까지 추격을 했지만, 주생은 한시도 선화를 잊지 못해 병이 들어 송경(松京)의 객사에 머문다. 이때 작자가 송경에 갔다가 주생을 만나서 그에게 직접 이 이야기를 듣고, 그들의 아름다운 기약을 슬퍼한 나머지 글로 쓴다.

<주생전>은 <만복사저포기>나 <이생규장전> 등 앞 시기에 나온 전기소설(傳奇小說)의 전통을 이어받고 있다. 이는 청춘 남녀의 비극적인 애정을 주제로 하고 있다는 점 외에도 문어체 한문으로 이루어져 있거나 삽입시를 활용한 서술방식 등에서도 확인된다. 그러나 <주생전>은 전대의 전기소설과 다른 면 또한 적지 않은데, 그 중 몇 가지를 들면 다음과 같다.

첫째, 현실성이 강화되었다는 점이다. <만복사저포기>나 <이생규장전>에는 산 사람이 여귀(女鬼)와 사랑을 나누는 비현실적인 장면이 빈번하게 나타난다. 이는 전기성(傳奇性) 또는 환상성(幻想性)이라 일컬어지는 것으로, 전기소설의 주요한 특징 가운데 하나이다. 그런데 <주생전>에는 이러한 장면이 나타나지 않을 뿐만 아니라 사건 및 갈등의 전개가 철저하게 현실적 토대 위에서 이루어지고 있다. 이런 점에서 <주생전>은 전기소설의 환상성을 일정하게 극복하고 현실세계의 질곡과 갈등을 사실적으로 형상화한 작품이라고 할 수 있다.

둘째, 삼각관계에 의한 애정갈등의 형상화이다. 대부분의 전기소설에서 남녀 주인공의 애정은 상호 독점적이어서 그 사이에 어떤 것도 끼어들 수 없을 정도로 절대적인 성격을 지닌다. 이로 인해 애정상의 장애가 발생했을 경우 주인공들은 기꺼이 현실적인 삶을 포기하거나 죽음을 선택한다. 그런데 <주생전>의 주생은 처음에는 기생인 배도를 사랑했다가 다시 귀족의 딸이라고 할 수 있는 선화를 사랑하며, 배도는 이러한 주생의 배신으로 인해 끝내 죽고 만다. 이런 점에서 <주생전>은 애정의 삼각관계를 그린 우리나라 최초의 소설이라고 할 수 있다.

셋째, 등장인물이 중국인이며 소설의 주요 무대도 중국이라는 점이다. 『금오신화』는 『전등신화』의 영향을 받았음에도 불구하고 등장인물이 모두 우리 나라 사람인 것은 물론 그들의 활동 무대도 우리나라이다. 그런데 <주생전>은 주인공인 주생을 비롯하여 선화와 배도 등 주요 인물이 모두 중국 사람일뿐만 아니라 이들의 주요 활동 무대도 중국으로 되어 있다. 이런 점에서 <주생전>은 『금오신화』가 이룩한 자주적 향토주의를 정당하게 계승하지 못했으며, 현실주의적 성격이라는 측면에서도 일정하게 한계를 내포하고 있다고 할 수도 있다. 그러나 이는 저작 동기에서 밝힌 대로, 작자인 권필이 임진왜란 때 구원병으로 참여했던 명나라 군사의 이야기를 듣고 소설화한 데서 비롯된 것으로 이해되어야 할 것이다.

<주생전>의 이본으로는 문선규(文璇奎) 교수가 번역·소개한 김구경(金九經) 소장본이 널리 알려져 있으며, 1963년 북한에서 리철화의 번역으로 출판된 『림제권필작품선집』에도 <주생전>이 수록되어 있다. 두 이본은 내용상의 차이는 없으나, 자구(字句)의 출입은 비교적 많은 편이다. 여기서는 김구경 소장본을 대본으로 삼아 번역한다.

2) 위경천전(韋敬天傳)

<위경천전>은 1992년 임형택(林熒澤) 교수가 『고담요람(古談要覽)』이라는 책에서 찾아 학계에 소개함으로써 알려지게 되었다. 『고담요람』에는 "위경천전(韋敬天傳)"이라는 제목 아래 "권석주제(權石洲製)"라는 글자가 씌어져 있는데, 임형택 교수는 권필의 작품으로 보기 어렵다는 견해를 제시하였다. 즉 <위경천전>은 문장 표현, 삽입시의 수준, 장면의

형상화와 사건의 구성 등에서 <주생전>과 비교하기 어려울 정도로 떨어지기 때문에 두 작품을 동일인의 작으로 볼 수 없는바, <주생전>을 읽고 자극을 받은 어느 무명 문인의 작품일 가능성이 크다는 것이다. 그러나 근래 정민(鄭珉) 교수는 이에 대한 반론을 제기하여 권필의 작품임이 틀림없다고 주장하면서 그 근거로 다음 네 가지를 들고 있다.

① 필사자가 작품 제목 아래 '權石洲製'라고 분명하게 밝혀 놓았다.

② <위경천전>과 <주생전>이 창작 원리나 의식면에서 한 사람의 솜씨로 이루어져 있다.

③ 삽입시도 <위경천전>은 <주생전>과 결코 비교가 되지 않을 정도의 낮은 수준이 아니다.

④ 문장의 표현면이나 장면의 형상화나 사건 구성의 기교면에서도 <위경천전>은 결코 <주생전>에 밑돌지 않는다.

임형택 교수의 주장대로 현존 <위경천전>은 오자(誤字)가 많을 뿐만 아니라 개별적인 문장은 물론 문장과 문장의 연결이 산만하고 거친 편이다. 이로 인해 걸출한 시인이었던 권필이 이렇듯 문장을 거칠게 쓸리 없다는 생각을 저버릴 수가 없다. 그러나 이러한 사실만 가지고 <위경천전>의 원작자가 권필일 수 없다고 단정짓기는 어렵다. 한문 문장의 경우 한두 글자의 오자만 발생해도 문장 전체가 거칠고 산만하게 되는 경우가 많으며, <위경천전>에 나타나는 많은 오자는 필사자의 오류일 가능성이 크기 때문이다. 장면의 형상화나 사건의 구성 문제도 전체적으로 <주생전>에 비해 뒤지는 것은 분명하지만, 부분적으로는 치밀하게 이루어진 곳도 없지 않다. 이런 점을 고려할 때 <위경천전>의 작자 문제는 앞으로 좀더 치밀하게 검토하고, 또 방증 자료를 갖추어 결론을 내려야 할 것이다. 그러나 『고담요람』 외에 다른 자료가 없는 현재 상황에서는 권필의 창작으로 보는 것이 온당하리라 생각한다.

<위경천전>의 줄거리를 제시하면 다음과 같다.

위경천은 타고난 자질이 총명하고 재주가 빼어났으며, 15세에 문장을

이루어 당대에는 그를 따를 만한 사람이 없을 정도로 뛰어난 인물이다. 임진년 봄에 위생은 친구인 장생과 함께 배를 타고 강남 지역을 유람하면서 시주(詩酒)를 즐기는데, 하루는 장생이 술에 취해 잠든 사이에 강둑을 배회하다가 은은하게 들려오는 노래 소리를 따라 한 집에 다다르게 된다. 화려하게 꾸며진 그 집에서는 많은 악공들이 음악을 연주하는 가운데 10여 명의 아름다운 아가씨들이 춤을 추며 놀고 있었다. 위생이 몰래 그 집에 들어가 이를 구경하고 있는 사이에, 어떤 사내가 방에서 나와 대문을 잠그고 아가씨들에게 그만 들어가 자라고 이른다. 이로 인해 위생은 조롱에 갇힌 새처럼 그 집에서 빠져 나오지 못하고 날이 새어 대문이 열리기만을 기다린다. 잠을 이루지 못하고 이곳저곳을 배회하던 경천은 한 침실에 아름다운 아가씨가 잠들어 있는 것을 발견하고, 한참을 고민하다가 끝내 욕정을 참지 못하고 침실로 뛰어든다. 처음에 심하게 거부하던 처녀(소숙방)는 위생의 온화한 말투를 보고는 마침내 기꺼이 운우지정을 나눈 뒤, 다음 날 저녁에 다시 만나기로 약속한다. 위생은 날이 밝아 대문이 열리자 급히 도망쳐 배로 돌아와 이 사실을 장생에게 이야기한다. 장생은 위생의 행동을 꾸짖고, 위생이 술에 취해 잠들어 있는 사이에 배를 몰아 고향인 전당(錢塘)으로 돌아와 버린다. 이후 위생과 소낭자는 각각 서로를 잊지 못해 병이 들어 눕게 되나, 둘 사이의 관계를 알게 된 양쪽 부모의 주선으로 마침내 결혼하기에 이른다. 그러나 이들의 행복한 결혼 생활은 오래 가지 않는다. 그 해 8월 왜적이 조선을 침략하자, 정통제군사로 임명된 위생의 부친은 서기를 맡길 만한 사람이 없어 위생을 부른다. 위생은 부친의 명을 거역할 수 없어 전쟁에 참여했으나 소낭자를 그리다가 예전의 병이 도져 죽으며, 소낭자 역시 위생의 상여를 보고 목메어 자결한다.

<위경천전>은 <주생전>과 매우 유사한 내용으로 이루어져 있다. 즉 두 작품은 모두 중국의 강남 지역을 공간적 배경으로 삼고, 임진왜란이라는 역사적 사건을 시대적 배경으로 삼아 남녀의 만남과 이별을 형상

화하고 있는 것이다. 게다가 두 작품은 주인공이 배를 타고 강호를 노닐다가 연인을 만나 인연을 맺으며, 임진왜란 때 구원병으로 조선에 왔다가 연인을 못 잊어 병이 든다는 상황설정까지도 동일하다. 이런 점에서 두 작품은 서로 긴밀한 관계를 맺고 있음에 틀림없다.

그러나 유사한 상황설정에도 불구하고 두 작품의 서술 초점은 사뭇 다르다. <위경천전>은 위생과 소숙방의 지고지순하면서도 비극적인 사랑에 서술의 초점이 맞추어져 있다. 따라서 <위경천전>에서는 청춘 남녀의 사랑과 이들의 사랑을 비극으로 이끄는 현실적 제약만이 문제 거리로 설정되고, 또 그만큼 사건의 전개과정이 단순하다. 그러나 <주생전>은 주생의 삶의 역정에 주로 서술의 초점이 맞추어져 있다. 이로 인해 <주생전>은 주생과 배도의 사랑 및 갈등, 주생과 선화의 사랑 및 갈등이 주생의 현실적 처지 및 지향과 뒤얽혀 사건이 한결 복잡하게 전개된다. <위경천전>은 위생과 소숙방이 비극적인 죽음을 맞이한 것으로 끝을 맺은 데 반해, <주생전>은 주생이 종군해서 병이 든 상태로 끝을 맺고 있는 것도 결국은 이러한 서술 초점의 차이에서 비롯된 것이라고 할 수 있다.

<위경천전>과 <주생전>의 차이는 주인공의 성향에서도 발견된다. 위경천은 기본적으로 감상적이며 격정적인 인물이다. 위생은 침실에 잠들어 있는 소숙방을 보고 강렬한 욕정에 휩싸이는데, 그 순간 자신의 위험한 불장난이 불러올 재앙을 깨닫고 내적 갈등을 심하게 겪는다. 그러나 그는 끝내 자신의 욕정을 억제하지 못하여 죽음을 각오한 채 소숙방의 침실로 뛰어든다. 이런 점에서 위생은 애정추구에 목숨을 건 인물이라고 할 수 있다. <주생전>의 주생도 격정적이라는 점에서는 위생과 크게 다르지 않다. 그도 선화를 처음 본 순간 욕정에 휩싸여 소리를 지르며 방으로 뛰어들려 했기 때문이다. 그러나 주생은 선화와 인연을 맺기 위해 동거하던 배도에게 거짓말을 하며, 선화의 남동생인 국영을 가르치게 된 것을 빌미로 노승상 댁에 우거하면서 틈을 엿보는 치밀함을

보인다. 또 노승상 댁에서도 선화와 만날 기회를 잡지 못하자, 마침내 "일이 이루어지면 귀하게 될 것이요, 이루어지지 않으면 벌을 받아 죽으면 그만이다."라는 생각으로 선화의 방에 뛰어든다. 이런 점에서 주생이 선화에게 접근했던 것은 순수한 애정만으로 보기 어렵다. 즉 주생은 선화와 결연을 통해 일정하게 신분상승을 꾀했으며, 그러한 만큼 주생은 현실적인 이해관계를 추구했던 인물이라고 할 수 있다.

이렇듯 <위경천전>은 <주생전>과 유사한 내용으로 이루어져 있으면서도 일정하게 변별성을 갖추고 있다. 그러나 두 작품은 모두 <이생규장전>과 같은 애정주제의 전기소설을 이어받되, 환상성을 극복하고 모든 사건을 현실적 토대 위에서 형상화했다는 점에 큰 의의가 있다고 하겠다.

현재 <위경천전>은 위에서 언급한 『고담요람』에 수록되어 있는 것이 유일본이며, 임형택 교수가 이를 토대로 교정본(「전기소설의 애정주제와 위경천전」, 『동양학』 22집, 단국대 동양학연구소, 1992)을 제시한 바 있다. 여기에서는 임형택 교수의 교정본을 참고하되, 원본을 중심으로 번역한다.

3) 운영전(雲英傳)

<운영전>의 작자가 누구인지는 알 수 없으나, 창작연대는 17세기 초로 추정되고 있다. 이에 대한 근거로는, 먼저 작품 내용에 "만력 신축(萬曆辛丑)"이라는 년도와 "갓 전란을 겪은 뒤인지라 장안의 궁궐과 성안에 가득했던 집들이 텅 빈 채 남아 있지 않았다(新經兵燹之餘 長安宮闕萬城華屋 蕩然無有)"라는 구절을 들 수 있다. <운영전>의 서두에는 임진왜란 직후 황폐화된 서울의 모습을 비교적 상세하게 묘사하고 있는데, 이 구절은 그 중 일부이다. 따라서 이 작품은 만력 신축년인 1601년 이후 임진왜란의 상흔이 분명하게 남아 있던 시점에서 창작된 것으

로 볼 수 있다. 또 국립도서관본에는 "유영전 즉 운영전(柳泳傳 卽 雲英傳)"이라는 제목 아래 "대명천계 21년(大明天啓二十一年)"이라는 간기(1641년)가 필사되어 있는데, 이는 국립도서관본이 저본으로 삼았던 책에 본래 적혀 있던 것으로 추정된다. 이렇게 볼 때, <운영전>은 1601년에서 1641년 사이에 창작되었음이 거의 확실하다고 하겠다.

<운영전>은 몰락한 선비인 유영이 안평대군의 사처(私處)였던 수성궁을 구경하러 갔다가 안평대군의 궁녀였던 운영과 김진사의 혼령을 만나 그들의 비극적인 사랑 이야기를 듣는 형식으로 되어 있는데, 줄거리는 다음과 같다.

장헌대왕의 아들 8대군 가운데 안평대군이 가장 영리하고 뛰어났다. 대군은 당대의 문사들과 어울려 지내지만 그들의 문장에 만족하지 못하고 궁녀 10명을 뽑아 시문 등을 가르친다. 이 과정에서 대군은 궁녀들에게 궁 밖의 사람들과 일체 접촉하지 못하도록 엄명을 내린다. 그러던 어느 날 소년 유생인 김진사가 안평대군을 찾아오는데, 대군은 김진사가 어리다고 생각하여 궁녀들로 하여금 곁에서 거문고를 타거나 묵을 갈게 한다. 이 자리에서 운영과 김진사는 서로 연정을 느끼지만 마음을 토로할 기회를 갖지 못한다. 며칠 뒤 안평대군의 부름으로 김진사가 다시 수성궁에 오게 되는데, 운영은 남 몰래 자신의 마음을 적은 편지를 김진사에게 전달한다. 편지를 통해 운영의 마음을 알게 된 김진사는 수성궁에 출입하는 무녀를 통해 답서를 전한다. 이후 운영과 김진사는 동료 궁녀인 자란과 김진사의 노비인 특의 도움으로 밤마다 수성궁에서 밀회를 즐긴다. 그러나 이들의 밀회는 오래가지 않는다. 대군이 운영의 시와 김진사의 상량문을 통해 이들의 관계를 의심하게 되었던 것이다. 이에 운영과 김진사는 달아날 계획을 세우고 특을 통해 운영의 모든 재물을 궁궐 밖으로 내보낸다. 그러나 노비 특이 중간에서 이 재물을 가로채기 위해 운영과 김진사의 관계를 폭로하여 대군의 귀에까지 들어가게 한다. 화가 난 대군은 궁녀들을 죽이기로 작정하고 운영과

함께 거처했던 5명의 궁녀들을 붙잡아 직접 문초하는데, 궁녀들은 한결같이 남녀의 정욕은 인간의 자연스런 마음이라며 항변한다. 이에 대군은 운영을 별당에 가두고 나머지 궁녀들은 모두 풀어주나, 이날 밤 운영은 자결을 하고 만다. 운영이 죽은 뒤 김진사는 운영의 명복을 빌어주려고 쌀 40석을 준비했으나 믿고 맡길 만한 사람이 없었다. 그래서 노비 특을 불러 지난 잘못을 용서해 주고 절에 올라가 운영의 명복을 빌어달라고 부탁한다. 그러나 특은 절에 올라가 명복을 빌기는커녕 패악한 짓만을 일삼는다. 뒤늦게 이 사실을 알게 된 김진사는 몸소 절에 올라가 운영의 명복을 빌고, 또 특을 죽여달라고 간절히 기도한다. 이후 7일만에 특은 김진사의 소원대로 함정에 빠져 죽으며, 김진사 역시 4일 동안 아무 것도 먹지 않다가 죽고 만다. 이 이야기를 들은 유영은 그 뒤에 침식을 전폐하고 명산을 두루 돌아다녔는데, 그가 어디에서 생을 마쳤는지는 알 수 없다.

<운영전>은 궁녀인 운영과 젊은 유생인 김진사의 비극적인 사랑을 통해 중세적 이념과 사회질서의 반인륜적인 측면을 문제삼은 작품이다. 이런 점에서 <운영전>은 <주생전>이나 <위경천전>처럼 <이생규장전>과 같은 애정전기소설의 주제를 이어받은 작품이라고 할 수 있다. 그러나 <운영전>이 <주생전>이나 <위경천전>과 다른 점은 애정의 파탄을 전란과 연계시키지 않고 사회 내부에 지속적으로 존재하는 사회적 장벽을 구체적으로 문제삼고 있다는 점이다. <주생전>이나 <위경천전>은 남녀의 정욕을 적극적으로 옹호하고 있는데, 이는 예교의 속박으로부터 삶의 자유를 얻고자 하는 저항적 의미를 지닌다. 그러나 이들 작품은 궁극적으로 신분의 차이와 같은 사회적 장벽을 직접적으로 문제삼고 있다고 보기 어렵다. 이 두 작품에서 남녀 주인공은 신분의 차이에도 불구하고 일단 결연을 성취하며, 애정의 파탄은 예기치 않은 전란에서 기인한 것으로 형상화되어 있기 때문이다. 그런데 <운영전>은 궁녀인 운영과 젊은 유생인 김진사의 비극적인 사랑을 통해 중세적 사회질서

와 윤리관을 정면으로 문제삼고 있는 것이다.

물론, <운영전>의 소설사적 의의는 여기에만 한정되는 것은 아니다. <운영전>은 고전소설에서는 그 전례를 찾아볼 수 없을 정도로 높은 현실주의적 성취를 이루었다. 특히 안평대군과 궁녀들의 갈등을 서술자의 주관적인 시각이나 관념적 재단을 배제하고 서사세계의 갈등과 귀결을 통해 현실세계의 갈등을 매우 사실적으로 재현하고 있는데, 이는 중세적 이념과 사회질서의 모순을 정확하게 인식했던 작가 의식의 소산이라고 할 수 있다. <운영전>에서 안평대군의 성시(盛時)는 몽유자 유영처럼 철저하게 소외된 지식인이 중세적 이념과 틀 내에서 현실적으로 희구해 볼 수 있는 가장 이상적인 시절이라는 의미를 함축하고 있다. 그런데 운영과 김진사는 바로 그 안평대군 시절에 서로의 사랑을 실현하지 못하고 비극적인 죽음을 맞고 있는 것이다. 이런 점에서 <운영전>은 현실세계에서 철저하게 소외된 지식인이 중세적 이념과 틀 내에서 현실적으로 희구해 볼 수 있는 가장 이상적인 시절로서 안평대군의 성시를 상정해 놓고, 운영과 김진사의 비극적인 죽음을 통해 그러한 시절 역시 인간의 진정한 삶이 훼손될 수밖에 없다는 것을 보여준 작품이라고 하겠다. 이렇듯 <운영전>은 중세적 이념과 체제에 입각해 있는 한 어떤 경우에도 인간의 진정한 삶은 실현될 수 없다는 작가의 현실인식을 바탕으로 안평대군과 궁녀들의 갈등을 객관적인 시각에서 사실적으로 형상화할 수 있었던 것이다.

그러나 <운영전>은 객관적인 서술시각이 전일하게 관철되지 못한 한계 또한 아울러 지니고 있다. 김진사는 자신의 노비인 특에게 속아 운영의 재물을 모두 탈취당했음에도 불구하고 힘이 없어 처단하지 못할 뿐만 아니라, 도리어 이러한 특에게 쌀 40석을 주어 운영의 명복을 빌어달라고 부탁한다. 또 특이 절에서 운영의 명복을 빌기는커녕 패악한 짓만을 저지르자 김진사는 부처에게 특을 처단해 달라고 기원하며, 김진사의 기원대로 특은 함정에 빠져 죽는다. 여기에서 노비 특의 형상은 조선후기에 이르러 점차 성장해 가는 노비계층의 현실을 일정하게 반영한 것으로 볼 수 있다. 그러나 노비계층이 아무리 성장했다고 할지라도 주인인 김진사가 부처의 영험을 빌어 노비 특을 처단한다는 해결방식은 비현실적인 것임에 틀림없다. 즉 <운영전>에서 김진사와 노비 특의 대립은 노비 특의 악행을 부각시키는 차원에서 관념적으로 서술되어 있는 것이다. 특히 마지막 대목은 서술자가 관념적인 시각을 견지하면서 사건의 해결에 초점을 맞춘 결과 서사세계의 갈등이 지니는 현실성은 극히 축소되고 비현실적인 해결과정이 서사세계의 핵심을 이루게되었다고 할 수 있다.

이러한 한계에도 불구하고, <운영전>은 중세적 이념과 질서의 반인륜적인 측면을 객관적인 시각에서 사실적으로 형상화했다는 점에서 커다란 의의를 지니고 있다고 하겠다. 또 사랑의 시말(始末)이 이전의 전기소설처럼 주인공 개인사에 국한되지 않고, 보다 확장된 공간에서 보다 많은 사람들의 삶에 돌이킬 수 없는 영향을 주며 함께 이루어지고 있다는 점도 <운영전>이 개척한 새로운 경지로 평가할 만하다.

현재까지 확인된 <운영전>의 이본은 20여 종이며, 내용상의 차이는 크지 않다. 이 가운데는 한글 필사본과 활자본이 각각 1종이 있는데, 이들은 모두 한문본을 저본으로 삼아 번역하는 가운데 윤색과 첨삭을 가한 것이다. 여기서는 오자나 탈자가 거의 보이지 않으며 문장도 정제되어 있어 원본에 가장 가까운 이본으로 판단되는 국립도서관본 <유영전즉 운영전(柳泳傳 卽 雲英傳)>을 저본으로 삼아 번역한다. 이 자료는 『삼방요로기(三芳要路記)』라는 표제 아래 <왕경룡전(王慶龍傳)>, <운영전(雲英傳)>, <상사동기(想思洞記)>가 함께 필사되어 있다.

4) 상사동기(想思洞記)

<상사동기>는 <영영전(英英傳)>라고도 불리었는데, 젊은 유생인 김

생이 회산대군의 궁녀인 영영을 사랑하게 되어 우여곡절 끝에 결연을 맺는다는 이야기이다. <상사동기>도 <운영전>처럼 작자나 창작연대가 밝혀져 있지 않다. 그러나 이 작품이 17세기 초에 지어졌다는 것은 다른 기록을 통해 확인할 수가 있다. 권전(權佺)의 『석로유교(釋老遺稿)』에 "내가 병이 든 지 오래 되었는데, 병중에 매우 무료하여 아이들로 하여금 상사동기를 읽게 하여 들었다(余權病久矣, 病中無聊莫甚, 使兒輩讀想思洞記)"라는 기록이 있는데, 권전은 권필의 조카로 1583년에 태어나 1651년에 죽었다. 권전이 병중에 무료하여 아이들로 하여금 <상사동기>를 읽게 하여 들었다는 점으로 보아, 이 작품은 권전이 죽은 1651년 이전에 이미 창작되어 널리 읽혔을 가능성이 높다.

<상사동기>의 줄거리는 다음과 같다.

성균관 진사인 김생은 어느 날 성균관에서 집으로 돌아오던 도중 우연히 미인(영영)을 보고 반하여 뒤를 좇는다. 영영이 상사동의 한 민가로 들어가자, 김생은 어쩔 수 없이 집으로 돌아오고 만다. 이후 김생은 영영을 생각하며 근심에 쌓여 있는데, 하인 막동이 그 까닭을 알고 영영을 만날 수 있는 방법을 알려준다. 김생은 막동이 알려준 방법대로 손님을 전송하는 사람으로 가장하여 영영이 들어간 집을 빌려 며칠을 머물면서 동정을 살핀다. 그 집 주인은 칠순 노파였는데, 뒤늦게 김생이 자기 집에 온 까닭을 알고 영영의 처지를 이야기한다. 영영은 자신의 조카이지만 회산대군의 시녀이기 때문에 다시 만날 수는 없다는 것이다. 김생이 한번이라도 만나게 해 달라고 간곡하게 사정하자, 노파는 이미 죽은 영영의 모친 제사를 핑계로 영영을 상사동으로 오게 한다. 노파의 집에 이른 영영은 김생을 사모하지만 회산군이 항상 자신을 곁에 두고 시중을 들게 하기 때문에 돌아가야 한다고 말한 뒤, 김생에게 회산대군이 외출하는 보름날 저녁에 궁중에서 만나자고 약속한다. 보름날 저녁에 김생은 영영이 가르쳐 준대로 무너진 궁벽 틈을 이용해 궁중 안으로 들어가 영영과 운우지정을 나눈다. 그러나 이후 두 사람은 다시

만나지 못한다. 김생은 편지라도 전하고자 했지만 상사동 노파마저 죽었기 때문에 전할 길도 없는지라, 모든 희망을 잃고 몽상에 젖어 지낸다. 3년 뒤 영영에 대한 그리움이 점차 줄어들자, 김생은 다시 학업에 전념하여 과거에 급제한다. 3일 동안 유가(遊街)를 벌이는 사이에 김생은 회산군댁 앞을 지나다가 옛 일이 생각나서 일부러 취한 척하고 말에서 떨어진다. 이를 본 회산군 부인이 김생을 부축해서 집안으로 모시게 하며, 여기에서 김생은 영영과 재회한다. 그러나 두 사람은 아무런 말도 못하고 눈길만 주고받는다. 김생은 영영이 몰래 전해준 편지만 들고 집으로 돌아오는데, 영영의 편지를 읽고는 사모하는 마음이 더욱 깊어져 마침내 병들어 눕는다. 동창생인 이정자가 문병을 왔다가 김생의 사연을 듣고는, 회산군댁 부인이 자기의 고모이며 회산군은 이미 죽었기 때문에 영영을 다시 만나게 해주겠다고 말한다. 이후 김생과 영영은 이정자의 도움으로 다시 만나게 되며, 김생은 공명을 버리고 끝까지 장가들지 않은 채 영영과 함께 생애를 마친다.

<상사동기>는 <운영전>과 유사한 점이 많다. 우선 두 작품의 남자 주인공인 김진사와 김생 모두 진사과에 합격한 젊은 유생이며, 여주인공인 운영과 영영은 실존했던 인물인 안평대군과 회산대군의 궁녀라는 점이다. 즉 두 작품은 모두 궁녀와 젊은 유생의 사랑 이야기인 것이다. 또 남자 주인공이 사랑을 실현하지 못하고 실의에 빠져 있을 때 각각 노비인 특과 막동의 도움을 받는다는 점도 일치하고 있으며, <운영전>의 무녀와 <상사동기>의 노파가 두 연인의 만남을 중개하는 상황설정도 유사하다. 따라서 <운영전>과 <상사동기>는 서로 실질적인 영향관계가 있었을 것으로 추정된다.

이렇듯 <상사동기>는 <운영전>과 마찬가지로 궁녀와 젊은 유생의 사랑을 통해 자연스런 감정의 발현인 남녀의 애정을 억압하는 중세적 이념과 틀을 문제삼고 있다. 그러나 <상사동기>는 <운영전>만큼 이 문제를 심각하게 제기했다고 보기 어렵다. 앞서 언급했듯이, <운영전>은

비록 몽유록이라는 형식적 장치를 빌기는 했지만 운영과 김진사의 비극적인 죽음을 통해 중세적 이념과 틀의 반인륜적 측면을 여실하게 드러내고 있다. 그런데 <상사동기>는 궁녀인 영영과 젊은 유생인 김생이 행복한 결말을 맺는 것으로 그리고 있다. 즉 <상사동기>는 영영과 김생의 사랑을 낭만적인 결연담의 형식으로 호도함으로써 중세적 이념과 틀의 반인륜적 측면을 약화시키고 있는 것이다. 다만, 소설의 발전과정으로 볼 때, <상사동기>의 행복한 결말은 전기소설의 환상성을 극복하면서 통속적인 국문소설로 이어지는 과도기적 성격을 보여준다는 점에서 일정하게 진전을 이룬 것으로 볼 수 있다.

　　<상사동기>의 이본으로는 국립도서관본 『삼방요로기』에 수록되어 있는 <상사동기>와 김집(金集; 1574~1665)의 수택본(手澤本)으로 알려진 문헌에 수록되어 있는 <상사동전객기(相思洞餞客記)> 등 5, 6종이 전한다. 여기서는 국립도서관본을 대본으로 삼아 번역한다.

5) 최척전(崔陟傳)

　　<최척전>은 <기우록(奇遇錄)>이라고도 불리었는데, 현곡(玄谷) 조위한(趙緯韓, 1567~1649)이 광해군(光海君) 30년인 1621년에 지은 작품이다. 이는 다음과 같은 <최척전>의 후기를 통해 알 수 있다.

　　　　내가 남원의 주포에 머물고 있었는데, 때마침 최척이 방문해서 자기가 겪었던 일을 이처럼 이야기하고 이어서 그 전말을 기록하여 없어지지 않도록 해달라고 부탁하였다. 나는 어쩔 수 없이 그 경개를 대략 기술하였다. 천계 원년 신유년 윤이월 소옹이 짓다.(余流寓南原之周浦 陟時來訪余 道其事如此 請乃記其顚末無使湮沒 不獲已略擧其槪 天啓元年 辛酉潤二月 日 素翁題)

위의 기록은 서울대 도서관에 소장되어 있는 <최척전>의 말미에 씌어 있는 것이다. 고려대학교 도서관에 소장되어 있는 <최척전>의 말미에도 똑같은 내용이 수록되어 있는데, 다만 '소옹제(素翁題)' 대신에 '소옹 조위한(素翁 趙緯韓)'이라고 되어 있는 것만이 다르다. 천계 원년(天啓元年)은 청태조(淸太祖) 6년이며, 소옹(素翁)은 조위한의 자(字)이다. 이들 기록으로 보아 <최척전>은 조위한이 1621년에 지은 것임을 알 수 있다. 또 이덕무(李德懋)의 『아정유고(雅亭遺稿)』에 "나는 일찍이 소옹의 최척전을 읽어 그 내용을 자세하게 알고 있었다(余嘗讀素翁崔陟傳 而詳知也)."라는 기록이 있는바, <최척전>의 작자는 조위한임이 분명하다고 하겠다.

조위한의 호는 현곡(玄谷)이며, 본관은 한양(漢陽)이다. 1567년 서울 서부의 반석방(盤石坊)에서 아버지 양정(楊庭)과 어머니 한씨(韓氏)의 4남 1녀 중 셋째 아들로 태어났다. 그는 10세 때 이미 시를 지어 주위를 놀라게 했으며, 15세 때는 『사서삼경(四書三經)』을 외웠고, 16세 때는 선진(先秦)의 고문(古文)을 널리 섭렵했다고 한다. 26세 때 임진왜란이 일어나자 경기도 연천과 토산 등지로 피난하였으며, 그 해 겨울에 다시 어머니의 친정인 남원으로 내려와 피난살이를 하였다. 남원에서 피난 생활을 하는 동안 그는 잠시 김덕령(金德齡) 장군의 수하에 들어가 의병활동을 하기도 했으나, 전란의 와중에서 딸·모친·아내 등을 잃은 나머지 실의에 차서 중국의 명승지를 유람할 계획을 세우기도 한다.

그는 향시(鄕試)에서는 여러 차례 두각을 나타내었으나 35세에 이르러서야 겨우 사마시(司馬試)에 합격하여 진사가 되었으며, 43세 때에 증광시(增廣試) 문과(文科)에 급제하여 비로소 관계에 진출하였다. 관계에 진출한 이후 예조정랑·지제교 등을 역임하였으나 45세 때 어머니의 묘를 이장하면서 너무 사치스럽게 했다는 사간원의 탄핵을 받고 파직당했으며, 47세 때는 정협의 무고로 계축옥사(癸丑獄事)에 연루되어 삭탈관직을 당하였다. 이후 그는 문란한 정치현실에 실망하여 가족을 이끌

고 남원의 주포(周浦)로 이사를 하였으며, 권필(權韠)·이안눌(李安訥)·
허균(許筠) 등 뜻맞는 벗들과 어울려 시주(詩酒)와 여행을 즐기면서 생
활하였다. 그가 <최척전>을 지은 것도 이 시기였다.

남원에 은거하던 조위한은 57세 때 인조반정(仁祖反正)이 일어나자
상경하여 다시 벼슬생활을 시작하는데, 사헌부 편수관·동부승지·예조
참의 등을 두루 역임하였다. 76세 때 인조의 특명으로 공조참판에 제수
되고, 80세에는 정2품 벼슬 이상을 한 사람에게 경로와 예우를 위해 설
치한 기로소(耆老所)에 들어가는 영광을 누렸다. 그러다가 83세 되던 해
인 1649년에 파란만장한 일생을 마쳤다. 그의 문집으로는 14권 3책으로
된 『현곡집(玄谷集)』이 남아 있으며, 광해군 시절 백성들의 처참한 생활
을 보고 우리말로 <유민탄(流民嘆)>이라는 가사를 지었다고 하나 현재
그 내용은 전해지지 않고 있다.

<최척전>은 동아시아를 휩쓴 정유재란이라는 역사적 사건을 무대로
남녀의 애정 문제와 함께 한 가족의 파란만장한 삶을 형상화한 작품으
로, 그 줄거리는 다음과 같다.

친구와 어울려 놀기를 좋아하던 최척은 부친의 명에 따라 정상사에
게 가르침을 받으며 공부를 열심히 하는데, 최척이 글을 읽을 때마다
어떤 아가씨가 창 밑에 숨어 몰래 그 소리를 듣는다. 그러던 어느 날
창 틈으로 구혼의 내용이 담긴 종이 쪽지 하나가 들어온다. 쪽지를 보
낸 사람은 서울의 사족 출신인 옥영이었으며, 그녀는 모친인 과부 심씨
를 따라 친척인 정상사 집으로 피난을 온 터였다. 이러한 사실을 알게
된 최척은 아버지를 통해 정상사에게 구혼을 하지만, 심씨가 최척이 가
난하다는 이유로 구혼을 거절한다. 옥영은 심씨를 설득하여 최척과 약
혼을 하나, 최척이 의병으로 뽑혀 가는 바람에 둘은 혼례를 치르지 못
한다. 혼례 일이 되어도 최척이 돌아오지 않자, 부유한 양생이 정상사
부부를 통해 옥영에게 구혼하여 심씨의 허락을 받는다. 이에 옥영은 자
결을 기도함으로써 양생과의 혼인을 파기시키며, 이러한 내막을 전해들

은 최척은 의병장에게 호소하여 집으로 돌아와 옥영과 혼례를 치른다. 결혼한 최척과 옥영은 행복한 나날을 보냈지만, 오래도록 자식을 낳지 못하여 매월 초하루만 되면 만복사에 올라가 기도한다. 그러던 어느 날 장육금불이 옥영의 꿈에 나타나 아들을 점지해 주며, 옥영은 아들 몽석을 낳는다. 이후 최척과 옥영은 애정이 더욱 돈독해져 하루도 떨어지지 않고 생활한다.

그러나 이들의 행복한 생활은 오래 가지 않는다. 정유년 8월에 왜구가 남원을 함락함에 최척은 가족을 이끌고 연곡사로 피난을 갔는데, 최척이 구례로 식량을 구하러 가는 사이에 왜적이 연곡사에 쳐들어와 재물을 약탈하고 많은 사람들을 죽이거나 붙잡아 가버린다. 왜적이 물러간 뒤 연곡사로 돌아온 최척은 가족을 찾아 섬진강 등을 헤메지만 찾지 못하고 남원으로 돌아온다. 그리고 삶의 의욕을 잃은 채 명나라 장수인 여유문을 만나 그와 함께 중국으로 간다. 최척의 부친 최숙과 장모 최씨는 포로로 붙들려 가는 도중 왜적이 방심한 틈을 타 연곡사로 달아나오는데, 이곳에서 기적적으로 손자인 몽석을 찾아 함께 남원으로 돌아가 옛집을 수리하고 산다. 한편, 남장을 하고 있던 옥영은 왜병인 돈우에게 붙들려 일본으로 끌려간다. 돈우는 본래 배를 타고 장사를 하는 사람이었는데, 옥영을 남자로 알고 배에 태워 함께 장사를 다닌다. 중국으로 간 최척은 여유문이 죽자, 주우라는 사람을 따라 배를 타고 차를 팔면서 떠돌다가 안남에 이른다. 이때 일본인 상선 10여 척도 안남에 정박해 있었는데, 밤에 문득 일본인 상선에서 염불하는 소리가 들린다. 최척이 쓸쓸한 마음에 피리를 꺼내 불자, 일본인 배에서 자신이 지어서 옥영에게 들려주었던 시를 읊는 소리가 들려온다. 최척과 옥영은 이렇듯 머나먼 이국에서 기적적으로 만나 중국에서 살게 되며, 그 사이 장육금불의 현몽과 함께 둘째 아들 몽선을 낳는다. 몽선이 장성하여 장가를 보내려고 할 즈음에 이웃에 홍도라는 처녀가 이모와 함께 살고 있었다. 홍도는 아버지가 조선에 출군했다가 돌아오지 않았기 때문에 조선에 가서 마음속에 맺힌 원한을 풀고자 했는데, 몽선이 혼처를 구한다는 소식을 듣고 이모에게 중매를 부탁한다. 최척은 홍도의 뜻을 가상하게 여겨 며느리로 맞이하여 함께 산다.

다음 해인 무오년에 오랑캐 추장이 요양을 침범하자, 최척은 부득이 부총인 오세영을 따라 전쟁에 참여했다가 오랑캐의 포로가 된다. 이때 강홍립을 따라 전쟁에 참여했던 몽석도 강홍립이 항복하는 바람에 포로가 되어 최척과 함께 어떤 오랑캐의 뜰에 감금된다. 최척과 몽석은 뒤늦게 서로 부자지간이라는 것을 알고 통곡하는데, 늙은 오랑캐 병사가 이 광경을 목격한다. 그 오랑캐는 자신도 조선 사람이었는데 벼슬아치들의 학정을 견디지 못해 오랑캐 땅에 살게 되었다며 최척과 몽석을 풀어준다. 최척과 몽석은 고국으로 돌아오던 도중 홍도의 부친인 진위경을 만나 함께 남원에 이르러서 부친과 장모를 모시고 산다. 한편 중국에 남아 있던 옥영은 최척이 살아남았다면 조선으로 갔으리라 생각하여 몽선과 홍도를 데리고 조선행을 감행한다. 그리하여 이들은 온갖 고난과 우여곡절을 겪은 끝에 남원에 이르러 마침내 온 가족과 상봉하게 된다. 이후로 최척과 옥영은 위로는 아버님과 장모님을 잘 받들고, 아래로는 자식과 며느리들을 잘 보살피며 서문 밖 옛집에서 행복하게 살았다.

이상의 줄거리에서 알 수 있듯이, <최척전>은 남녀 주인공의 애정을 바탕으로 하면서 전란으로 인해 야기된 한 가족의 이산과 기적적인 재회를 다루고 있는 작품이다. <최척전>에서 최척과 옥영이 결연하는 과정은 <주생전>이나 <위경천전> 등과 마찬가지로 전기소설의 틀을 유지하고 있다고 할 수 있다. 그러나 애정 갈등 및 그 전개 양상은 다소 차이가 있다. <주생전>이나 <위경천전>에서는 남녀 주인공이 우연히 연인을 만나 가문의 멸망과 자신의 파멸을 부르는 '위험한 불장난'을 저지르긴 하지만, 자신들의 애정을 성취하기 위해 적극적으로 행동하지 않는다. 그럼에도 불구하고 이들은 자애로운 부모들의 헤아림으로 일단 애정을 성취하는 것으로 되어 있다. 이로 인해 <주생전>이나 <위경천 전>에서는 남녀의 애정에 따른 현실적 제약이 구체화되지 못하는 경향 이 있다. 이와 달리 <최척전>에서 최척과 옥영, 특히 옥영은 자신의 애 정을 실현하기 위해 적극적인 노력을 기울인다. 그녀는 최척에게 먼저 사랑을 고백할 정도로 대담할 뿐만 아니라, 최척의 집이 가난하다는 이 유로 결혼을 반대하는 어머니를 논리적으로 설득하는 현명함을 보인다. 이러한 과정에서 <최척전>은 남녀 애정에 따른 갈등과 현실적 제약을 구체적으로 담아내는 성과를 이루었다고 할 수 있다.

　<최척전>은 전쟁의 형상화 및 내적 성격의 측면에서도 <주생전>이 나 <위경천전> 등과 뚜렷한 차별성을 보인다. 전쟁 모티프는 <만복사 저포기>나 <이생규장전>에도 나타나는바, <주생전>이나 <위경천전>은 물론 <최척전>의 전쟁 모티프도 이들 전기소설의 전통을 이어받은 것 이라고 할 수 있다. 즉 이들 작품 모두에서 전쟁은 주인공들의 운명을 결정적으로 좌우하는 계기로 작용하고 있는 것이다. 그러나 <최척전> 에서의 전쟁은 여타의 전기소설의 그것과는 근본적으로 성격을 달리하 고 있다. <최척전>을 제외한 여타의 작품에서는 전쟁이 홍건적의 침입 이나 임진왜란이라는 역사적 사건을 소재로 하고 있으면서도 구체성을 띠지 못하고 있다. 이는 작가가 전쟁을 사회적 측면이나 민중적 삶과 연계시키지 않고 개인적인 측면에서만 바라본 결과라고 할 수 있다. 이 로 인해 이들 작품에서 전쟁은 그저 남녀 주인공의 애정을 파탄시키는 운명적 불행 그 자체이거나 우연한 불행의 싹이라는 성격을 갖는다. 그 런데 <최척전>에서는 전쟁으로 인해 한 가족이 붙들려 가거나 뿔뿔이 흩어지게 된 상황과 민중들이 겪는 고통의 실상이 구체적으로 형상화 되어 있다. 이는 작품의 후기에 씌어 있는 대로 <최척전>이 사실에 기 초하여 창작된 것과 무관하지 않을 것이다. 그러나 이것만으로 <최척전> 에 여실하게 그려진 전쟁의 참상을 다 설명할 수는 없다. 여기에는 전 쟁이 민중의 삶에 어떠한 운명의 그림자를 드리우는가에 대한 작가의

탐구정신이 깃들어 있었던 것이다. 그 결과 <최척전>에서의 전쟁은 남녀 주인공의 애정을 파탄시키는 계기로서만이 아니라 민중들의 고통과 생존의 문제를 심각하게 제기하는 비극적이며 극한적인 상황으로서의 성격을 갖게 된다.

이렇듯 <최척전>은 애정 갈등은 물론 전쟁의 참상을 한 가족의 이합집산을 중심으로 사실적이면서도 구체적으로 형상화하고 있다. 이러한 성과는 초기소설의 리얼리즘이 갖는 한계를 크게 극복하면서 17세기 소설로 하여금 리얼리즘의 진경(進境)을 이룩하게 하는 데 선도적으로 기여했다는 평가를 받기에 부족함이 없다.

그러나 이러한 <최척전> 또한 일정하게 한계를 노정하고 있다. 즉 <최척전>은 최척 일가의 기적적인 재회를 부처님의 가호라는 초현실적인 힘의 작용으로 그리고 있는 것이다. 이는 사실주의적 시각에서 볼 때 분명 한계라 하지 않을 수 없다. 그러나 이것도 단순히 한계나 문제점으로 치부해서는 안될 것이다. <최척전>은 실로 '기우록'이라 일컬을 만큼 최척 일가의 이산과 기적적인 재회를 중심 내용으로 하고 있다. 머나먼 이국에서 최척과 옥영의 재회, 오랑캐 감옥에서 최척과 몽석의 만남, 홍도와 진위경의 만남 등은 가히 기적이라 할 만큼 현실에서 일어나기 어려운 일들이다. 때로 현실은 소설보다도 더 소설적인 경우도 없지 않기에, 이것은 현실일 수도 있다. 그러나 연속적으로 이루어지는 기적적인 만남이 아무리 '사실'이라 할지라도 이것을 우연한 기적 그 자체로 형상화한다면, 소설 내적 필연성이나 통일성은 찾아보기 어려울 것이다. 이런 점을 고려할 때, <최척전>의 불교적 요소는 현실적으로 일어나기 어려운 기적 같은 일들이 연속적으로 일어난 데 대해 작가가 나름대로 필연성과 통일성을 부여하기 위해 불가피하게 도입한 측면이 없지 않다. 요컨대, 최척 일가의 기적적인 재회를 부처님의 가호라는 초현실적인 힘의 작용으로 그린 것은 소설 내적 필연성과 통일성을 갖추는데 기여하고 있는바, 그 내용이 비현실적인 것이라고 해서 반드시 사실주의적 정신에 배치된다고 이해해서는 곤란하다는 것이다.

한편, 유몽인(柳夢寅)이 지은 『어우야담(於于野談)』에 <홍도(紅桃) 이야기>가 있는데, 줄거리가 <최척전>과 거의 같아 주목된다. 줄거리가 같은 점으로 인해 <홍도 이야기>가 먼저 설화형태로 성립되고, <최척전>은 이를 토대로 소설화되었다는 견해가 제기되기도 했다. 그러나 『어우야담』이 완성된 시기(1621년)와 <최척전>이 창작된 시기가 거의 동일한바, <홍도 이야기>가 <최척전>으로 발전했다고 보기는 어렵다. 두 작품이 서로 영향관계가 없다는 것은 등장인물의 명칭이 심하게 차이가 난다는 점에서도 확인된다. <최척전>에서 최척과 옥영이 부부간으로 나오며, 홍도는 중국 사람으로 최척의 며느리이다. 그런데 <홍도 이야기>에서는 정생(鄭生)과 홍도가 부부간으로 되어 있으며, 옥영이라는 이름은 아예 나오지도 않는다. 따라서 <홍도 이야기>는 최척의 이야기가 유포되는 과정에서 사건의 줄거리를 중심으로 기록·정착되었다고 보는 것이 온당할 것이다.

현재 <최척전>의 이본으로는 서울대소장본, 고려대소장본, 일본 천리대소장본의 3편이 전해지고 있다. 세 이본 모두 내용상의 차이는 거의 없으나, 서울대본과 고려대본의 경우 각각 일부분이 누락되어 내용 연결이 자연스럽지 못한 부분이 있다. 즉 서울대본에 들어 있는 내용이 고려대본에는 누락되어 있는가 하면, 반대의 경우두 있다. 이에 반해 천리대본은 전반적으로 누락된 부분이 없이 이야기가 제대로 전개되고 있다. 따라서 여기서는 천리대본을 대상으로 삼아 번역한다.

▪ 참고논저

김종철, 「전기소설의 전개 양상과 그 특성」, 『민족문화연구』 28(고대 민족문화
　　연구소, 1995).
문두범, 『석주권필문학의 연구』(국학자료원, 1996).
민영대, 『조위한과 최척전』(아세아문화사, 1993).
박일용, 『조선시대의 애정소설』(집문당, 1993).
박일용, 「전기계 소설의 양식적 특징과 그 소설사적 변모」, 『민족문화연구』 28.
박희병, 「최척전」, 『한국고전소설작품론』(집문당, 1990).
박희병, 『한국전기소설의 미학』(돌베개, 1997).
소재영, 『고소설통론』(이우출판사, 1983).
윤재민, 「전기소설의 인물성격」, 『민족문화연구』 28.
이상구, 「운영전의 갈등양상과 작가의식」, 『고소설연구』 5(한국고소설학회, 1998)
이상구, 「이생규장전의 갈등구조와 작가의식」, 『어문논집』 35(고려대 국어국문
　　학연구회, 1996)
임형택, 「전기소설의 애정주제와 위경천전」, 『동양학』 22(단국대 동양학연구소,
　　1992).
장효현, 「전기소설 연구 성과와 과제」, 『민족문화연구』 28.
정병호, 「주생전과 위경천전의 비교 고찰」, 『고소설연구』 6(한국고소설학회, 1998).
정　민, 「위경천전의 낭만적 비극성」, 『한국학논집』 24(한양대 한국학연구소,
　　1994).
정출헌, 「운영전의 애정갈등과 그 비극적 성격」, 『한국고소설사의 시각』(국학자
　　료원, 1996).
차용주, 『한국한문소설사』(아세아문화사, 1989).

譯註

주생전(周生傳)

주생(周生)의 이름은 회(檜)이고, 자(字)는 직경(直卿)이며, 호(號)는 매천(梅川)이다. 대대로 전당¹⁾에 살았었으나, 그의 아버지가 촉주²⁾ 별가³⁾라는 벼슬을 하게 되면서 촉주(蜀州)로 이사를 가 그 곳에서 살았다. 주생은 어려서부터 총명하여 능히 시를 지을 수 있었으며, 18세 때 태학⁴⁾생이 되어 동료들의 추앙을 받았다. 주생 자신도 적지 않은 자부심을 갖고 있었으나, 태학을 다니는 몇 년 동안 연달아 과거에 떨어지고 말았다. 이에 주생은 탄식하며 말했다.

"사람이 이 세상에 살고 있는 것은 미미한 티끌이 연약한 풀에 깃들어 있는 것과 같을 뿐이다. 그런데 어떻게 공명에 구속되고 속세에 매몰되어 나의 인생을 보내리오?"

주생은 이때부터 과거 공부에 전혀 뜻을 두지 않았다. 그리고 마침내 상사 속에 늘어 있던 돈 수천 냥을 꺼내어 그 절반으로 배를 한 척 사서 강호(江湖)를 왕래하고, 나머지 절반으로 잡화(雜貨)를 거래하여 여기

---

1) 전당(錢塘) : 중국의 옛 고을 이름. 명청(明淸) 시대까지도 항주부(杭州府)에 속해 있었으나, 중화민국(中華民國) 때 항주부를 없애면서 전당현과 인화현(仁和縣)을 합쳐 항현(杭縣)으로 개칭함.
2) 촉주(蜀州) : 중국의 옛 고을 이름. 지금의 사천성(四川省) 성도(成都)를 말함.
3) 별가(別駕) : 자사(刺史)가 주(州)를 순행할 때 수행하는 벼슬. 자사와는 다른 수레를 타고 가기 때문에 별가라고 일컫게 됨.
4) 태학(太學) : 중국 고대부터 도읍지에 있었던 최고 학부. 우리 나라의 성균관(成均館)에 해당함.

에서 생긴 이득으로 생계를 꾸려 나갔다. 그는 아침에는 오5)땅에, 저녁
에는 초6)땅에 머무는 등 오로지 마음이 내키는 대로 돌아다녔다.

하루는 악양성7) 밖에 배를 매어 놓고 곧잘 방문하곤 했던 나생(羅生)
을 찾아갔다. 나생 역시 뛰어난 선비였는데, 주생을 보고는 매우 기뻐하
며 술을 사와 서로 즐겁게 마셨다. 주생은 술에 취해 시간이 가는 줄도
몰랐는데, 배로 돌아와서 보니 날은 이미 어두워져 있었다. 잠시 후 달
이 떠오르자, 주생은 배를 물 가운데 풀어놓고 노에 기대어 곤한 잠에
빠져들었다. 배는 바람이 부는 대로 절로 흘러서 화살처럼 빨리 나아갔
다. 주생이 깨어나서 보니 안개 긴 절에서 종소리가 울렸으며, 달은 이
미 서쪽으로 기울어 있었다. 다만 양쪽 강둑에는 푸른 숲이 우거지고
새벽빛이 희미하게 밝았는데, 숲 속에서 언뜻언뜻 비단 등롱에 쌓인 은
촛불이 붉은 난간과 푸른 주렴 사이에서 은은히 빛나고 있었다. 자세히
살펴보니 바로 전당(錢塘)이었다. 이에 주생은 시 한 수를 읊었다.

> 악양성 밖에서 목란 삿대에 기대었더니,
> 바람 따라 하룻밤 사이 취해서 고향으로 돌아왔네.
> 두견새 지저귀고 봄 달이 이운 새벽녘인데,
> 놀랍게도 몸은 이미 전당에 와 있네.

> 岳陽城外倚蘭槳, 一夜風吹入醉鄉.
> 杜宇數聲春月曉, 忽驚身已在錢塘.

아침이 되자 주생은 강둑으로 올라가 고향의 옛 친구들을 찾아보았

---

5) 오(吳) : 중국의 지역 이름. 강소성(江蘇省) 오현(吳縣)을 중심으로 한 군(郡). 흔히
  강소성 일대를 일컫기도 함.
6) 초(楚) : 중국의 지역 이름. 호남(湖南)과 호북(湖北)의 두 성(省)을 통합하여 이름.
7) 악양성(岳陽城) : 수(隋)나라 때 세운 성으로, 호남성(湖南省) 상음현(湘陰縣) 남쪽
  에 있음.

다. 그러나 친구들은 거의 영락(零落)하거나 죽고, 이미 고향에는 없었다. 주생은 시를 읊조리며 이곳 저곳을 배회하는 등 차마 고향을 떠나지 못하였다.

기생(妓生)인 배도(俳桃)가 그곳에 살고 있었는데, 주생은 어렸을 때 그녀와 함께 장난치며 놀곤 했었다. 배도는 재주와 용모가 전당에서 가장 뛰어나 사람들이 배랑(俳娘)이라고 불렀다. 그녀는 주생을 보고는 자기 집으로 이끌고 갔는데, 두 사람은 오랜만에 만난 터라 매우 반가웠다. 이에 주생은 시를 지어 배도에게 주었다.

> 하늘가의 향기로운 풀 몇 번이나 옷깃을 적셨던고?
> 만리 타향에서 돌아오니 모든 일이 달라졌는데,
> 여전히 두추낭8)은 좋은 명성을 간직하여,
> 작은 누각의 구슬 주렴 석양에 걸려 있네.

> 天涯芳草幾霑衣, 萬里歸來事事非.
> 依舊杜秋聲價在, 小樓珠箔捲斜暉.

배도가 매우 놀라며 말했다.

"낭군께서는 이처럼 재주가 뛰어나면서도, 어찌하여 오래도록 남에게 몸을 굽혀 벼슬을 구하지9) 않으시고, 이렇듯이 노를 저으며 부평초(浮萍草)처럼 떠다니십니까?"

이어서 배도가 또 물었다.

---

8) 두추낭(杜秋娘) : 당나라 때 금릉(金陵)에 살던 여자로 이기(李錡)의 첩이었음. 이기가 죽은 뒤에 입궁(入宮)하여 경릉(景陵)의 총애를 받았으며, 목종(穆宗)의 명으로 황자(皇子)의 여스승이 되었으나, 장왕(漳王)이 폐(廢)하여 고향으로 돌아가게 함. 여기서는 배도를 비유하여 일컬음.

9) 굴어인(屈於人) : 흔히 남에게 굴복한다는 뜻으로 쓰이나, 여기서는 다른 사람에게 사정하거나 부탁해서 벼슬을 구한다는 뜻.

"아직 장가는 들지 않으셨는지요?"

주생이 말했다.

"아직 가지 않았소"

배도가 웃으며 말했다.

"바라건대, 낭군께서는 배로 돌아가지 마시고 오로지 제 집에만 머물러 계십시오. 제가 마땅히 낭군을 위하여 아름다운 배필을 구해 드리겠습니다."

무릇 이 말 속에는 주생을 사모하는 배도의 마음이 담겨 있었다. 주생도 배도의 자태가 곱고 어여쁜 것을 보고 마음속으로 심취해 있던 터였다. 그래서 웃으면서 사례하여 말했다.

"감히 바랄 수가 없구려."

이렇듯 단란하게 이야기하는 가운데 날은 이미 저물어 있었다. 배도는 어린 계집종을 시켜 주생을 별실로 모시고 가서 편안히 쉬게 하였다. 주생이 방안으로 들어가니, 벽 사이에 절구¹⁰⁾ 한 수가 걸려 있는 것이 보였는데, 사의(詞意)가 매우 새로웠다. 주생이 계집종에게 물으니, 계집종이 대답했다.

"우리 낭자가 지은 것입니다."

그 시는 이러했다.

> 비파여, 상사곡¹¹⁾을 연주하지 마라.
> 곡조가 높을수록 애만 더욱 끊는구나.
> 꽃 그림자 주렴에 가득 어리어도 님 없어 쓸쓸한지라,
> 봄마다 황혼을 바라보며 얼마나 마음을 삭혔던고?

---

10) 절구(絕句) : 한시(漢詩)의 한 체(體). 기(起) · 승(承) · 전(轉) · 결(結)의 4구로 이루어져 있으며, 오언(五言) 또는 칠언(七言)이 보통임.

11) 상사곡(相思曲) : 남녀가 서로 그리워하는 노래.

琵琶莫奏相思曲, 曲到高時更斷魂.

花影滿簾人寂寂, 春來消却幾黃昏.

주생은 이미 배도의 외모를 사랑하게 된 터에 또 그녀가 지은 시를 보자, 마음이 미혹되어 온갖 상념이 다 일었다. 내심 차운12)을 해서 배도의 뜻을 시험하고 싶었다. 그래서 오래도록 시구(詩句)를 생각하며 괴롭게 읊조려 보았으나, 끝내 시를 완성하지 못한 채 밤만 깊어 버리고 말았다. 이때 달빛은 땅을 환하게 비추고, 꽃 그림자가 사방에 어리어 있었다. 주생이 이리저리 배회하고 있는데, 갑자기 문밖에서 사람 소리와 말울음 소리가 들리더니 한참 후에야 그쳤다. 주생은 자못 의심스러웠으나 무슨 일인지 알 수가 없었다. 배도가 거처하는 방을 바라보니 그리 멀지 않았으며, 사창(紗窓) 안에서는 붉은 촛불이 환하게 빛나고 있었다. 몰래 가서 엿보니, 배도가 혼자 앉아서 오색 종이를 펼쳐놓고 접련화13)의 가사(歌詞)를 쓰고 있었다. 그러나 단지 전첩14)만 썼을 뿐 후첩15)은 아직 시작도 못하고 있었다. 이에 주생은 창문을 열고 말했다.

"주인의 글에 나그네가 덧보태도 괜찮겠소?"

배도가 짐짓 화를 내며 말했다.

"어떤 미친 나그네가 어떻게 여기에 왔소?"

주생이 말했다.

"나그네가 본래 미친 것이 아니라, 주인이 나그네를 미치게 한 것일 뿐이오"

배도는 비로소 미소를 지으며 주생에게 그 글을 완성하라고 했다. 그래서 주생은 시를 지었다.

---

12) 차운(次韻) : 남이 지은 시의 운자(韻字)를 따서 시를 지음.
13) 접련화(蝶戀花) : 곡조(曲調)의 이름. 당나라 때 기생들이 불렀던 노래로, 본래 이름은 작답지(鵲踏枝)였으나 안수(晏殊)가 현재의 명칭으로 바꿈.
14) 전첩(前疊) : 같은 운(韻)으로 짝을 이루는 두 시구(詩句) 중 앞부분.
15) 후첩(後疊) : 같은 운(韻)으로 짝을 이룬 두 시구(詩句) 중 뒷부분.

작은 뜰은 깊고도 깊으며 마음은 어지러운데,

달은 꽃나무 가지에 걸려 있고,

좋은 향로에선 연기가 하늘하늘 피어오르네.

창안의 고운 님은 수심으로 머리가 세려하는데,

아득히 꿈에서 깨어 풀꽃 사이를 방황하네.

小院深深意鬧, 月在花枝, 寶鴨香烟裊.

窓裏玉人愁欲老, 遙遙斷夢迷花草.

봉래산16) 열두 섬을 잘못 들어 가,

번천17)이 갑자기 방초18)를 찾게 될 줄 누가 알았으리오?

홀연히 나뭇가지 위에서 우는 새소리를 듣고 잠에서 깨어나니,

푸른 주렴에 그림자는 사라지고 붉은 난간엔 새벽빛만 어리었네.

誤入蓬萊十二島, 誰識攀川, 却得尋芳草.

睡覺忽聞枝上鳥, 綠簾無影朱欄曉.

주생이 글을 다 짓자, 배도는 자리에서 일어나 약옥선19)에 서하주20)를 따라서 주생에게 권했다. 주생은 술을 마실 마음이 없어서 이내 사양하고 마시지 않았다. 배도는 주생의 마음을 알고 슬픈 표정을 지으며 말했다.

---

16) 봉래산(蓬萊山) : 동해(東海) 가운데에 있는, 신선이 산다고 하는 산.
17) 번천(樊川) : 만당(晚唐) 때의 시인인 두목(杜牧)의 호(號). 자(字)는 목지(牧之). 두보(杜甫)에 대하여 소두(小杜)라 일컬음. 호탕한 성격으로 여자와 놀기를 좋아했다고 함. 여기서는 주생이 자기 자신을 비유하여 일컬음.
18) 방초(芳草) : 꽃다운 풀. 또는 향기로운 풀. 여기서는 배도를 비유하여 일컬음.
19) 약옥선(藥玉船) : 술잔의 일종.
20) 서하주(瑞霞酒) : 술 이름.

"제 조상은 본래는 호족21)이었습니다. 할아버지인 모(某)는 천주시박사22)라는 벼슬을 하고 있었는데, 죄를 짓고 서인(庶人)으로 폐출되었습니다. 이때부터 저희 집안은 가난하게 되어 능히 떨치고 일어날 수가 없었으며, 저는 어려서 부모를 여의고 남의 손에 길러져 지금에 이르렀습니다. 비록 깨끗하게 순결을 지키고자 했으나, 이름이 이미 기적23)에 올라 부득이 사람들을 상대로 즐기며 놀아야만 했습니다. 그러나 저는 매번 혼자 한가롭게 있을 때마다 꽃을 보면 눈물을 흘리고, 달을 대하면 넋을 잃지 않은 적이 없었습니다. 이제 낭군을 뵈니, 풍채와 거동이 빼어나고 활달하며 재주와 생각이 뛰어나십니다. 제가 비록 비천한 몸이지만 한 번 잠자리에 모신 후 영원히 건즐을 받들고자24) 합니다. 바라건대, 낭군께서는 훗날 입신(立身)하여 일찍 요로25)에 오르십시오 그래서 제 이름을 기적(妓籍)에서 빼내어 조상의 이름을 더럽히지 않게만 해주신다면, 저는 더 이상 소원이 없겠습니다. 그런 뒤에 비록 저를 버리고 끝내 보지 않으시더라도 낭군의 은혜에 감사할 겨를도 없는데, 제가 어떻게 감히 낭군을 원망하겠습니까?"

배도는 말을 마치더니 눈물을 비 오듯 흘렸다. 주생은 그 말에 크게 감동하여 배도의 허리를 끌어안고 소매로 눈물을 닦아주며 말했다.

"이것은 남자가 마땅히 맡아서 해야 할 일이오 설령 그대가 말을 하지 않더라도 내가 어찌 모른 척 할 수 있겠소?"

배도는 눈물을 훔치고 정색을 하며 말했다.

"시경에 '아낙네 잘못 없는데, 사내는 달리 대하네.'26)라고 이르지 않

---

21) 호족(豪族) : 재산이 많고 세력이 있는 일족(一族).
22) 천주시박사(泉州市舶司) : 천주는 주(州) 이름으로, 복건성(福建省) 진강현(晉江縣)에 있음. 시박사는 선박(船舶)과 무역(貿易)을 담당하던 관직(官職)의 이름.
23) 기적(妓籍) : 기생(妓生)의 이름을 적은 책.
24) 봉건즐(奉巾櫛) : 남편이 세수를 하면 수건을 받들고 머리를 빗으면 빗을 받든다는 뜻으로, 아내가 되어 남편으로 섬김을 이름.
25) 요로(要路) : 중요한 자리나 지위(地位).
26) 여야불상(女也不爽), 사이기행(士貳其行) : 『시경(詩經)』 「위풍(衛風)」 <맹편(氓

있습니까? 낭군은 이익과 곽소옥의 사연27)을 알지 않습니까? 낭군이 만약 저를 멀리 버리시지 않을 것이라면, 원컨대 맹세의 글을 써 주십시오"

이어서 배도가 노28)나라에서 나는 고운 명주 한 폭 꺼내어 주자, 주생은 즉시 붓을 휘갈겨 말했다.

"푸른 산이 늙지 않고 파란 물이 영원히 흐르듯이 내 마음 변치 않으리라. 만일 나를 못 믿는다면 하늘에 떠 있는 저 밝은 달에 맹세하리라."

주생이 다 쓴 뒤에, 배도는 마음과 피로 봉하듯이 그 글을 정성껏 봉해서 허리춤 속에 넣었다. 이날 밤 고당부29)을 읊으며 두 사람이 사랑을 나누니, 비록 김생과 취취30)나 위랑과 빙빙31)의 사랑이라도 여기에 미치지 못할 정도였다.

다음날 주생이 비로소 어젯밤에 들었던 사람 소리와 말 울음소리에 대해서 묻자, 배도가 말했다.

篇>에 나옴. <맹편>은 한 여인이 어떤 사내를 사랑하여 결혼을 했으나, 시간이 흐른 뒤 남편에게 학대와 버림을 받는다는 내용임.

27) 이익곽소옥지사(李益霍小玉之事) : 이익과 곽소옥은 당(唐)나라 때 장방(蔣防)이 지은 전기소설(傳奇小說) <곽소옥전(霍小玉傳)>의 남녀 주인공. 이익은 기생인 곽소옥에게 해로(偕老)하기로 맹세를 했으나 이를 어기고 다른 여자와 결혼하는데, 이에 앙심을 품은 곽소옥의 원혼(冤魂)이 이익의 아내들을 일찍 죽게 했다는 내용.

28) 노(魯) : 주대(周代)의 나라 이름. 주(周)나라 무왕(武王)의 아우 주공단(周公旦)이 봉함을 받은 나라. 지금의 산동성(山東省) 연주부(兗州府) 지방.

29) 고당부(高唐賦) : 초(楚)나라 송옥(宋玉)이 지은 부(賦)의 이름. 고당(高唐)은 초나라 운몽택(雲夢澤) 가운데 있던 누대(樓臺)의 이름으로, 초나라 양왕(襄王)이 운몽택에서 놀 때 꿈 속에서 신녀(神女)를 만나 사랑을 나누고 이곳에 고당을 지었다고 함. 이후에 남녀가 사랑을 나누는 장소를 일컬어 고당이라 함.

30) 김생(金生)과 취취(翠翠) : 명(明)나라 때 구우(瞿佑)가 지은 『전등신화(剪燈新話)』 중 <취취전(翠翠傳)>의 남녀 주인공.

31) 위랑(魏郞)과 빙빙(娉娉) : 명(明)나라 때 이정(李禎)이 편찬한 『전등여화(剪燈餘話)』 중 <가운화환혼지기(賈雲華還魂之記)>의 남녀 주인공.

"여기서 멀지 않은 곳에 붉은 대문을 단 집이 물가를 마주 바라보고
서 있는데, 이는 바로 옛날 승상(丞相)이었던 노모(盧某)의 댁입니다. 승
상은 이미 죽고, 부인은 아직 결혼을 하지 않은 아들 한 명과 딸 한 명
만을 데리고 외롭게 살고 있습니다. 이들은 매일 춤과 노래로 소일하고
있는데, 어젯밤에 말을 보내어 저를 불렀으나 제가 낭군 때문에 병을
핑계 대고 거절했던 것입니다."

그 날 해가 질 무렵에 승상 부인이 또 말을 보내어 배도를 부르자,
배도는 또 다시 거절할 수가 없었다. 주생은 배도를 문밖까지 전송하면
서 밤을 새지는 말라고 서너 번 당부하였다. 배도가 말을 타고 가는데,
사람은 난새처럼 가볍고 말은 나는 용처럼 빨라 꽃과 버들가지를 흩날
리며 점점 멀어져 갔다. 주생은 마음이 불안하여 곧바로 배도의 뒤를
따라 용금문(湧金門)으로 나왔다. 왼편으로 돌아 수홍교(垂虹橋)에 이르
니 과연 구름과 맞닿을 정도로 높다란 집이 보였다. 여기가 바로 배도
가 말했던, 붉은 대문을 단 집이 물가를 마주하고 있는 곳이었는데, 그
집은 마치 공중에 떠 있는 듯 우뚝 솟아 있었다. 간혹 음악이 그칠 때
마다 그 안에서 나는 웃음소리가 낭랑하게 집밖까지 들렸다. 주생은 다
리 위를 방황하다가 고풍시32) 한 수를 지어 기둥에 적었다.

> 버드나무 숲 너머 고요한 호수 가에 누각이 높이 솟아 있는데,
> 붉은 용마루에 얹힌 푸른 기와는 파란 봄빛을 띠었네.
> 향기로운 바람은 낭랑한 웃음소리 불어 보내지만,
> 누각 안에 있는 사람은 꽃에 가려 보이지 않네.
> 부럽구나, 꽃밭에서 노니는 두 마리 제비여.
> 붉은 주렴 안을 마음대로 날아드네.
> 이리저리 배회하며 차마 발길을 돌리지 못하는데,

---

32) 고풍시(古風詩) : 고체(古體)의 시. 구수(句數)나 자수(字數)의 제한이 없으며, 압운
(押韻)에도 일정한 법칙이 없음.

44

낙조에 일렁이는 잔잔한 물결은 나그네의 시름만 돕는구나.

柳外平湖湖上樓, 朱甍碧瓦照靑春.
香風吹送笑語聲, 隔花不見樓中人.
却羨花間雙燕子, 任情飛入朱簾裏.
徘徊未忍踏歸路, 落照纖波添客思.

주생이 방황하는 사이에 석양은 점점 붉게 물들고 저녁놀은 푸르스름한 기운을 띠었다. 잠시 후에 아가씨들이 떼를 지어 붉은 대문에서 말을 타고 나왔는데, 금 안장과 옥으로 꾸민 재갈이 사람의 눈을 부시게 했다. 주생은 배도라고 생각하고 즉시 길가에 있는 빈 가게로 몸을 숨겼다. 가게 안에 숨어서 10여 명이 다 지나가도록 살펴보았으나 그들 가운데 배도는 없었다. 마음속으로 아주 이상하다고 생각하면서 다시 다리 입구로 나오니, 날은 이미 저물어 소와 말을 구별할 수가 없을 정도로 어두웠다. 이에 주생은 곧바로 붉은 대문으로 들어갔으나 한 사람도 보이지 않았다. 누각 아래까지 가 보았으나 역시 거기에도 사람이 전혀 없었다. 이러지도 저러지도 못하고 고민하고 있는 사이에 달빛이 희미하게 밝아오며 누각 북쪽에 연못이 보이었다. 연못 위에는 온갖 꽃들이 활짝 피어 있었으며, 꽃밭 사이로 오솔길이 구불구불 나 있었다. 주생이 오솔길을 따라 살금살금 걸어 들어가자, 꽃밭이 끝난 곳에 대청(大廳)이 있었다. 다시 섬돌을 따라 서쪽으로 돌아서 수십 보를 가니, 멀리 포도 넝쿨이 우거진 시렁 아래에 집 한 채가 보이었다. 집은 조그만했으나 매우 아름다웠으며, 반쯤 열려진 사창으로 촛불이 대낮처럼 밝게 빛났다. 촛불 아래에는 붉은 치마와 푸른 저고리를 입은 여자들이 은은히 오가고 있었는데, 마치 한 폭의 그림 같았다.

주생은 몸을 숨긴 채 다가가서 숨을 죽이고 엿보았다. 금빛 병풍과 채색 담요가 황홀하여 눈이 부시었다. 부인은 붉은 비단 적삼을 입고 백옥(白玉) 방석에 기대어 앉아 있었다. 나이는 50세 정도 되어 보였으나 지긋이 한 쪽 눈을 감고 돌아보는 태도에는 아직 예전의 어여쁜 모습이 남아 있었다. 나이가 14, 5세 정도 되어 보이는 소녀가 부인 옆에 앉아 있었는데, 구름처럼 고운 머릿결에는 푸른빛이 맺혀 있고 아리따운 뺨에는 붉은 빛이 어리어 있었다. 밝은 눈동자로 살짝 흘겨보는 모습은 흐르는 물결에 비친 가을 햇살 같았으며, 어여쁨을 자아내는 아름다운 미소는 봄꽃이 새벽 이슬을 머금은 듯 했다. 배도가 그 사이에 앉아 있었는데, 배도는 그 소녀에 비하면 봉황에 섞인 갈가마귀나 올빼미요, 옥구슬에 섞인 모래나 자갈일 뿐이었다. 그 소녀를 본 주생은 넋이 구름 밖으로 날아가고 마음이 공중에 뜬 듯이 황홀하였다. 그래서 몇 번이나 미친 듯이 소리를 지르며 달려들어갈 뻔했다.

술잔이 한 차례 돌아간 후에 배도가 물러나 집으로 돌아가려고 하니, 부인이 매우 완고하게 만류하였다. 배도가 더욱 간절하게 돌아가기를 청하자, 부인이 말했다.

"예전에는 평소 이러한 일이 없더니, 어찌 이렇듯이 급히 돌아가려 하느냐? 사랑하는 사람과 약속이라도 했더냐?"

배도가 옷깃을 여미면서 대답했다.

"부인께서 물으시니, 제가 어떻게 감히 사실대로 대답지 아니하겠습니까?"

마침내 배도는 주생과 인연을 맺게 된 이야기를 상세하게 다 말했다. 부인이 미처 말을 꺼내기도 전에 소녀가 빙그레 웃더니 눈을 흘겨 배도를 보면서 말했다.

"어찌하여 일찍 말을 하지 않았느냐? 자칫 하룻밤의 좋은 만남을 그르칠 뻔했도다."

부인도 크게 웃으면서 배도가 돌아가는 것을 허락하였다.

주생은 급히 달려 나와 먼저 배도의 집에 이르러 이불을 끌어안고 짐짓 잠든 체하면서 우레처럼 코를 골았다. 배도가 뒤이어 도착해서 주생이 잠들어 있는 것을 보고는 즉시 손으로 부축해 일으키며 말했다.

"낭군은 바야흐로 어떤 꿈을 꾸고 계십니까?"

주생은 대답 대신 낭랑하게 시를 읊조렸다.

> 꿈에 오색 구름에 쌓인 요대(瑤臺)에 들어 가,
> 구화의 장막33) 속에서 선아34)를 만났노라.

> 夢入瑤臺彩雲裏,
> 九華帳裏夢仙娥.

배도가 불쾌하게 여기며 따져 물었다.

"낭군이 선아라고 하는 사람은 대체 누구입니까?"

주생은 말로 대답할 수가 없어 바로 이어서 시를 읊조렸다.

> 아아, 기쁘도다. 잠에서 깸에 문득 선아가 곁에 있으니,
> 이 집에 가득한 꽃과 달을 어찌하리오?

> 覺來却喜仙娥在,
> 奈此滿堂花月何!

그리고 배도의 등을 어루만지며 말했다.

"그대가 곧 나의 선아가 아니겠소?"

배도가 웃으며 말했다.

"그렇다면 낭군은 어찌 저의 선랑(仙郞)이 아니겠습니까?"

---

33) 구화장(九華帳) : 화려한 휘장을 이름. 백거이(白居易)의 <장한가(長恨歌)> 중 "문
　　도한가천자사(聞道漢家天子使), 구화장리몽혼경(九華帳裏夢魂驚)"에서 유래.
34) 선아(仙娥) : 선녀(仙女).

　이때부터 주생과 배도는 서로 선아와 선랑이라고 불렀다. 주생이 늦게 온 이유를 묻자, 배도가 말했다.

　"잔치가 끝난 후 다른 기녀들은 다 돌아가게 하였는데, 유독 저만 머물게 하여 별도로 딸인 선화(仙花)의 처소에서 다시 조그만 술자리를 베풀었습니다. 이 때문에 늦었습니다."

　주생이 하나하나 따져가며 자세히 물으니, 배도가 말했다.

　"선화의 자는 방경(芳卿)이요, 나이는 이제 열다섯 살입니다. 자태가 곱고 아름다워 거의 속세의 사람이 아닌 듯 합니다. 또 사곡35)을 잘 지으며 자수에도 뛰어나기 때문에 천한 제가 감히 바라볼 수 있는 상대가 아닙니다. 어제도 <풍입송>36)이라는 가사를 짓고 거문고 가락에 맞추기 위해, 제가 음률을 알기 때문에 머물러 곡을 타게 했던 것입니다."

　주생이 말했다.

　"그 가사를 들려 줄 수 있겠소?"

　배도가 낭랑하게 한 편을 다 읊었다.

　　고운 창가에는 꽃이 피고 따뜻한 봄날은 더디기만 한데,
　　고요한 집안에는 주렴만 드리워져 있네.
　　모래톱의 채색 오리는 홀로 저녁 빛 쬐면서,
　　연못에서 짝지어 노니는 오리 한 쌍을 부러워하는데,
　　버드나무 숲 너머로 가벼운 안개가 어리고,
　　안개 속에는 가느다란 버들가지 실처럼 푸르렀네.

　　玉窓花暖日遲遲, 院靜簾垂.
　　沙頭彩鴨依斜照,

---

35) 사곡(詞曲) : 당(唐)나라 때부터 시작된 악부(樂府)의 한 체(體).
36) 풍입송(風入松) : 악부(樂府)의 일종으로, 거문고 가락에 맞추어 부르는 가사(歌辭).

羨一雙對浴春池.

柳外輕烟漠, 烟中細柳綠線.

아름다운 님 잠에서 깨어 난간에 기대었는데,

고운 눈가엔 근심이 서리어 있네.

제비 새끼 재잘거리고 꾀꼬리는 한껏 제 소리를 뽐내는데,

한스럽게도 젊은 청춘이 꿈속에서 모두 시들어 버렸네.

비파를 붙잡고 가볍게 희롱하지만,

노래 속에 담긴 그윽한 원망을 그 누가 알리요?

美人睡起倚欄時, 翠斂愁眉.

燕雛解語鶯聲老,

恨韶華夢裏都衰.

把琵琶輕弄, 曲中幽怨誰知?

　배도가 한 구절 한 구절을 욀 때마다 주생은 마음속으로 그 가사의
뛰어남을 칭찬하였다. 그러나 배도에게는 거짓말로 일렀다.

　"이 가사는 규방(閨房)의 연정(戀情)을 곡진하게 표현하여 비단을 짜
던 소약란[37]의 솜씨가 아니라면 쉽게 이를 수 없는 것이다. 비록 그러
하나 꽃과 구슬을 새기는 듯한 우리 선아의 기묘한 재주에는 미치지 못
하는도다."

---

37) 소약란(蘇若蘭) : 전진(前秦) 때 무공(武功) 사람. 이름은 혜(蕙), 약란은 자(字)임.
　　진주자사(秦州刺史)를 지낸 두도(竇滔)의 아내. 두도가 조양대(趙陽臺)를 새로 얻
　　어 사랑하자, 약란이 이를 투기하여 두도와 사이가 좋지 않게 되었다. 이에 두도
　　는 양대만을 데리고 양양(襄陽)으로 옮겨가서 약란과는 소식을 끊어버렸다. 뒤늦
　　게 후회한 약란은 비단을 짜고 그 위에 <선기도(璇璣圖)>라는 시 200여 수를 지
　　어 두도에게 보냈는데, 두도가 이를 보고 다시 예의를 갖추어 약란을 맞이하였
　　다고 함.

주생은 한 번 선화를 본 후부터는 배도를 향한 마음이 이미 사라지고 없었다. 그래서 배도와 술잔을 주고받는 사이에도 애써 웃고 기뻐할 뿐, 마음은 온통 선화에 대한 생각으로 가득 차 있었다.

하루는 부인이 어린 아들 국영(國英)을 불러 놓고 말했다.

"네 나이가 열두 살인데도 아직 글을 배우지 않고 있으니, 훗날 어른이 되어서 어떻게 자립할 수 있겠느냐? 배낭자의 남편인 주생은 학문이 뛰어난 선비라고 들었다. 네가 가서 그에게 배움을 청하는 것이 어떻겠느냐?"

부인의 집안은 예법이 매우 엄격해서 감히 명령을 어길 수가 없었다. 그래서 국영은 그 날 곧바로 책을 옆구리에 끼고 주생에게 갔다. 주생은 마음속으로 은근히 기뻐하며 혼자 속삭였다.

"일이 내 뜻대로 되어 가는구나!"

그러나 주생은 두세 번 사양하다가 국영을 가르치기로 하였다. 하루는 배도가 없는 사이를 틈타 국영에게 말했다.

"네가 오가면서 글을 배우느라 고생이 많구나. 만약 너의 집에 별당이 있다면 내가 너의 집으로 옮겨가서 더부살이를 하는 것이 좋겠다. 그러면 너는 오가는 수고를 할 필요가 없고, 나는 너를 가르치는 데 전일(專一) 할 수 있을 것이다."

국영이 절을 하고 감사드리며 말했다.

"감히 청할 수는 없지만 진실로 바라는 바입니다."

국영이 집으로 돌아와 부인께 아뢰어 그 날 바로 주생을 맞아 들였다. 배도가 밖에서 돌아와 크게 놀라 말했다.

"혹 선랑은 딴 마음이 있는 것 아닙니까? 어찌하여 저를 버리고 다른 곳으로 가십니까?"

주생이 말했다.

"승상의 집에는 장서(藏書)가 3만 권이나 있는데, 부인은 돌아가신 승상의 유물(遺物)을 함부로 내고 들이는 것을 싫어한다고 들었소. 그래서 내가 가서 다른 곳에서는 볼 수 없는 책들을 보려고 했던 것일 뿐이오."

배도가 말했다.

"낭군께서 학업에 힘쓰시는 것은 저의 복입니다."

이때부터 주생은 승상의 집으로 옮겨가 더부살이를 했다. 그러나 낮에는 국영과 함께 생활을 하고, 밤이 되더라도 문빗장이 굳게 잠기어 있어서 어떻게 할 방법이 없었다. 주생은 10여 일이 넘도록 잠을 이루지 못하고 고민하다가, 마침내 자신에게 일렀다.

"처음 내가 이곳에 온 것은 본래 선화를 만나기 위함이었다. 이제 향기로운 봄도 이미 끝나버렸는데 아직도 만나지 못하고 있으니, 사람의 수명이 얼마나 된다고 황하38)가 맑아지기를 기다리겠는가? 차라리 당돌하게 담을 넘어 가는 것이 더 나으리라. 일이 이루어지면 귀하게 될 것이요, 이루어지지 않으면 벌을 받아 죽으면 그만이다."

마침 그 날 밤 달이 뜨지 않았다. 주생은 몇 겹으로 된 담을 넘어 비로소 선화의 처소에 이르렀는데, 그곳에는 굽이진 기둥과 돌아드는 복도마다 주렴과 장막(帳幕)이 겹겹이 드리워져 있었다. 주생은 한참 동안 주변을 자세히 살펴보았으나 인적이라고는 전혀 없었다. 다만 선화가 촛불을 밝히고 악곡(樂曲)을 타는 것만 보였다. 주생은 기둥 사이에 엎드려 선화가 타는 악곡 소리를 가만히 듣고 있었다. 선화는 악곡을 다 연주하고 나서 작은 소리로 소자첨39)의 <하신랑(賀新郎)>이라는 사곡(詞曲)을 읊었다.

　　주렴 밖에 누가 와서 비단 창을 두드리는고?

---

38) 황하(黃河) : 중국 북부에 있는 큰 강. 청해성(青海省)의 아니마향(阿尼馬鄕) 산맥에서 시작하여 발해(渤海)로 흐름. 토사(土砂) 운반량이 세계에서 가장 많음.

39) 소자첨(蘇子瞻) : 송(宋)나라 때의 시인인 소식(蘇軾). 자첨은 자(字). 아버지 순(洵), 동생 철(轍)과 함께 당송팔대가(唐宋八大家)의 한 사람으로 꼽힘. 신종(神宗) 때 왕안석(王安石)과 뜻이 맞지 않아 황주(黃州)로 좌천되었는데, 이때 호(號)를 동파(東坡)로 지음. 시문서화(詩文書畫)에 모두 뛰어남.

안타깝게도 요대[40])에서 노니는 꿈 깨뜨리네.
아아, 대밭을 스치는 바람이런가.

簾外誰來推繡戶,
枉敎人夢斷瑤臺曲,
又却是風敲竹.

주생은 곧바로 주렴 밖에서 낮게 읊었다.

바람이 대밭에 스친다고 말하지 말라.
바로 고운 님이 온 것이라네.

莫言風動竹, 直是玉人來.

선화는 짐짓 못 들은 체하면서 즉시 촛불을 끄고 잠자리에 들었다. 주생은 방안으로 들어가 선화와 동침을 하였다. 선화는 나이가 어리고 몸이 허약해 정사(情事)를 감당하지 못하였다. 그러나 옅은 구름 속에서 가랑비가 내리고, 버들가지가 하늘거리며 꽃이 교태를 부리듯이 향기로운 울음소리로 속삭이는가 하면, 잔잔하게 미소를 짓거나 얼굴을 살짝 찌푸리곤 하였다. 주생은 벌이 꿀을 탐하고 나비가 꽃을 사랑하듯이 정신이 혼미하고 화락하여 날이 새는 것도 깨닫지 못했다. 그런데 갑자기 난간 앞에 있는 꽃가지에서 꾀꼬리 울음소리가 물 흐르듯 들려왔다. 주생이 깜짝 놀라 방문을 열고 나오니, 연못과 집안은 고요하고 새벽 안개가 어슴푸레하게 깔려 있었다. 선화는 주생을 전송하려고 문을 열고 나왔다가 갑자기 문을 닫고 들어가며 말했다.

---

40) 요대(瑤臺) : 요지(瑤池)에 있는 누대(樓臺). 요지는 주(周)나라 목왕(穆王)이 서왕모(西王母)를 만났다는 선경(仙境)으로, 곤륜산(崑崙山)에 있다고 함.

"이제 가신 뒤로는 다시 오지 마십시오. 이 일이 한 번 누설되면 생사가 염려스럽습니다."

주생은 연기가 가슴을 꽉 메운 듯이 기가 막혀, 급히 되돌아서면서 목 메인 소리로 대답했다.

"겨우 좋은 만남을 이루었는데, 어떻게 이처럼 야박하게 대하오?"

선화가 웃으며 말했다.

"아까 한 말은 농담이었습니다. 그대는 노여워하지 말고, 이따 어두워진 뒤에 다시 오십시오."

주생은 '좋아, 좋아'라고 연이어 소리치며 나왔다. 선화는 방으로 돌아와 <조하문효앵>41)이라는 시 한 수를 지어 창밖에 썼다.

> 비 갠 하늘에 가벼운 안개 아득히 피어오르니,
> 푸른 버들은 그림처럼 풀은 연기처럼 보이네.
> 봄날 근심은 봄을 따라 돌아가지 않았는데,
> 새벽을 쫓아 거듭 날아든 꾀꼬리는 베갯머리에서 우네.

> 漠漠輕陰雨後天, 綠楊如畵草如烟.
> 春愁不逐春歸去, 又逐曉鶯來枕邊.

다음 날 밤에 주생이 또 갔는데, 갑자기 담장 아래 나무 그늘 속에서 돌과 쇠가 부딪히는 것처럼 신발 끄는 소리가 들렸다. 주생은 다른 사람에게 발각된 것이 아닌가 하는 두려움에 곧바로 돌아서서 달아나려고 했다. 이때 신발을 끌던 사람이 갑자기 푸른 매실을 던져서 주생의 등을 정확하게 맞추었다. 주생은 낭패를 당하게 되었으나 달아날 곳도 없어 대밭 아래에 납작 엎드리자, 신발 끌던 사람이 낮은 소리로 말

---

41) 조하문효앵(早夏聞曉鶯) : 시(詩)의 제목으로, 이른 여름날 새벽에 꾀꼬리가 운다는 뜻.

했다.

"주생은 두려워하지 마십시오. 앵앵[42]이 여기 있습니다."

주생은 비로소 선화에게 속은 것을 알고 곧 일어나 선화의 허리를 끌어안으며 말했다.

"어찌 사람을 이렇게 속일 수가 있소?"

선화가 웃으면서 말했다.

"제가 어떻게 감히 낭군을 속이리까? 낭군이 스스로 겁낸 것뿐입니다."

주생이 말했다.

"향(香)을 훔치고 구슬을 도적질하는데[43] 어찌 겁이 나지 않겠소?"

이어서 주생은 선화의 손을 이끌고 방안으로 들어갔다. 그는 창가에 붙어 있는 시를 보더니 마지막 구절을 가리키며 말했다.

"아름다운 그대가 무슨 근심이 있기에 이러한 말을 하였소?"

선화가 슬픈 표정을 지으며 말했다.

"여자의 몸은 근심과 더불어 일생을 보냅니다. 님을 만나기 전에는 만나기를 원하고, 이미 님을 만났으면 헤어질까 두려워합니다. 여자의 한 몸이 어디에 산들 근심이 없겠습니까? 하물며 낭군은 절단지기[44]를 범하고, 저는 행로지욕[45]을 받을 것입니다. 불행히도 하루아침에 우리의

---

42) 앵앵(鶯鶯) : 당(唐)나라 때 원진(元稹)이 지은, 전기소설(傳奇小說) <회진기(會眞記)>의 여주인공.

43) 투향도벽(偸香盜璧) : 남자가 혼례를 치루지 않고 여자를 사통(私通)하는 것을 이름.

44) 절단지기(折檀之譏) : 『시경(詩經)』「정풍(鄭風)」 <장중자(將仲子)>편에 나오는 것으로, 남의 집 담장을 넘어가 그 집 처녀의 정조를 빼앗는 죄를 범했다는 뜻. <장중자>는 한 여인이 가족의 반대와 주위 사람들의 시선을 의식하여 자신이 사랑하는 남자의 애정을 거절한다는 내용.

45) 행로지욕(行露之辱) : 『시경(詩經)』「소남(召南)」 <행로(行露)>편에 나오는 것으로, 길을 가다가 무례한 남자에게 능욕(凌辱)을 당했다는 뜻. 여기서는 선화가 혼례를 치르지도 않고 주생에게 몸을 받친 것을 일컬음. <행로>는 시집간 여자가 남편의 부당한 요구를 거절한 대가로 소송을 당하게 되는데, 송사에서 남편

54

애정 행각이 드러나면 친척들에게는 용납되지 못할 것이요, 고을 사람들에게는 천대를 받게 될 것이니, 비록 낭군의 손을 잡고 백년해로(百年偕老)하고자 한들 어찌 그것이 가능하겠습니까? 오늘 우리의 만남은 비유컨대 구름 속의 달이나 낙엽 속의 꽃과 같습니다. 설령 한 때의 즐거움을 얻었을지라도 오래 갈 수 없을 것이니, 어찌하면 좋겠습니까?"

선화는 말을 마치고 눈물을 흘리며, 아름다운 사랑에서 비롯된 원한을 감당하지 못하는 듯하였다. 이에 주생이 흐르는 눈물을 닦아주며 위로하여 말했다.

"대장부(大丈夫)가 어찌 한 여자를 취하지 못하겠소? 내가 마땅히 중매쟁이를 보내어 예로써 당신을 맞이할 것이니, 당신은 걱정하지 마시오"

선화가 눈물을 거두며 사례하여 말했다.

"낭군께서 반드시 말씀대로 하신다면 도요46)는 참으로 기쁠 것입니다. 비록 부녀자로서의 덕은 부족하지만 채빈기기47)하여 정성껏 제사를 받들어 모시겠습니다."

선화는 향기로운 상자 속에서 조그만 화장 거울을 꺼내어 두 조각으로 나누더니, 한 조각은 자신이 간직하고 한 조각은 주생에게 주면서 말했다.

"동방화촉48)할 때까지 가지고 있다가 그때 다시 합치는 것이 좋겠습니다."

선화는 또 비단 부채를 주생에게 주면서 말했다.

의 부당함을 제기하면서 그와 살지 않겠다는 결연한 의지를 표명한다는 내용.
46) 도요(桃夭) : 여자의 혼기(婚期). 시집가는 여자를 복숭아꽃에 비유하여 이르는 말. 여기서는 선화가 자기 자신을 두고 이름.
47) 채빈기기(采蘋祁祁) :『시경(詩經)』「소남(召南)」<채빈(采蘋)>편에 나오는 것으로, 나물을 캐어 정성껏 제사(祭祀)를 지낸다는 뜻. <채빈>은 대부(大夫)의 아내가 문왕(文王)의 덕화로 제사를 잘 받들었다는 내용.
48) 동방화촉(洞房花燭) : 신방(新房)에 켠 환한 촛불. 또는 결혼 잔치.

"이 두 물건은 비록 작은 것이지만 간절한 제 심정을 잘 드러내고 있습니다. 바라건대, 난새를 탄 것처럼 행복한 저를 생각하시어 가을 바람을 원망49)하지 않도록 해주십시오. 또 제가 비록 항아50)의 그림자를 잃더라도 반드시 밝은 달의 광채를 어여삐 여기셔야만 합니다."

이때부터 주생과 선화는 하룻밤도 빠지지 않고 날이 어두워지면 만나고 밝아오면 헤어졌다.

어느 날이었다. 주생은 배도를 오래도록 보지 않았기 때문에 배도가 의심할까 염려가 되었다. 그래서 배도의 집으로 가서 자고 돌아오지 않았다. 이날 밤 선화는 주생의 방으로 가서 몰래 주생의 소지품이 담긴 주머니를 열어보다가 배도가 주생에게 준 시 몇 편을 발견하였다. 선화는 질투심을 참지 못하고 책상 위에 있는 붓과 먹으로 그 시를 까마귀처럼 새까맣게 지워버렸다. 그리고 <안아미>51)라는 제목의 시 한 수를 지어 푸른 명주에 써서 주머니 속에 던져 넣고 나왔다. 그 시의 내용은 다음과 같다.

> 창밖에 어른거리는 그림자 밝았다 흐려지고,
> 기울어진 달은 높은 다락에 걸려 있네.
> 섬돌 아래 대나무는 우수수 소리를 내고,
> 오동나무 그림자는 집안에 가득한데,
> 밤은 고요히 남의 시름만 돋우네.

---

49) 추풍지원(秋風之怨) : 가을 바람을 원망한다는 뜻으로, 흔히 버림을 받은 여자가 자신을 부채에 비유하여 이름. 부채는 더운 여름철에는 사람들의 사랑을 받으나, 시원한 바람이 부는 가을에는 버려지게 되는 데서 이르게 됨.
50) 항아(姮娥) : 달나라에 산다는 선녀(仙女). 남편인 예(羿)가 서왕모(西王母)에게 얻은 불사약을 훔쳐 먹고 선인(仙人)이 되어, 달나라로 도망가서 달의 정령(精靈)이 되었다고 함.
51) 안아미(眼兒眉) : 사곡(詞曲)의 이름.

窓外疏影明復流,

斜月在高樓. 一階竹韻,

滿堂梧影, 夜靜人愁.

아직까지 탕자는 소식이 없으니,

어디서 한가롭게 노닐고 있는가?

아아, 분명 나를 생각지 않으니,

이별의 정한에 가슴이 막히어,

앉은 채 산가지52)만 세고 또 세네.

此時蕩子無消息,

何處作閑遊? 也應不念,

離情脉脉, 坐數更籌.

　다음날 주생이 돌아왔으나 선화는 끝내 질투나 원망하는 기색을 보이지 않았으며, 주머니를 뒤졌던 일도 말하지 않았다. 이것은 무릇 주생 스스로 부끄러움을 느끼게 하기 위해서였다. 그러나 주생은 이러한 사실을 전혀 모른 채 별다른 생각 없이 태연하게 생활하였다.

　하루는 부인이 잔치를 마련해서 배도를 초대해 놓고 주생의 학문과 행실을 칭찬하였다. 또 부지런히 자식을 가르쳐 준 것에 대해 감사하면서 몸소 술을 따라 배도로 하여금 주생에게 전해 올리게 하였다. 이날 밤 주생은 술에 취하여 정신을 차리지 못하였다. 배도는 잠이 오지 않아 홀로 앉아 있다가 우연히 주생의 소지품 주머니를 열어 보니, 자기가 준 시가 온통 새카맣게 먹칠이 되어 있었다. 마음이 자못 의심스럽던 차에 <안아미>라는 사곡(詞曲)을 발견하고, 비로소 선화가 한 짓임

---

52) 산가지 : 수효(數爻)를 셈하는 데 쓰던 댓개비. 대나 뼈 따위로 만들었는데, 이것을 가로·세로로 벌여 놓아서 셈함.

을 알았다. 배도는 매우 화가 나서 그 시를 소매 속에 말아 넣고 그 주머니는 예전처럼 봉해 두었다. 그리고 앉아서 아침이 되길 기다렸다. 주생이 술에서 깨어나자 배도는 천천히 물었다.

"낭군이 이곳에서 더부살이를 한 지가 오래되었는데도, 어찌하여 아직까지 저에게 돌아오지 않는 것입니까?"

주생이 말했다.

"국영이 아직 학업을 다 마치지 못했기 때문이오."

배도가 말했다.

"아내의 동생을 가르치니 성의를 다하지 않을 수 없겠지요?"

주생은 부끄러움으로 얼굴과 목이 붉게 달아오른 채 말했다.

"이것이 대체 무슨 말이오?"

배도는 오래도록 말을 하지 않고 가만히 앉아 있었다. 주생이 당황하여 어찌할 줄 모르고 고개를 푹 숙인 채 방바닥만 보고 있는데, 배도가 선화가 쓴 시를 꺼내어 주생 앞에 던지며 말했다.

"남의 집 담을 넘어 서로 따르며 구멍을 뚫고 서로 엿보는 짓[53]을 어떻게 군자(君子)가 할 수 있습니까? 내가 안방으로 들어가 부인께 모두 아뢰겠습니다."

배도가 곧바로 자리에서 일어나자, 주생은 다급하게 배도를 붙들어 안고 사실대로 말하였다. 그리고 또 머리를 조아리며 애걸하여 말했다.

"선화와 나는 영원히 설연을 맺기로 꽃다운 맹세를 했는데, 어떻게 차마 우리를 죽을 곳으로 몰아 넣으려 하오?"

배도는 비로소 마음을 바꾸어 말했다.

"지금 바로 저와 함께 돌아갑시다. 그렇게 하지 않으신다면 낭군이

---

53) 유장상종(踰墻相從), 찬혈상규(鑽穴相窺) : 남녀가 혼례(婚禮)를 치르지 않고 사사로이 서로 사랑하고 따르는 행위를 일컬음. 『맹자(孟子)』「등문공하(滕文公下)」편에 "不待父母之命, 媒妁之言, 鑽穴相窺, 踰墻相從, 則父母國人皆賤之(부모의 명령과 중매쟁이의 말을 기다리지 않고 구멍을 뚫어 서로 엿보고 담을 넘어 서로 따른다면, 부모와 나라 사람들이 모두 천하게 여길 것이다.)"라는 말이 있음.

이미 약속을 저버렸는데 제가 어찌 맹세를 지킬 수 있겠습니까?"

주생은 어쩔 수 없이 다른 핑계를 대고 다시 배도의 집으로 돌아갔다. 배도는 주생과 선화의 관계를 알게 된 뒤부터는 다시는 주생을 선랑이라고 부르지 않았는데, 이는 마음속으로 불만이 있었기 때문이었다. 주생은 오로지 선화만을 생각하느라고 날로 여위고 수척해 갔으며, 20여 일 동안이나 병을 핑계 대고 자리에서 일어나지 않았다. 그런데 얼마 뒤 뜻하지 않게 국영이 병이 들어 죽었다는 소식을 듣고, 주생은 제물을 갖추고 가서 국영의 널 앞에서 제사를 올렸다. 선화 또한 주생 때문에 병이 들어 움직일 때마다 다른 사람의 도움을 받아야만 했는데, 갑자기 주생이 왔다는 말을 듣고 억지로 자리에서 일어나 소복단장(素服丹粧)을 하고 홀로 주렴 안에 서 있었다. 주생은 제사를 마친 후 멀리 서 있는 선화에게 눈길로 마음을 보내고 나왔으나, 고개를 숙이고 머뭇거리며 눈동자를 돌린 순간에 이미 선화의 모습은 아득하여 다시 볼 수가 없었다.

몇 개월이 지난 뒤 배도마저 병이 들어 자리에서 일어나지 못했다. 배도는 죽어가면서 주생의 무릎을 베고 눈물을 머금은 채 말했다.

"저는 봉비의 뿌리54)로서 송백의 넉넉한 그늘55)에 의지하였는데, 어찌 꽃향기가 없어지기도 전에 소쩍새가 먼저 울 줄56)을 생각이나 했겠습니까? 이제 곧 낭군과는 영영 이별하게 되었습니다. 비단옷이나 거문고 가락도 이제는 끝났으며, 낭군과 해로(偕老)하고자 했던 오랜 소원마저도 이미 어그러지고 말았습니다. 다만 제가 죽은 뒤 낭군께서는 선화

---

54) 봉비지하체(葑菲之下體) : 순무나 비(菲)와 같은 채소의 뿌리. 『시경(詩經)』 「패풍(邶風)」 <곡풍(谷風)>편 중 "采葑采菲, 無以下體(순무나 비와 같은 채소를 캐는 것은 뿌리만 쓰기 위한 것은 아니라네.)"에서 나온 것으로, 버림을 받은 여자가 자신을 비유하여 이름. <곡풍>은 남편으로부터 버림받은 아내가 자기의 처지를 한탄하면서 남편을 원망하는 내용.

55) 송백지여음(松栢之餘陰) : 주생의 사랑과 은덕(恩德)을 비유하여 일컬음.

56) 방비미헐, 제계선명(芳菲未歇, 鶗鴂先鳴) : 소쩍새가 울면 가을이 온다고 하는 바, 여기서는 배도가 꽃다운 청춘에 죽게 된 자신의 죽음을 비유하여 일컬음.

를 배필로 맞이하고, 제 유골을 낭군이 왕래하는 길가에 묻어 주시길
바랄 뿐입니다. 그러면 저는 비록 죽었을지라도 산 것과 다름이 없을
것입니다."

배도는 말을 마친 후 기절했다가 한참 후에 다시 깨어나 눈을 뜨고
주생을 보면서 말했다.

"주랑이여, 주랑이여! 부디 귀하신 몸을 소중히 하소서."

배도는 연이어 이 말을 몇 차례 하더니 마침내 죽고 말았다. 주생은
크게 통곡을 하고, 배도의 소원대로 호수와 산을 끼고 있는 큰길가에
장사지냈다. 그리고 제문(祭文)을 지어 일렀다.

"모월(某月) 모일(某日) 매천거사(梅川居士)는 초황과 여단57)을 올려
배낭자의 영전(靈前)에 제사를 드리며 이르노라. 그대의 용모는 꽃의 정
령처럼 아름다웠고, 태도는 달처럼 경쾌하면서도 옹골찼습니다. 장대의
버들58)을 배우지 않고도 바람결에 나부끼는 푸른 버들가지처럼 춤을 잘
추었으며, 고운 얼굴은 그윽한 골짜기의 난초보다 빼어났으니, 그대는
바로 이슬을 머금은 한 떨기 붉은 꽃이었습니다. 그대의 회문59)은 소약
란인들 어찌 첫째 자리를 용납하지 않겠으며, 아름다운 가사는 가운
회60)라도 이름을 다투기 어려울 것입니다. 이름이 비록 기생의 명부(名
簿)에 기록되어 있지만, 뜻은 언제나 그윽한 정절에 있었습니다. 저는
바람 속의 버들개지처럼 뜻이 방탕하여 물위의 부평초처럼 외롭게 떠

---

57) 초황여단(蕉黃荔丹) : 누런 파초 열매와 붉은 타래 열매. 흔히 제물(祭物)로 쓰임.
58) 장대지류(章臺之柳) : 장대에 심은 버들, 곧 창녀(娼女)를 일컬음. 장대는 전국시
    대(戰國時代)에 진(秦)나라 함양(咸陽)에 세운 궁전(宮殿)이름인데, 당시 함양에
    기생들이 많이 살았기에 유곽(遊廓)이라는 의미를 갖게 됨.
59) 회문(回文) : 한시체(漢詩體)의 한가지. 순역종횡(順逆縱橫) 어느 쪽으로 읽어도 체
    (體)를 이루고 의미가 통하는 시. 진(晉)나라 때 소백옥(蘇伯玉)의 아내가 지은
    <반중시(盤中詩)>가 그 효시임.
60) 가운화(賈雲華) : <가운화환혼지기(賈雲華還魂之記)>의 여주인공인 빙빙(娉娉).
    <주 31> 참조

돌아 다녔습니다. 그러다가 매향의 새삼을 캐어[61] 그대와 좋은 인연을 맺고, 동문의 버드나무 아래에서 맺은 언약을 지켜서[62] 서로 잊지 않고 기뻐했습니다. 달빛이 환하게 비출 때 우리가 향기로운 맹세를 하니, 구름 낀 창가의 밤은 고요하고 화원의 봄은 맑기만 했습니다. 한 주발의 좋은 술을 마시며 수없이 생황(笙簧)을 연주했는데, 시간이 흘러서 우리들의 인연이 끝나고 즐거움이 다하여 슬픔이 올 줄을 어떻게 알았겠습니까? 비취 이불이 따뜻해지기도 전에 원앙의 꿈이 먼저 깨어지니, 즐거운 마음은 구름처럼 사라지고 은혜로운 정은 비처럼 흩어졌습니다. 눈을 드니 그대의 비단 치마는 이미 색이 바랬고, 귀에 대어도 그대의 패옥(佩玉) 소리는 들리지 않습니다. 한 폭의 노(魯)나라 비단에는 아직도 그대의 향기가 남아 있는데, 붉은 거문고와 푸른 의복만 그대의 은 침상에 쓸쓸히 놓여 있습니다. 남교[63]의 옛 집은 홍낭[64]에게 부탁하리다. 아아! 아름다운 그대를 만날 수는 없으나 그대의 덕스러운 목소리는 잊을 수가 없도다. 옥 같은 자태와 꽃 같은 용모가 눈앞에 완연하니, 영원히 변치 않는 하늘과 땅만큼이나 나의 한스러움 망망하기만 하도다.

---

61) 언채매향지당(言采沬鄉之唐) :『시경(詩經)』「용풍(鄘風)」<상중(桑中)>편 중 "爰采唐矣, 沬之鄉矣(새삼 캐길 매에서 하네.)"에서 나온 말로, 남자가 여자를 좋아해서 유인(誘引)했다는 뜻. 매(沬)는 위(衛)나라의 고을 이름. <상중>은 음란한 위나라 궁실(宮室)을 풍자한 시로 이해되기도 하는데, 전체적으로는 젊은 총각이 사랑하는 여인과 함께 했던 즐거운 시간을 회상하면서 부른 노래임.

62) 불부동문지양(不負東門之楊) :『시경(詩經)』「진풍(陳風)」<동문지양(東門之楊)>편 중 "東門之楊, 其葉牂牂. 昏以爲期, 明星煌煌(동문의 버드나무, 잎사귀 우거졌네. 저녁때 만나자고 했더니, 샛별이 반짝반짝.)"에서 나온 것으로, 동문의 버드나무 아래에서 만나자는 밀회(密會)의 약속을 저버리지 않았다는 뜻. <동문지양>은 한 여인이 밀회의 약속을 어긴 상대를 원망하면서 부른 노래임.

63) 남교(藍橋) : 중국의 섬서성(陝西省) 남전현(藍田縣) 동남쪽에 있는 땅 이름. 이곳에는 신선굴(神仙窟)이 있는데, 당(唐)나라 때 배항(裵航)이 운교부인(雲翹夫人)의 말을 듣고 이곳에 가서 선녀인 운영(雲英)을 만났다고 함. 여기서는 배도가 살았던 곳을 비유하여 일컬음.

64) 홍낭(紅娘) : 당(唐)나라 전기소설(傳奇小說)인 <회진기(會眞記)>에 나오는 여주인공 앵앵(鶯鶯)의 하녀(下女). 여기서는 배도의 하녀를 일컬음.

타향에서 짝을 잃었으니 이제 누구에게 의지하리오? 다시 옛날처럼 배를 타고 오던 길 돌아 나가니, 바다는 넓디넓고 세상은 험하기만 하도다. 외로운 돛단배에 몸을 싣고 머나먼 만리 길을 가고 또 간들 어디에 의탁하리오? 다음 해 다시 한 번 그대를 위해 통곡을 하고 싶어도 드넓은 세상이라 기약하기 어렵도다. 산에는 구름이 돌아오고 강에는 조수(潮水)가 다시 밀려오건만, 낭자는 한 번 가더니 다시 돌아올 줄 모르는가. 술로써 제사를 올리고 글로써 내 마음을 진술하노라. 바람을 맞으며 영결(永訣)을 고하니, 꽃다운 영혼은 기꺼이 받으시라. 상향(尙饗)."

　　주생은 제사를 마친 후 두 계집종과 이별하면서 말했다.
　　"너희들은 집을 잘 지키고 있거라. 훗날 내가 뜻을 이루면 반드시 너희들을 데리러 오마."
　　이에 계집종이 울면서 말했다.
　　"저희는 주인 낭자를 어머니처럼 우러렀으며, 주인 낭자는 저희를 자식같이 사랑했었습니다. 저희들이 팔자가 기박하여 주인 낭자께서 일찍 돌아가시고 말았으니, 저희가 믿고 의지할 분은 오로지 낭군뿐입니다. 그런데 이제 또 낭군마저 떠나신다니 저희는 누구에게 의지해야 합니까?"
　　계집종들이 계속 소리를 내며 울자, 주생은 두세 번 위로하고 눈물을 흘리며 배에 올랐다. 그러나 차마 노를 저어 떠나갈 수가 없었다. 이날 밤 주생은 수홍교(垂虹橋) 아래에 머물면서 선화의 집을 바라보니, 은초롱 속의 붉은 촛불이 숲 사이로 깜박거렸다. 주생은 선화와의 아름다운 기약이 이미 끝나버렸다고 생각하고, 또 다시 만날 인연이 없음을 탄식하면서 <장상사(長想思)> 한 수를 읊었다.

　　　　꽃밭에도 안개가 자욱하고,
　　　　버드나무에도 안개가 자욱하기에,

비로소 봄소식 전해 올 줄 알았더니,
고운 님 푸른 주렴 드리우고 깊숙한 곳에 잠들었네.

花滿烟, 柳滿烟.
音信初憑春色傳.
綠簾深處眠.

좋은 인연이런가,
나쁜 인연이런가?
새벽녘 정원에는 은초롱만 가물거리는데,
배는 구름 낀 물가 따라 되돌아가네.

好因緣, 惡因緣.
曉院銀缸已惘然.
歸帆雲水邊.

주생은 새벽녘까지 깊은 시름에 잠겨 있었다. 떠나면 선화와 영영 이별할 것 같고, 머물고 싶어도 배도와 국영이 이미 죽었기 때문에 의탁할 곳이 없었다. 이리저리 백방으로 생각해 보아도 뾰쪽한 수가 없었다. 날이 밝음에 어쩔 수 없이 돛을 올리고 노를 저어 나아가니, 선화네 집과 배도의 무덤이 차례로 보이다가 점점 멀어져 갔다. 배가 강물을 따라 산을 돌아나가는 순간 이내 아무 것도 보이지 않았다.

주생의 어머니 쪽 친족인 장씨(張氏)라는 노인은 호주65)의 갑부였는데, 친척들과 화목하게 지낸다고 소문이 나 있었다. 주생이 시험삼아 그곳에 의탁하러 가니, 장 노인은 주생을 매우 관대하게 맞아 주었다. 이

---

65) 호주(湖州) : 부(府)의 이름. 지금의 절강성(浙江省) 오흥현(吳興縣).

로 인해 주생은 비록 몸은 편했지만, 선화를 그리워하는 마음은 시간이 갈수록 더욱 깊어만 갔다. 주생이 이렇듯 선화에 대한 생각으로 잠을 이루지 못하는 사이에 어느덧 또 봄이 돌아왔는데, 그 해는 바로 만력[66] 임진년[67]이었다. 장 노인이 주생의 얼굴이 날이 갈수록 수척해지는 것을 보고 이상하게 생각하여 그 까닭을 묻자, 주생은 감히 숨기지 못하고 사실대로 말씀을 드렸다. 이에 장 노인이 말했다.

"너에게 그러한 사연이 있었다면, 왜 일찍 말을 하지 않았느냐? 내 처가 노승상과 동성으로, 그 집안은 대대로 우리와 통혼했던 사이다. 내가 마땅히 너를 위해 혼사를 추진하겠다."

다음날 장 노인은 아내에게 편지를 쓰게 하고, 늙은 하인을 전당에 보내어 왕사지친[68]을 의논하였다.

선화는 주생을 이별한 이후 침상에 누워서 지리한 세월을 보내니, 어여쁜 얼굴이 몹시 야위고 초췌해 있었다. 부인도 선화가 주생을 사모하는 것을 알고 그 뜻을 이루어 주고 싶었으나, 주생이 이미 떠나버렸기 때문에 어찌할 도리가 없었다. 그런데 뜻밖에 노씨(盧氏) 부인의 편지를 받고 온 집안이 놀라며 기뻐하였으며, 선화도 억지로 침상에서 일어나 머리를 빗고 세수를 하니 예전의 모습이 되살아 나는 듯 했다. 그리하여 마침내 두 집안은 그 해 9월에 결혼을 하기로 약속하였다.

주생은 매일 포구(浦口)에 나가 전당(錢塘)에 간 하인이 돌아오긴 간절히 기다렸다. 채 열흘이 못 되어 하인이 돌아와서 정혼한 사실을 전달하고, 또 선화가 개인적으로 쓴 편지를 주생에게 주었다. 주생이 편지를 뜯어보니, 분 향기가 나고 눈물 자국이 배어 있었다. 그래서 주생은

---

66) 만력(萬曆) : 명(明)나라 신종(神宗)의 연호(재위 ; 1572~1620).
67) 임진년(壬辰年) : 조선 선조(宣祖) 25년(1592).
68) 왕사지친(王謝之親) : 혼인을 맺은 집안끼리의 친밀함. 곧 혼인 관계를 일컬음. 왕사(王謝)는 진(晉)나라 때의 왕원지(王垣之)와 사안(謝安)으로, 진대(晉代) 이후부터 남조(南朝)에 이르기까지 왕씨와 사씨 가문은 대대로 혼인 관계를 맺고 높은 벼슬을 서로 계승했다 함.

64

편지지만으로도 선화의 슬픔과 원망을 상상할 수가 있었다. 그 편지에
일렀다.

　"박명한 첩 선화는 몸과 마음을 깨끗이 하고 주랑께 글월을 올립니
다. 저는 본래 약질로 깊숙한 규방에서 자라면서, 매번 젊은 청춘이 쉬
이 흘러가는 가는 것을 생각할 때마다 거울을 가리고 홀로 안타까워했
습니다. 비록 님을 그리는 꽃다운 마음을 품었다가도 남을 대하면 부끄
러움이 일어나 어쩔 줄 몰랐습니다. 길가 언덕의 버드나무를 보면 님을
그리는 마음이 넘쳐흐르고, 나뭇가지 위에서 우는 꾀꼬리 소리를 들으
면 새벽녘 꿈에 본 님 생각이 몽롱하게 피어났습니다. 그러던 어느 날
아침이었습니다. 채색 나비가 소식을 전하고 산새가 길을 인도하여 동
방에 달이 떠오를 때 어여쁜 그대가 문간에 있었습니다.69) 당신이 이미
담을 넘어 왔는데 제가 어떻게 박달나무만을 아낄70) 수 있겠습니까? 그
래서 현상71)을 다 찧고도 높디높은 옥경72)에 오르지 아니하고, 밝은 달
이 중천에서 나뉘었다가 마침내 함께 부부의 인연을 맺기로 깊게 맹세
했던 것입니다. 그때는 어찌 좋은 일에는 마가 들기 쉽다는 것을 생각
이나 했겠습니까? 아름다운 기약을 이루지 못하게 되니, 마음은 여전히
사랑하면서도 몸은 절로 야위어 갔습니다. 님이 떠난 뒤 봄은 다시 찾
아왔지만 고기는 물 속으로 숨고 기러기는 날아가 버렸으며, 빗줄기는

69) 동방지월(東方之月), 주자재달(姝子在闥) : 『시경(詩經)』 「제풍(齊風)」 <동방지일
　　(東方之日)>편 중 "東方之月兮, 彼姝者子, 在我闥兮(동쪽 하늘에 달이 뜨니, 어여
　　쁘신 우리 님이 문간에 와 계시네.)"에서 따옴. <동방지일>은 바람난 여자가 사
　　나이를 따라 나서려고 하면서 부른 노래임.
70) 애단(愛檀) : 박달나무를 아낀다는 것은 곧 여자가 제 몸과 정조(貞操)를 아껴 지
　　킨다는 뜻.
71) 현상(玄霜) : 선가(仙家)에서 말하는 단약(丹藥)의 이름. 경장(瓊漿)을 마시면 온갖
　　감흥(感興)이 생겨나며, 현상을 다 찧으면 선녀인 운영(雲英)을 만나게 된다는 말
　　이 있음.
72) 옥경(玉京) : 옥황상제(玉皇上帝)가 산다고 하는, 하늘나라의 서울.

배꽃을 때렸습니다. 날이 저물면 문을 닫고 온갖 상념에 젖어 잠을 이루지 못하고 뒤척이었으니, 제 몸이 이렇듯 수척하게 된 것도 모두 낭군 때문입니다. 낮에는 비단 휘장 안이 텅 비어 적막하였고, 밤에는 은 초롱에 촛불이 꺼져 어둡기만 했습니다. 단 하루 몸을 그르치고 일평생 그대를 사랑하게 되어, 꽃이 질 때마다 그대 생각은 쌓여 가고 조각달을 보면 눈물을 흘렸습니다. 삼혼73)은 이미 사라지고 여덟 개의 날개74)는 날 수 없게 되었으니, 일찍이 이리 될 줄 알았다면 차라리 죽는 것이 더 나았을 것입니다. 이제 월노75)가 소식을 전해 와 혼인할 날을 기다릴 수 있게 되었으나, 홀로 외롭게 생활하는 동안에 질병이 들어 오래도록 자리에서 일어나지 못했습니다. 이로 인해 꽃 같던 얼굴은 고운 빛이 사라지고 구름 같던 머릿결은 윤기를 잃어 버렸으니, 비록 낭군께서 저를 보시더라도 다시 예전과 같은 사랑을 베풀지 않을까 합니다. 그러나 더욱 두려운 것은 제 자그마한 정성을 낭군께 바치기도 전에 갑자기 아침 이슬처럼 황천길에 들 듯하니, 사사로운 제 한은 끝없기만 합니다. 아침에 낭군을 뵙고 제 슬픈 마음을 한 번 호소할 수만 있다면, 저녁에 죽어 그윽한 방76)에 갇히더라도 원망하지 않을 것입니다. 낭군께서 구름이 걸린 산 너머 만리 밖에 계시니 자주 소식을 전하기 어렵고, 목만 길게 늘이고 바라보니 뼈는 부러지고 넋은 날아가 버립니다. 호주(湖州) 땅은 외진 곳으로 나쁜 기운이 침입하기 쉬우니 몸을 아끼도록 애쓰십시오. 내내 소중한 몸을 잘 보존하소서! 소중한 몸을 내내 잘 보존하소서! 구구한 제 마음을 말로 다 형언하지 못하고 돌아가는

---

73) 삼혼(三魂) : 사람의 몸 가운데 있는 세 가지 정혼(精魂). 곧 태광(台光)·상령(爽靈)·유정(幽精).
74) 팔익(八翼) : 진(晉)나라 도간(陶侃)이 꿈에 여덟 개의 날개가 솟아나서 하늘로 날아갔다 함. 『전등신화(剪燈新話)』의 <취취전(翠翠傳)>에 "望高天而八翼莫飛, 思故國而三魂屢散(높은 하늘로 날아가고자 하나 날개가 없고, 고국을 그리는 마음에 혼백은 사방으로 흩어졌습니다.)"라는 구절이 있음.
75) 월노(月老) : 월하노인(月下老人). 남녀의 인연을 맺어주는 신(神).
76) 유방(幽房) : 깊은 무덤 속을 이름.

기러기에게 분부하여 보내옵니다. 모월(某月) 모일(某日) 선화 아룀."

편지를 다 읽고 난 주생은 꿈에서 막 깨어나거나 술이 비로소 깬 듯이 슬픔과 기쁨이 교차하였다. 결혼하기로 약속한 9월을 손가락으로 꼽아 보니 아직 너무 많이 남은 듯했다. 그래서 결혼할 날짜를 바꾸고자 장 노인께 요청하여 하인을 다시 전당에 보내기로 하였다. 이에 주생은 선화의 편지에 화답하는 글을 썼다.

"방경(芳卿)께. 삼생(三生)의 인연이 지중하여 천리 밖에서 편지를 받아 보니, 그대 생각에 몸을 가눌 수가 없습니다. 예전에 옥처럼 고귀한 그대 집에 투숙하고 구슬 같이 아름다운 그대 정원에 몸을 의탁했을 때, 그대를 사랑하는 마음이 한 번 일어나자 쏟아지는 비처럼 금할 수가 없었습니다. 그래서 꽃밭에서 언약을 맺고 달 아래 인연을 이루었던 것입니다. 분에 넘치게 큰 은혜를 입은지라, 아직도 그때의 맹세가 귀에 쟁쟁합니다. 생각건대, 이승에서는 그대의 깊은 은혜를 다 갚기 어려울 듯 합니다. 인간의 좋은 일을 조물(造物)이 시기하는 탓에 하룻밤의 이별이 마침내 해를 넘기도록 한이 될 줄을 어떻게 알았겠습니까? 서로 멀리 떨어지고 산천이 막힌 머나먼 하늘가에서 저 홀로 얼마나 슬퍼했는지요? 기러기는 오(吳)나라 구름 속에서 부르짖고 원숭이는 초(楚)나라 산봉우리에서 우는데, 친척집에서 홀로 잠자리에 드니 외로운 등불은 쓸쓸하기만 합니다. 사람이 목석이 아닌 한 어찌 슬프지 않겠습니까? 아아, 방경이여! 이별한 뒤의 슬픔을 그대도 알 것입니다. 옛사람이 '하루 보지 못하니 하루가 3년 같다.'고 했습니다. 이 말로 미루어 본다면, 한 달은 곧 90년이 될 것입니다. 만약 늦가을까지 기다렸다가 혼인을 하게 된다면, 아마 황량한 산 속의 시든 풀숲[77]에서나 저를 찾게 될 것입니다. 그대를 그

---

77) 쇠초지리(衰草之裏) : 무덤 속을 이름.

리는 제 마음은 다함이 없고 할 말도 끝이 없습니다. 그러나 종이를 대하
니 목이 메입니다. 다시 무슨 말을 더 하겠습니까?"

주생은 이렇듯 편지를 이미 써놓고 아직 부치지 않고 있었다. 그런데
이때 조선(朝鮮)이 왜적(倭敵)의 침략을 받고 매우 다급하게 중국(中國)
에 구원병을 요청하였다. 황제는 조선이 지성으로 중국을 섬기기 때문
에 조선을 구원하지 않을 수가 없었다. 또 조선이 패하면 압록강(鴨綠
江) 서쪽에 사는 사람들 역시 편안히 누워서 잠잘 수 없다는 것을 알고
있었다. 게다가 한 국가의 존망(存亡)을 잇고 끊는 것은 왕이 된 자가
할 일이었기 때문에 황제는 특별히 도독78) 이여송79)에게 군사를 이끌고
가서 왜적을 토벌케 하였다. 이때 행인사80) 행인81)인 설번(薛藩)이 조선
에서 돌아와 황제께 아뢰었다.

"북방 사람들은 오랑캐를 잘 방어하고 남방 사람들은 왜적을 잘 방어
합니다. 그렇기 때문에 이번 전쟁은 남쪽 병사가 아니면 이기기 어렵습
니다."

이에 황제는 호남82)과 절강83)의 여러 고을에서 다급하게 병사를 징
발하였다. 성(姓)이 모모(某某)인 유격장군(遊擊將軍)은 본래부터 주생의

78) 도독(都督) : 관직(官職) 이름. 위(魏)나라 문제(文帝) 때 처음 도독을 두어 군사(軍
事) 업무를 총괄(總括)하게 하였으며, 명(明)나라 때는 오군도독부(五軍都督府)를
설치하고 좌우도독(左右都督)으로 하여금 모든 군사(軍士)를 거느리게 하였음.
79) 이여송(李如松) : 명(明)나라의 무장(武將). 호는 앙성(仰城). 요동 철령위(鐵嶺衛)
사람. 임진왜란 때 우리 나라를 도우려 와서 코니시 유키나가(小西行長)가 이끄
는 일본군을 평양(平壤)에서 무찔렀으나, 벽제관(碧蹄館)에서 코바야카와 타카카
게(小早川隆景)에게 크게 패했음.
80) 행인사(行人司) : 관아(官衙)의 이름. 일종의 외교관서(外交官署).
81) 행인(行人) : 국외로 가는 사신(史臣)과 빈객(賓客)의 접대를 맡은 벼슬.
82) 호남(湖南) : 중국 호북성(湖北省)의 남쪽에 있는 성(省). 삼면이 산으로 둘려 쌓
여 대분지를 이루고 있으며, 동정호(洞庭湖)로 흘러가는 많은 하천이 있음. 성도
(省都)는 장사(長沙).
83) 절강(浙江) : 성(省)의 이름. 강소성(江蘇省) 남쪽에 있으며, 동지나해(東支那海)와
인접해 있음. 성도(省都)는 항주(杭州).

이름을 잘 알고 있는 자로서, 주생을 불러 들여 서기(書記)의 임무를 맡겼다. 주생은 사양을 했으나 장군이 들어주지 않아 어쩔 수 없이 서기의 임무를 맡았다. 주생이 조선에 와서 안주84) 백상루85)에 올라 고풍(古風)의 칠언시(七言詩)를 지었는데, 그 전편(全篇)은 잃어버리고 오직 결구(結句)만을 기록하면 다음과 같다.

> 다시 강가의 누각에 오르니 고향 생각 절로 나는데,
> 누각 너머 푸른 산은 몇 구비인고?
> 아무리 저 산들이 고향을 바라보는 나의 눈을 가릴지라도,
> 고향을 그리는 나의 마음 끊을 수 없으리.

> 愁來更上江上樓, 樓外靑山多幾許.
> 也能遮我望鄕眼, 不能隔斷愁來路.

다음 해인 계사년86) 봄에 명(明)나라 군사가 왜적을 대파하고 경상도(慶尙道)까지 추격해 왔다. 주생은 선화를 한시도 잊지 못해 마침내 병이 들어서 군대를 따라 남하(南下)하지 못하고 송경(松京)87)에 머물렀다. 내가 마침 일이 있어 송경에 갔다가 객사(客舍)에서 주생을 만났다. 그러나 말이 서로 통하지 않아 글로써만 마음을 통할 수가 있었다. 주생은 내가 글을 안다고 해서 나를 매우 극진하게 대우하였는데, 내가 병이 나게 된 까닭을 묻자 주생은 슬픈 표정을 짓고는 대답을 하지 않았

---

84) 안주(安州) : 평안남도의 북서단에 있는 군(郡). 원래 고구려의 식성군(息城郡)이었으나, 고구려가 망한 뒤 당(唐)나라의 안동 도호부(安東都護府)에 예속됨. 고려 공민왕(恭愍王) 때 안동 만호부(安東萬戶府)로 되었다가, 1895년에 군(郡)이 됨.

85) 백상루(百祥樓) : 관서팔경(關西八景)의 하나. 평안남도 안주(安州)의 북쪽 성안에 있는 누각. 여기에서 넓은 들판을 가로지르며 흐르는 청천강(淸川江)의 아름다운 모습을 조망(眺望)할 수 있음.

86) 계사년(癸巳年) : 조선의 선조(宣祖) 26년(1593).

87) 송경(松京) : 우리 나라의 지명(地名). 지금의 개성(開城).

다. 이날 비가 내려서 나는 주생과 함께 등불을 밝히고 밤새도록 이야기를 하였다. 이때 주생이 <답사행(踏沙行)> 한 수를 나에게 보여 주었다.

외로운 그림자는 의지할 곳 없고,
이별의 회한은 토로하기 어려운데,
어둠 속에서 돌아가는 기러기는 강가 나무숲에 이르렀네.
이미 객사의 희미한 등불에 마음 설레었으니,
어찌 다시 황혼에 내리는 빗소리를 감내하리오?

隻影無憑, 離懷難吐.
歸鴻暗暗連江樹.
旅窓殘燭已驚心,
可堪更廳黃昏雨?

낭원[88]은 구름이 아득하고,
영주[89]는 바다에 막혔으니,
옥루의 구슬 주렴은 어디에 있는고?
외로운 발자취 물위의 부평초 되어,
하룻밤 사이에 오강[90]으로 떠가길 바랄 뿐.

閬苑雲迷, 瀛州海阻.
玉樓珠箔今何許?

---

88) 낭원(閬苑) : 신선(神仙)이 산다는 곳.
89) 영주(瀛州) : 신선(神仙)이 산다는 삼신산(三神山)의 하나. 동해(東海) 가운데 있다고 함.
90) 오강(吳江) : 중국에 있는 강 이름. 태호(太湖)의 지류(支流) 중에 가장 큰 강으로, 황포강(黃浦江)과 합류하여 황해(黃海)로 흘러감.

孤踪願作水上萍,

一夜流向吳江去.

　나는 이 사곡(詞曲)을 손에서 놓지 않고 두세 번 읽어 가사(歌詞) 속에 담긴 연정(戀情)을 탐지해 냈다. 그러자 주생은 감히 속이지 못하고 앞에 서술했던 대로 처음부터 끝까지 상세하게 이야기를 하였다. 그리고 나서 주생은 나에게 말했다.

　"다른 사람들에게는 말하지 않길 바랍니다."

　나는 그 시의 가사가 아름다웠던 탓인지 그들의 기이한 만남과 아름다운 기약에 슬픔을 금할 수가 없었다. 그래서 내 방으로 돌아와 붓을 잡고 이 이야기를 쓴다.

위경천전(韋敬天傳)

　명(明)나라 만력(萬曆) 연간에 위생(韋生)이라는 사람이 있었는데, 그는 금릉[1] 사람이다. 이름은 악(岳)이고, 자(字)는 경천(敬天)이며, 옛날 당(唐)나라 때의 현인(賢人)이었던 위응물[2]의 후예이다. 그는 타고난 자질이 총명하고, 남들이 부러워할 정도로 재주가 빼어났으며, 열 다섯 살 때 문장을 이루었다. 시의 운치(韻致)는 소주[3]를 본받았으나 맑고 속(俗)되지 않음은 그보다 나았다. 이로 인해 위생은 이름을 떨쳐 당대(當代)에 그의 자취를 따를 만한 사람이 없었다.

　임진년(壬辰年)에 장생(張生)과 짝이 되어 함께 장사[4]의 북쪽을 지나가게 되었는데, 시절은 바야흐로 늦봄인지라 경치가 아름답고도 화려하였다. 장생이 갑자기 일어나 관(冠)을 털면서 말했다.

　"답청[5]하기 좋은 시절인 3월 초하루일세. 우리가 지금 여행 중이라

---

1) 금릉(金陵) : 중국의 지역 이름. 남경(南京) 부근인 강소성(江蘇省) 안에 있음. 진(晉)나라 때에는 건강(建康)이라 불렸으며, 진(晉)·송(宋)·제(齊)·양(梁)·진(陳)나라가 모두 이곳에 도읍(都邑)함.
2) 위응물(韋應物) : 당(唐)나라 때의 시인. 소주자사(蘇州刺史)를 지내어 위소주(韋蘇州)라고도 함. 성품이 고결하고 시는 담박하였으며, 왕유(王維)·맹호연(孟浩然)·유자후(柳子厚)와 함께 왕맹위류(王孟韋柳)라 일컬음. 시집인 『위소주집(韋蘇州集)』10권이 있음.
3) 소주(蘇州) : 위응물(韋應物)을 일컬음.
4) 장사(長沙) : 중국의 옛 고을 이름. 지금의 호남성(湖南省) 장사현(長沙縣). 상강(湘江) 하류에 위치함.
5) 답청(踏靑) : 푸른 풀 위를 걷는다는 뜻으로, 봄날 교외로 나가 산책하는 것을 이름.

이미 난정의 모임6)에는 갈 수 없게 되었네. 그러나 아름답고 수려한 강남7)은 지세(地勢)가 빼어나고 사람들이 온화하며, 주막에 걸린 푸른 깃발이 붉은 살구꽃 사이에서 펄럭이고 집안 가득히 봄바람이 살랑거리고 있네. 우리가 가진 여비8)만으로도 술을 사서 하루는 즐길 수 있을걸세. 하물며 지금은 명산이 흥을 돋우고 하늘이 좋은 계절을 내려 주었는데, 우리가 악주9)의 뛰어난 경치를 보지 않을 수 있겠는가?"

위생이 말했다.

"내 마음을 아는 이가 바로 자네일세."

위생은 장생과 함께 곧바로 악양성(岳陽城)으로 갔는데, 성 밑에 도착하니 날은 이미 어두워져 있었다. 이날 밤 위생과 장생은 어부의 집을 빌려서 자고, 이튿날 아침 일찍 강촌(江村)으로 달려가 문을 두드려 술을 사서 배에 실은 후 동정호10) 남쪽 지역을 유람하였다. 이날 바람은 맑고 경치는 환하게 빛나 물결이 일지 않았으며, 강물은 푸르고 하늘마저 맑아 위아래가 온통 한 빛깔이었다. 강변 근처에는 그림 같은 집들이 어지럽게 널려 있고 멀리서 피리 소리가 은은하게 들려오니, 둘 다 학을 탄 신선이 된 듯하였다. 이에 위생은 두건(頭巾)을 벗고 배에 올라 절구(絶句) 두 수를 길게 읊었다.

6) 난정지회(蘭亭之會) : 진(晉)나라 목제(穆帝)가 영화(永和) 9년 3월 3일에 당시의 명사 41명을 난정에 모이게 하여, 흐르는 물에 술잔을 띄우고 시를 지으며 부정을 씻고자 잔치를 벌였던 모임. 난정은 절강성(浙江省) 소흥현(紹興縣) 서남쪽에 있음.
7) 강남(江南) : 중국 양자강(揚子江)의 남쪽 지역. 옛날 초(楚)나라와 월(越)나라의 땅.
8) 장두금전(杖頭金錢) : 지팡이 머리에 걸린 돈이라는 뜻으로, 여비(旅費)를 이름. 진(晉)나라의 완수(阮修)가 외출을 할 때마다 지팡이 끝에 돈 백냥을 걸고 다니다가 주막이 보이면 곧바로 혼자서 술을 사 마시며 즐겼다는 고사에서 유래함.
9) 악주(岳州) : 중국의 지역 이름. 호남성(湖南省) 북부(北部)인 동정호의 동쪽 연안에 있으며, 호남의 요지임.
10) 동정호(洞庭湖) : 중국의 호남성(湖南省) 안에 있는 호수. 주변 경치가 아름답기로 유명함.

계수나무 노와 목란 삿대로 푸른 물결 거슬러 오르다,
악양성 북편에서 잠시 고개를 돌려보니,
아득히 펼쳐진 복숭아 꽃밭엔 향기로운 바람이 불고,
수많은 구슬발이 옥 고리에 걸려 있네.

桂棹蘭槳溯碧波, 岳陽城北是回頭.
春風十里桃花裡, 多小珠簾上玉鉤.

푸른 부평초 향기는 강물에 가득하고,
목란 배 흔들거리며 동정호 물결 따라 내려가네.
봄바람도 내내 소상강11) 잊지 못하여,
새로 펼친 발을 거두고 뱃노래로 들어오네.

草綠蘋香江水多, 蘭舟搖下洞庭波.
春風無限瀟湘意, 收拾新簾入棹歌.

이어서 장생이 두 수를 읊었다.

봄날 성(城)에는 꽃가지와 버들 그림자 하늘거리고,
강가에 노니는 사람은 옥 피리를 부는구나.
밤이 깊어 노래와 춤 마치려 하는데,
달 밝은 산골짜기에서 잔나비 울음 들려오네.

花枝柳影動春城, 江上遊人捻玉笙.
欲待夜深歌舞罷, 月高山峽聽猿聲.

---

11) 소상강(瀟湘江) : 중국의 강인 소수(瀟水)와 상수(湘水)를 이름. 호남성(湖南省) 동
　　정호(洞庭湖) 남쪽에 있으며, 그 부근의 경치가 좋아 팔경(八景)이 있음.

옥루(玉樓)의 비각(飛閣)이 강물 속에 비쳤는데,
누가 주렴 걷고 채색 거문고를 희롱하는가?
날 저문 장사(長沙) 땅에 사람들은 멀어져 가고,
목란 배에서 바람을 맞으니 애가 끊는구나.

玉樓飛閣入江天, 誰捲珠簾弄綵絃?
日暮長沙人更遠, 臨風斷腸木蘭船.

시 읊기를 마침에 강에 낀 안개는 반쯤 걷히고 골짜기의 해는 막 지
려고 하였으며, 숱한 산봉우리들은 어지럽게 흩어져 있고 온갖 물상(物
象)들은 별처럼 늘어서 있었다. 두 사람은 마치 날개가 돋은 신선이 되
어 하늘로 올라갈 것처럼 기분이 호탕해졌다.
　아! 초나라[2]는 구슬프고 처량한 땅이로다. '창오[13]에 가지 마시고 삼
상[14]에서 함께 늙자'고 했던 것은 이비[15]의 원한 맺힌 눈물이 아니던가?
'이소[16]를 다 읊자 멱라[17]의 물결이 운다'고 한 것은 굴삼려[18]의 충혼

---

12) 초국(楚國) : 춘추전국시대(春秋戰國時代)의 나라. 도읍은 영(郢)이었으며, 진(秦)
　　나라에 망함.
13) 창오(蒼梧) : 호남성(湖南省) 영원현(寧遠縣)에 있는 산 이름. 구의(九疑)라고도 함.
　　순임금이 이곳에서 죽음.
14) 삼상(三湘) : 중국의 호남성(湖南省) 악양현(岳陽縣)에 있는 지명. 상향(湘鄕)·상
　　담(湘潭)·상음(湘陰)을 일컬음. 강물 이름으로, 원상(沅湘)·소상(瀟湘)·증상(蒸
　　湘)을 일컫기도 함.
15) 이비(二妃) : 순(舜)임금의 두 비인 아황(娥皇)과 여영(女英). 둘 다 요(堯)임금의
　　딸로서 함께 순임금의 아내가 되었는데, 순임금이 죽자 상강(湘江)에 투신하여
　　죽음.
16) 이소(離騷) : 초(楚)나라의 굴원(屈原)이 지은 부(賦)의 이름. 굴원이 참소를 당한
　　뒤 임금을 만날 기회를 잃고 나라를 근심하는 심정을 읊은 것으로, 『초사(楚辭)』
　　의 기초가 됨.
17) 멱라(汨羅) : 중국의 강 이름. 멱수(汨水)와 나수(羅水)가 합류하여 이룬 강으로
　　호남성(湖南省)에 있으며, 굴원(屈原)이 이곳에 투신하여 자살함.
18) 굴삼려(屈三閭) : 굴원(屈原). 전국시대(戰國時代) 초(楚)나라의 대부(大夫)이며 문

(忠魂)이 아니던가?

술을 몇 잔 마시자, 위생과 장생의 고운 얼굴이 술기운으로 반쯤 붉어졌다. 이에 위생은 한숨을 쉬고 탄식하여 말했다.

"초(楚)나라 사람들은 정(情)이 많으니, 죽지사[19]를 길게 노래하면 지나가는 나그네가 듣고 누군들 옷깃을 적시지 않겠는가?"

장생이 눈썹을 찡그리며 한참 있다가 말했다.

"나는 평소에 불의(不義)를 참지 못하고 개탄하기를 꺼려하지 않는 사람이네. 그래서 옛 사람이 남긴 글만 보아도 오히려 눈물이 난다네. 그러한 내가 지금 이곳에 와 있으니 어떻게 나의 회포(懷抱)를 감당할 수 있겠는가? 좋은 술을 따라 마시며 고금(古今)의 넋을 불러내려 하네."

장생은 이어서 절구(絶句) 두 수를 읊었다.

저녁 연기 속에 죽지가 끊어지니,
봄은 황릉의 옛 무덤가[20)]에서 끝났네.
향기 가득한 마름풀은 상수[21)]에 푸른데,
초나라의 산에는 오로지 자고새 울음소리뿐.

竹枝歌斷暮煙低, 春盡黃陵古墓西.
香滿白蘋湘水綠, 楚山惟有鷓鴣啼.

학가. 회왕(懷王)의 신임이 두터웠으나 참소를 당한 뒤 왕이 멀리하게 되었으며, <이소(離騷)>를 지어 왕에게 충간을 하였으나 받아 들여지지 않자 멱라수(汨羅水)에 빠져 죽음.
19) 죽지사(竹枝詞) : 가사(歌詞)의 한 체(體). 남녀의 정사(情事)나 지방의 풍속을 읊은 노래로, 당(唐)나라의 유몽득(劉夢得)에서 비롯됨.
20) 황릉고묘(黃陵古墓) : 순(舜)임금의 이비(二妃)인 아황(娥皇)과 여영(女英)의 무덤. 순임금이 죽자 두 비도 상강(湘江)에 투신하여 죽었는데, 백성들이 그 넋을 위로하기 위해 상강 옆에 사당(祠堂)을 세워 제사를 지냈다고 함.
21) 상수(湘水) : 중국의 강 이름.

초객22)은 배 띄우고 저녁 잔나비 소리 들으며,

십 년이나 방초(芳草)길에서 왕손23)을 그리워하였네.

다정하도다, 한 조각 소상강의 달이여!

고기 뱃속에 담긴 충혼을 비추었구나.

楚客縱船聽暮猿, 十年芳草憶王孫

多情一片蕭湘24)月, 曾照(江)魚腹裡魂

위생이 갑자기 말했다.

"그대의 시는 음조(音調)가 처량하고 괴로워 슬픈 나의 마음을 더욱 슬프게 하네. 이처럼 꾀꼬리가 울고 꽃이 활짝 핀 좋은 계절에는 마땅히 취해서 즐겨야 할걸세. 그러니 모름지기 옛 일을 슬퍼하여 마음 아파하다가 반나절의 흥취마저 허비하지 않도록 하세."

이어서 위생은 녹의주25)를 한 잔 따라서 장생에게 주고, 거문고를 뜯으며 노래를 불렀다.

파릉26)은 동쪽이요 악양은 북쪽인데,

초나라 산은 높고 상수의 물은 깊네.

죽지사의 노랫가락은 슬프고도 한스러우니,

목란 삿대마저 이리저리 물결을 일으키네.

---

22) 초객(楚客) : 초나라 나그네. 여기서는 굴원(屈原)을 이름.

23) 왕손(王孫) : 왕의 자손. 여기서는 굴원(屈原)이 멱라수(汨羅水)에서 그리워했던 초(楚)나라 회왕(懷王)을 이름.

24) 蕭湘 : 瀟湘의 오기.

25) 녹의주(綠蟻酒) : 좋은 술의 별칭(別稱).

26) 파릉(巴陵) : 산 이름. 파구(巴丘) 또는 천악(天岳)이라고도 함. 호남성(湖南省) 악양현(岳陽縣) 성안의 서남쪽 끝에 있으며, 이곳에서 동정호(洞庭湖)를 내려다 볼 수 있음. 후예(后羿)가 동정(洞庭)에서 파사(巴蛇)를 죽였는데, 파사의 뼈가 능(陵)처럼 생겨서 파릉이라 일컫게 되었다고 함.

봄바람 불고 물가의 마름풀은 푸른데,
옛 사람 그리워 잊을 수 없네.
옥 술병 두드리며 금루27)를 노래하고,
취한 눈 쳐드니 온 세상 맑기만 하네.

巴陵東兮岳陽北, 楚山高兮湘水深.
竹枝歌兮哀怨多, 蕩蘭槳兮江之波.
春風起兮渚蘋靑, 懷古人兮不能妄.28)
擊玉壺兮唱金樓,29) 醉眼擡兮乾坤淸.

장생도 노에 기대어 노래를 불렀다.

오나라 노래는 구슬프고 달은 버드나무에 걸렸는데,
멀리 바라보는 눈 님 그리워 슬픔에 젖어 있네.
강가에서는 두약30)을 뽑고,
붉은 마름마저 캐니 배 안엔 향기가 가득하네.
상강의 물결 따라 해는 지려하는데,
고운 님 그리워 눈물만 비 오듯 쏟아지네.
누각에 기대어 하늘 끝 바라보니,
봄 시름이 일어남을 어찌하리오?

---

27) 금루의(金縷衣) : 곡조(曲調)의 이름. 두목(杜牧)의 <두추낭(杜秋娘)>이란 시에
   "秋持白玉琴, 與唱金縷衣(추낭자 백옥잔을 잡고 금루의를 부르네)"라는 구절이
   있으며, 진기(陳基)의 <류당춘(柳塘春)>이라는 시에는 "臨風忽聽歌金縷, 隔水時
   聞度玉笙(바람 따라 문득 금루의 노래 소리 들리더니, 때때로 강 건너에서 옥피
   리 소리 들려오네)"라는 구절이 있음.
28) 妄 : 忘의 오기.
29) 金樓 : 金縷의 오기.
30) 두약(杜若) : 풀 이름. 양하과에 속하는 다년초.

吳歌悲兮楊柳月, 遠送目兮傷春情.
褰杜若兮江之邊, 採紫菱兮香滿船.
日欲暮兮湘江波, 懷美人兮淚如雨.
望依樓兮天一涯, 春愁起兮奈爾何?

위생과 장생은 노래를 마친 뒤 술을 다 마셔버리고, 한껏 취흥에 젖어서 서로를 베개삼아 배 안에서 잠이 들었다. 한참 후 위생이 멍하니 먼저 깨어나 머리를 긁적이며 자리에서 일어나 앉으니, 상강(湘江)의 하늘은 이미 어두워졌고 모래톱의 새들은 다 날아가 버리고 없었으며, 강둑 홍교31)에서 노닐던 사람들도 점차 줄어들었다. 위생은 손으로 장생을 부축해 일으켜 보았다. 그러나 장생은 향기로운 술이 뼛속까지 퍼져 깊은 잠에 빠져 있는지라, 흔들어도 움직이지 않았으며 불러도 대답이 없었다.

위생은 다시 비단 외투를 둘러 걸치고 배에서 내려 산골짜기 위를 쭉 둘러보았다. 비단 닻줄처럼 생긴 길다란 길에는 적막하여 사람의 자취라곤 찾아볼 수 없었으며, 단지 앞마을에서 부르는 노래 소리만 은은하게 들려올 뿐이었다. 좁은 길을 따라 노래 소리가 나는 곳을 찾아 가 보니, 용마루에 무늬를 새긴 붉은 누각이 하늘 높이 우뚝 솟아 있고, 푸르스름한 등불이 버드나무 사이에서 반짝거렸다. 위생은 문 옆에서 숨을 죽이고 안뜰을 두루 살펴보았다. 푸른 유리(琉璃)로 9층 보루(堡壘)를 쌓아 올렸는데, 그 주위에는 온갖 꽃들이 향기를 뿜어내고 벌과 새 소리가 요란스러웠다. 보루 아래에는 조그만 연못이 하나 있는데, 거울처럼 맑은 파란 물결 사이로 비단 오리 한 떼가 노닐고 있었다. 연못 가운데에는 침향목32)으로 만든 가산33)이 있고, 가산의 산봉우리와 초목은

---

31) 홍교(虹橋): 무지개 모양으로 된 다리.
32) 침향목(沈香木): 팥꽃나무과에 속하는 상록교목(常綠喬木). 동인도(東印度)의 특산으로서 향료(香料)로 쓰임.

모두 아름다운 채색 비단으로 꾸몄는데, 모든 것이 매우 정교하게 만들어져 있었다. 문을 하나 지나서 들어가니, 공중에 높이 떠 있는 굽이진 난간에 백 척이나 되는 긴 사닥다리가 걸쳐 있었으며, 한 횃대에는 구슬발이 꽃 그림자 속에서 반쯤 걷힌 채로 걸려 있었다.

시간이 한참 지나서 손님들은 흩어지기 시작했다. 그러나 뭇 악공(樂工)들은 물러나지 않고 여전히 남아 있었으며, 10여 명의 아름다운 여인네들에게서는 난초(蘭草)와 사향(麝香) 향기가 은은하게 풍겨왔다. 여인네들은 온 몸에 구슬과 비취를 걸치고 아리따운 얼굴이 술에 취해 발그레한 채로 온갖 놀이를 다 펼쳤다. 놀란 기러기처럼 춤을 추는가 하면 날아가는 제비처럼 경쾌하게 움직이는 등 웃음소리와 떠드는 소리가 끊이지를 않았다. 잠시 후 머리에 푸른 띠를 두른 건장한 사내가 방문을 밀치고 나와 중문을 걸어 잠근 다음 은 자물쇠를 거두어 가지고 들어왔다. 그가 노래를 부르던 아이들을 재촉하여 부르며 안채로 올라가 자라고 하니, 뭇 아가씨들이 일시에 대답을 하고 소매를 나란히 하여 들어갔다.

아가씨들이 들어간 구름 낀 창과 안개 낀 침실은 천리나 떨어져 있는 듯 아득하였으며, 위생은 더 이상 기다릴 수가 없었다. 담장 안에 숨어 있는 위생의 처지는 조롱에 갇힌 새와 다를 것이 없었다. 위생은 어찌할 줄 몰라 이리저리 방황하였는데, 근심과 두려움은 점점 깊어만 갔다. 그러나 일은 처음에 이미 잘못된 터라 어쩔 수가 없었다. 위생은 사다리를 타고 누각으로 올라가 사방을 둘러본 뒤 비로소 발이 처진 기둥 옆에 앉아 선잠을 청하면서 대문이 열리기만을 기다렸다. 그러나 오로지 이곳을 벗어나야 한다는 생각 때문에 마음이 불안하여 누워도 잠이 오지 않았다. 그래서 옷을 털고 일어나 뜰 사이를 산보하고 있는데, 멀리 후원에서 사람 소리가 낭랑하게 들려왔다. 위생이 고개를 빼들고 바라보

---

33) 가산(假山) : 정원(庭園) 등에 인공(人工)으로 만든 산.

니 자줏빛 장미꽃 아래에 붉은 연등(燃燈)이 하나 매달려 있고, 그 아래
에 미인이 한 사람 앉아 있었다. 나이는 17, 8세 정도 되었는데, 얌전하
고 선녀 같은 자태가 이 세상 사람이 아닌 듯 하였다. 그녀는 손에 한
떨기 꽃봉오리를 꺾어 들고 머리를 누각에 기댄 채 시를 한 수 읊었다.

그림자는 오래도록 달을 사랑하였으나,
몸은 꽃처럼 가볍지 못하구나.
바람 따라 다니는 향기로운 저 꽃들은,
날아가 누구 집에 떨어지는고?

影了長憐月, 身輕不似花.
隨風香萬點, 飛去落誰家?

미인이 시를 다 읊기도 전에 시녀가 주렴을 번쩍 쳐들고 내려와 차
그릇이 이미 데워졌다고 아뢰었다. 이 말에 미인이 등불을 손에 들고
갑자기 들어가 버리니, 후원의 안팎은 적막해져 귀뚜라미 소리마저 들
리지 않았다.

위생은 즉시 죽음을 각오하고 끓어오르는 욕정(欲情)을 풀려고 하였
다. 그러나 문득 담을 넘어 박달나무를 꺾는 것[34]은 호랑이의 꼬리나
봄날의 살얼음을 밟는 것만큼 위험하며, 찬혈했다는 비난[35]을 경계하지
않으면 마침내 신세를 망치는 재난에 빠질 것이라는 생각이 들었다. 님
이 그립기는 해도 다른 사람의 비난이 두려운지라,[36] 위생은 앞으로 나

---

34) 유장절단(踰墻折檀) : 『시경(詩經)』「정풍(鄭風)」<장중자(將仲子)>편 중 "無踰我
墻, 無折我樹桑(우리 집 담을 넘어 우리 집 뽕나무를 꺾지 마세요.)"와 "無踰我
園, 無折我樹檀(우리 동산에 들어와 우리 집 박달나무를 꺾지 마세요.)"에서 따
온 것으로, 남자가 여자의 집 담을 넘어 밀회를 즐기는 것을 이름.
35) 찬혈지초(鑽穴之誚) : 남의 담에 구멍을 뚫었다는 비난. 곧 남녀가 사사로이 야합
한 행위에 대한 비난. <주생전>의 각주 53 참조

가려 하다가 다시 뒤로 물러나고, 발을 들었으나 차마 내딛지 못하였다. 이와 같이 하기를 몇 번 되풀이하다가, 마침내 미친 듯한 욕정(欲情)이 크게 일어나 여섯 마리의 말이 함께 달리듯 마음을 억누를 수가 없게 되었다. 드디어 발걸음이 가는 대로 맡겨 방문 앞까지 다가가 몰래 창틈으로 엿보니, 바로 그 처녀의 침실이었다. 침실 안은 유리와 술로 장식된 휘장이 걷힌 채 매달려 있고 비취 병풍이 둘러져 있었다. 침상 위에는 비단으로 만든 오리 떼 모양의 향로가 침향(沈香) 한 심지를 물고 있었는데, 향불의 연기가 실처럼 간드러지게 피어올랐다. 처녀는 그 안에 누워 있었는데, 비단 이불이 반쯤 밀쳐져 옥같이 하얀 살결이 희미하게 드러나고, 삼단처럼 아름다운 머릿결이 베개에 비졌으며, 향기로운 땀이 뺨에 맺혀 있었다. 처녀는 봄 잠에 깊이 빠져 있는지 진홍색 비단 잠옷이 조금도 흔들리지 않았다. 위생이 옷소매를 걷어올리고 안으로 들어가자, 처녀가 깜짝 놀라며 말했다.

"어느 집 탕자(蕩子)가 이렇듯 광포하게 구느냐?"

처녀가 심하게 거부를 하자, 위생은 당황하여 어찌할 줄 모르고 다시 물러나려고 했다. 그러나 몸이 굳게 닫힌 집안에 갇혀 있는 처지라 달아나려고 해도 나갈 길이 없었다. 위생은 자기 때문에 가문(家門)이 욕을 먹게 되면 죽는 길밖에 다른 도리가 없다고 생각하고, 바야흐로 위협하여 처녀의 뜻을 뺏으려 했다. 처녀는 위생의 온화한 말투가 협기(俠氣)이린 소년이나 무뢰배(無賴輩)의 말투와는 다른 것을 보고는 다소 의아한 표정을 지었다. 이에 위생이 낮고 가는 목소리로 여기까지 오게 된 곡절을 이야기하자, 처녀는 마음이 점차 누그러지는 듯 하더니 처음처럼 심하게 거부하지도 않았다. 위생이 비록 끌어안아도 처녀는 부끄러워 눈썹을 지긋이 들어올리기는 했으나 눈길은 은근하였으며, 몸은

---

36) 중가회야(仲可懷也), 인언가외(人言可畏) : 『시경(詩經)』 「정풍(鄭風)」 <장중자(將
   仲子)>편 중 "仲可懷也, 人之多言, 亦可畏也(중자님 그립지만 남의 입방아에 오
   르는 것 또한 두렵지요)"에서 따옴. <장중자>는 <주생전>의 각주 44 참조

가벼운 버들개지처럼 가눌 수 없는 듯 하였다. 위생은 봄 구름이 피어나듯 멈추지 않고 짙은 애무를 계속하다가 마음이 매우 흡족해진 뒤에야 끝내었다. 이불을 가지런히 하고 누우니, 원앙이 어우러진 침상 위에 꽃 그림자가 어른거렸다. 처녀가 기지개를 켜며 위생의 등을 어루만지다가 길게 탄식하며 말했다.

"인간 세상의 즐거움이 깊은 규방에까지 이르지 않더니, 제가 세상에 태어나 오늘에서야 비로소 보게 되었습니다."

이어서 위생이 성명과 가문을 묻자, 처녀가 얼굴빛을 바로 하고 천천히 말했다.

"제 성은 소가(蘇家)이고, 이름은 숙방(淑芳)이며, 옛날 송(宋)나라 때의 학자였던 소자첨[37]의 후예입니다. 저의 부친 모모(某某)는 일찍 관직에 나아가 조정대신(朝廷大臣)을 두루 역임하여 벼슬을 이루고 이름을 세우셨으나, 지금은 이미 벼슬에서 물러나 쉬고 계십니다. 가문 또한 쇠미하지 않아 저의 집안에 붉은 수레[38]를 타는 사람이 10여 명이나 됩니다. 저의 부친께서는 연로한 나이에 비로소 저 하나만을 낳아 매우 애지중지(愛之重之)하여 일찍이 하루도 슬하(膝下)에서 떼어놓은 일이 없었습니다. 그래서 특별히 북쪽 정원에 조그만 누각을 지어 저로 하여금 이곳에서 노닐게 하셨습니다. 저는 깊은 규방(閨房)에서 생장하여 아직 애정에 관한 일을 알지 못합니다. 그러나 무르익은 매실[39]은 서리에도 떨어진다고 시인이 풍자했으며, 비사[40]처럼 빨리 흘러가는 세월은 젊고 고운 얼굴을 남겨두지 않습니다. 저는 봄바람이 버드나무를 나부끼는

---

37) 소자첨(蘇子瞻) : <주생전>의 각주 39 참조.

38) 주륜(朱輪) : 붉은 수레로, 지체나 지위가 높은 사람이 타고 다님.

39) 표매(摽梅) : 『시경(詩經)』「소남(召南)」<표유매(摽有梅)>편에 나옴. 난숙하여 곧 떨어지려 매실로, 혼기(婚期)가 지난 여자를 일컬음. <표유매>는 혼기에 찬 처녀가 매실이 나뭇가지에 남은 것을 보고, 젊은 시절이 가기 전에 결혼하고 싶은 마음을 노래함.

40) 비사(飛梭) : 나르는 듯한 북이라는 뜻으로, 베를 짤 때 북이 빨리 왔다갔다하는 것처럼 세월이 빨리 흘러감을 비유함.

정원에서는 꽃다운 나이를 원망했으며, 가을비가 오동잎에 떨어지는 밤에는 외로운 침실에서 홀로 잠을 잤습니다. 그런데 오늘 저녁은 어떤 저녁이기에 이렇듯이 좋은 분을 해후하고 서로 만나서 비로소 제 소원을 이루게 되었는지요? 머리가 흴 때까지 즐거움을 함께 할 것을 당신께 맹세합니다. 다만 당신이 저를 천하게 여겨 버리고 끝내 돌아보지 않을까 두려울 뿐입니다."

위생이 대답했다.

"저는 말릉41) 사람으로 대대로 남경42)에서 살았습니다. 거칠게나마 서책(書冊)과 역사(歷史)를 배워 알고 있으며, 친구와 함께 술병을 들고 강산을 두루 유람하곤 했습니다. 어제도 뜻하지 않게 한 친구에게 이끌리어 동정호(洞庭湖)에 배를 띄우고 놀았습니다. 길이 양대43) 근처에 이르러 선녀와 같은 낭자를 만나 무산44)에서 하룻밤을 자게 되었으니, 이것이 어찌 전생의 인연이 아니겠습니까? 하물며 낭자는 아둔한 저에게 몸을 허락하시고 건즐(巾櫛)을 받들고자 원하셨습니다. 이는 진실로 금석(金石)마저도 통감할 일인지라, 제 마음은 감격스럽고 정신은 황홀하기 그지없습니다. 그러나 우리가 이렇게 만난 것은 은밀하게 밤에 이루어진 일로, 다른 사람들은 모르고 있습니다. 훗날 친정(親庭)에서 혹시 꾸짖기라도 한다면 천년의 요지(瑤池)는 목왕의 꿈45)과 영원히 멀어지고, 칠월 칠석의 은하수는 견우46)의 만남을 오래도록 그리워하게 될 것

---

41) 말릉(秣陵) : 중국의 옛 지명(地名). 대략 지금의 남경(南京) 땅에 해당함.
42) 남경(南京) : 강소성(江蘇省) 서쪽 양자강(揚子江) 연안에 있는 도시. 삼국시대(三國時代) 오(吳)나라를 비롯하여 명(明)나라 등 여러 나라의 수도였음.
43) 양대(陽臺) : 초(楚)나라 양왕(襄王)이 무산신녀(巫山神女)를 만나 운우지정(雲雨之情)을 나눴다는 누각. 고당(高唐)이라고도 함.
44) 무산(巫山) : 사천성(四川省) 기주부(夔州府) 무산현(巫山縣) 동쪽에 있는 산. 이곳에서 초(楚)나라 양왕(襄王)이 무산신녀(巫山神女)를 만나 운우지정(雲雨之情)을 나눴다고 함.
45) 목왕지몽(穆王之夢) : 주(周)나라 목왕(穆王)이 선경(仙境)인 요지(瑤池)에서 서왕모(西王母)를 만났다는 고사.
46) 견우(牽牛) : 은하수 서쪽가의 독수리자리에 있는 수성(首星)의 이름. 칠월(七月)

입니다."

조금 있다가 처녀가 문득 낯빛을 바꾸며 말했다.

"저는 본래 양반 가문의 출신으로 숙진사항의 풍도47)를 사모하지 않고, 오로지 금슬종고의 즐거움48)만 생각해 왔습니다. 하느님께서 이러한 제 정성을 밝게 비추어 저에게 좋은 배필을 내려 주시었습니다. 우리의 만남은 비록 은밀하게 이루어졌으나 서로 사랑하는 마음은 조금의 틈도 없이 두텁기만 합니다. 혹 우리의 은밀한 행적이 새어나가 끝내 부부의 정이 멀어지게 된다면, 죽어서 후생에서나 다시 만날 기약을 할 수밖에 없습니다. 우연히 아름다운 짝을 만나 백년해로(百年偕老)하기로 달콤하게 맹세하였으니, 비록 남교의 기이한 만남49)이라도 우리보다는 못할 것입니다."

위생이 갑자기 말했다.

"좋은 밤은 괴로울 정도로 짧아 새벽빛이 닭 울기를 재촉하고 있습니다. 그대를 향한 꽃다운 나의 마음은 아직 흡족하지 않고 이별의 슬픔은 끝이 없을 것이니, 이 일을 어찌하리오?"

칠석(七夕)에 은하수를 건너 연인(戀人)인 직녀(織女)를 만나러 간다는 전설이 있음.

47) 숙진사항지풍(淑溱佚巷之風) : 남녀가 밀회를 즐기는 풍속. 숙진은 『시경(詩經)』 「정풍(鄭風)」<진유(溱洧)>편 중 "溱與洧, 瀏川淸矣. 士與女, 殷其盈矣(진수와 유수는 물이 맑고도 시원하네. 사내와 아가씨들 수없이 모여드네.)"에서 따온 것이며, 사항은 『시경』 「정풍」<봉(丰)>편 중 "子之丰兮, 俟我乎巷兮, 悔予不送兮(의젓한 그대 문밖에서 날 기다렸는데, 그대를 전송치 않음을 후회하네.)"에서 따옴. <진유>는 정(鄭)나라의 남녀가 진수와 유수로 봄놀이를 가서 즐기는 정경을 노래한 것이며, <봉>은 한 여인이 애인을 만나기로 약속했던 장소에 나가지 않은 것을 후회하면서 다시 그 사람이 자기를 찾아주기를 희구하는 노래임.

48) 금슬종고지락(琴瑟鍾鼓之樂) : 『시경(詩經)』 「주남(周南)」<관저(關雎)> 중 "窈窕淑女, 琴瑟友之(아름답고 정숙한 아가씨를 금슬로 벗하게 하네.)"와 "窈窕淑女, 鍾鼓樂之(아름답고 정숙한 아가씨를 온갖 악기로 즐겁게 하네.)"에 나오는 것으로, 예를 갖추어 맺어진 부부(夫婦)의 즐거움을 이름.

49) 남교지기우(藍橋之奇遇) : 배항(裵伉)과 운영(雲英)의 만남. <주생전>의 각주 63 참조.

처녀가 베개를 밀치고 일어나 손으로 금빛 병풍을 잡아당겨 사창(紗窓)을 가리며 말했다.

"동방이 밝은 것이 아니라 달빛이 떠오른 것입니다."

이어서 처녀는 시렁 위에서 푸른 구슬로 만든 퉁소를 꺼내어 <진루봉생곡>50)을 부니, 그 소리가 돌아 나와 하늘까지 사무쳤다. 위생은 옷을 털고 일어나 문을 열고 밖을 내다보았다. 멀리 마을에서 다듬이질하는 소리가 들리고, 고성(孤城) 위에서 각성51)이 희미하게 빛났다. 처녀는 위생이 일어나는 것을 보고 그의 손을 끌어당긴 후, 얼굴을 가리고 낮은 소리로 말했다.

"삼생(三生)의 좋은 인연이 하룻밤에 얽히게 되었습니다. 장차 그대는 의심하지 마시고 어두워진 뒤에 다시 오십시오."

위생은 탄식을 하면서 섬돌을 내려왔다. 몇 발자국을 걷다가 뒤돌아보니, 처녀는 눈물에 화장이 얼룩진 채 넋을 잃고 묵묵히 문에 기대어 있었다. 위생이 슬프고도 황망하여 달려나오니, 중문은 이미 열려 있었으나 대문은 아직 닫혀 있었다. 위생은 섬돌 위에 있는 대나무 숲 속에 몸을 숨기고 대문이 열리기를 기다렸다. 잠시 후 수염이 많고 붉은 옷을 입은 사람이 안에서 나와 붉은 대문을 열었다. 그는 안뜰을 깨끗하게 청소하고 넓은 꽃자리를 펼쳐 놓은 다음 다시 동쪽 침실로 들어갔다. 위생은 좌우를 살펴보고 사력(死力)을 다해 달려나오느라, 관(冠)이 땅에 떨어져 밟히고 땀이 비 오듯 쏟아지는 것도 몰랐다. 강둑에 이르러서 보니, 장생은 아직도 봉창52)에 엎드려 바야흐로 깊은 잠에 빠져 있었으며, 나머지 하인들도 술에 몹시 취해 일어나지 못하고 있었다. 그

---

50) 진루봉생곡(秦樓鳳笙曲) : 진(秦)나라의 농옥(弄玉)과 소사(蕭史)가 불렀다는 곡조.
　　진나라 목공(穆公)의 딸 농옥이 음악을 좋아하고 소사가 퉁소를 잘 불어 목공이
　　농옥을 소사에게 시집보냈는데, 두 사람이 <봉루(鳳樓)>를 지어서 퉁소를 불자
　　봉황이 모여들어 두 사람 모두 봉황을 타고 하늘로 날아갔다 함.
51) 각성(角星) : 이십팔수(二十八宿)의 하나. 동쪽에 있는 창룡(蒼龍)의 수성(首星)임.
52) 봉창(篷窓) : 배의 창문.

래서 위생도 장생의 옆에 누워서 눈을 감고 잠을 청했으나 정신이 산란하여 끝내 잠을 이룰 수가 없었다. 장생을 발로 툭툭 차서 깨우니, 장생이 갑자기 깨어나 위생을 돌아보고 말했다.

"동정호의 놀이가 즐거웠는가?"

위생이 대답했다.

"어제 저녁 술에 깊이 빠져 밤새도록 정신 없이 늘어져 잠을 자느라 아침해가 이미 떠오른 것도 깨닫지 못했네. 술 마시는 가운데 참 맛은 바로 이 시간에 있을 걸세."

장생이 빙그레 웃으며 말했다.

"안개 낀 물결에 노는 짧고 돌아갈 생각은 아득하기만 하니, 술을 한 잔 마시며 남은 즐거움을 다시 잇는 것이 좋겠네."

위생이 말했다.

"그러세!"

위생은 즉시 푸른 옷을 입은 동자에게 나부춘53) 한 잔을 따라 장생에게 올리게 하고, 이어서 전날 밤에 있었던 일을 모두 이야기하였다. 장생은 그 말을 의심하여 조금도 믿지 않았다. 한참 후에 달이 기울어 마침내 돌아가려고 돛대를 정리하자, 위생은 동쪽 마을을 눈이 뚫어질 듯이 쳐다보며 말없이 실의에 차 있었다. 장생은 자못 이상하게 생각하던 차에, 위생에게 그가 슬퍼하는 까닭을 다시 듣고 난 뒤에야 비로소 모든 것이 사실임을 알게 되었다. 이에 장생은 옷깃을 바로 하고 똑바로 앉아 위생을 꾸짖으며 말했다.

"자네의 뛰어난 재주는 양자강54)의 좌측(左側)에서는 대적할 만한 사람이 없네. 사책55)하여 금문56)에 들어가 훌륭한 글을 써 입신양명(立身

---

53) 나부춘(羅浮春) : 술 이름. 소동파(蘇東坡)가 혜주(惠州)에서 살 적에 몸소 만들었다고 함.

54) 양자강(揚子江) : 중국 대륙 중앙부를 횡단하는 큰 강. 티벳 고원의 북동부에서 발원하여 동중국해로 들어감.

55) 사책(射策) : 과거시험. 경서(經書)의 의의(疑義) 또는 시무책(時務策)에 관한 여러

揚名)하고, 세상을 잘 다스려 백성을 편안하게 하는 것이 평소 자네의
뜻이었네. 그런데 지금 자네는 재상의 집안을 몰래 엿보아 망령되게 사
통(私通)하는 죄를 범하고, 정신이 미혹되고도 깨닫지 못하여 망령된 행
동을 멋대로 하고 있네. 상중57)의 추악한 이야기는 끝내 숨기기가 어려
우니, 비단 욕이 자네의 부친께 미칠 뿐만 아니라 재앙이 고명한 자네
의 가문 전체로 이어질 걸세. 그러니 어찌 경계할 일이 아니겠는가? 무
릇 사람이 한 번 생각을 그르치면 만사가 다 잘못되는 법일세. 자네는
오로지 이를 명심하고 힘써야 할걸세!"

위생은 대답을 하지 않고 머리를 들어 남쪽 하늘을 바라보았다. 구름
에 뒤덮인 산은 아득하고 안개 낀 강물은 드넓기만 한데, 멀리 붉은 살
구나무 동산 사이로 하얗게 색칠한 소낭자의 거처가 어른거렸다. 이별
의 정한을 견디지 못하여 위생의 두 눈동자에는 눈물이 가득 고였다. 장
생은 그가 이미 심하게 침혹되어 있어 말로서는 풀 수 없다는 것을 알
고, 마침내 위생에게 강제로 술을 권하여 다시 흐드러지게 술판을 벌였
다. 위생이 술에 취해 먼저 배 안에 쓰러지자, 장생은 사공 아이로 하여
금 동쪽 아래에 자리를 잡고 노를 젓게 하여 유성처럼 빨리 나아갔다.
전당으로 돌아와 배를 정박하니 강가의 하늘이 밝아오려 하였다. 학이
오나라의 산골짜기에서 울고 꾀꼬리가 소주58)의 제방에서 지저귐에, 위
생이 놀라 일어나서 보니 이미 악양성 밑이 아니었다. 위생은 더욱 슬픔
에 젖어 상심하다가 마침내 병이 들고 말았다. 소낭자에 대한 그리움은

문제를 대나무 조각에 하나씩 써서 늘어놓고, 응시자가 활을 쏘아 마친 대나무
조각에 나온 문제에 대하여 답안을 쓰도록 하는 과거(科擧).

56) 금문(金文) : 금마옥당(金馬玉堂). 한대(漢代) 미앙궁(未央宮)에 있던 금마문(金馬
門)과 옥당전(玉堂殿)에서 유래한 것으로, 모두 문학하는 선비가 출사(出仕)하던
한림원(翰林院)을 일컬음.

57) 상중(桑中) : 『시경(詩經)』「용풍(鄘風)」<상중(桑中)>에 나온 것으로, 남녀의 밀
회(密會)를 뜻함. <상중>은 위(衛)나라 궁실이 음란하여 서로 제 짝을 만들어 달
아나는 것을 풍자한 노래임.

58) 소주(蘇州) : 강소성(江蘇省)의 주도(主都).

반 개월이 지난 뒤에도 잊혀지기는커녕 날이 갈수록 점점 더 심해져 미음마저도 먹을 수가 없었다. 위생은 스스로 분하고 한스러운 마음에 마침내 율시(律詩) 한 수를 지어서 푸른 구슬로 만든 책상 위에 붙였다.

꽃가지 그림자는 옥(玉) 난간에 어른거리고,
석양의 꾀꼬리는 봄날의 수심을 더욱 부추기네.
침상에선 님 그리는 마음에 초조하기만 한데,
베갯머리에선 님의 낭랑한 목소리 아득히 생각나네.
황하(黃河)가 끊이지 않듯 깊은 맹세 남아 있건만,
이별의 길이 멀어 청조[59]마저 소식이 없네.
넋은 저승에 가더라도 원한은 남으리니,
이 세상 어느 곳에서 다시 님을 만날고?

花枝影動玉欄干, 鶯引春愁漸夕陽.
床上猶怜心悄悄, 枕邊遙憶語琅琅.
黃河不斷盟深在, 靑鳥無傳別路長.
魂入九原應有怨, 此生何處更相逢?

어느 날 저녁이었다. 위생의 부모가 몸소 침상 앞으로 와서 위생을 끌어안고 눈물을 흘리며 말했다.

"옛날 성인(聖人)께서 '부모는 오로지 자식이 병들까 걱정한다.'고 말씀하셨다. 네가 걸린 병을 보니, 겨우 수십 일 정도밖에 되지 않았는데도 날이 갈수록 더욱 심해지고 있어 장차 낫지 않을 듯하구나. 그래서 우리도 너를 걱정하다가 마침내 네 뒤를 따라 죽고 말 것이다. 너는 무슨 마음을 가졌기에 숨기고 말을 하지 않느냐? 네 가슴속에 쌓인 것을

<hr>

59) 청조(靑鳥) : 사자(使者), 또는 편지. 동방삭(東方朔)이 푸른 새가 오는 것을 보고 서왕모(西王母)의 사자라고 한 고사에서 나온 말.

다 털어놓더라도 후회하는 일은 없을 것이다."

위생은 부모님의 말씀을 듣자마자 놀라서 눈물을 흘리며 흐느끼더니, 잠시 마음을 가라앉힌 후 가느다란 목소리로 말했다.

"부모님께서 저를 낳고 기르시느라 많은 애를 쓰셨습니다. 그 은덕을 갚으려 하면 하늘처럼 넓고 끝이 없습니다. 제가 어리석어 증삼[60]처럼 부모님을 효성으로 봉양하지 못하고, 마침내 자하[61]의 애통함만 남기게 되었습니다. 이보다 더 큰 불효는 없으니, 죄가 이승과 저승에 모두 쌓일 것입니다. 원컨대 제가 마음속에 품고 있는 생각을 털어놓을 수만 있다면 더 이상 유감이 없을 것입니다. 지난번 친구와 함께 좋은 절기(節氣)를 틈타 술을 싣고서 남쪽으로 유람을 갔다가, 소상국(蘇相國)의 집에 잘못 들어가 경박한 행동을 저질렀습니다. 담장을 넘어 남의 집 처자를 엿본 죄는 만 번 죽어도 마땅합니다. 다만 붉은 누각에서 한 번 이별함에 물길은 만 리나 되고 산은 첩첩이 길을 막아 소식을 전할 길이 없게 되니, 한 가지 생각만이 마음에 피어나 도리어 미친 병이 되고 말았습니다. 죽은 이후에나 제 마음이 편안해질 것이요, 끝내 다른 방도가 없을 듯합니다."

부모가 손으로 위생의 눈물을 닦아주며 말했다.

"일찍 이와 같은 사실을 알았다면 어떻게 너로 하여금 이 지경까지 이르게 하였겠느냐?"

위생의 부모는 급히 늙은 하인을 불러, 소상국 집에 가서 먼저 중매를 통지하여 화촉의 기약을 정하게 하였다. 하인이 미처 대문을 나서기도 전에 허둥지둥 다시 뛰어 들어와 기뻐하며 말했다.

"상국의 심부름꾼이 이미 먼저 도착했습니다!"

위생의 부친은 급히 바깥 사랑채로 나가 그 심부름꾼을 불러 들였다.

---

60) 증삼(曾參) : 공자(孔子)의 제자. 자는 자여(子輿). 효행(孝行)으로 유명함.
61) 자하(子夏) : 공자(孔子)의 제자로, 문학에 뛰어나 위문공(魏文公)의 스승이 됨. 만년에 아들이 먼저 죽자 이를 애통하게 여겨 너무 울다가 눈이 멀었다고 함.

붉은 관을 쓰고 철 띠를 찬, 키가 여덟 척이나 되는 사람이 뜰 가운데서 재배를 한 뒤 소매에서 상국의 편지를 꺼내 무릎을 꿇고 바쳤다. 산호 상자 속에 비단 몇 폭과 함께 섬계지[62]에 쓴 편지 한 통 있었는데, 그 글에 일렀다.

"엎드려 아룁니다. 저는 대대로 높은 벼슬을 했던 집안에서 태어나 청조[63]에서 벼슬을 하여 지위는 재상에까지 이르렀고, 몸은 부귀를 이루었습니다. 지금은 임금께 여생을 구걸하여 벼슬에서 물러나 집에서 쉬면서 멀리 옛날의 자취를 찾아다니거나, 물고기나 새와 어울려 꽃을 구경하고 대나무를 희롱하며 맑은 정취를 돕기도 하고, 손님을 초대하여 술자리를 벌이는 일 등으로 소일하고 있습니다. 예전에 귀댁의 아드님이 경치를 구경하다가 우연히 제 집을 지나게 되었는데, 제 딸이 정이 많아 갑자기 미천한 몸으로 꽃이 이슬에 젖고 달이 구름을 헤치듯 댁의 아드님을 사모하게 되었다고 합니다. 외롭게 사는 데서 오는 원망을 물리치지 못한 것은 모두 늙은 저의 죄입니다. 일이 이미 이렇게 되었으니 후회한들 장차 무슨 소용이 있겠습니까? 초(楚)나라의 아름다운 구슬이 끊어지고 진(秦)나라의 난새가 울지 않으니, 이별의 한이 병이 되어 남은 목숨이 실낱같습니다. 난새가 물에 빠져 죽으면 봉황새가 사라지는 법이니, 만약 부부의 정이 막히게 된다면 땅과 하늘이 영원히 변치 않는다고 한들 저들이 어찌 부모의 마음을 헤아리겠습니까? 일찍 좋은 날짜를 정하여 혼례를 올리기를 원합니다. 다만 귀댁에서 한미(寒微)한 저의 가문을 돌아보지 않을까 염려될 뿐입니다."

위생의 부친이 편지를 다 읽자, 그 심부름꾼이 재배하며 말했다.

"우리 낭자는 도련님을 이별한 뒤부터 매일 꽃동산에서 낭군을 기다

---

62) 섬계지(剡溪紙) : 섬계는 절강성(浙江省) 승현(嵊縣) 남쪽에 있는 조아강(曹娥江)의 상류로, 이곳에서 나는 종이가 예전부터 때깔이 곱기로 유명함.
63) 청조(淸朝) : 청명(淸明)한 조정(朝廷)이란 뜻으로, 당대(當代)의 왕조(王朝)에 대한 미칭(美稱).

렸습니다. 그러다가 며칠 전에 어린 시비에게 강촌에 가서 물어보게 하니, 그곳에 사는 사람이 대답하기를 '지난 번 두 소년이 건강부[64]에서 와서 호숫가에 배를 정박시켜 놓고 매우 즐겁게 놀다가 돌아갔는데, 그 후로는 끝내 그들을 보지 못했다.'고 했답니다. 어린 시비가 돌아와 이대로 아뢰니, 낭자는 마침내 병들어 누워 일어나지 못했습니다. 우리 상공(相公)은 전혀 낭자의 마음을 몰랐는데, 어느 날 낭자가 깊이 잠들어 있는 틈을 타 낭자의 비단 상자를 열어서 님을 그리워하는 글 몇 편을 얻게 되었습니다. 상공이 이것을 가지고 낭자를 힐문(詰問)하니, 낭자도 숨기지 않고 모든 것을 다 털어놓았습니다. 이에 상공이 즉시 저에게 달려가서 청혼을 아뢰라고 명령하시기에 제가 감히 여기에 온 것입니다."

이어서 심부름꾼은 손으로 푸른 주머니를 열어 시편(詩篇)을 찾아내어 책상 위에 올려놓고 말했다.

"이것은 저의 낭자가 읊은 것입니다."

위생의 부모가 펼쳐 보니, 그 시에 일렀다.

> 물이 가득한 연못가에 수양버들 푸르고,
> 온갖 꽃 핀 깊은 곳에선 꾀꼬리 지저귀네.
> 슬프도다, 상사곡을 연주하지 마라.
> 거문고의 곡조여, 이제 줄이 끊어졌구나.

> 楊柳依依水滿池, 百花深處囀黃鸝.
> 悲來却奏相(思)曲, 曲兮琴瑟今斷絲.

---

64) 건강부(建康府) : 중국의 고을 이름. 진(晉)나라 때 설치했으며, 삼국시대(三國時代) 때 오(吳)나라가 이곳에서 창업(創業)함. 예전의 성(城)이 지금의 남경시(南京市) 남쪽에 있음.

배꽃은 바람에 나부끼고 옥루(玉樓)는 서늘한데,
금압(金鴨) 향로 불꺼지고 저녁 물시계 소리만 들리네.
등불 아래 눈물 자욱 님은 모르리니,
그윽이 붉은 연지 바르고 홀로 난간에 기대었네.

梨花風動玉樓寒, 金鴨香消晩漏響.
燈前淚痕人不識, 暗勻紅脂獨憑欄.

제비는 채색 주렴에서 지저귀고 꽃은 어지러이 날리는데,
봄바람은 꿈을 싣고 비단 휘장 안으로 들어오네.
꽃다운 풀은 일 년 내내 강남의 한을 품었으나,
천 리 밖 왕손(王孫)은 한 번 가더니 돌아오지 않네.

燕語彩簾花亂飛, 東風吹夢入羅帷.
一年芳草日南65)恨, 千里王孫去不歸.

보압(寶鴨) 향로 불 꺼지고 안개는 물가에 자욱한데,
금 조롱의 꾀꼬리는 몇 번이나 둥근 꿈꾸었던가.
옥 피리 소리 그치고 님은 보이지 아니한데,
푸른 복사꽃 아롱지며 난간 앞을 휘도네.

寶鴨香消煙盡水, 鸚鵡金籠夢幾圓.
吹斷玉簫人不見, 碧桃花彩回欄前.

작은 뜰 연못에 핀 연꽃은 향기롭고,

---

65) 日南 : 江南의 오기.

봄 햇살 따스하니 원앙이 춤을 추네.
푸른 창 모두 닫혀 정신이 몽롱한데,
어디선가 우는 귀뚜라미 남의 애만 끊는가?

小院池塘荷氣香, 春波欲暖舞鴛鴦.
碧窓俱鎖朦朧裏, 何處啼蛩又斷腸?

위생의 부친이 손바닥을 어루만지며 탄식하여 말했다.
"기특한 재주가 소약란66)보다 낫구나."
위생은 그 시를 보고 비록 소낭자가 더욱 그리웠지만 결혼할 날이
멀지 않았기 때문에 마음을 너그럽게 먹었다. 게다가 병이 점차 나아가
자 온 집안이 날아갈 듯 기뻐하였다.
소상공(蘇相公)의 심부름꾼은 이 날 위생의 집에서 묵고, 다음 날 아
침 일찍 떠나려고 재배하며 물러가겠다고 아뢰었다. 위생의 부친은 심
부름꾼을 후하게 대접하여 많은 음식과 술을 내어준 다음, 술자리에서
나와 상국(相國) 앞으로 편지를 썼는데, 그 글에 일렀다.
"엎드려 아룁니다. 저는 본래 무인(武人)으로 어려서부터 학문을 닦지
않고 오로지 활쏘기만 부지런히 하여 경서(經書)를 잘 알지 못합니다.
집안이 대대로 영세하여 외롭고 가난하게 살아 왔기에 이웃들온 업신
여기며 노복은 달아나고 없습니다. 그러나 제 자식에게는 어려서부터
훌륭한 스승에게 나아가 옛 사람의 책을 읽고 옛 현인의 뜻을 사모케
하여, 조잡하게나마 문자를 익히고 사람의 도리를 깨우치도록 하였습니
다. 그런 때문인지 집안에서는 어른을 효성과 공경으로 받들고 친구들
에게는 신의를 지키는 등 조금도 방자한 뜻을 품지 않았습니다. 그런데
어찌 광포한 행동을 했겠습니까? 다만 젊은 남녀가 서로 사랑하는 것은

---

66) 소약란(蘇若蘭) : <주생전>의 각주 37 참조.

옛날이나 지금이나 사람의 항상된 마음이요, 침실의 휘장이 이미 끊어졌으니,67) 후회하고 꾸짖은들 무슨 소용이 있겠습니까? 감히 은혜로운 명을 받들어 어진 며느리를 간절히 구합니다. 다만 존비와 귀천, 그리고 가문이 달라 땅에 엎드려 사죄해도 부끄러운 마음을 금할 수 없는지라, 편지를 마주하고 보니 차마 드릴 말씀이 없나이다."

심부름꾼이 가르침을 받고 물러나 악양(岳陽)으로 돌아가서 상국에게 아뢰니, 그 집에서도 더없이 다행으로 여겼다. 소낭자는 이렇듯 반가운 소식을 들은 뒤 약을 먹지 않고도 병이 갑자기 낫게 되었다. 이때부터 두 집안은 서로 끊이지 않고 연락을 했으며, 마침내 좋은 날을 가려잡아 혼례를 행하였다. 두 사람이 만난 즐거움은 장석이 난향에게 장가들고68) 배항이 여영을 만난 것69)보다 한결 더했다. 위생 부부는 평소에 서로 사랑하고 공경하였으며, 원근 친척들에게는 깍듯이 예의를 갖추었다.

이 해 8월에 왜적이 조선을 침략하니, 국왕이 도성을 떠나 멀리 용만70)으로 옮기어 가서 사신을 연달아 중원에 보내 구원을 간청하였다. 이에 황제는 전쟁이 일어났다는 통문을 전국 각지에 보내어 병사를 징집하고, 위생의 부친을 정토제군사(征討諸軍事)에 임명하여 병사 3만 명을 거느리고 멀리 요양71)으로 부임케 하였다. 그러나 전쟁터란 죽는 곳인 데다가 멀리 동쪽 귀퉁이까지 들어가게 되니 승리의 함성을 지르며 돌아오기를 기약할 수 없는지라, 위생의 부친은 마땅히 대장의 푸른 깃발을 들고 격서(檄書)를 쓸만한 서기(書記)를 구하기도 어려웠다. 그래서

---

67) 규위이리(閨幃已離) : 규방의 휘장이 이미 끊어졌다는 것은 여자가 이미 정조를 잃었다는 뜻으로 볼 수 있음.
68) 장석지가난향(張碩之嫁蘭香) : 한(漢)나라 때 장석이 도를 닦다가 선녀인 두난향(杜蘭香)을 만나 부부가 되었다고 함.
69) 배항지우여영(裵航之遇女英) : <주생전>의 각주 63 참조
70) 용만(龍灣) : 지금의 평안북도(平安北道) 의주(義州). 임진왜란 때 선조(宣祖)가 이곳으로 파천(播遷)하였음.
71) 요양(遼陽) : 중국의 고을 이름. 지금은 요령성(遼寧省)에 속해 있으며, 심양현(瀋陽縣)의 서남쪽에 있음.

즉시 편지를 써서 위생을 매우 급히 불러들여 함께 계문72)으로 가려고
하였다. 위생은 부친의 편지를 받아보고 눈물을 흘리며 밥 먹기를 잊은
채, 마음의 갈피를 잡지 못하였다. 이에 소낭자가 문득 슬픈 말을 자제
하고, 이치(理致)로써 위생을 달래며 말했다.

"제가 듣건대, 남자가 이 세상에 태어나서 붉은 활73)을 들고 백마를
몰아 마혁의 뜻74)을 품거나, 무장을 한 기병이 되어 병부(兵符)를 받들
다가 마침내 연함75)의 제후가 될 뜻을 품지 않은 사람이 없다고 합니
다. 하물며 지금은 온 천하의 날랜 병사들을 징발하여 한 귀퉁이에 있
는 흉악한 도적의 무리를 섬멸하려는 것이기에, 산을 누를 만한 기세는
있어도 흙이 무너질 근심은 없습니다. 뛰어난 공적을 이루고자 하신다
면 바로 이 때가 가장 좋은 기회입니다. 어찌 세상에 쓸모 없는 선비처
럼 행동하여 끝내 서재만을 지키려 하십니까? 게다가 엄친께서 변방 밖
먼 곳으로 나가 채미의 근심76)을 안고 계시는데, 자식이 되어 머나먼
하늘 끝에 가만히 앉아서 척호의 슬픔77)을 차마 어떻게 견디려 하십니
까? 돌아올 길이 빨리 열릴 것이니, 아버님의 뜻을 더디게 하지 마십시
오. 다만 저는 운명이 기구하고 세상일이 뜻대로 이루어지지 않아, 꽃다

72) 계문(薊門) : 중국의 고을 이름. 북경(北京)의 덕승문(德勝門) 서북쪽에 있음. 춘추
  전국시대(春秋戰國時代) 때 연(燕)나라에 속해 있었으며, 지금은 토성관(土城關)
  이라고도 함.
73) 동궁(彤弓) : 붉게 칠한 활로, 옛날에 천자가 큰공을 세운 제후에게 하사하였음.
74) 마혁지지(馬革之志) : 마혁과시(馬革裹屍)의 뜻을 품음. 마혁과시는 옛날에 전사한
  장수의 시체를 말가죽으로 싼 데서 유래한 말로, 곧 전사(戰死)함을 이름.
75) 연함(燕頷) : 제비의 턱처럼 생겼다는 뜻으로, 먼 나라의 제후가 될 상을 일컬음.
76) 채미지수(採薇之愁) : 『시경(詩經)』「소아(小雅)」<채미(採薇)>편에서 따온 것으
  로, 전쟁의 고통과 종군 생활의 괴로움을 이름. <채미>는 전쟁이 끝나고 귀향하
  는 병사가 전쟁에 참가했을 때의 고통스런 상황과 종군 생활의 괴로움을 회상
  의 형식으로 읊은 노래임.
77) 척호지비(陟岵之悲) : 『시경(詩經)』「위풍(魏風)」<척호(陟岵)>편에 나오는 것으
  로, 정벌 나간 사람이 고향의 가족을 그리워하며 슬퍼한다는 뜻. <척호>는 정벌
  나간 사람이 변방의 산에 올라가 고향의 부모와 형제가 정벌을 떠날 때 했던 말
  을 회상하면서 가족을 그리워한다는 내용임.

운 인연을 겨우 맺었는데 슬픈 이별을 또 맞이하게 되었습니다. 인생이
얼마나 길겠습니까? 부부가 합쳐지는 즐거움은 정해진 때가 없는 것입
니다. 이제 정원의 오동잎은 떨어지고, 바다의 기러기는 슬피 울며, 달
은 요대의 섬돌로 들어갔으니, 누가 봉황 피리의 소리를 듣겠습니까?
벌레가 회칠한 방벽에서 울 때 원앙의 꿈은 차갑기만 할 것이니, 저는
다시 애끓어 하다가 망부석(望夫石)이 되고 말 것입니다. 오로지 낭군께
서 빨리 돌아오시기만을 바랄 따름입니다."

소낭자는 말을 마친 후 중당(中堂)에 이별을 고하는 술자리를 마련하
였다. 소낭자가 아이들 몇 명에게 노래를 부르라고 명하니, 아이들이 채
련곡78)을 불렀다. 그 가사에 일렀다.

> 옥 이슬은 차갑고 강가의 달도 기울었는데,
> 목란 노 머문 곳에 연꽃이 흐드러졌네.
> 누가 연못을 가로지르는 나그네와 짝이 될고?
> 서풍에 들려오는 한 곡조 노래에 애만 끊는구나.

> 玉露悽悽江月斜, 蘭橈停處藕花多.
> 何人結伴橫塘客, 斷腸西風一曲歌.

> 달빛에 반짝이는 물결 조그만 연못에 가득한데,
> 님은 비단 치마에 구슬을 차고 목란 삿대에 기대었네.
> 어젯밤에 불어온 서풍에 붉은 꽃 떨어지니,
> 비로소 …… 뜰 안이 향기롭구나.

---

78) 채련곡(採蓮曲) : 악부(樂府) 청상곡(淸商曲)의 사명(辭名). 양(梁)나라 무제(武帝)
    에서 비롯되었으며, 강남농(江南弄) 칠곡(七曲) 가운데 하나. 가사 가운데는 남녀
    가 서로 그리워하는 마음을 읊은 것이 많음.

月色波光滿小塘, 羅裙玉佩倚蘭槳.
西風昨夜紅花落, 初載□□元裏香.

물가의 고운 님 비단 옷 입고서,
작은 배 타고 부용꽃 속을 헤치며 돌아오네.
밤새 불어온 서풍에 강 시름 가득한데,
머나먼 강관(江關)에선 소식조차 없네.

水上佳人錦縷衣, 芙蓉花裏小船回.
西風一夜滿江思, 千里江關音信稀.

아이들이 노래를 마치자, 소낭자는 손수 촛대 술잔에 술을 따라 위생
에게 받들어 올리고, 스스로 <임강선>79) 한 곡을 지어 위생이 술 마시
는 것을 도왔다.

오구80)를 비단 띠에 비껴 차고 청사마81)를 탔으나,
머나먼 용사82)에서 돌아올 길 잃었네.
안개 낀 계문(薊門)의 나무 저 멀리 희미한데,
누런 잎 뜰 가득히 떨어져 사립문을 가렸네.

吳鉤錦葉靑絲馬, 龍沙千里迷歸途.

---

79) 임강선(臨江仙) : 사곡(詞曲)의 이름으로, 본래 당(唐)의 교방(敎坊)에서 불리었던
   노래임. 『전등신화(剪燈新話)』의 <취취전(翠翠傳)>에 취취가 결혼(結婚) 첫날밤
   김정(金定)에게 <임강선> 한 곡을 지어져 준다는 구절이 있으며, 『전등여화(剪
   燈餘話)』의 <부용병기(芙蓉屛記)>에도 <임강선>이라는 사곡이 들어 있음.
80) 오구(吳鉤) : 칼의 이름.
81) 청사마(靑絲馬) : 푸른 실로 만든 고삐를 맨 말.
82) 용사(龍沙) : 중국의 지명(地名). 서북쪽 변방(邊方)에 있으며, 흔히 변방을 두루
   일컬어 용사라고 함.

薊門煙樹遠依俙, 滿庭黃葉掩柴扉.

소낭자가 노래를 마치자 앉아 있던 사람들이 모두 눈물을 흘렸다. 위생은 억지로 큰 항아리의 술을 다 마신지라, 남의 부축을 받고 겨우 말에 올라서 떠나갔다. 소낭자는 문밖까지 좇아 나와 통곡하느라 목이 쉬었다가 한참 지난 뒤에야 다시 트였는데, 이를 보고 불쌍하게 여기지 않는 사람이 없었다.

위생이 말을 달려 집에 도착해 보니, 장군은 북을 울리며 군행(軍行)을 출발시키려 하였다. 이에 위생은 겨우 그 뒤를 따를 수가 있었다. 위생은 마음이 극히 허전한 상태로 산을 넘고 물을 건너는 등 온갖 고생을 겪은 데다가, 제대로 먹거나 자지도 못해 예전의 병이 다시 도지고 말았다. 위생은 역참(驛站)이나 여관(旅館)에 들면 고향으로 돌아가고 싶은 생각이 더욱 간절하고, 사물을 대하면 감회가 일어나서 다른 사람들과 말을 하지 않았다. 장군은 이러한 위생의 모습을 보고 크게 근심을 하였다.

어느 날 저녁 행군(行軍)이 흥부[83]에 이르렀는데, 위생은 병이 더욱 극심해져 침상에 누워도 잠이 오지 않아 절구(絶句) 한 수를 지어 벽 위에 붙였다. 그 시에 일렀다.

서리가 흠뻑 내린 고성(孤城)에 한(漢)나라 군사 머무니,
새벽 달 아래 부는 고각(鼓角) 소리 진영을 울리네.
등불 앞에서 괴로이 강남(江南)의 밤을 생각하니,
기러기도 기럭기럭 고향을 그리며 초운(楚雲) 속으로 날아가네.

霜滿孤城駐漢軍, 角吹殘月動轅門.

---

83) 흥부(興府) : 중국의 고을 이름. 요령성(遼寧省)에 속한 고을로, 금현(錦縣)의 서남쪽에 있음.

燈前苦憶江南夜, 雁啼歸心入楚雲.

막사(幕舍) 안에 김생(金生)이라는 사람이 있었는데, 그도 글을 잘 지었다. 그는 위생이 고통스러워하는 것을 보고 옆자리에 앉아서 억지로 참고 있는 위생을 희롱하더니, 마침내 금빛 난새가 그려진 부채를 빼앗아 그 표면에다 절구 한 수를 썼다.

세차게 우는 백마에 구슬 안장 걸쳐 타고,
언제나 용검(龍劍)으로 오랑캐를 베어 볼꼬?
머나먼 관산[84] 너머에서 가을 바람 불어오니,
싸늘한 강남의 조각달 바라보며 피리를 부노라.

白馬驕嘶跨玉鞍, 龍刀何日斬樓蘭?
秋風萬里關山外, 吹笛江南片月寒.

위생이 웃으며 말했다.

"그대의 시는 호탕하고 나의 시는 처량하니, 서로 생각하는 것이 같지 않구려."

세월은 어느덧 몇 개월이 흐르고, 마침내 위생의 기운과 맥박은 실낱처럼 가늘게 되었다. 위생의 목숨이 끊어지려고 하던 날 하인이 급히 장군에게 아뢰었다. 장군은 뒤로 물러나서 전선(戰線)을 배치하고 허겁지겁 달려와 손으로 위생의 이마를 어루만지며 물었다.

"나는 황제의 명을 받들어 천리 길을 너와 함께 왔으나, 부자(父子)의 의리가 막중하니 내가 생사를 떠나서 꼭 너를 구하리라! 너와 함께 온 것은 병든 내 몸을 부축케 하려는 것이었는데, 이 늙은이가 덕이 없어

---

84) 관산(關山) : 고향(故鄕)에 있는 산. 곧 고향을 이름.

네가 먼저 병이 깊게 되었구나. 짧은 칼 하나밖에 가진 것이 없는 내가 머나먼 하늘 끝에서 이제 누굴 의지할꼬? 전쟁 때문에 너에게 약을 먹일 겨를도 없었으니, 망극한 내 마음을 너는 이미 알고 있으리라. 고향이 비록 멀기는 하나 귀로가 막히지 않았으니, 돛단배로 하룻밤이면 강남에 도달할 수 있을 것이다. 너는 마음을 편히 먹고 조금도 근심하지 말아라."

위생은 이 말을 듣고 머리를 끄덕였으나 슬픈 눈물이 하염없이 쏟아졌다. 잠시 후 위생은 장군의 손을 붙잡고 목멘 소리로 아뢰었다.

"소자의 남은 목숨은 재앙을 피할 수가 없습니다. 전장의 티끌이 자욱한 변방 막사에서 병이 매우 위독하게 되었으니, 편작85)이라도 방법이 없을 것입니다. 운명인 것을 어떻게 할 수 있겠습니까? 다만 아버님께서 새로이 외로운 변방에 들어와 싸움을 벌이기도 전에 객사(客舍)에서 자식을 잃고 곡(哭)하게 되셨으니, 몸과 마음을 어떻게 견뎌내실지 염려스러울 뿐입니다. 젊어서는 재주가 없어 부모님을 영예롭게 봉양하지도 못하고, 장성해서 장가를 들기는 했으나 끝내 받들어 모시지도 못했으니, 이 세상은 물론 지하에서도 저의 죄는 용서받을 수 없을 것입니다. 저승에 가더라도 이 원통함이 남을 것이니, 어떻게 감히 눈을 감을 수 있겠습니까? 저는 황량한 산에 버려진 외로운 혼백과는 다르니, 남은 뼈를 수습하여 고향에 돌아가 선산(先山)에 묻지도 마십시오"

위생은 말을 마치더니 갑자기 죽고 말았다. 장군은 울부짖으며 통곡한 뒤 장례를 재촉하여, 하인에게 시신을 받들고 고향으로 가서 선영(先塋) 옆에 영구히 묻으라고 명령하였다. 그런데 시신을 염(殮)해서 보내던 날 위생이 장군의 꿈에 나타나 말했다.

"소낭자와는 옛 인연이 아직 다하지 않았는데, 살아서 함께 생활하지

---

85) 편작(扁鵲) : 춘추시대(春秋時代)의 명의(名醫). 성은 진(秦), 이름은 월인(越人). 장상군(長桑君)에게 금방(禁方)의 구전(口傳)과 의서(醫書)를 물려받아 명의가 되었음.

못하고 죽어서도 같은 구덩이에 묻히지 못하게 되었군요."

곧이어 위생은 갑자기 사라지고 말았다. 장군이 놀라 깨어나니, 곧 꿈이었다. 밤은 이슥하여 진문(陣門)에는 달이 지고 있었으며, 노래와 북소리만 슬프게 울려왔다. 잠시 후 장군은 급히 하인을 불러 말했다.

"죽은 아이가 방금 내 꿈에 나타나 소씨의 문 앞을 지나가고자 원하니, 그 마음이 애처롭구나. 게다가 길이 회해86)로 통하고 배로 가면 더욱 편리하니, 곧바로 악쥬(岳州)로 가는 것이 좋겠다."

하인이 장군의 명을 받들고 갔는데, 불과 10일도 못되어 과연 동정호에 이르게 되었다. 세월이 이미 오래 되어 인사(人事)가 많이 변해 있었다. 한 조각 붉은 깃발을 나부끼며 강어귀로 들어가니, 지나가는 나그네와 행상들이 들어오는 배를 다투어 가리키며 말했다.

"어느 집 상여가 멀리 어디로 가는고?"

상여 행렬이 나루에 도착하여 소상국의 집을 묻자, 어떤 여자아이가 놀라며 다가와서 상여에 대해 물었다. 하인이 상여의 사연을 자세히 말해 주니, 그 아이가 황급히 상국의 집으로 달려가 아뢰었다. 이 말을 듣고 온 가족이 울부짖으며 가슴을 쳤으며, 통곡 소리가 하늘까지 치솟듯 떠들썩하였다. 소낭자는 그 기구한 이야기를 듣고 즉시 비단 수건으로 목을 메어 죽었으며, 상국이 이를 애통하게 여겨 구의산87) 아래에 함께 묻어 주었다. 그래서 동서(東西)의 두 무덤이 길 왼쪽에 뚜렷이 자리잡게 되었다. 이 소문을 들은 사람들은 위생과 소낭자의 이야기를 다투어 기록하였다.

---

86) 회해(淮海) : 회수(淮水). 곧 동백산(桐柏山)에서 발원하여 안휘성(安徽省)과 강소성(江蘇省)을 거쳐 황하(黃河)로 흘러 들어가는 강.

87) 구의산(九疑山) : 호남성(湖南省) 영릉현(零陵縣)의 북쪽에 있으며, 순(舜)임금과 그의 두 비(妃)인 아황(娥皇)·여영(女英)도 이곳에 묻힘.

운영전(雲英傳)

　수성궁(壽聖宮)은 안평대군[1]의 옛 집으로, 장안성[2] 서쪽인 인왕산[3] 아래에 있다. 이곳은 산천(山川)이 수려하여 용이 서리고 호랑이가 걸터 앉은 형세를 하고 있으며, 수성궁의 남쪽에는 사직단[4]이 있고 동쪽에는 경복궁(景福宮)이 있다. 인왕산(仁王山) 한 줄기가 구비 구비 뻗어 내려 오다 수성궁에 이르러서 우뚝 솟아올랐다. 비록 산이 높거나 험준하지 는 않았지만, 산꼭대기에 올라가 내려다보면 사방으로 통하는 큰길과 저자 거리, 성안의 수많은 집들이 바둑판을 펼쳐 놓거나 별들이 늘어선 듯 역력히 가리킬 수 있었고, 실타래를 풀어서 나누어 놓은 듯이 뚜렷 하였다. 동쪽을 바라보면 경복궁이 아득히 솟아 있고, 그 사이로 복도[5]

---

1) 안평대군(安平大君) : 조선 세종의 셋째 아들로, 이름은 용(瑢), 자는 청지(淸之), 호는 비해당(匪懈堂), 시호는 장소(章昭)임. 1453년(단종 1) 수양대군이 김종서(金 宗瑞) 등을 죽일 때 그 일파로 몰려 강화(江華)에서 죽음. 시문과 글씨에 뛰어났 으며, 당대의 유명한 선비들은 물론 서민들까지도 그를 추종함.
2) 장안성(長安城) : 당(唐)나라 때 국도(國都)인 장안에 있던 황궁(皇宮). 여기서는 경복궁(景福宮)을 일컬음.
3) 인왕산(仁旺山) : 서울 서쪽에 있는 산. 상상봉 못미쳐서 곡성(曲城)이 있고, 그밖 에 옛 절터·기암괴석·맑은 석간수(石間水) 등이 있어 풍치가 뛰어남. 조선 초 에 북악(北岳)을 주산(主山), 남산(南山)을 안산(鞍山), 낙산(駱山)과 인왕산을 좌 우용호(左右龍虎)로 삼았음.
4) 사직단(社稷壇) : 현재 서울특별시 종로구 사직동(社稷洞)에 있으며, 1394년(태조 3) 조선 태조가 건립함. 사직은 우리 나라와 중국에서 백성의 복을 위해 제사하 는 국토의 신(神)인 사(社)와 곡식의 신인 직(稷)을 아울러 이르는 말로, 흔히 국 가나 조정(朝廷) 자체를 일컫기도 함.

가 공중을 가로지르고 있었다. 게다가 이곳은 푸른빛을 짙게 띤 구름과 안개가 아침저녁으로 고운 태도를 자랑하니, 참으로 절승지라고 할 만했다. 그래서 당시의 주객(酒客)이나 활을 쏘며 노는 무리, 노래하고 피리 부는 아이들, 시인과 서예가들이 꽃 피고 버드나무 늘어진 봄이나 단풍이 물 드는 가을이 되면 하루도 빠지지 않고 그 위에 올라가 풍월을 읊조리고 경치를 구경하며 노느라 집으로 돌아가는 것마저 잊곤 하였다.

청파6)에 사는 선비인 유영(柳永)은 이 동산의 경치가 빼어나다는 것을 익히 듣고 한 번 구경하고 싶었다. 그러나 옷이 남루하고 용모와 안색이 초라하여 놀러 온 사람들의 웃음거리가 될 것을 스스로 알고 있는 터라, 정작 집을 나섰다가 주저앉은 지 오래였다.

만력 신축년7) 3월 16일에 유영은 탁주 한 병을 사들고 집을 나섰다. 어린 종은 물론 이미 자기를 알아주는 친구마저 없어 몸소 술병을 허리춤에 차고 홀로 궁문(宮門) 안으로 들어가자, 그를 본 사람들마다 서로 돌아보고 손가락질을 하며 비웃었다. 유생은 부끄럽고 무료해서 이내 후원으로 들어갔다. 높은 곳에 올라서 사방을 둘러보니, 갓 전란을 겪은 뒤인지라 장안의 궁궐과 성안에 가득했던 화려한 집들이 텅 빈 채 남아 있지 않았다. 무너진 담과 깨어진 기와조각, 폐쇄된 우물과 무너진 돌계단 사이에는 잡초가 무성하였으며, 동쪽 문 몇 긴만이 홀로 우뚝 솟아 있었다.

유생은 서쪽 동산으로 걸어 들어갔다. 산과 물이 깊숙한 곳에 이르자, 온갖 풀들이 빽빽하게 우거져 맑은 연못에 그림자가 비치었으며, 땅에는 꽃이 가득히 떨어져 있었으나 사람의 자취는 찾아 볼 수 없었다. 미

---

5) 복도(複道) : 위·아래로 되어 있는 이중의 길. 윗길은 임금이, 아랫길은 백성이 다녔음.
6) 청파(靑坡) : 서울 남대문 밖에 있는 고을. 현재 서울특별시 용산구에 소재(所在)함.
7) 신축년(辛丑年) : 명(明)나라 신종(神宗) 29년인 1601년(선조 34).

풍이 한 번 불자 향기가 자욱하게 피어올랐다. 유생은 홀로 바위 위에 앉아 소동파8)의 '내가 조원각9)에 오르니 봄은 반쯤 지났는데, 땅 가득히 떨어진 꽃 쓸어버릴 사람조차 없네'라는 시구를 읊조렸다. 곧이어 허리춤에 차고 왔던 술병을 끌러 다 마시고, 술에 취해서 돌에 머리를 기댄 채 바위의 가장자리에 누웠다.

잠시 후 유생은 술이 깨자 고개를 들고 사방을 둘러보았다. 노닐던 사람들은 다 흩어져 돌아가고 없는데 산에서는 달이 이미 떠올랐으며, 연기는 버들 눈썹에 아롱지고 바람은 꽃 뺨에 살랑거렸다. 이때 한 줄기 가느다란 말소리가 바람결에 들려왔다. 유생이 이상하여 자리에서 일어나 말소리가 나는 곳을 찾아가 보니, 한 소년이 절세(絶世)의 미인과 함께 싸리나무 가지에 마주 앉아 있다가 유생이 오는 것을 보고 흔쾌히 일어나 맞이하였다. 이에 유생이 마주 인사를 하며 물었다.

"수재10)는 어떠한 사람인데, 낮이 아닌 밤에 이렇게 노닐고 있습니까?"

소년이 빙그레 웃으면서 말했다.

"옛 사람이 이르기를 '경개약구'11)라고 했는데, 바로 이러한 상황을 두고 말했을 것입니다."

유생은 그들과 함께 삼발처럼 둘러앉아 서로 이야기를 나누게 되었다. 여자가 낮은 소리로 아이를 부르자 계집종 두 명이 숲 속에서 나왔다. 여자가 그 아이들에게 일러 말했다.

"오늘 저녁 옛 연인을 해후(邂逅)한 이곳에서 또 뜻하지 않게 가객(佳

8) 소동파(蘇東坡) : 소식(蘇軾). <주생전>의 각주 39 참조. 위에 인용한 시는 <여산(驪山)>의 일부임.
9) 조원각(朝元閣) : 당(唐)나라 때 도관(道觀)의 이름으로 여산(麗山)에 있으며, 이곳에서 노자(老子)에게 제사를 올림.
10) 수재(秀才) : 젊거나 미혼(未婚)인 남자를 높여 이르는 말.
11) 경개약구(傾盖若舊) : 길을 가다가 만나 서로 잠깐 이야기를 하는 정도의 교분이지만, 서로 마음이 맞아 옛날부터 사귄 사이처럼 친하다는 뜻.

客)을 만나게 되었구나. 오늘처럼 좋은 밤을 헛되이 쓸쓸하게 보낼 수는 없으니, 너희들은 술과 안주를 준비하고 아울러 붓과 벼루를 가져오도록 해라."

두 계집종이 명을 받들고 갔다가 잠시 후에 술과 안주를 가지고 되돌아 왔는데, 나는 새가 오가는 것처럼 발걸음이 가벼웠다. 유리로 된 술 단지에는 자하주12)가 가득히 담겨 있었으며, 진귀한 과일과 훌륭한 음식 등 모두가 인간 세상에서는 볼 수 없는 것들이었다. 술을 세 잔 마신 후에 여자가 새로운 사곡13)을 지어 부르며 유생에게 술을 권했다.

> 깊고 깊은 궁궐에서 이별한 옛 연인,
> 하늘이 맺어준 인연 다하지 않아 뜻밖에 만났네.
> 몇 번이나 꽃이 활짝 핀 봄날을 슬퍼했던고?
> 구름 되고 비가 되어 즐김14)은 한갓 꿈일 뿐인 것을.
> 지난 일 모두 닳아 없어져 티끌이 되었건만,
> 공연히 흐르는 눈물 수건만 적시네.

> 重重深處別故人, 天緣未盡見無因.
> 幾番傷春繁華時, 爲雲爲雨夢非眞.
> 消盡往事成塵後, 空使今人淚滿巾.

여자는 노래를 마치고 탄식하며 울음을 삼켰으나 구슬 같은 눈물이

---

12) 자하주(紫霞酒) : 신선들이 마신다는 좋은 술.
13) 사곡(詞曲) : 당대(唐代)에 시작된 악부(樂府)의 한 체(體).
14) 위운위우(爲雲爲雨) : 운우지락(雲雨之樂)이나 무산지몽(巫山之夢)과 같은 뜻. 초(楚)나라 양왕(襄王)이 고당(高唐)에서 놀다가 낮잠을 자는데 꿈에 한 부인이 나타나 동침을 하고, 이튿날 아침에 부인이 떠나면서 "저는 무산의 동쪽 높은 언덕에 사는데 매일 아침이면 구름이 되고 저녁에는 비가 됩니다."라고 말하기에, 양왕이 그 자리에 사당(祠堂)을 짓고 이름을 조운(朝雲)이라 지었다는 고사에서 유래. 흔히 남녀의 정교(情交)를 일컬음.

얼굴 가득히 흘러 내렸다. 유생이 이상하여 자리에서 일어나 절하며 말했다.

"제가 비록 비단처럼 고운 글을 짓는 재주는 없지만, 일찍부터 시문(詩文)을 일삼았기 때문에 글을 쓸 때 드린 공력(功力)을 조금은 알아볼 수 있습니다. 지금 이 노래를 들으니, 격조가 맑고 뛰어나되 담긴 뜻이 슬프고 처량하여 매우 이상하게 생각됩니다. 오늘밤의 모임은 달빛이 대낮처럼 밝고 맑은 바람이 천천히 불어와 기꺼이 즐길 만한데, 서로 마주하고 슬피 우는 것은 무엇 때문입니까? 또 술잔을 한 번 주고받아 정의(情義)가 이미 두터워졌는데도 성명을 말씀하지 않으시고 속마음도 털어놓지 않으시니 의아스럽기만 합니다."

유생이 먼저 자기 이름을 말하고 대답을 강요하자, 소년이 대답하여 말했다.

"성명을 말씀드리지 않은 것은 까닭이 있기 때문입니다. 그대가 강요한다면 성명을 아뢰는 것이 어찌 어렵겠습니까? 그러나 말씀을 드리려고 하면 말이 길어집니다."

소년은 오래도록 슬픔에 젖어 괴로워하다가 말을 이었다.

"제 성은 김가입니다. 10살 때 시문에 능통하여 학당(學堂)에 이름이 났으며, 14살 때 진사 제2과에 급제하여 당시 사람들이 모두 저를 김진사(金進士)라고 불렀습니다. 저는 젊은 혈기와 호탕한 마음을 억제하지 못하고, 또 이 여자와의 연고 때문에 부모님께서 물려주신 육신으로 마침내 불효의 자식이 되어, 천지간에 한 죄인으로써 이름을 남기게 되었습니다. 그런데 어찌하여 굳이 제 이름을 알려고 하십니까? 이 여자의 이름은 운영(雲英)이며, 저 두 여자의 이름은 녹주(綠珠)와 송옥(宋玉)입니다. 이들은 모두 옛날 안평대군(安平大君)의 궁녀였습니다."

유생이 말했다.

"말을 꺼내었으되 다 하지 않는다면, 이는 아예 처음부터 말을 하지 않는 것보다 못합니다. 안평이 한창 활동하던 때의 일과 진사가 슬퍼하는 연유를 상세히 들을 수 있겠습니까?"

진사가 운영을 돌아보며 말했다.

"해가 여러 번 바뀌고 세월이 이미 오래 되었는데, 너는 그 때의 일을 기억할 수 있겠느냐?"

운영이 대답했다.

"가슴속에 쌓인 원한을 어느 날인들 잊을 수 있겠습니까? 제가 시험삼아 말할 테니, 낭군께서 곁에 계시면서 빠진 부분이 있으면 보충해 주십시오"

이에 운영이 이야기를 시작했다.

장헌대왕15)의 아들 8대군 가운데 안평대군이 가장 영리하고 뛰어났습니다. 임금께서는 그를 매우 사랑하여 상금을 무수히 내려주신 까닭에 전민(田民)과 재물이 대군들 가운데 가장 많았습니다. 대군이 13살 때 사궁(私宮)으로 나가 살게 되었는데, 그 궁 이름이 곧 수성궁입니다. 대군은 유학을 공부하는 사람으로 자처하여 밤에는 독서를 하고 낮에는 시를 짓거나 예서16)를 쓰는 등 일찍이 짧은 시간도 헛되이 보내지 않았습니다. 그래서 당시의 문인과 뛰어난 선비들이 모두 수성궁에 모여들어 실력을 겨루었는데, 때로는 새벽닭이 세 번 울 때까지 학문을 토론하기도 했습니다. 게다가 대군은 필법에도 뛰어나 온 나라에 명성이 자자했습니다. 문종17)께서 왕위에 오르시기 전에 집현전18)의 여러

---

15) 장헌대왕(莊憲大王) : 조선의 제4대 임금인 세종대왕(世宗大王)을 일컬음.
16) 예서(隷書) : 한문 서체(書體)의 하나. 지금의 해서(楷書). 진시황(秦始皇) 때 정막(程邈)이 소전(小篆)을 간단히 하여 만듦.
17) 문종(文宗) : 조선 제5대 임금. 재위 1450~1452년. 휘는 향(珦), 자는 휘지(輝之). 1421년(세종 3)에 세자로 책봉되어 20여 년간 세종을 도왔으며, 즉위한 후에 언로(言路)를 열어 민의(民意)를 파악하고 문무(文武)를 아울러 중용하여 신민(臣民)의 신망이 두터웠음. 그러나 몸이 허약하여 적극적으로 정치를 하지 못하고 일찍 죽음.
18) 집현전(集賢殿) : 고려 이후 조선 초기에 걸쳐 설치되었던 왕실연구기관의 하나.

학사들과 함께 안평의 필법을 거론하면서 항상 말씀하시곤 했습니다.

"내 아우가 만약 중국에서 태어났다면 비록 왕일소[19]에게는 미치지 못하겠지만, 어찌 조송설[20]보다 못하겠는가!"

문종께서는 이렇듯이 안평대군에 대한 칭찬을 마지 아니하셨습니다.

하루는 대군이 저희들에게 말했습니다.

"천하의 온갖 재주는 반드시 조용한 곳으로 가서 공부를 한 뒤에야 이룰 수 있다. 도성문(都城門) 밖에 산천이 고요하고 마을에서 좀 멀리 떨어진 곳이 있는데, 이곳에서는 학업을 오로지 할 수 있을 것이다."

대군은 즉시 그 위에다 깨끗한 집 10여 칸을 짓고, 그 집에 현판을 붙여 비해당(匪懈堂)이라고 하였습니다. 또 그 옆에 단(壇) 하나를 축조하여 이름을 맹시단(盟詩壇)이라 하였는데, 이는 무릇 명분을 돌아보고 의리를 생각하라는 뜻이었습니다. 당시의 뛰어난 문장가와 서예가들이 모두 그 단에 모이었는데, 문장은 성삼문[21]이 으뜸이었으며, 필법은 최흥효[22]가 으뜸이었습니다. 그러나 이들 역시 대군의 재주에는 미치지

세종이 즉위한 뒤 집현전을 크게 확장하여 한글을 제정하는 등 많은 업적을 남김. 그러나 단종(端宗) 복위운동을 했던 사육신(死六臣)을 비롯하여 세조(世祖)를 반대했던 인물들이 집현전에서 많이 나오게 되자, 세조가 1456년(세조 2)에 폐지함.

19) 왕일소(王逸少) : 동진(東晉) 때의 명필(名筆)인 왕희지(王羲之). 일소는 자(字)임. 우군장군(右軍將軍)이라는 벼슬을 했기에 왕우군(王右軍)이라 일컫기도 함. 해서(楷書)·행서(行書)·초서(草書)의 삼체를 전아한 귀족적인 서체로 완성하여 고금(古今)을 불문하고 최고의 서예가로 평가받고 있음.

20) 조송설(趙松雪) : 원(元)나라 때의 명필(名筆)인 조맹부(趙孟頫). 송설은 호이고 자는 자앙(子昻)임. 원나라 세조(世祖) 이후 다섯 임금을 섬길 정도로 신임이 두터웠으며, 한림학사 승지(翰林學士承旨)·영록대부(榮錄大夫) 등을 역임함. 글씨는 물론 그림과 시문(詩文)에도 뛰어나 후세에 크게 영향을 미침.

21) 성삼문(成三問) : 조선 세종 때의 문신. 자는 근보(謹甫), 호는 매죽헌(梅竹軒). 사육신(死六臣)의 한 사람. 1438년(세종 20)에 문과(文科)에 급제하고, 1447년 중시(重試)에서 장원하였으며, 집현전 학사로서 세종의 총애를 받아 신숙주(申叔舟) 등과 함께 훈민정음(訓民正音) 창제에 참여함. 1456년 단종의 복위(復位)를 꾀하다가 박팽년(朴彭年)·이개(李塏)·하위지(河緯地)·유성원(柳誠源)·유응부(兪應孚)와 함께 한강가에서 처형됨.

못했습니다.

하루는 대군이 술에 취한 채 여러 궁녀들을 불러놓고 말했습니다.

"하늘이 재주를 내릴 때 어찌 유독 남자에게만 많이 내리고, 여자에게는 적게 내렸겠느냐? 오늘날 문장가로 자처하는 사람들이 적은 것은 아니나, 대개 서로가 엇비슷하여 특별히 뛰어난 자가 없으니, 너희들도 힘쓰도록 해라."

이어서 대군은 궁녀들 가운데 나이가 어리고 얼굴이 어여쁜 자 10명을 뽑아서 가르쳤습니다. 먼저 『소학언해』23)를 주어 외우게 한 뒤에 『중용』24)·『대학』25)·『논어』26)·『맹자』27)·『시경』28)·『서경』29)·『통사』30)

---

22) 최흥효(崔興孝) : 조선 세종 때의 문신·서예가. 자는 백원(百源), 호는 월곡(月谷). 1411년(태종 11)에 문과에 급제하고, 1420년(세종 2)에 홍문관 제학(弘文館提學)이 됨. 예서(隷書)와 초서(草書)를 잘 썼으며, 세종의 명으로 『금자법화경(金字法華經)』을 필사하기도 함.

23) 소학언해(小學諺解) : 송(宋)나라 유자징(劉子澄)이 주희(朱熹)의 가르침을 받아 지은 아동용 교훈서(敎訓書)인 『소학』을 한글로 풀어 새긴 책. 최초의 언해는 조선 중종(中宗) 때 최숙생(崔淑生)이 편찬함.

24) 중용(中庸) : 사서(四書)의 하나로, 공자(孔子)의 손자인 자사(子思)가 지었다고 함. 주로 천인합일(天人合一)의 형이상학(形而上學)을 논하면서, 중용의 덕(德)을 인간 행위의 최고 기준으로 삼음.

25) 대학(大學) : 사서(四書)의 하나로, 증자(曾子) 또는 자사(子思)가 지었다고 함. 유교의 명덕(明德)·친민(新民)·지선(至善)의 삼강령(三綱領)과 격물(格物)·치지(致知)·성의(誠意)·정심(正心)·수신(修身)·제가(齊家)·치국(治國)·평천하 (平天下)의 여덟 조목(條目)을 기록·설명하였음.

26) 논어(論語) : 사서(四書)의 하나로 공자(孔子)의 언행, 제자와 당시 사람과의 문답 및 제자들의 언행을 공자의 제자들이 모아 엮음.

27) 맹자(孟子) : 사서(四書)의 하나로, 맹자가 공자(孔子)의 도(道)와 인의(仁義)를 설(說)하고 왕도(王道)를 펴기 위해 여러 나라를 돌아다니면서 제후 및 제자들과 문답한 내용을 기록함.

28) 시경(詩經) : 오경(五經)의 하나로, 춘추시대(春秋時代)의 민요를 중심으로 엮어진 중국 최고(最古)의 시집. 전부터 전해 온던 3천여 편의 시 중에서 공자(孔子)가 311편을 추려서 엮었다고 함.

29) 서경(書經) : 오경(五經)의 하나로, 중국 요순(堯舜) 때부터 주(周)나라에 이르기까지의 정치사(政治史)·정교(政敎) 등을 기록한, 중국에서 가장 오래된 경전. 공자가 수집하여 편찬했다고 함.

110

를 모두 가르쳤습니다. 또 이백31)과 두보32) 등 당시(唐詩)를 몇 백 수 뽑아서 가르치니, 과연 5년도 채 안되어 10명 모두가 재주를 이루게 되었습니다.

대군은 궁에 돌아오면 항상 우리를 안전(眼前)에 앉히고 시를 짓게 하여 잘못된 곳을 바로잡아 주었으며, 시의 고하(高下)를 차례대로 매기고 상과 벌을 내려서 우리를 격려하였습니다. 이로 인해 우리의 탁월한 기상은 비록 대군에게는 미치지 못했지만, 음률의 청아함과 구법(句法)의 완숙함은 성당33) 시인들의 울타리를 엿볼 만했습니다. 그 10명의 이름은 소옥(小玉)·부용(芙蓉)·비경(飛瓊)·비취(翡翠)·옥녀(玉女)·금련(金蓮)·은섬(銀蟾)·자란(紫鸞)·보련(寶蓮)·운영(雲英)이었는데, 제가 바로 운영입니다.

대군은 대체로 우리를 잘 보살펴 주었습니다. 그러나 우리에게 항상 궁궐 안에서만 생활하고 다른 사람과는 전혀 대화를 나누지 못하게 하였습니다. 대군은 매일 문사들과 함께 술을 마시고 기예를 다투었으면서도 일찍이 우리가 그 근처에 얼씬거리는 것을 한 번도 허락하지 않았는데, 이것은 궁궐 밖의 사람들이 혹 우리의 존재를 알까 염려했기 때문입니다.

항상 대군은 우리에게 명령하여 말하곤 했습니다.

"시녀가 한 번이라도 궁문을 나가면 그 죄는 죽어 마땅할 것이요, 궁궐 밖의 사람이 궁녀의 이름을 알기만 해도 또한 죽일 것이다."

하루는 대군이 밖에서 돌아와 우리를 불러 놓고 말했습니다.

30) 통사(通史) : 구체적인 책명이라기보다는 역사 일반을 일컬은 듯함.
31) 이백(李白) : 성당(盛唐) 때의 대시인. 자는 태백(太白), 호는 청련(靑蓮). 두보(杜甫)와 함께 시종(詩宗)으로 숭앙을 받음.
32) 두보(杜甫) : 성당(盛唐) 때의 대시인. 자는 자미(子美), 호는 소릉(少陵). 이백(李白)과 함께 이름을 나란히 하여 흔히 이두(李杜)로 불림.
33) 성당(盛唐) : 당대(唐代)의 시(詩)를 네 시기로 구분한 것의 두 번째 시기로, 당(唐) 현종(玄宗) 때부터 대종(代宗) 무렵까지를 일컬음. 이 시기는 이백(李白)·두보(杜甫)와 같은 유명한 시인들이 활동하는 등 시풍(詩風)이 가장 왕성했던 때임.

"오늘 문사 모모(某某)와 함께 술을 마시고 있는데 한 줄기 푸른 구름이 궁중의 나무에서 일어나 성벽 꼭대기를 둘러싸기도 하고, 또 산기슭으로 날아가기도 하였다. 내가 먼저 오언절구(五言絶句) 한 수를 짓고 손님들에게 운(韻)에 맞춰 시를 짓게 하였는데, 모두 내 마음에 들지 않았다. 너희들이 나이 순서대로 각각 시를 지어 올려라."

소옥이 먼저 지어서 올렸습니다.

> 푸른 연기 비단처럼 가늘어,
> 바람 따라 궁문(宮門)으로 들어오네.
> 흐릿한 연기 깊었다 다시 옅어지니,
> 황혼이 가까워 옴을 깨닫지 못하였네.

> 綠煙細如織, 隨風半入門.
> 依微深復淺, 不覺近黃昏.

부용이 지어 올렸습니다.

> 공중에 날아올라 비를 두르더니,
> 땅에 떨어져 다시 구름이 되었네.
> 저녁이 가까워 오자 산 빛은 어두운데,
> 그윽한 생각 초(楚)나라 임금을 향하네.[34]

> 飛空逢帶雨, 落地復爲雲.
> 近夕山光暗, 幽思向楚君.

---

34) 향초군(向楚君) : 여기서는 운우지락(雲雨之樂)을 뜻하기보다는, 초(楚)나라 회왕(懷王)을 그리워하며 <이소(離騷)>를 지어 충간(忠諫)했던 굴원(屈原)의 고사(故事)에 빗대어 충정(忠情)을 노래한 것으로 보임.

비취가 지어 올렸습니다.

구름이 꽃을 덮으니 벌은 세를 잃고,
대숲에 아롱지니 새는 깃들 곳을 찾지 못하네.
황혼녘엔 가느다란 비가 되어 내리니,
소슬한 빗소리 창 밖에서 들려오네.

覆花蜂失勢, 籠竹鳥迷巢.
黃昏成小雨, 窓外聽蕭蕭.

비경이 지어 올렸습니다.

작은 살구나무 싹 틔우기도 어려운데,
외로운 대나무 홀로 푸른 빛 간직하였네.
어둑어둑하여 문득 다시 바라보니,
어느새 날 저물어 황혼이 되었네.

小杏難成眼, 孤篁獨保靑.
輕陰暫見重, 日暮又昏冥.

옥녀가 지어 올렸습니다.

해를 가리운 구름 고운 비단처럼 가벼운데,
산을 가로질러 푸른 빛 길게 드리웠네.
미풍이 불어오자 점점 흩어지더니,
이내 작은 연못만 적시네.

蔽日輕紈細, 橫山翠帶長.
微風吹漸散, 猶濕小池塘.

금련이 지어 올렸습니다.

산아래 차가운 구름이 쌓이더니,
비스듬히 궁중 나무가로 날아들었네.
바람 불어 이리저리 흩날리더니,
푸른 하늘에 노을만 가득하네.

山下寒煙積, 橫飛宮樹邊.
風吹自不定, 斜日滿蒼天

은섬이 지어 올렸습니다.

산골짜기에 짙은 구름 피어오르니,
연못 누각에 푸른 그림자 흐르네.
날아서 돌아갈 곳 찾지 못하고,
이슬방울 되어 연잎에 머물렀네.

山谷繁陰起, 池臺綠影流.
飛歸無處覓, 荷葉露珠留.

자란이 지어 올렸습니다.

이른 아침 마을 어귀가 어둡더니,
비끼어 높은 나무 아래로 이어졌네.

잠깐 사이에 홀연히 날아가,
서쪽 묏부리와 앞 시내에 걸쳐 있네.

　　早向洞門暗, 橫連高樹低.
　　須臾忽飛去, 西岳與前溪.

제가 또 지어 올렸습니다.

저 멀리 보이는 푸른 구름 고우니,
아름다운 이는 깁 짜기를 마치었구나.
바람을 맞으며 홀로 슬퍼하더니,
날아가 무산에 떨어졌도다.

　　望遠靑煙細, 佳人罷織紈.
　　臨風獨惆悵, 飛去落巫山.

보련이 지어 올렸습니다.

짧은 골짜기 봄 그늘 속,
장안35)의 물 기운 속에서 일어나더니,
홀연히 사람 사는 세상을,
푸른 구슬 궁궐로 만들었네.

　　短壑春陰裡, 長安水氣中.
　　能令人世上, 忽作翠珠宮.

---

35) 장안(長安) : 중국의 고을 이름. 주(周)나라 이래 진(秦)·전한(前漢)·수(隋)·당
　　(唐) 등의 국도(國都)였음. 여기서는 조선의 국도였던 한양(漢陽)을 일컬음.

대군이 시를 다 살펴보고는 크게 놀라며 말했습니다.

"비록 만당36)의 시와 비교를 하더라도 우열을 가리기 어려울 것이며, 근보37) 이하는 채찍을 잡을 수 없을 것이다."

대군이 두세 번 읊조리고도 시의 높고 낮음을 분별치 못하더니, 한참 있다가 말했습니다.

"부용의 시는 초(楚)나라 임금을 사모한 것이기에 내가 매우 가상하게 생각한다. 그러나 비취의 시는 격조가 아름답고, 옥녀의 시는 생각이 뛰어나면서도 마지막 구에 넉넉한 뜻이 은은하게 깃들어 있으니, 마땅히 이 두 시를 으뜸으로 삼아야 할 것이다."

대군은 또 말했습니다.

"내가 처음 볼 때는 우열을 분별하지 못했는데 다시 음미하면서 자세히 살펴보니, 자란의 시가 생각이 심원하여 사람으로 하여금 깨닫지 못하는 사이에 감탄하며 춤추게 하는구나. 나머지 시들도 모두 맑고 고우나, 오로지 운영의 시에만 쓸쓸히 님을 그리워하는 뜻이 드러나 있다. 모르겠구나, 네가 생각하는 사람이 대체 어떤 사람이냐? 마땅히 심문을 해야 하겠지만 네 재주가 아까워 잠시 놓아두노라."

저는 즉시 뜰로 내려가 엎드려 울면서 대답했습니다.

"시를 짓는 사이에 우연히 드러나게 된 것일 뿐입니다. 어찌 다른 뜻이 있었겠습니까? 그러나 이제 대군의 의심을 받게 되었으니, 저는 만 번 죽어도 아깝지 아니합니다."

대군이 앉으라고 명하면서 말했습니다.

"시는 성정(性情)에서 나오는 것이기 때문에 감추어 숨길 수가 없다. 너는 더 이상 말하지 말아라."

---

36) 만당(晩唐) : 당대(唐代)의 시(詩)를 네 시기로 구분한 것의 마지막 시기로, 문종 (文宗) 이후 당나라 말까지 80여 년간을 이름. 이 시기의 대표적인 시인으로는 두목(杜牧)·이상은(李商隱)·온정균(溫庭筠) 등을 들 수 있음.

37) 근보(謹甫) : 성삼문(成三問)의 호(號).

대군은 즉시 비단 10단(端)을 꺼내어 10명에게 나누어주었습니다.

일찍이 대군은 저에게 마음 둔 적이 없었으나, 궁중 사람들은 모두 대군이 저에게 마음을 두고 있는 것으로 알고 있었습니다. 우리 10명은 모두 동쪽 방으로 물러 나와 촛불을 환하게 밝히고 칠보 책상 위에 『당률』38) 1권을 올려놓았습니다. 그리고 옛 사람이 지은 궁원시39)들의 고하(高下)를 논했습니다. 저는 홀로 병풍에 기대어 진흙으로 빚은 사람처럼 말을 하지 않고 조용히 앉아 있었습니다. 그러자 소옥이 저를 돌아보며 말했습니다.

"오늘 낮에 부연시40)로 주군의 의심을 받게 된 것이 은근히 걱정되어 말을 하지 않는 것이냐? 아니면 주군이 너와 비단 자리에서 사랑의 기쁨을 나누려는 마음을 갖고 있기 때문에 속으로 좋아서 말을 하지 않는 것이냐? 네가 가슴속에 어떤 생각을 품고 있는지 알 수가 없구나."

저는 옷깃을 여미면서 대답했습니다.

"너는 내가 아닌데 어떻게 나의 마음을 알겠느냐? 내가 바야흐로 시를 한 수 지으려고 하는데, 기발한 표현을 찾지 못해서 고민하느라 말을 하지 않고 있을 뿐이다."

은섬이 말했습니다.

"뜻이 향하는 곳에 마음이 없기 때문에 옆 사람의 말이 바람처럼 귀를 스쳐간 것이다. 네가 말을 하지 않는 까닭을 알아내는 것은 어렵지 않다. 내가 장차 네 뜻을 시험해 보겠다."

은섬은 즉시 창 밖의 포도(葡萄)를 제목으로 삼아 칠언사운41)을 지으라고 재촉했습니다. 저는 응답하고 즉시 읊었습니다.

---

38) 당률(唐律) : 당대(唐代)의 시(詩)를 모아놓은 시집(詩集)으로 판단되나, 구체적인 것은 알 수 없음.
39) 궁원시(宮怨詩) : 궁녀(宮女)들의 원망(怨望)을 제재나 주제로 삼은 시.
40) 부연시(賦煙詩) : 연기를 운(韻)으로 삼아 지은 시.
41) 칠언사운(七言四韻) : 칠언율시(七言律詩). 하나의 구(句)가 칠언(七言)이면서 총 여덟 개의 구로 이루어진 한시(漢詩). 3구와 4구, 5구와 6구가 대구(對句)를 이룸.

꾸불꾸불 이어진 등풀은 용이 나는 듯하고,
푸른 잎사귀 그늘짐에 홀연히 정이 깃드네.
따가운 여름 햇살도 능히 비추기를 거두었고,
서늘한 그림자에 맑은 하늘은 헛되이 밝기만 하네.
난간을 붙잡고 뻗어난 줄기는 마음을 머무는 듯하고,
구슬을 드리운 듯한 열매 정성을 본받고자 하네.
훗날 변화할 때를 간절히 기다리니,
응당 비구름 타고 삼청42)에 오르리.

蜒蜒藤草似龍行, 翠葉成陰忽有情.
暑日嚴威能徹照, 晴天寒影反虛明.
抽絲攀檻如留意, 結果垂珠欲效誠.
苦待他時應變化, 會乘雲雨上三淸.

소옥이 시를 보고 일어나 절하며 말했습니다.

"참으로 천하의 기재(奇才)로다. 풍격(風格)이 높지 않은 것은 비록 옛 곡조와 유사하나, 이렇듯 순식간에 지어내는 것은 시인들이 가장 어렵게 여기는 것이다. 나는 70명의 제자가 공자에게 복종했던 것처럼 기쁜 마음으로 너에게 기꺼이 복종하겠노라."

자란이 밀했습니다.

"말은 삼가지 않으면 안 되는데, 어찌 이렇듯 그 시를 지나치게 높게 평가하느냐? 단지 문자가 완곡(婉曲)하고, 또 날아오르는 듯한 자태가 있을 뿐이다."

이 말을 듣고 모두 다 말했습니다.

"정확한 논평이다."

---

42) 삼청(三淸) : 도가(道家)에서, 신선이 사는 곳이라고 하는 옥청(玉淸)·상청(上淸)·태청(太淸)의 삼부(三府).

저는 비록 이 시로써 동료들의 의심을 풀긴 했으나, 저에 대한 뭇 사람들의 의심이 완전히 해소된 것은 아니었습니다.

다음 날이었습니다. 문 밖에서 마차 소리가 요란하게 들리더니, 문지기가 달려 들어와 아뢰었습니다.

"많은 손님들이 오십니다."

대군이 동쪽 누각을 깨끗하게 청소시키고 손님들을 맞아들였는데, 모두 문인과 재주 있는 선비들이었습니다. 이들이 자리를 잡고 앉자, 대군은 우리가 지은 부연시(賦煙詩)를 보여 주었습니다. 이를 본 사람들이 모두 크게 놀라서 말했습니다.

"뜻밖에 오늘 성당(盛唐)의 음률과 가락을 다시 보게 되었습니다. 이 시들은 우리가 견줄 바가 아닙니다. 이렇듯 지극한 보배를 나리께서는 어디에서 얻으셨습니까?"

대군이 미소를 지으며 말했습니다.

"어찌 그렇다고 할 수 있겠습니까? 어린 종이 우연히 길거리에서 얻어 온 것입니다. 어떤 사람이 지은 것인지는 알 수 없으나, 필시 민가(民家)에 사는 재사(才士)의 손에서 나온 것으로 생각합니다."

그러나 여러 사람들은 대군의 말을 믿지 않았습니다. 뒤늦게 성삼문(成三問)이 와서 말했습니다.

"재주는 다른 시대에서 빌릴 수 있는 것이 아닙니다. 예전 왕조(王朝)부터 지금까지 이미 6백여 년 동안 우리나라에서 이미 시로써 이름을 날린 사람은 그 수를 헤아릴 수 없을 정도로 많습니다. 그러나 어떤 사람은 흐림에 빠져 우아하지 못하고, 어떤 사람은 경쾌하고 맑으나 들떠 있는 등 대개 음률(音律)에 합당치 않거나 성정(性情)을 잃어버렸습니다. 지금 이 시들을 보니 풍격(風格)이 맑고 진솔하며, 생각과 뜻이 뛰어나서 속세의 태도가 조금도 없습니다. 이 시들은 반드시 깊은 궁중 사람이 속인(俗人)들과 접촉하지 않은 채, 오로지 옛 사람의 시를 읽고 밤낮으로 음송(吟誦)하여 마음속에서 절로 체득한 것입니다. 상세히 그 뜻을 음미해 보면, '바람을 맞으며 홀로 슬퍼하네'라고 한 것은 님을 그리워하는 뜻이 담겨 있으며, '외로운 대나무 홀로 푸른빛을 간직하였네'라고한 것은 정절을 지킬 뜻이 담겨 있습니다. 또 '바람 불어 이리저리 흩날리나'라고 한 것은 자신을 보존하기 어려운 태도가 담겨 있고, '그윽이초나라 임금을 생각하네'라고 한 것은 임금을 향한 정성이 담겨 있으며,'이슬방울 되어 연잎에 머물렀네'와 '서쪽 묏부리와 앞 시내에 걸쳐 있네'라고 한 것은 천상의 신선이 아니면 형용할 수 없는 것입니다. 격조에는 비록 높고 낮음이 있으나, 덕과 의로써 교화하려는 기상(氣像)은대체로 같습니다. 나리의 궁중에서 이 10명의 선인(仙人)을 기르고 있음이 틀림없으니, 원컨대 조금도 속이지 마십시오."

대군은 마음속으로는 탄복을 하고서도 겉으로는 고개를 저으면서 말했습니다.

"누가 근보(謹甫)더러 시를 감식(鑑識)하는 눈이 있다고 말했던가? 내궁중에 어찌 이러한 사람들이 있겠습니까? 의혹이 지나치다 할 만합니다."

이때 우리 10명은 창 틈으로 몰래 엿듣고 있다가 성삼문의 말에 탄복하지 않은 사람이 없었습니다. 이날 밤 자란이 지성으로 저에게 물었습니다.

"여자가 이 세상에 태어나서 시집가고자 하는 마음은 사람마다 나 있다. 네가 그리워하는 사람이 어떤 사람인지 알 수는 없지만, 네 얼굴이날마다 점점 여위어 가고 있다. 이것이 염려되어 진정으로 묻는 것이니,모름지기 숨기지 않길 바란다."

저는 자리에서 일어나 사례하며 말했습니다.

궁인(宮人)이 매우 많아 시끄럽게 떠들까 두려워서 감히 입을 열지못했는데, 이제 네가 진정으로 물으니 어찌 감히 숨기겠는가? 지난 해가을 누런 국화가 처음 피고 단풍잎이 막 시들려고 할 때, 대군이 혼자

서당(書堂)에 앉아 시녀들에게 먹을 갈고 비단을 펼치게 한 다음 칠언사운(七言四韻) 10수를 쓰고 계셨어. 이때 어린 종이 나아와 아뢰었네.

"자칭 김진사(金進士)라고 하는 젊은 유생(儒生)이 뵙기를 청합니다."

대군은 기뻐하며 말씀하셨네.

"김진사가 왔구나!"

대군이 그를 맞아들이게 하니, 무명옷을 입고 가죽띠를 맨 선비가 성큼성큼 계단을 올라오는데 마치 새가 날개를 편 듯하고, 자리에 이르러 절하고 앉으니 그 용모가 신선 같았어. 대군은 진사를 보자마자 마음이 기울어 즉시 자리를 옮겨서 마주 앉았네. 그러자 진사가 비키어 앉으며 사례하여 말했네.

"외람되게 후한 보살핌을 입고 거듭 존명(尊命)을 욕되게 하였는데도 이렇듯 기꺼이 맞아주시니 송구스럽기 그지없습니다."

대군은 진사를 위로하며 말씀하셨네.

"오래도록 그대의 명성을 우러렀는데, 이렇게 좌굴관개[43]하니 온 집안이 빛나는구려. 나의 기쁨이 뭇 벗들에게 얻은 것보다 크도다."

진사가 처음 들어올 때 이미 우리들과 얼굴을 마주치게 되었네. 그러나 대군은 진사가 나이 어린 유생이기 때문에 마음속으로 편히 여기시고 우리들에게 자리를 피하라는 명령을 내리지 않으셨네.

이어서 대군은 진사에게 말씀하셨네.

"가을 경치가 매우 좋으니 시 한 수를 내려 이 집을 빛내 주기 바라네."

진사가 자리를 비키어 앉으며 말했네.

"헛된 명성 뿐이요 실질이 없으니, 시의 율격을 제가 어떻게 감히 알 수 있겠습니까?"

대군은 금련에게 노래를 부르게 하고, 부용에게 거문고를 타게 하며,

---

43) 좌굴관개(坐屈冠盖) : 관개는 수레의 덮개로, 앉아서 관개를 굽히게 했다는 것은 찾아가지 않고 찾아오게 했다는 뜻임.

보련에게 퉁소를 불게 하고, 비경에게 술잔을 받잡게 하며, 나에게는 벼루를 받들라고 하셨네. 이때 내 나이는 17살이었어. 낭군을 한 번 뵙고는 정신이 혼미하고 마음이 어지러웠네. 낭군 역시 나를 돌아보더니 웃음을 머금은 채 자주 눈길을 보내곤 하셨지. 이때 대군이 진사에게 말씀하셨네.

"내가 그대를 참으로 후하게 대우하였는데, 그대는 어찌 고고하게 한번 읊기를 아껴하여 이 집을 무안케 하는가?"

그러자 진사는 즉시 붓을 잡고 오언사운44) 한 수를 썼네.

> 나그네 기러기는 남쪽으로 날아가고,
> 궁중에는 가을 빛 깊었네.
> 물이 차니 연꽃은 아름다움을 잃고,
> 서리 거듭 내리니 국화는 금빛을 드리웠네.
> 비단 자리에 앉은 꽃다운 여인은,
> 구슬로 만든 줄로 백설곡45)을 연주하네.
> 유하주46) 한 말에,
> 성급함을 금치 못하고 먼저 취하네.

> 旅雁向南去, 宮中秋色深.
> 水寒荷折玉, 霜重菊垂金.
> 綺席紅顔女, 瑤鉉白雪音.
> 流霞一斗酒, 先醉急難禁.

---

44) 오언사운(五言四韻) : 오언율시(五言律詩). 하나의 구(句)가 오언(五言)이면서 총 여덟 개의 구로 이루어진 한시(漢詩). 3구와 4구, 5구와 6구가 대구(對句)를 이룸.
45) 백설곡(白雪曲) : 옛날 악곡(樂曲)의 이름.
46) 유하주(流霞酒) : 신선이 마신다는 미주(美酒)의 이름.

대군은 두세 번 읊조리더니 놀라며 말씀하셨네.

"참으로 천하의 기재(奇才)라고 할 만하도다! 어찌하여 이렇듯 늦게 만났던고!"

우리 열 사람은 일시에 돌아보며 모두 놀란 얼굴을 하고 말했었지.

"이는 틀림없이 왕자진47)이 학을 타고 속세에 내려온 것이다. 그렇지 않다면 어찌 이런 사람이 있으리오!"

대군은 진사에게 술잔을 권하며 물었네.

"옛날 시인들 가운데 누가 종장(宗匠)이 되겠는가?"

진사가 대답했지.

"제 소견대로 말씀드리겠습니다. 이백(李白)은 천상의 신선으로, 오래 도록 옥황상제(玉皇上帝)의 향안전(香案前)에 있다가 현포48)에 놀러 와 서 옥액(玉液)을 다 마시고, 취흥을 이기지 못하여 만년 묵은 나무에서 구슬 꽃을 꺾어 든 채 바람을 타고 인간 세계에 떨어진 기상입니다. 노 조린49)과 왕발50)은 해상(海上)의 선인(仙人)으로, 해와 달이 출몰하고 구 름이 변화하며, 푸른 파도가 요동하고 고래가 물을 뿜으며, 섬이 아득하 고 초목이 무성하며, 꽃처럼 일렁이는 물결과 마름잎, 물새들의 노래, 교룡(蛟龍)의 눈물을 모두 흉금에 간직한 것이 그의 시의 조화입니다. 맹호연51)은 음향(音響)이 가장 높은데, 그는 사광52)에게 음률을 배우고

---

47) 왕자진(王子晉) : 주(周)나라 영왕(靈王)의 태자(太子). 본래는 희씨(姬氏)였으나, 왕에게 직간(直諫)한 죄로 서인(庶人)이 됨. 일설(一說)에는, 왕자진이 피리를 불 고 봉황(鳳凰) 소리 내는 것을 좋아하였는데, 이락(伊洛) 사이에서 노닐다가 도사 (道士) 부구생(浮丘生)을 만나 신선이 되어 학을 타고 다녔다 함.

48) 현포(玄圃) : 중국 곤륜산(崑崙山)에 있다는, 신선이 사는 곳.

49) 노조린(盧照鄰) : 당대(唐代)의 시인(詩人). 왕발(王勃)·양형(楊炯)·낙빈왕(駱賓 王)과 함께 초당(初唐) 사걸(四傑)로 꼽힘. 풍병(風病)을 오래 앓고 비관한 나머지 영수(潁水)에서 투신 자살함.

50) 왕발(王勃) : 당대(唐代)의 시인. 노조린(盧照鄰)·양형(楊炯)·낙빈왕(駱賓王)과 함 께 초당(初唐) 사걸(四傑)로 꼽힘. 29세 때 바다를 건너다가 익사함.

51) 맹호연(孟浩然) : 성당(盛唐)의 시인. 일찍부터 세상에 뜻이 없어 녹문산(鹿門山) 에 은거하다가 40세에 비로소 경사(京師)에 나와 왕유(王維) 등과 사귐. 그의 시

익힌 사람입니다. 이의산53)은 선술(仙術)을 배워 일찍부터 시마(詩魔)를 부렸으니, 그가 일생 동안 지은 시는 귀신의 말이 아닌 것이 없습니다. 그 나머지 잡다한 사람들이야 어찌 다 말할 수 있겠습니까?"

대군이 말씀하셨네.

"매일 문사들과 함께 시에 대해서 논할 때마다 두초당54)을 으뜸으로 삼는 사람이 많은데, 자네는 어찌하여 이렇게 말을 하는가?"

진사가 대답했네.

"그렇습니다. 속된 선비들이 좋아하는 것으로 말한다면, 회(膾)와 구운 고기가 사람의 입을 즐겁게 하는 것과 같습니다. 두자미55)의 시는 짐짓 회와 구운 고기입니다."

대군이 물으셨네.

"두보는 온갖 문체를 구비하고 있으며 비흥56)이 매우 정교한데, 그대는 어찌하여 두초당을 가볍게 여기는가?"

진사가 사죄하며 대답했네.

"제가 어떻게 감히 두보를 가벼이 여기겠습니까? 그의 장점을 논한다면, 한무제57)가 미앙궁58)에 납시어 사방의 오랑캐들이 미쳐 날뛰는 것

는 자연의 정취(情趣)를 비감하게 읊는 경향이 있음.
52) 사광(師廣) : 춘추시대(春秋時代) 진(晉)나라의 음악가. 미묘한 소리를 잘 분별하였으며, 소리를 듣고 길흉(吉凶)을 점쳤다고 함.
53) 이의산(李義山) : 만당(晚唐) 때의 시인인 이상은(李商隱). 의산은 자(字)임. 온정균(溫庭筠)과 함께 온리(溫李)로 불리웠으며, 후세에 그의 시파(詩派)를 서곤체(西崑體)라 일컬음.
54) 두초당(杜草堂) : 성당(盛唐) 때의 시인인 두보(杜甫).
55) 두자미(杜子美) : 두보(杜甫). 자미는 두보의 자(字).
56) 비흥(比興) : 『시경(詩經)』 육의(六義) 중 비(比)와 흥(興)의 수사법(修辭法). 육의에는 풍(風)・부(賦)・비(比)・흥(興)・아(雅)・송(頌)이 있는데, 비는 저것으로써 이것을 비유하는 방법이며, 흥은 먼저 다른 물건을 말함으로써 본래 말하고자 하는 것을 이끌어내는 방법임.
57) 한무제(漢武帝) : 전한(前漢) 제7대 임금. 이름은 철(徹). 54년 동안 재위(在位)하면서 대학을 일으키고 유교를 숭상하였으며, 외이(外夷)를 쳐서 판도(版圖)를 넓혔음.

124

을 분하게 여기시고 장수들에게 정벌케 하니, 곰처럼 힘이 센 백만 명의 군사가 수천 리에 쭉 뻗어 있는 것과 같습니다. 그의 위대한 점을 말한다면, 사마상여59)로 하여금 장문부60)를 짓게 하고 사마천61)으로 하여금 봉선서62)을 짓게 한 것과 같습니다. 신선에서 구한다면, 동방삭63)이 좌우에서 모시고 서왕모64)가 천도(天桃)를 바칠 만합니다. 이 때문에 두보의 문장은 온갖 문체를 구비했다고 말할 수 있습니다. 그러나 이백

---

58) 미앙궁(未央宮) : 한(漢)나라의 유명한 궁전(宮殿). 그 터는 섬서성(陝西省) 장안현(長安縣)의 서북쪽에 있음.

59) 사마상여(司馬相如) : 전한(前漢)의 문인(文人). 자는 장경(長卿). 무제(武帝) 때 낭(郞)으로서 서남쪽 오랑캐와의 외교에 큰 공을 세움. 사부(辭賦)에 능하여 한위육조(漢魏六朝) 문인들의 모범이 되었음. 사마상여는 거문고를 잘 탔는데, 젊은 시절에 임공(臨邛)을 지나다가 부잣집 딸인 과부 탁문군(卓文君)을 거문고로 꾀어내어 부부가 되었다고 함.

60) 장문부(長門賦) : 사마상여(司馬相如)가 지은 부(賦)의 이름. 한(漢)나라 무제(武帝) 때 진황후(陳皇后)가 처음에는 총애를 받았으나 투기가 심하여 장문궁(長門宮)으로 쫓겨나자 사마상여에게 황금 백 근을 주고 장문부를 짓게 하였으며, 무제는 장문부를 보고 깨달은 바가 있어 다시 진황후를 총애했다 함.

61) 사마천(司馬遷) : 전한(前漢)의 사가(史家). 자는 자장(子長). 태사령(太史令) 사마담(司馬談)의 아들. 무제(武帝) 때 흉노(匈奴)에게 항복한 이릉(李陵)을 변호하다가 무제의 격노를 사서 궁형(宮刑)을 당하고, 그 후에 중서령(中書令)이 되었음. 부친 사마담이 끝내지 못한 수사(修史)의 업(業)을 이어 130편이나 되는 『사기(史記)』를 편찬하였음.

62) 봉선서(封禪書) : 사마천(司馬遷)이 지은 『사기(史記)』의 8서 중 하나. 봉선은 제왕(帝王)이 천지(天地)에 제사를 지내는 의식이며, 사마천의 <봉선서>에는 종묘귀신(宗廟鬼神)과 관련한 내용이 수록되어 있음.

63) 동방삭(東方朔) : 전한(前漢) 때의 사람. 자는 만천(曼倩). 무제(武帝)를 섬기어 금마문시중(金馬門侍中)이 되었으며, 해학(諧謔)과 변설(辯舌)에 능하였음. 속설(俗說)에, 서왕모(西王母)의 복숭아를 훔쳐먹고 죽지 않고 장수하였다 하여 '삼천 갑자(三千甲子) 동방삭'이라 일컬음.

64) 서왕모(西王母) : 옛날 중국에서 받들었던 선녀(仙女). 성은 양(楊), 이름은 회(回). 주(周)나라 목왕(穆王)이 서쪽 곤륜산(崑崙山)에 사냥을 가서 서왕모를 만나 요지(瑤池)에서 노닐며 돌아옴을 잊었다 함. 또 한(漢)나라 무제(武帝)가 장수를 원하고 있을 때, 그를 가상히 여겨 선도(仙桃) 7개를 가지고 내려와 무제에게 주었다고 함. 『산해경(山海經)』에는 그 모양이 반인 반수(半人半獸)로 표범의 꼬리에 범의 이를 가지고 더벅머리에 풀다리를 썼다 함.

과 비교한다면, 하늘과 땅을 비교할 수 없고 강과 바다가 다른 것과 같습니다. 왕유65)와 맹호연에 비교한다면, 두보가 수레를 몰아 앞서 달리고, 왕유와 맹호연이 채찍을 잡고 길을 다툴 것입니다."

대군이 말씀하셨네.

"그대의 말을 들으니 가슴속이 확 트이며, 마치 긴 바람을 타고 태청궁66)에 오른 듯 황홀하네. 다만 두보의 시는 천하의 높은 문장이라, 비록 악부67)에 부족한 점이 있으나 어찌 왕유·맹호연과 함께 길을 다투겠는가? 그러나 이 문제는 잠시 놓아두고, 그대가 또 시 한 수를 읊어서 이 집 전체를 더욱 빛내 주게."

진사는 즉시 칠언 사운 한 수를 지어서 읊었어.

연기는 아름다운 못에서 흩어지고 이슬 기운 서늘한데,
하늘은 강물처럼 푸르고 밤은 길기만 하네.
가벼운 바람은 뜻이 있는 듯 구슬발에 불고,
밝은 달은 다정한 듯 작은 연못에 드네.
뜰 가에 그늘 열리니 소나무는 그림자 돌이키고,
잔 속의 술이 일렁이니 국화 향기 머물렀네.
완공68)이 비록 젊으나 자못 술 마실 수 있으니,
술항아리 사이에서 취한 광기(狂氣)를 괴이히 여기지 마라.

---

65) 왕유(王維) : 성당(盛唐) 때의 시인. 자는 마힐(摩詰). 만년(晚年)의 관직명을 따서 왕우승(王右丞)이라고도 부름. 시(詩) 뿐만 아니라 음악에도 뛰어났으며, 남화(南畵)의 시조(始祖)로 일컬어질 정도로 산수화(山水畵)에도 능했음.
66) 태청궁(太淸宮) : 신선이 산다고 하는 삼청(三淸)의 하나.
67) 악부(樂府) : 인정(人情)·풍속(風俗)을 노래한 글귀에 장단(長短)이 있는 한시(漢詩)의 한 체(體).
68) 완공(阮公) : 삼국시대 때 위(魏)나라 죽림칠현(竹林七賢)의 하나인 완적(阮籍). 술을 매우 좋아하고 거문고를 잘 탔음. 벼슬이 보병교위(步兵校尉)에 이르러 완보병(阮步兵)이라고도 함.

煙散金塘露氣凉, 碧天如水夜何長.
微風有意吹垂箔, 白月多情入小塘.
庭畔陰開松反影, 盃中波好菊留香.
阮公雖少頗能飮, 莫怪瓮間醉後狂.

대군은 더욱 기이하게 여겨 자리 앞으로 나가 진사의 손을 잡고 말씀하셨네.

"진사는 오늘날의 재사(才士)가 아니기 때문에 내가 능히 그 고하(高下)를 논할 수가 없구려. 또 문장과 필법이 능숙할 뿐 아니라 매우 신묘하기까지 하니, 하늘이 그대를 우리 동방(東方)에 태어나게 한 것은 반드시 우연이 아닐 것일세."

대군은 또 김진사에게 초서(草書)를 쓰게 하셨네. 진사가 붓을 휘갈기는 사이에 잘못하여 붓끝의 먹이 내 손가락에 떨어졌는데, 마치 파리의 날개 같았어. 내가 이것을 영광으로 생각하고 닦아 없애지 않자, 좌우에 있던 궁인들이 모두 돌아보면서 웃고는 용문69)에 오른 것에 비유하였지.

이윽고 어둠이 깊어져 경루70)가 시간을 재촉하자, 대군이 졸린 듯 기지개를 펴면서 말씀하셨네.

"내가 취했도다. 그대도 물러가 쉬도록 하라. 그리고 '마음이 있어 거문고를 안고 오네'라는 말이 있으니, 잊지 말고 내일 아침에 다시 찾아오게."

다음날 대군은 진사가 지은 2편의 시를 두세 번 읊조리시더니 경탄하며 말씀하셨어.

"마땅히 근보와 더불어 자웅(雌雄)을 다툴 만하다. 그러나 그 청아한

---

69) 용문(龍門) : 중국 황하(黃河)의 상류에 있는 산 이름. 또 그곳을 통과하는 여울목의 이름. 잉어가 이곳을 거슬러 오르면 용이 된다고 함.
70) 경루(更漏) : 밤 동안의 시간을 알리는 누수(漏水).

태도는 근보보다 뛰어나도다."

나는 이때부터 잠자리에 들어도 잠을 이룰 수가 없고 마음이 심란하여 밥을 먹지도 못했으며, 옷이 따뜻한 것도 알지 못했는데, 너는 기억이 나지 않느냐?

자란이 말했습니다.

"내가 잊었었구나. 이제 네 말을 들으니 술에서 깬 듯이 어슴푸레하게 생각난다."

그 이후로 대군은 진사와 자주 접촉하였으나 우리들은 서로 볼 수가 없었습니다. 그래서 저는 매일 문틈으로 엿보았습니다. 그러던 어느 날 저는 설도전71)에 오언사운 한 수를 썼습니다.

> 무명옷 입고 가죽띠를 찬 선비여,
> 옥처럼 고운 용모 신선 같구나.
> 매양 주렴 사이로 바라보는데,
> 어찌하여 월하의 인연72) 맺지 못하는가?
> 얼굴을 씻으면 눈물은 물줄기를 이루고,
> 거문고를 타면 한은 줄이 되어 우네.
> 끝없이 쌓이는 마음속의 원망(願望)을,
> 홀로 고개 들어 하늘에 호소하네.

> 布衣革帶士, 玉貌如神仙.
> 每向簾間望, 何無月下緣?
> 洗顔淚作水, 彈琴恨鳴絃.

---

71) 설도전(雪搗牋) : 눈처럼 하얗고 반질반질한 종이.
72) 월하연(月下緣) : 월하노인(月下老人)이 맺어준 인연(因緣). 월하노인은 남녀의 인연을 맺어준다는 신.

無恨胸中願, 擡頭獨訴天

저는 이 시와 금비녀 한 쌍을 함께 싸서 열 번을 거듭 봉한 다음 진사에게 보내려고 했으나, 마땅히 보낼 방법이 없었습니다. 그날 달이 뜬 저녁에, 대군은 술잔치를 크게 열고 빈객(賓客)들에게 김진사의 재주를 매우 칭찬하면서 그가 지은 시 2수를 보여주었습니다. 빈객들은 각기 시를 돌려보고서 칭찬을 마지않더니, 모두들 김진사를 한 번 만나보고 싶어했습니다. 대군은 즉시 사람과 말을 보내어 김진사를 불러오게 하였습니다. 잠시 후에 김진사가 도착해서 자리로 나아오는데, 얼굴이 비쩍 마르고 기운이 소진(消盡)되어 예전의 기상과는 아주 달랐습니다. 이에 대군이 위로하며 말했습니다.

"진사는 아직 초나라를 근심하는 마음73)을 둘 일이 없을 텐데 먼저 연못가의 초췌함을 두었는가?"

이 말을 듣고 모두들 크게 웃으니, 진사가 자리에서 일어나 절하며 말했습니다.

"제가 한미하고 천한 유생으로 외람되이 나리의 은총을 입었습니다. 복이 지나고 재앙이 온 탓인지 질병이 몸에 얽히어 식음을 전폐한 채 움직이는 것도 남에게 의존하고 있습니다. 오늘은 나리의 후덕하신 부름을 받은지라, 남의 부축을 받고 겨우 와서 뵙나이다."

이 말을 들은 좌객(坐客)들이 모두 무릎을 쓸면서 김진사를 지극히 공경하였습니다. 진사는 나이 어린 유생으로 말석에 앉았는데, 내실(內室)과는 단지 벽 하나를 사이에 두고 있었습니다. 밤이 이윽히 깊어감에 따라 뭇 손님들은 술에 만취하게 되었습니다. 제가 벽에 구멍을 뚫고

---

73) 우초지심(憂楚之心) : 굴원(屈原)이 초(楚)나라 회왕(懷王)의 버림을 받고 멱라수(汨羅水)에서 초나라의 앞날을 걱정했던 일. 여기서는 김진사가 아직 관직(官職)에 나아가거나 버림을 받은 일이 없기 때문에 나라를 근심할 걱정이 없음을 굴원의 고사 비유하여 이름.

방안을 엿보니, 진사도 제 마음을 알고 구석을 향하여 앉았습니다. 저는 봉한 편지를 구멍으로 던지자, 진사는 편지를 주워서 집으로 돌아갔습니다. 진사는 제 편지를 뜯어보고는 슬픈 마음을 견디기 어려워 차마 편지를 손에서 놓지 못하였으며, 사념(思念)의 정이 예전보다 두 배나 더해서 스스로 살아남기 어려울 듯했습니다. 즉시 답장을 부치고자 했으나 믿고 보낼만한 청조(靑鳥)가 없는 터라, 홀로 근심하고 탄식할 따름이었습니다.

그러던 중 진사는 동문밖에 사는 한 무녀(巫女)가 신통하기로 이름이 나 있으며, 수성궁을 드나드는데 신임이 매우 두텁다는 말을 들었습니다. 진사가 그 집을 찾아가 보니, 무녀는 나이가 아직 30이 채 되지 않았는데 자색이 매우 아름다웠으며, 일찍 과부가 되어 스스로 음란한 여자로 처신하였습니다. 무녀는 진사가 오는 것을 보고 술과 음식을 성대하게 차려 진사에게 대접했습니다. 이에 진사는 술잔만 잡고 술은 마시지 않은 채 말했습니다.

"오늘은 급한 일이 있으니 내일 다시 오겠네."

다음날 또 가자, 무녀는 역시 어제처럼 후하게 대접했습니다. 진사는 감히 부탁을 하지 못하고 또 말했습니다.

"내일 다시 오겠네."

무녀는 진사의 용모가 탈속(脫俗)한 신선 같아 마음속으로 기뻐하고 있었습니다. 그런데 연일 왕래하면서도 말 한 마디 하지 않자, 속으로 '필히 나이 어린 사람이 부끄럽고 껄끄러워 말을 하지 못하는 것이니, 내가 먼저 유혹하여 밤이 될 때까지 붙들어 두었다가 동침을 요구하리라.'고 생각했습니다.

다음날 무녀는 목욕과 세수를 한 후 화장을 짙게 하고 이러저러한 패물로 화려하게 몸치장을 했습니다. 방에는 꽃을 가득히 수놓은 담요와 구슬 방석을 펼쳐 놓고, 어린 종에게 문밖에 나가서 진사를 기다리게 하였습니다. 진사가 또 와서, 무녀의 얼굴과 꾸밈새가 화려하고 펼쳐 놓은 것들이 아름다운 것을 보고, 마음속으로 이상하게 생각하고 있는데 무녀가 말했습니다.

"오늘 저녁이 어떠한 저녁이기에 당신처럼 훌륭하신 분을 만나 뵙게 되었는지요?"

진사는 마음이 무녀에게 있지 않았기 때문에 그 말에 대답을 하지 않고 근심스러운 기색으로 가만히 앉아 있었습니다. 그러자 무녀가 화를 내며 말했습니다.

"어찌하여 나이 어린 남자가 과부의 집에 왕래하는 것을 꺼려하지 않습니까?"

진사가 말했습니다.

"그대가 만약 신통하다면 어찌해서 내가 온 뜻을 모르리오?"

무녀는 즉시 신을 모신 자리로 나아가 신령(神靈)에게 절을 한 뒤, 방울을 흔들고 거문고를 어루만지면서 온 몸을 덜덜 떨었습니다. 잠시 후에 무녀는 몸을 돌이키며 말했습니다.

"낭군은 참으로 불쌍하도다! 이치에 맞지 않는 꾀로써 이루기 어려운 계획을 이루려고 하니, 그 뜻을 이루지 못할 뿐만 아니라 채 3년이 못 되어 저 세상 사람이 되리이다!"

진사가 울면서 사례하여 말했습니다.

"자네가 비록 말하지 않더라도 나 역시 알고 있네. 그러나 가슴속에 원한이 맺혀 온갖 약으로도 풀지 못하고 있네. 만약 신통한 그대 덕분에 다행히 편지를 전달할 수만 있다면 죽어도 영광스러울 것일세."

무녀가 말했습니다.

"비천한 무녀인 제가 비록 신께 올리는 제사 때문에 간혹 수성궁을 출입하기는 하나, 들어오라는 명령이 없으면 감히 들어가지 못합니다. 그러나 낭군을 위하여 시험삼아 한 번 가보겠습니다."

진사는 품속에서 편지 한 통을 꺼내어 주면서 말했습니다.

"삼가 잘못 전달하여 화근(禍根)이 되도록 하지 마시게."

　무녀가 편지를 가지고 궁문으로 들어가자, 궁중 사람들이 모두 그녀가 온 것을 이상하게 생각했습니다. 무녀는 변명을 하고 틈을 엿보다가, 사람이 없는 후원으로 저를 이끌고 가서 봉한 편지 한 통을 주었습니다. 제가 방으로 돌아와 편지를 뜯어보니, 그 편지에 일렀습니다.

　"그대를 한 번 본 이후로 날아갈 듯 기뻐 마음을 안정시킬 수가 없었습니다. 그래서 매번 궁성(宮城)의 서쪽을 바라볼 때마다 애가 끊는 듯했습니다. 지난번 벽 틈으로 전해준 편지로 잊을 수 없는 그대의 고운 글을 경건하게 받들긴 했으나, 다 펼치기도 전에 숨이 막히고 절반도 채 못 읽어 눈물이 글자를 적시었습니다. 이때부터 저는 잠자리에 들어도 잠을 이룰 수가 없고, 밥을 먹어도 음식이 넘어가지 않았습니다. 병이 고황[74]에 들어 온갖 약이 무효한지라, 다만 저승에서나마 뜻밖에 만나 서로 따를 수 있기를 바랍니다. 푸른 하늘은 굽어 불쌍하게 여기시고 귀신은 묵묵히 도와주소서. 만약 생전에 이 한을 한 번 풀어 주신다면, 마땅히 몸을 빻고 뼈를 갈아서 천지의 모든 신령께 제사를 올리겠나이다. 종이를 대하니 목이 메입니다. 다시 무슨 말을 할 수 있겠습니까? 예의를 갖추지 못한 채 삼가 올립니다."

　이 글 아래에 다시 칠운시(七韻詩)[75] 한 수를 써서 일렀다.

　　　　깊고 깊은 누각에 저녁 사립문은 닫혔고,
　　　　나무 그늘과 구름 그림자는 온통 흐릿하기만 하네.
　　　　흐르는 물에 떨어진 꽃은 도랑 따라 흘러나오고,
　　　　어린 제비는 흙을 물고 난간으로 돌아가네.

---

74) 고황(膏肓) : 심장과 격막 사이의 부분. 명치. 곧 침이나 약으로도 고치지 못하는 곳.
75) 칠운시(七韻詩) : 칠언율시(七言律詩).

베갯머리에 누워도 호접몽76) 이루지 못하고,
공연히 눈을 돌려 오지 않을 소식 기다리네.
구슬 같은 얼굴 눈앞에 있는데 어찌 말이 없는가?
푸른 숲에서 우는 꾀꼬리 소리에 눈물로 옷깃 적시네.

樓閣重重掩夕霏, 樹陰雲影摠依微.
落花流水隨溝出, 乳燕含泥趁檻歸.
欹枕未成蝴蝶夢, 回眸空望雁魚稀.
玉容在眼何無語, 草綠鸎啼淚濕衣.

저는 이 글을 다 읽고 난 뒤에 소리가 끊기고 기가 막혀서, 입으로는 말을 할 수가 없었고 눈에서는 눈물이 다하여 피가 흘렀습니다. 그러나 몸을 병풍 뒤에 숨기고 오로지 남이 알까 두려워했을 뿐입니다.

이때부터 저는 단 한 순간도 낭군을 잊지 못하여 바보나 미치광이가 된 것 같았습니다. 이러한 제 마음이 말과 얼굴에 나타나니, 주군(主君)이 의심하고 남들이 이상하게 여겼던 것은 실로 헛된 것이 아니었습니다. 자란 역시 원한이 맺힌 여자인지라, 이 말을 듣고 눈물을 머금으며 말했습니다.

"시는 성정(性情)에서 나오는 것이니 속일 수가 없구나."

하루는 대군이 비취를 불러 말했습니다.

"너희들 열 사람이 한 곳에 같이 있어서 학업에 전일(專一)하지 못하니, 마땅히 다섯 사람을 나누어 서궁(西宮)에 거처케 하라."

이에 첩과 자란·은섬·옥녀·비취가 그날 곧바로 서궁으로 옮겨가게 되었습니다. 서궁에 이르러서 옥녀가 말했습니다.

"그윽한 꽃과 고운 풀, 흐르는 물과 향기로운 숲이 바로 산 속에 있

---

76) 호접몽(胡蝶夢) : 장자(莊子)가 꿈에 나비가 되어 즐거이 놀았다는 고사(故事). 단지 꿈이라는 뜻으로도 쓰임.

는 집이나 들판의 농막과 흡사하니, 진실로 독서당(讀書堂)이라 할 만하구나."

이에 제가 대답했습니다.

"우리는 이미 도(道)를 닦는 사람도 아니고 또 비구니도 아닌데 이처럼 깊은 궁중에 갇혀 있으니, 이곳은 참으로 장신궁77)이라 할 만하다."

제 말을 듣고 모두들 탄식하며 슬퍼했습니다. 그 후에 저는 편지를 한 통 써서 제 마음을 진사에게 전하기 위해 무녀를 지성으로 섬기면서 제 편지를 전해 달라고 간절하게 부탁하였습니다. 그러나 무녀는 끝내 오지 않았는데, 이는 진사가 자기에게 마음이 없는 것에 유감을 품었기 때문이었습니다.

어느 날 저녁, 자란이 저에게 몰래 말했습니다.

"궁중 사람들은 매년 중추(仲秋)에 탕춘대78) 아래 물가에서 완사79)를 하고, 뒤이어 술자리를 마련한 다음 끝내곤 한다. 금년에는 이 자리를 소격서동80)에서 베풀고, 오가는 사이에 그 무녀를 찾아보는 것이 가장 좋은 방책일 것이다."

저는 그럴 듯하게 생각하고 중추가 되기를 고대하였는데, 하루가 3년 같았습니다. 비취가 어디서 그 말을 엿듣고는 짐짓 모른 체하면서 저에게 말했습니다.

"네가 처음 올 때에는 안색이 이화(梨花) 같고, 연지분을 바르지 않아도 타고난 지대가 어여쁘고 고왔다. 그래서 궁중 사람들이 너를 괵국부인81)으로 불렀었다. 그런데 근래에 이르러 안색이 옛날보다 좋지 않고

---

77) 장신궁(長信宮) : 궁전(宮殿)의 이름. 장락궁(長樂宮) 안의 깊숙한 곳에 있으며, 한(漢)나라 때 태후(太后)가 거처하던 곳임.
78) 탕춘대(湯春臺) : 서울특별시 서대문구 신영동 세검정에 있는 돈대(墩臺). 1505년에 연산군(燕山君)이 경치가 좋은 이곳에 탕춘대를 짓고 계집들을 불러들여 질탕하게 놀았는데, 1754년에 영조(英祖)가 연융대(鍊戎臺)로 개칭함.
79) 완사(浣紗) : 비단 등을 빨래하는 일.
80) 소격서동(昭格署洞) : 지금의 삼청동(三淸洞)으로, 조선시대 이곳에 도교(道敎)의 일월성신(日月星辰)에게 제사를 올리던 사당인 소격서가 있었음.

점점 처음보다 못해 가니, 대체 무슨 까닭이냐?"

저는 대답했습니다.

"타고난 체질이 허약해서 매번 무더운 여름철만 되면 으레 더위먹는 병이 드나, 오동잎이 떨어지고 비단 휘장에 서늘한 바람이 일게 되면 점차 저절로 낫곤 한다."

비취가 시 한 수를 지어 희롱하며 저에게 주었는데, 모두 조롱에 찬 어투였으나 뜻과 생각이 절묘하였습니다. 저는 그 재주를 기특하게 여기면서도 그녀가 조롱한 것이 부끄러웠습니다.

세월은 천연히 흘러 몇 개월이 지나고, 마침내 맑은 가을로 접어들었습니다. 저녁엔 차가운 바람이 불고 고운 국화는 누런 꽃을 피웠으며, 풀벌레는 소리를 거두고 흰 달은 밝은 빛을 흘리었습니다. 저는 속으로 가을이 된 것을 기뻐했으나 그 기쁨을 말로 표현하지는 않았습니다. 그런데 은섬이 말했습니다.

"편지를 전하기 좋은 시절이 멀지 않으니, 인간 세상의 즐거움이 어찌 천상과 다르리오?"

이 말을 들은 저는 더 이상 서궁 사람들을 속일 수 없다는 것을 알고, 사실대로 말한 다음 일렀습니다.

"원컨대, 남궁(南宮) 사람들에게는 알리지 않길 바란다."

이때 나그네 기러기는 남쪽으로 날아가고 옥 같은 이슬이 방울방울 맺히니, 바로 맑은 시내에서 완사를 할 시기였습니다. 그래서 여러 궁녀들과 함께 완사갈 날짜를 확정하려고 했으나, 의견이 분분하여 장소를 정하지 못했습니다. 남궁 사람들은 주장했습니다.

"푸른 시내와 흰 돌이 탕춘대 아래보다 좋은 곳이 없다."

이에 대해 서궁 사람들이 말했습니다.

"소격서동(昭格署洞)의 경치가 궁궐문 밖인 탕춘대에 못지 않은데, 너

---

81) 괵국부인(虢國夫人) : 양귀비(楊貴妃)의 언니로 당(唐)나라 현종(玄宗)의 총비(寵妃)가 됨.

희들은 어찌하여 이곳을 버려 두고 꼭 먼 곳에서만 구하느냐?"

그러나 남궁 사람들이 고집을 부리고 허락하지 않는 바람에 밤이 되도록 장소를 결정하지 못한 채 헤어지고 말았습니다. 그 날 밤 자란이 저에게 말했습니다.

"남궁의 다섯 사람 가운데 소옥이 주론(主論)이니, 내가 기묘한 꾀로 그 마음을 돌릴 수 있을 것이다."

자란이 옥등(玉燈)을 앞세우고 남궁으로 가자, 금련이 반갑게 맞으면서 말했습니다.

"한 번 서궁으로 나뉘어 간 뒤 진나라와 초나라처럼 멀어진 듯하였는데82) 뜻밖에 오늘밤 귀하신 몸께서 왕림(枉臨)하시니, 깊이 감사드리네."

이에 소옥이 말했습니다.

"무엇을 감사하리오? 이는 곧 유세객(遊說客)이다."

자란이 옷깃을 여미고 정색을 하면서 말했습니다.

"다른 사람이 마음먹은 것을 내가 헤아렸다고 하더니, 이것이 너를 두고 한 말이로다!"

소옥이 말했습니다.

"서궁 사람들은 소격서동으로 가려고 하는데 내가 유독 고집을 부려 못 가게 하였다. 그래서 네가 깊은 밤에 찾아온 것이니, 너를 유세객이라 이르는 것 또한 당연하지 않느냐?

자란이 말했습니다.

"서궁의 다섯 사람 가운데 나만 홀로 성내(城內)로 가고자 했을 뿐이다."

소옥이 말했습니다.

"너만 홀로 성내를 생각한 것은 어떤 마음에서냐?"

자란이 대답했습니다.

---

82) 여격진초(如隔秦楚) : 진나라와 초나라는 전국시대(戰國時代)의 두 강국(强國)으로, 서로 관계가 소원(疏遠)하였음.

"내가 듣기로, 소격서동은 곧 옥황상제께 제사를 지내는 곳이라서 동네 이름을 삼청(三淸)이라 했다고 한다. 우리들 열 사람은 틀림없이 삼청궁의 선녀였는데 황정경[83])을 잘못 읽고 인간 세계에 적강(謫降)했을 것이다. 이미 속세에 살게 되었으니 산가(山家)나 야촌(野村), 농촌이나 어촌 등 어느 곳인들 불가하겠느냐? 그러나 우리는 지금 깊은 궁중에 꼼짝없이 갇혀 새장 속의 새처럼 있으면서 누런 꾀꼬리 소리를 들으면 탄식하고, 푸른 버들을 대하면 흐느끼곤 한다. 심지어 어린 제비도 쌍쌍이 날고 새집에 깃든 새도 두 마리가 함께 잠들며, 풀 가운데는 합환초[84])가 있고 나무 중에도 연리지[85])가 있다. 무지한 초목과 지극히 미천한 새들도 음양(陰陽)을 품수(稟受)하여 즐거움을 나누지 않음이 없다. 그런데 우리 열 사람은 유독 무슨 죄를 지었기에 적막한 심궁(深宮)에 오래도록 갇히어 꽃피는 봄과 달뜨는 가을에 등불만 벗하면서 혼을 사르고, 청춘을 헛되이 버리면서 공연히 저승의 한만 남기고 있다. 타고난 운명의 야박함이 어찌 이렇듯 심하리오? 인생은 한 번 늙으면 다시 젊어질 수 없는 것이니, 너는 다시 생각해 보라. 어찌 슬프지 아니하리오! 내가 소격서동으로 가고자 하는 것은, 이제 맑은 냇물에서 목욕하여 몸을 깨끗이 한 뒤에 태을사[86])에 들어가 머리를 조아려 백 번 절하고 또 두 손을 모아 기도하여, 드러나지 않는 가운데 부처의 보살핌에 힘입어 내세에서는 이러한 고통을 면하고자 함이다. 어찌 다른 뜻이 있겠는가? 무릇 우리 궁인들은 정이 동기(同氣)와 다름이 없었다. 그런데 이 일 때

---

83) 황정경(黃庭經) : 도교(道敎)의 경전(經典). 황정내경경(黃庭內景經)·황정외경경(黃庭外景經)·황정둔갑연신경(黃庭遁甲緣身經)의 총칭(總稱).

84) 합환초(合歡草) : 기이한 풀의 이름. 한 그루에 줄기가 백 개 있는데, 낮에는 각기 떨어져 있으나 밤이 되면 합쳐져 한 줄기가 된다고 함.

85) 연리지(連理枝) : 뿌리가 다른 두 나무의 가지 결이 서로 이어져서 하나가 된 것. 흔히 애정이 깊은 부부(夫婦)의 관계를 이름.

86) 태을사(太乙祠) : 태을에게 제사를 올리는 사당(祠堂). 태을은 음양가(陰陽家)들이 말하는 신성한 별로, 병란(兵亂)·재화(災禍)·생사(生死) 따위를 맡아 다스린다고 함.

문에 의심을 해서는 안될 처지에서 서로를 의심하게 되었으니, 이는 내가 무례하여 신임을 받지 못한 때문이다."

소옥이 일어나 사죄하며 말했습니다.

"내가 너에 비해 한결 이치에 밝지 못하였다. 처음에 성내를 허락하지 않은 것은 성안에는 본래 무뢰배(無賴輩)와 협객(俠客)의 무리들이 많아 뜻하지 않게 포악한 욕을 당할까 염려했기 때문이다. 그래서 의심했던 것인데, 이제 네가 나로 하여금 더 어리석어지기 전에 다시 통하게 하였다. 이제부터는 비록 밝은 대낮에 구름을 타고 하늘에 오른다고 해도 내가 따를 것이며, 걸어서 강을 건너 바다 속으로 들어간다고 해도 또한 따르겠다. 이른바 사람 때문에 일이 이루어진다고 하였으니, 그 일이 성공한다면 이와 다를 바가 없을 것이다."

부용이 말했습니다.

"무릇 일은 마음이 정해져야 되는데, 지난 번 말할 때 마음을 정하지 못하여 두 사람이 밤새도록 논쟁을 벌이고서도 결정을 내리지 못한 것은 일이 불순(不順)한 것이요, 한 집안의 일을 주군(主君)이 알지 못하는데 첩(妾)들끼리 몰래 모의한 것은 마음이 불충(不忠)한 것이며, 낮 동안 다투던 일을 밤이 채 반도 지나기 전에 바꾼 것은 신의(信義)를 잃는 것이다. 게다가 맑은 가을날 옥처럼 깨끗한 시내가 없는 곳이 없는데 반드시 성안의 사당(祠堂)으로 가려는 것은 옳지 않다. 또 비해당 앞은 물이 맑고 돌이 깨끗해 매년 이곳에서 완사를 했는데 지금에 와서 새삼스럽게 바꾸려는 것도 옳지 못한 일이다. 한 가지 일로 이 다섯 가지를 잃기 때문에 나는 너희들의 결정에 따를 수가 없다."

보련이 말했습니다.

"말이란 것은 몸을 빛내는 도구이다. 그래서 말을 삼가면 경사(慶事)가 따르고, 삼가지 않으면 재앙(災殃)이 따른다. 이런 까닭에 군자(君子)는 말을 삼가서 입을 단지처럼 굳게 닫는 것이다. 한나라 때 병길[87]과 장상여[88]는 하루 종일 말을 하지 않고도 이루지 못한 일이 없었으며,

색부89)는 재잘거리며 거침없이 말을 잘했으나 장석지90)가 임금께 아뢰어 그의 잘못을 들추어내었다. 내가 보건대, 자란의 말은 숨기고 드러내지 않은 것이 있으며, 소옥의 말은 억지로 따르려 애쓰고, 부용의 말은 글을 꾸미는 데 힘써 모두 내 뜻에 맞지 않다. 그래서 나는 오늘의 이 행사에 참여하지 않겠다."

금련이 말했습니다.

"오늘밤의 논쟁이 끝내 하나로 귀결되지 않으니, 내가 또 삼가 점을 쳐보겠다."

금련이 즉시 희경91)을 펼쳐 놓고 점을 친 후, 점괘를 얻어 풀이하며 말했습니다.

"내일 운영이 반드시 사내를 만날 것이다. 운영의 용모와 행동이 인간 세상의 사람이 아닌 듯해서 주군이 마음을 기울이신 지가 이미 오래되었다. 그러나 운영이 죽기로써 거절한 것은, 다름이 아니라 차마 부인의 은혜를 저버릴 수 없었기 때문이다. 주군의 명령이 비록 엄하시나 주군도 운영의 몸이 상할까 두려워서 감히 가까이 하지 못했었다. 지금 이처럼 적막한 곳에 살면서 저렇듯이 번화한 곳에 가려고 하는데, 만약 놀기 좋아하는 소년이 운영의 자색을 본다면 반드시 정신을 잃고 미치

---

87) 병길(丙吉) : 전한(前漢) 선제(宣帝) 때의 재상(宰相).

88) 장상여(張相如) : 사마상여(司馬相如)의 오기인 듯. 사마상여는 각주 59 참조.

89) 색부(嗇夫) : 진(秦)나라 때 둔 향관(鄕官). 소송(訴訟)·부세(賦稅)를 맡았으며, 한(漢)·진(晉) 및 남조(南朝)의 유송(劉宋) 때까지 존속하다가 후에 폐지되었음.

90) 장석지(張釋之) : 한(漢)나라 도양(堵陽) 사람. 자는 계(季). 돈을 내고 기랑(騎郎)이 되어 문제(文帝)를 섬김. 문제가 호권(虎圈)에 올라가서 상림위(上林尉)에게 금수부(禽獸簿)에 대해서 물으니, 상림위가 대답을 하지 못하였다. 이때 호권의 색부(嗇夫)가 옆에 있다가 대답을 하자, 문제가 색부를 상림령(上林令)으로 삼으려 했다. 이에 장석지가 '말을 잘한 것 때문에 색부에게 높은 벼슬을 주면 천하 사람들이 말 잘하기만을 다투어 내실이 없게 될 것'이라고 간(諫)하자, 문제가 그만두었다고 함.

91) 희경(羲經) : 역경(易經). 오경(五經)의 하나. 복서(卜筮)를 통하여 윤리 도덕을 설명한 책. 주역(周易)이라고도 함.

려 할 것이다. 비록 서로 가까이는 할 수 없더라도 손가락으로 점찍어 두고 눈길을 보내는 것 역시 욕되는 일이다. 지난번에 주군이 '궁녀가 궁문을 나가거나 궁궐 밖의 사람이 그 이름만 알게 되어도 그 죄로 다 죽이겠다'고 명령하셨다. 그래서 나는 오늘 이 행사에 참여하지 않겠다."

자란은 일이 성사되지 못할 것을 알았습니다. 그래서 실의에 찬 채 쓸쓸히 인사를 한 후 바야흐로 돌아오려고 했습니다. 그런데 비경이 울면서 비단 허리띠를 잡고 억지로 머물게 하더니 앵무잔[92]에다 운유주[93]를 따라 권했습니다. 주위의 궁녀들이 모두 술을 마시고 나서 금련이 말했습니다.

"오늘밤의 모임은 모두 차분하게 하려고 힘썼는데, 나는 비경이 운 까닭을 참으로 알 수가 없다."

비경이 말했습니다.

"처음 남궁에 있을 때, 운영과 매우 친밀하게 사귀어 생사와 영욕을 함께 하기로 약속을 했었다. 지금은 비록 서로 다른 곳에 거처하고 있으나 차마 어떻게 그것을 잊겠는가? 며칠 전에 주군께 문안을 올릴 때 마루 앞에서 운영을 보았는데, 가는 허리는 비쩍 말라 끊어질 듯하고, 낯빛은 초췌했으며, 목소리는 실처럼 가늘어 입에서 나오지 않는 듯했지. 운영이 일어나 절하려고 하는 순간 힘이 없어 땅에 엎어졌었어. 그래서 내가 부축해 일으키고 좋은 말로 위로하니, 운영이 대답하기를, '불행히 병이 늘어 조만간 죽을 것이다. 나 같은 미천한 목숨은 죽어도 아까울 것이 없다. 그러나 너희 아홉 사람은 문장과 재주가 일취월장(日就月將)하여 훗날 아름다운 시문(詩文)이 온 세상을 떠들썩하게 할 텐데, 그것을 보지 못할 것 같아 슬픔을 금할 수가 없구나.'하더라. 그 말이 하도 처절하여 나는 그때 눈물을 흘렸어. 지금에 와서 생각하니 운영의 병은 실로 님을 그리워한 때문이었어. 아아! 자란은 운영의 벗이로

---

92) 앵무배(鸚鵡盃) : 앵무조개의 조가비로 만든 잔.
93) 운유주(雲乳酒) : 술의 이름.

다. 죽기에 이른 사람을 하늘의 제단 위에 올려놓고자 하는구나. 오늘의 계획이 이루어지지 않는다면 죽어 저승에 가더라도 눈을 감지 못할 것이요, 그 원망이 남궁에 돌아올 것은 너무나 자명하지 않겠느냐? 『서경(書經)』에 이르길, '착한 일을 하면 온갖 상서(祥瑞)를 내리고, 악한 일을 하면 온갖 재앙을 내린다.'하였다. 지금 이 논쟁은 선(善)한 것인가? 불선(不善)한 것인가?"

소옥이 말했습니다.

"내가 이미 허락하였고, 세 사람이 이미 나의 뜻에 동조하였다. 어떻게 중간에 그만 둘 수 있겠느냐? 설혹 일이 누설되더라도 운영이 홀로 그 죄를 뒤집어 쓸 것이니, 다른 사람에게 무슨 일이 있겠느냐? 나는 두 말 하지 않고 마땅히 운영을 위해 죽으리라."

자란이 말했습니다.

"따르는 자가 반이고 따르지 않는 자가 반이니, 이 일은 의견의 일치를 보지 못할 것이다."

자란은 일어나려다가 다시 앉아 그들의 뜻을 살펴보았습니다. 반대했던 이들은 따르고자 하면서도 한 입으로 두 말 한 것을 부끄럽게 생각하고 있었습니다. 그러자 자란이 말했습니다.

"천하의 일은 정도(正道)와 권도94)가 있다. 권도(權道)를 썼으되 사리에 맞으면 이것 또한 정도이다. 어찌 변통(變通)하는 권도 없이 답답하게 앞에 했던 말만 지키려 하느냐?"

모두들 일시에 따르겠다고 하자, 자란이 또 말했습니다.

"나는 말을 잘하지는 못한다. 남을 위해 충성을 도모한 것은 부득이한 일이었을 뿐이다."

비경이 말했습니다.

"옛날에 소진95)은 여섯 나라를 합종(合從)케 했는데, 오늘 자란은 능

---

94) 권도(權道) : 수단이나 방법은 정도(正道)가 아니나 목적은 정도에 맞는 방식. 또는 임기응변(臨機應變)의 방편.

히 다섯 사람을 순순히 따르게 하였으니 변사(辯士)라 할 만하다."

자란이 말했습니다.

"소진(蘇秦)은 여섯 나라의 재상인(宰相印)을 허리에 찼었는데, 지금 나에게는 어떠한 물건을 주려느냐?"

금련이 말했습니다.

"합종한 것은 여섯 나라 모두에게 이로웠기 때문이다. 지금 이렇듯 순순히 따랐는데 우리 다섯 사람에게는 어떠한 이로움이 있느냐?"

이 말을 듣고 서로 얼굴을 마주보며 크게 웃었습니다. 이에 자란이 말했습니다.

"남궁 사람들이 모두 선량해서 능히 운영으로 하여금 끊어진 목숨을 다시 잇게 하였다. 어찌 감사하지 않겠는가?"

자란이 일어나서 두 번 절하니, 소옥도 일어나서 절을 했습니다. 이에 자란이 말했습니다.

"오늘의 일은 다섯 사람이 모두 따른 것이다. 위에는 하늘이 있고 아래에는 땅이 있으며, 등불이 밝게 비추고 귀신이 임(臨)하였으니, 내일 어찌 다른 뜻이 있으리오"

자란이 일어나 절하고 나가니, 다섯 사람이 모두 중문(中門) 밖까지 나와 전송했습니다.

자란이 저에게 돌아오자, 저는 벽을 기대고 일어나 두 번 절하며 사례하여 말했습니다.

"나를 낳은 사람은 부모요, 나를 살린 사람은 낭자로다. 땅속에 들어가기 전에 맹세코 이 은혜를 갚으리라."

우리는 앉아서 아침이 되길 기다렸다가 내당(內堂)으로 들어가 문안을 올리고, 물러 나와 중당(中堂)에 모였습니다. 소옥이 말했습니다.

---

95) 소진(蘇秦) : 전국시대(戰國時代)의 책략가(策略家). 낙양(洛陽) 사람. 연(燕) · 조 (趙) 등 육국(六國)을 합종(合從)하여 진(秦)과 대항케 하고 스스로 육국의 재상 (宰相)이 되었음.

"날씨가 맑고 물이 차니 바로 완사하기에 적당한 때이다. 오늘 천막을 소격서동에 치는 것이 좋겠지?"

여덟 사람 모두 다른 말이 없었습니다. 저는 물러나 서궁으로 돌아와서 흰 나삼에다 온몸에 사무쳤던 슬픔과 원망을 글로 써서 가슴에 품고, 자란과 일부러 뒤에 처졌습니다. 그리고 말을 모는 하인에게 말했습니다.

"동문(東門) 밖에 사는 무녀가 가장 영험하다고 해서 내가 그 집에 가 병에 대해서 묻고 가겠다."

하인이 그 말대로 하였습니다. 저는 무녀의 집에 이르러 공손한 말로 애걸하여 말했습니다.

"내가 오늘 온 것은 본래 김진사를 한 번 보고 싶어서요. 급히 통지해서 만날 수 있게 해 준다면 죽을 때까지 그 은혜를 갚겠소"

무녀가 그 말대로 사람을 보내자, 진사가 허둥지둥 달려 왔습니다. 우리 두 사람은 서로 얼굴을 바라보면서 한 마디 말도 못하고, 단지 눈물만 흘릴 뿐이었습니다. 제가 봉한 편지를 김진사에게 주면서 말했습니다.

"저녁을 틈타 돌아올 테니 낭군은 이곳에 머물러 기다리십시오"

저는 즉시 말을 타고 갔습니다. 진사가 편지를 열어서 보니, 그 글에 일렀습니다.

"예전에 무산의 신녀96)가 한 통의 편지를 전해 주기에 받아 보니, 옥처럼 낭랑한 목소리가 종이 가득히 정성스럽게 담겨 있었습니다. 공손히 받들어 세 번을 되풀이 읽으니, 슬픔과 기쁨이 번갈아 이르러 마음을 안정시킬 수가 없었습니다. 즉시 답장을 쓰고 싶었으나 이미 믿고 편지를 전할 만한 사람이 없었습니다. 게다가 누설될까 두려워 고개를

---

96) 무산신녀(巫山神女) : 무산에 산다고 하는 신녀(神女). 각주 14 참조. 여기서는 무녀(巫女)를 비유하여 이름.

늘이고 먼 곳만 바라볼 뿐, 날아가고자 해도 날개가 없으니 애는 끊어
지는 듯하고 넋은 나간 듯했습니다. 단지 죽을 날만 기다리다가 죽기
전에 이 편지로나마 제 평생의 회한(懷恨)을 다 털어놓고자 하니, 낭군
은 유의하시길 엎드려 바라나이다. 제 고향은 남쪽 지방입니다. 부모님
께서 저를 여러 자식들 중에 특별히 사랑하시어 제 마음대로 밖에 나가
놀거나 장난하게 두시었습니다. 저는 숲 속과 시냇가를 돌아다니며 매
화·대나무·귤나무·유자나무의 그늘 아래서 날마다 노니는 것으로
일을 삼았습니다. 이끼 긴 냇가에서 낚시하는 무리들과 풀 먹이기를 마
치고 피리 부는 목동들을 아침저녁으로 보았으며, 그 밖의 산과 들의
모습, 농촌의 흥취 등은 머리털처럼 많아서 일일이 거론하기도 어렵습
니다. 부모님께서는 처음에 삼강행실[97]과 칠언당음[98]을 가르치셨는데,
13세가 되어 주군이 부르신 까닭에 부모님을 이별하고, 형제를 멀리한
채 궁문으로 들어오게 되었습니다. 처음에는 고향으로 돌아가고 싶은
마음을 억제하지 못해 매일 흐트러진 머리와 때묻은 얼굴을 하고 남루
한 옷을 입어, 보는 사람이 더럽게 여기도록 했습니다. 제가 뜰에 엎드
려 우니, 궁인들이 '한 떨기 연꽃이 저절로 뜰 가운데서 피었구나.'라고
말하기도 했습니다. 부인이 저를 친자식처럼 사랑하시고, 주군도 저를
심상(尋常)하게 보지 않으시니, 궁중 사람들 가운데 저를 골육(骨肉)처럼
친애하지 않는 사람이 없었습니다. 또 한 번 학문에 종사하게 된 이후
부터는 자못 의리를 알고 음률을 살필 수 있게 된 까닭에 궁인들이 모
두 저에게 경복(敬服)하였습니다. 서궁으로 옮긴 뒤에는 거문고와 서예
만을 오로지 하여 조예가 더욱 깊어졌습니다. 무릇 빈객들이 지은 시들
은 하나도 눈에 들지 않았으니, 재주가 성(盛)하게 되면서 그러한 것이

---

97) 삼강행실(三綱行實) : 조선 세종(世宗) 3년(1431)에 설순(偰循) 등이 왕명에 따라
　　지은 책인 삼강행실도(三綱行實圖)를 말한 듯. 삼강행실도는 우리 나라와 중국의
　　서적(書籍)에서 충신·효자·열녀들을 각각 35명씩 뽑아 엮은 책으로 각 사실에
　　그림과 찬(贊)을 붙였으며, 그림 위에 한글을 삽입하였음.
98) 칠언당음(七言唐音) : 칠언으로 이루어진 당(唐)나라 때의 시(詩).

아니겠습니까! 그래서 남자가 되어 입신양명(立身揚名)하지 못하고, 홍안박명(紅顏薄命)의 몸이 되어 깊은 궁궐에 한 번 갇힌 뒤 마침내 고목처럼 썩게 된 것을 한스럽게 여겼습니다. 어찌 슬프지 않으리오! 사람이 한 번 죽으면 누가 다시 알아주겠습니까? 이 때문에 한이 마음속에 맺히고, 원망이 가슴의 바다를 메웠습니다. 매번 수를 놓다가 멈추고 등불을 바라보았으며, 비단을 짜다가도 북을 던지고 베틀에서 내려와 비단 휘장을 찢거나 옥비녀를 꺾어버리곤 하였습니다. 잠시 술을 마시고 흥이 나면 신발을 벗고 산보를 했으며, 섬돌의 꽃도 떨어뜨리고 뜰의 풀도 꺾으면서 바보나 미치광이처럼 마음을 억제할 수가 없었습니다. 그런데 지난 해 가을밤에, 한 번 그대의 용모를 보고는 마음속으로 천상의 신선이 속세에 적강(謫降)했다고 생각했습니다. 저의 용모 또한 아홉 사람보다 못하지 않았습니다. 전생에 무슨 인연이 있었던지, 붓끝의 한 점이 마침내 흉중에 원한을 맺는 빌미가 될 줄을 어떻게 알았겠습니까? 주렴 사이로 바라보면서 봉추지연[99]을 맺고자 바랐으며, 꿈속에서 보면은 장차 잊지 못할 은혜를 잇고자 했습니다. 비록 한번도 이불 속에서 사랑의 기쁨을 나누지는 못했지만, 옥처럼 빼어난 용모가 제 눈 속에 황홀하게 어립니다. 배꽃에 우는 두견 소리와 오동잎에 떨어지는 밤비 소리를 처량해서 차마 듣지 못하고, 뜰 앞에 솟아나는 고운 풀과 하늘을 나는 외로운 구름도 슬퍼서 차마 보지 못했습니다. 때로는 병풍에 기대어 멍하니 앉아 있었으며, 때로는 홀로 난간에 서서 가슴을 두드리고 발을 구르며 푸른 하늘에 호소하기도 했습니다. 모르겠습니다. 낭군 또한 저를 생각하시는지요? 이 몸이 낭군을 뵙기 전에 갑자기 먼저 죽게 된다면, 땅과 하늘이 다하여 없어지더라도 저의 원통한 마음은 없어지지 않을 것이니, 이 몸이 한스러울 뿐입니다. 오늘은 완사를 가는 길입니다. 두 궁의 시녀들이 이미 다 모여 있기 때문에 이곳에 오래 머물

99) 봉추지연(奉箒之緣) : 비로 쓰레기를 청소하는 등 자질구레한 집안 일을 하면서 아내로서 남편을 섬기는 인연. 곧 부부(夫婦)의 인연을 이름.

러 있을 수가 없습니다. 눈물이 떨어져 먹물과 뒤섞이고, 넋은 비단실에 맺힙니다. 엎드려 바라건대, 낭군은 한 번 굽어보십시오. 또 손수 답서를 써 주시는 은혜를 베푸신다면, 이것을 아름답게 여겨 기꺼운 마음으로 영원히 간직하고자 합니다."

이 편지글은 가을 경치를 보고 슬퍼하는 부[100]요, 온통 님을 그리워하는 시였습니다.

이날 저녁 돌아올 때 또 자란과 제가 먼저 나와서 동문을 향해 가는 것을 보고 소옥이 웃으면서 절구(絶句) 한 수를 지어서 주었는데, 모두 제 마음을 희롱하는 내용이었습니다. 부끄러운 마음을 억지로 참고 받아보니, 그 시에 일렀습니다.

> 태을(太乙) 사당 앞에는 한 줄기 물이 둘렀고,
> 천단[101]에 구름이 흩어지니 궁궐의 문이 열렸네.
> 가느다란 허리 세차게 부는 광풍을 이기지 못하여,
> 잠시 숲 속에 피했다가 날이 저물어 돌아오네.

> 太乙祠前一水回, 天壇雲盡九門開.
> 細腰不勝狂風急, 暫避林中日暮來.

자란이 즉시 그 시에 차운(次韻)을 하니, 비취와 옥녀도 이어서 차운을 하여 제 마음을 희롱하였습니다. 제가 말을 타고 먼저 나와 무녀의 집에 도착하니, 무녀는 화난 기색을 하고서 벽을 향해 앉아 돌아보지도 않았습니다. 진사는 소매로 얼굴을 가리고 종일 울었는지라, 실성(失性)

---

100) 부(賦) : 운문(韻文)의 한 체(體). 사구(辭句)를 구사하여 감상을 진술하는 미문(美文).
101) 천단(天壇) : 하늘에 제사를 지내는 제단(祭壇).

한 것처럼 넋을 잃어 오히려 제가 오는 것도 몰랐습니다. 저는 왼손에 끼고 있던, 운남[102]에서 나는 옥색(玉色) 금가락지를 빼어 진사의 품속에 넣으면서 말했습니다.

"낭군께서 저를 비천하게 여기지 않으시고 천금같이 귀중한 몸을 굽히시어 이처럼 누추한 곳에 와 기다리시니 참으로 감사드립니다. 제가 비록 영민(英敏)하지는 못하나 또한 목석(木石)은 아니니, 어떻게 감히 죽음으로써 낭군을 받들지 않겠습니까? 제가 만약 식언(食言)을 하게 되면, 이 금가락지를 두고 가니 신물(信物)로 삼으십시오"

저는 갈 길이 바빠 자리에서 일어나 이별을 하려고 하는데 눈물이 비오듯 쏟아지는지라, 진사의 귀에다 대고 속삭여 말했습니다.

"저는 서궁에 있습니다. 낭군이 저녁을 틈타 서쪽 담으로 들어오시면 삼생(三生)에 다 못한 인연을 거기에서 이을 수 있을 듯합니다."

말을 마친 후 옷을 떨치고 나와 먼저 궁문으로 들어가자, 여덟 사람이 뒤이어 도착했습니다.

그날 밤 이경[103]에 소옥과 비경이 등불을 밝히고 서궁으로 와서 말했습니다.

"낮에 쓴 시는 무심코 나온 것이었으나 시어(詩語)에 희롱하는 뜻이 담기게 되었네. 그래서 깊은 밤도 꺼려하지 않고 가시를 등에 지고 사죄하려 왔네."

자란이 말했습니다.

"다섯 사람의 시는 모두 남궁에서 나온 것이다. 한 번 남궁과 서궁으로 나뉜 이후 자못 그 형세가 당(唐)나라 때 우이의 무리[104]와 비슷하니,

---

102) 운남(雲南) : 중국의 서남쪽 변경(邊境)에 있는 성(省)의 이름. 여기에서 나는 옥(玉)의 색깔이 아주 곱다고 함.
103) 이경(二更) : 하룻밤을 오경(五更)으로 나눈 둘째의 경. 곧 오후 9시부터 11까지. 을야(乙夜).
104) 우이지당(牛李之黨) : 당(唐)나라 목종(穆宗)·경종(敬宗)·문종(文宗) 때 조정 신하인 우승유(牛僧孺))와 이종민(李宗閔)이 붕당(朋黨)을 맺어 이길보(李吉甫)·덕

어찌 그렇지 않겠느냐? 그러나 여자의 마음은 다 한 가지이다. 오래도록 별궁에 갇히어 길이 외로운 그림자를 슬퍼하고, 마주 대하는 것은 등불 뿐이요, 하는 일이란 거문고를 타며 노래하는 것뿐이었다. 온갖 꽃들은 아름다움을 머금은 채 웃고 두 마리 제비는 날개를 나란히 하며 노니는데, 박명한 우리는 모두 깊은 궁궐에 갇히어 꽃과 제비들을 볼 때마다 봄을 슬퍼할 뿐이니, 그 마음이 어떠하겠는가? 아침 구름에 대신[105]은 자주 초왕의 꿈[106]에 들고, 왕모선녀[107]는 몇 번이나 요대(瑤臺)의 잔치에 참여했던고? 여자의 마음은 마땅히 다르지 않을 것이니, 남궁의 사람들만이 어떻게 유독 항아[108]와 함께 괴로이 정절을 지키면서 불사약 훔친 것을 후회하지 않겠는가?"

비경과 소옥은 흐르는 눈물을 억제치 못하며 말했습니다.

"한 사람의 마음이 곧 천하 사람의 마음이다. 이제 훌륭한 가르침을 받드니 슬픈 마음이 구름처럼 피어오르는구나."

소옥과 비경이 일어나 절하고 간 뒤, 제가 자란에게 말했습니다.

"오늘밤에 내가 진사와 금석(金石) 같은 약속을 했다. 진사가 만약 오늘 오지 않으신다면 내일은 반드시 담을 넘어 올 텐데, 진사가 오시면 어떻게 대접해야 하느냐?"

자란이 말했습니다.

"비단 휘장이 겹겹이 둘려 있고 아름다운 방석이 찬란하며, 술이 강물처럼 많고 고기가 언덕처럼 쌓여 있는데, 오지 않으면 말려니와 온다면 대접하는데 무엇이 어렵겠느냐?"

그날 밤에 진사는 결국 오지 않았습니다.

유(德裕) 부자(父子)와 다투었는데, 40년 동안 서로 시기하고 배척하였음. 당시 이를 두고 우이당쟁(牛李黨爭)이라 일컬음.
105) 대신(岱神) : 태산(泰山)의 신녀(神女). 곧 무산신녀(巫山神女)를 일컬음.
106) 초왕지몽(楚王之夢) : 무산지몽(巫山之夢)과 같은 뜻.
107) 왕모선녀(王母仙女) : 서왕모(西王母).
108) 항아(姮娥) : 달나라에 산다는 선녀(仙女). <주생전>의 각주 50 참조.

　진사는 그 날 몰래 수성궁을 살펴보았는데, 담장이 높고 험준해서 몸에 날개를 달지 않으면 넘어갈 수가 없었습니다. 그래서 집으로 돌아와 묵묵히 말을 하지 않고 근심스런 얼굴로 앉아 있었습니다. 진사의 노비 가운데 이름이 특(特)이라는 자가 있었는데, 본래 재주가 많기로 소문이 나 있었습니다. 특이 진사의 안색을 보더니 앞으로 나와 무릎을 꿇고 말했습니다.

　"진사 어른! 필히 세상에 오래 머물지 못할 것입니다."

　말을 마친 특은 뜰에 엎드려 울었습니다. 이에 진사가 마음에 품고 있던 이야기를 모두 털어놓자, 특이 말했습니다.

　"어찌 일찍이 말을 하지 않으셨습니까? 제가 마땅히 그 일을 도모하겠습니다."

　특이 즉시 사다리를 만들었는데 아주 가볍고 단순했으며, 능히 접거나 펼 수 있었습니다. 둘둘 말면 병풍을 접은 것과 같고, 펼치면 대여섯 길 정도 되어 손으로 운반할 수도 있었습니다. 특이 사용법을 가르쳐 주며 말했습니다.

　"이 사다리를 가지고 궁궐 담에 오르고, 다시 안에서 접었다 폈다 하십시오. 내려올 때도 역시 그와 같이 하십시오."

　진사가 특에게 뜰에서 시험해 보게 하니, 과연 그의 말과 같아서 진사는 매우 기뻤습니다. 그 날 저녁 진사가 가려고 할 때, 특이 또 품속에서 짐승의 털가죽으로 만든 버선을 꺼내며 말했습니다.

　"이것이 없으면 가기 어려울 것입니다."

　진사가 털가죽 버선을 신고 걸어가니, 나는 새처럼 가벼워 땅을 밟아도 발자국 소리가 나지 않았습니다. 진사는 이러한 꾀로 궁궐 안팎의 담을 넘어 들어와 대나무 숲 속에 엎드려 있는데, 달빛은 낮처럼 밝고 궁궐 안은 조용하기만 했습니다. 조금 후에 어떤 사람이 안에서 나와 산보를 하면서 낮게 시를 읊조렸습니다. 진사는 대나무를 헤치고 머리를 내밀며 말했습니다.

"오시는 분은 누구신지요?"

그 사람이 웃으면서 대답했습니다.

"낭군께서는 나오십시오! 나오십시오!"

진사는 성큼성큼 걸어나와 절하며 말했습니다.

"나이 어린 사람이 풍류의 흥취를 이기지 못하여 만 번 죽을 죄를 무릅쓰고 감히 이곳에 왔습니다. 원컨대 낭자는 저를 불쌍하게 여겨주십시오"

자란이 말했습니다.

"진사가 오기를 큰 가뭄에 비구름 바라 듯이 고대하였습니다. 이제 다행히 뵙게 되니 저희들은 살았습니다. 낭군께서는 의심치 마십시오"

자란이 즉시 진사를 인도하여 안으로 들어왔는데, 진사는 층계에서부터 굽은 난간을 따라 어깨를 웅크리고 들어왔습니다. 저는 사창(紗窓)을 열어 둔 채 옥등(玉燈)을 밝히고 앉아 짐승 모양을 한 금화로에 울금향[09]을 피웠으며, 유리(琉璃)로 된 책상 위에 『태평광기』[110] 한 권을 펼쳐 놓고 있었습니다. 진사가 들어오는 것을 보고 제가 자리에서 일어나 맞이하며 절하자, 낭군도 답배(答拜)를 하고 손님과 주인의 예절에 따라 동서(東西)로 나누어 앉았습니다. 저는 자란에게 진수성찬(珍羞盛饌)을 마련케 하여 함께 자하주(紫霞酒)를 따라 마셨습니다. 술이 세 잔 정도 돌자, 진사가 짐짓 취한 척하면서 말했습니다.

"밤이 얼마나 깊었습니까?"

자란은 진사가 말한 뜻을 알아채고 휘장을 드리우며 문을 닫고 나갔습니다. 저는 등불을 끄고 진사와 함께 잠자리에 들었는데, 그 기쁨은 이루 말할 수가 없었습니다. 이윽고 밤이 새려하자 뭇 닭들이 새벽을 알렸으며, 진사는 일어나 궁궐 밖으로 나갔습니다. 이 뒤로부터 진사는

---

109) 울금향(鬱金香) : 백합과에 속하는 다년초. 튜울립.

110) 태평광기(太平廣記) : 책 이름. 송(宋)나라의 이방(李昉) 등이 칙명(勅命)을 받들어 한(漢)나라에서 오대(五代)에 이르기까지의 전설(傳說)과 기문(奇聞)을 수록함.

매일 날이 어두워지면 들어오고 날이 새면 나가곤 했습니다. 정과 마음은 갈수록 깊고 친밀해져 우리는 이러한 만남을 멈출 줄을 몰랐습니다. 그러나 궁궐 안의 눈 위에는 진사의 발자국이 남아 있었기 때문에 궁녀들은 모두 위태롭게 생각하였습니다.

어느 날, 진사는 갑자기 좋은 일이 끝나면 화가 이를 것이라는 생각이 들었습니다. 그래서 마음속으로 크게 두려워하면서 종일 슬퍼하고 있었습니다. 이때 노비 특이 밖에서 들어오면서 말했습니다.

"제 공이 매우 큰데, 아직껏 상을 주지 않으셔도 되는 것입니까?"

진사가 말했습니다.

"가슴에 새겨 잊지 않고 있으며, 조만간 틀림없이 상을 후하게 주겠노라."

특이 말했습니다.

"지금 안색을 보니 또 근심이 있는 듯한데, 무슨 까닭인지 모르겠나이다."

진사가 말했습니다.

"운영을 보지 않으면 병이 심장과 뼈에 사무치고, 보려고 하면 헤아리기 어려울 정도로 큰 죄를 짓게 되니, 어찌 근심스럽지 않겠느냐?"

특이 말했습니다.

"그렇다면 어찌하여 운영을 훔쳐 업고 달아나지 않습니까?"

진사는 그럴 듯하게 생각하고, 그 날 밤 특의 꾀를 저에게 말했습니다.

"특은 노비이지만 본래 꾀가 많아서 이러한 꾀로서 지휘하는데, 그대 생각은 어떠하오?"

제가 허락하며 말했습니다.

"제 부모님은 재산이 매우 넉넉해서 제가 궁에 들어올 때 의복과 보화를 많이 실어 보내셨습니다. 게다가 주군이 하사(下賜)한 것도 매우 많으니, 이것들을 모두 버려 두고 갈 수는 없습니다. 이제 운반하려고 하면 비록 말이 10필(四)이라도 다 옮길 수가 없을 것입니다."

진사가 집으로 돌아가 이 사실을 특에게 말하자, 특이 매우 기뻐하며 말했습니다.

"제 친구들 가운데 힘이 센 이가 17명이나 되는데, 이들은 매일같이 강탈을 일삼고 있으나 나라 사람들도 능히 당해내지 못하고 있습니다. 저와는 매우 절친한 사이이기 때문에 오로지 제 명령대로 따를 것입니다. 이들에게 운반하게 한다면 태산 또한 옮길 수 있을 것입니다."

진사가 궁궐로 들어와 저에게 그 말을 전했습니다. 저는 그럴 듯하게 생각하고 밤마다 제 물건을 수습하여 7일째 되던 날 밤에 모두 궁궐 밖으로 옮겼습니다. 그러자 특이 말했습니다.

"이처럼 귀중한 보물을 본댁에 쌓아 두면 큰 상전께서 반드시 의심할 것이고, 제 집에 쌓아 두면 남들이 반드시 의심할 것입니다. 그러니 산속에 구덩이를 파서 묻고 단단히 지키는 것이 좋겠습니다."

진사가 말했습니다.

"만약 잃어버리게 된다면 나와 너는 도적의 누명을 면하기 어려울 것이니, 너는 삼가서 잘 지키도록 해라."

특이 말했습니다.

"제 계획이 이처럼 심오하고 제 벗들이 이처럼 많으니, 천하에 어려울 일이 없습니다. 하물며 긴 칼을 들고서 밤낮으로 자리를 떠나지 않고 시킨다면 제 눈은 도려낼 수는 있어도 이 보물은 빼앗을 수 없으며, 제 다리를 자를 수는 있어도 이 보물은 취할 수 없을 것입니다. 염려하지 마십시오."

무릇 특은 이 귀중한 보물을 얻은 이후에 저와 진사를 산골짜기로 유인하여 진사를 죽이고, 저와 재물을 자기가 차지할 계획을 품고 있었습니다. 그러나 진사는 세상 물정에 어두운 선비인지라, 그것을 몰랐습니다.

이때 대군은 이전에 지은 비해당에 현판(懸板)을 달기 위해 아름다운 글을 얻으려고 했습니다. 그러나 여러 손님들의 시가 모두 마음에 차지 않자, 굳이 진사를 초대하여 잔치를 베풀고 시를 지어달라고 간청을 했습니다. 진사는 붓을 한 번 휘둘러 써 나갔는데, 글이 썩 잘 되어 글자한 자도 덧붙일 것이 없었습니다. 그 시에는 산수의 경치와 비해당의 모습이 극진하게 표현되지 않은 것이 없었으니, 비바람을 놀라게 하고 귀신을 통곡하게 할 만했습니다. 대군은 구절마다 칭찬하며 말했습니다.

"뜻밖에 오늘 왕자안111)을 다시 보는구나!"

대군은 읊기를 그치지 않았습니다. 다만, 진사가 지은 시에 '담장을 좇아서 그윽이 풍류(風流曲)를 훔치네'라는 구절이 있었는데, 대군은 이 구절에서 읊기를 멈추고 진사를 의심했습니다. 이에 진사가 자리에서 일어나 대군에게 절하며 말했습니다.

"제가 취해서 인사불성이 되었습니다. 원컨대 물러나고자 합니다."

대군은 시종에게 진사를 부축하여 전송토록 했습니다.

다음날 밤에 진사가 궁궐로 들어와 저에게 말했습니다.

"달아나는 것이 좋겠소. 어제 내가 지은 시를 보고 대군이 의심하셨으니, 오늘밤 떠나지 않으면 후환이 있을까 두렵소."

제가 대답했습니다.

"어젯밤 꿈에 한 사람을 보았는데, 생김새가 영악하였습니다. 그 사람은 스스로 묵돌선우112)라고 일컬으면서, '이미 오래 된 약속이 있었기 때문에 장성(長城) 아래서 기다린 지 오래도다.'라고 말했습니다. 저는 놀라 잠에서 깨어났는데, 아무래도 꿈의 징조가 상서롭지 않습니다. 낭군께서는 이를 어떻게 생각하시는지요?"

진사가 말했습니다.

"허망한 꿈속의 일을 어떻게 믿을 수가 있겠소?"

---

111) 왕자안(王子安) : 당대(唐代)의 시인인 왕발(王勃). 각주 50 참조.
112) 묵돌선우(冒頓單于) : 한(漢)나라 초기(初期)에 활동했던, 흉노(匈奴)의 유명한 선우(單于). 선우는 흉노 왕(王)의 칭호(稱號).

제가 말했습니다.

"그가 장성이라고 한 것은 궁궐의 담장이요, 그가 묵돌이라고 한 것은 노비 특입니다. 낭군은 이 노비의 속내를 잘 알고 있는지요?"

진사가 말했습니다.

"이 노비는 본래 흉악한 놈이나 나에게는 충성을 다하였소. 오늘 낭자와 이렇듯 좋은 인연을 맺게 된 것도 모두 이 노비의 꾀 때문입니다. 어찌 처음에는 충성을 바치고, 뒤에 악행을 저지를 리가 있겠소?"

이에 저는 말했습니다.

"제가 어떻게 감히 낭군의 말씀을 거절하겠습니까? 다만, 자란은 저와 형제처럼 정이 두텁기 때문에 자란에게 알리지 않을 수는 없습니다."

저는 즉시 자란을 불러와, 세 사람이 삼발처럼 둘러앉았습니다. 제가 진사의 계획을 자란에게 말하자, 자란이 크게 놀라 꾸짖으며 말했습니다.

"서로 즐긴 지 오래 되어서 이제 스스로 화를 빨리 부르려고 하는 것이 아니냐? 1, 2개월 서로 사귀는 것만으로도 충분한데, 어떻게 사람으로서 차마 담을 넘어 달아나는 짓을 저지르려고 하느냐? 주군이 너에게 마음을 기울이신 지 이미 오래 되었으니 그것이 떠날 수 없는 첫째 이유요, 부인이 사랑하심이 매우 깊으니 그것이 떠날 수 없는 둘째 이유요, 화가 양친(兩親)에게 미칠 것이니 그것이 떠날 수 없는 셋째 이유요, 죄가 서궁 사람들에게까지 미칠 것이니 그것이 떠날 수 없는 넷째 이유이다. 게다가 천지가 곧 하나의 그물인데, 하늘로 오르고 땅속으로 들어가지 못한다면 달아나 어디로 가려고 하느냐? 혹시 붙잡히게 된다면 그 화가 어찌 네 한 몸에만 그치겠느냐? 꿈의 징조가 상서롭지 못한 것은 말할 필요도 없다. 만약 꿈이 길조(吉兆)였다면 너는 기꺼이 가려 했더냐? 네가 할 일은 마음을 굽히고 뜻을 억누르며, 정절을 지키고 편안히 앉아서 하늘의 뜻에 귀를 기울이는 것뿐이다. 네가 점점 나이가 들어

늙게 되면 주군의 은혜와 사랑이 점차 느슨해 질 것이다. 이러한 형편을 보고 있다가 칭병(稱病)하고 오래도록 누워 있으면, 주군께서 반드시 고향으로 돌아가라 할 것이다. 이때 낭군과 함께 손을 잡고 돌아가 백년해로(百年偕老)하는 것보다 좋은 계획이 없으리라. 이러한 생각은 하지 않고 감히 도리에 어긋난 꾀를 내니, 네가 누구를 속이며 하늘마저 속이려 하느냐?"

진사는 일이 성사되지 않을 줄 알고 탄식하며 눈물을 머금은 채 궁궐 밖으로 나갔습니다.

하루는 대군이 서궁의 수헌[113]에 앉아 계시다가 왜철쭉이 활짝 핀 것을 보고, 시녀들에게 각기 오언 절구(五言絶句)를 지어서 바치라고 명령했습니다. 시녀들이 지어서 올리자, 대군이 크게 칭찬하여 말했습니다.

"너희들의 글이 날마다 점점 나아지고 있어서 매우 기쁘다. 다만 운영의 시에는 님을 그리워하는 마음이 나타나 있다. 지난번 부연시(賦煙詩)에서도 그러한 마음이 희미하게 엿보였는데 지금 또 이러하니, 네가 따르고자 하는 사람이 어떤 사람이냐? 김생의 상량문[114]에도 말이 의심스러운 데가 있었는데, 네가 생각하는 사람이 김생 아니냐?"

저는 즉시 뜰로 내려가 머리를 조아리고 울면서 말했습니다.

"지난번 주군께 처음 의심을 사게 되자마자 저는 스스로 목숨을 끊으려고 했었습니다. 그러나 제 나이가 아직 20도 되지 않은 데다가 다시 부모님도 뵙지 못하고 죽는 것이 매우 원통한지라, 목숨을 아껴 여기까지 이르렀습니다. 그런데 또 의심을 받게 되었으니, 한 번 죽는 것이 무엇이 아깝겠습니까? 천지의 귀신들이 죽 늘어서 밝게 비추고 시녀 다섯 사람이 한 순간도 떨어지지 않고 함께 있었는데, 더러운 이름이 유독 저에게만 돌아오니 사는 것이 죽는 것보다 못합니다. 제가 이제야 죽을

---

113) 수헌(繡軒) : 비단으로 수놓은 아름다운 가옥(家屋).
114) 상량문(上樑文) : 상량을 축복하는 글. 상량은 집을 지을 때에 기둥에 보를 얹고 그 위에 마룻대를 올려놓는 일.

곳을 얻었습니다."

저는 즉시 비단 수건을 난간에 매어 놓고 스스로 목을 메었습니다. 이때 자란이 말했습니다.

"주군께서 이처럼 영명(英明)하시면서 죄 없는 시녀로 하여금 스스로 사지(死地)로 나가게 하시니, 지금부터 저희들은 맹세코 붓을 들어 글을 쓰지 않겠습니다."

대군은 비록 화가 많이 났지만, 마음속으로는 진실로 제가 죽는 것은 바라지 않았습니다. 그래서 자란으로 하여금 저를 구하여 죽지 못하게 했습니다. 그런 뒤 대군은 흰 비단 다섯 단(端)을 내어서 다섯 사람에게 나누어주면서 말했습니다.

"너희가 지은 시들이 가장 아름답기에 이것을 상으로 주노라."

이때부터 진사는 다시는 궁궐을 출입하지 못하고 집에 틀어박힌 채 병들어 눕게 되었습니다. 눈물이 이불과 베개에 흩뿌려졌으며, 목숨은 한 가닥 실낱같았습니다. 특이 와서 보고는 말했습니다.

"대장부가 죽으면 죽는 것이지, 어떻게 차마 님을 그리워하다 원한이 맺혀 좀스런 여자들처럼 상심하고, 또 천금같은 귀중한 몸을 스스로 던져 버리려 하십니까? 이제 마땅히 꾀를 쓰시면 그 여자를 얻는 것은 어렵지 않을 것입니다. 한적하고 깊은 밤에 담을 넘어 들어가서 솜으로 입을 막고 업어서 나오면 누가 감히 우리를 쫓아올 수 있겠습니까?"

진사가 말했습니다.

"그 계획 역시 위험하여 성심으로 호소하는 것만 못할 것이다."

그 날 밤 진사가 들어 왔는데, 저는 병으로 일어날 수가 없어서 자란에게 진사를 맞아들이게 했습니다. 술이 세 잔 정도 돌아간 후에 제가 봉한 편지를 드리면서 말했습니다.

"이후부터는 다시 뵐 수 없으니, 삼생(三生)의 인연과 백년의 약속이 오늘 저녁에 모두 끝났습니다. 만약 하늘이 정해준 인연이 아직 끊어지지 않았다면 마땅히 저승에서나 서로 만나볼 수 있을 것입니다."

156

진사는 편지를 품속에 넣고 우두커니 서서 묵묵히 바라보다가 가슴을 두드리고 눈물을 흘리면서 나갔습니다. 자란은 저희들이 불쌍하여 차마 보지 못하고 기둥에 몸을 숨긴 채 눈물을 흩뿌리며 서 있었습니다. 진사가 집으로 돌아가 편지를 뜯어보니, 그 글에 일렀습니다.

"박명한 첩 운영은 낭군께 재배하고 사룁니다. 저는 변변치 못한 자질로써 불행히도 낭군의 사랑을 받게 되었습니다. 그 이후 우리는 얼마나 서로를 그리워하고 갈망했습니까? 다행스럽게도 하룻밤의 즐거움을 이룰 수는 있었으나, 바다처럼 깊은 우리의 사랑은 미진하기만 합니다. 인간세상의 좋은 일을 조물(造物)이 시기한 탓으로 궁인들이 알고 주군이 의심하게 되어 마침내 재앙이 눈앞에 닥쳤으니, 죽은 뒤에나 이 재앙이 그칠 것입니다. 엎드려 바라건대, 낭군께서는 이별한 후에 비천한 저를 가슴속에 새겨 근심하지 마시고, 더욱 학업에 힘써 과거에 급제한 뒤 높은 벼슬길에 올라 후세에 이름을 드날리고 부모님을 현달케 하십시오. 제 의복과 재물은 다 팔아 부처께 공양하시고, 갖가지로 기도하고 지성으로 소원을 빌어 삼생의 연분을 후세에 다시 잇도록 해주십시오. 그렇게만 해주신다면 더없이 좋겠나이다! 좋겠나이다!"

진사는 편지를 다 읽지도 못하고 기절하여 땅에 쓰러졌는데, 집안 사람들이 급히 구하여 겨우 깨어났습니다. 이때 특이 밖에서 들어와 말했습니다.
"궁인이 뭐라고 대답했기에 이렇듯이 죽으려 하십니까?"
진사는 다른 말은 하지 않고, 오로지 일렀습니다.
"너는 재물을 잘 지키고 있겠지? 내가 장차 그것을 다 팔아서 부처께 지성으로 발원하여 오래 된 약속을 실천하리라."
특은 집으로 돌아가 혼잣말로 일렀습니다.
"궁녀가 나오지 못했으니, 그 재물은 하늘이 나에게 준 것이로다."

특은 벽을 향해 남 몰래 웃음을 지었으나, 다른 사람이 그것을 알 리가 없었습니다.

하루는 특이 자기 옷을 스스로 찢고 자기 코를 스스로 때려, 흐르는 피를 온 몸에 흠뻑 바르고 머리를 풀어 헤친 채 맨발로 달려 들어와 뜰에 엎드려 울면서 말했습니다.

"제가 강도에게 습격을 당했습니다."

특은 더 이상 말을 하지 않고 기절한 척했습니다. 진사는 특이 죽으면 재물을 묻은 곳을 알 수 없게 될까 염려되어, 친히 약물(藥物)을 입에 흘려 넣는 등 온갖 방법을 다 써서 특을 살려내고, 술과 고기를 마련해서 먹이었습니다. 그러자 특이 10여 일만에 일어나 말했습니다.

"혈혈단신(孑孑單身) 혼자 몸으로 산 속에서 지키고 있는데 수많은 도적들이 갑자기 들이닥쳤습니다. 형세가 장차 박살날 것 같아 죽을 힘을 다하여 달아나 겨우 남은 목숨을 보존하게 되었습니다. 만약 이 보물이 아니었다면 제가 어떻게 이와 같은 위험에 처했겠습니까? 타고난 운명이 이처럼 험악한데, 어찌 빨리 죽지 않는고!"

말을 마친 특은 발로 땅을 차고 주먹으로 가슴을 치면서 통곡했습니다. 진사는 부모님이 알까 두려워서 따뜻한 말로 위로하여 돌려보냈습니다. 뒤늦게 진사는 특의 소행을 알고 노비 10여 명을 거느리고 가서 불시에 특의 집을 포위하고 수색을 했습니다. 그러나 단지 금비녀 한 쌍과 운남 거울 하나만을 찾아낼 수 있었습니다. 이 물건을 장물(臟物)로 삼아 관가에 고발하여 나머지 물건들도 찾고 싶었으나, 일이 누설될까 두려워 고발하지 못했습니다. 진사는 이 재물이 없으면 불공을 드릴 수가 없었기 때문에 마음속으로는 특을 죽이고 싶었으나, 힘으로 제어할 수가 없어 애써 침묵을 지키고 있었습니다.

특은 자기 죄를 알고 궁궐 담장 아래에 사는 맹인(盲人)에게 가서 물었습니다.

"내가 며칠 전 새벽에 이 궁궐 담장 밖을 지나가고 있는데, 어떤 사람이 궁궐 안에서 서쪽 담을 넘어 나왔소. 그가 도적인 것을 알고 소리를 지르며 쫓아갔는데, 그 사람은 가졌던 물건을 버리고 달아났소. 나는 그 물건을 가지고 집으로 돌아와 보관하고 있으면서 물건 주인이 와서 찾아가기를 기다렸소. 그런데 우리 주인은 본래 염치가 없어서 내가 물건을 얻었다는 소문을 듣고 몸소 내 집에 와서 그 물건들을 찾았소. 내가 다른 보물은 없고 단지 비녀와 거울 두 가지만 있다고 대답하자, 주인은 몸소 수색을 해서 과연 그 두 물건을 찾아내었소. 주인은 그것도 부족해서 바야흐로 나를 죽이려고 하오. 그래서 내가 달아나려고 하는데, 달아나면 길(吉)하겠소?"

맹인이 말했습니다.

"길하다."

그때 맹인의 이웃이 옆에 있다가 그 이야기를 다 듣고는 특에게 말했습니다.

"너의 주인은 어떠한 사람인데, 이처럼 노비에게 포악하게 구느냐?"

특이 말했습니다.

"우리 주인은 나이는 어리나 문장에 능해서 조만간 틀림없이 급제할 사람입니다. 그런데 이처럼 탐욕스러우니, 훗날 벼슬길에 올라 조정(朝廷)에 섰을 때 그의 마음 씀씀이가 어떠할 지 알 수 있을 것입니다."

이 말이 전파되어 궁중으로 들어가 대군에게 알려지게 되었습니다. 대군은 크게 화가 나서 남궁 사람들에게 서궁을 수색하게 하니, 제 의복과 보화가 하나도 없었습니다. 대군은 서궁의 시녀 다섯 사람을 붙잡아 뜰 가운데 세우고, 눈앞에 형장(刑杖)을 엄히 갖춘 다음 명령을 내려 말했습니다.

"이 다섯 사람을 죽여서 다른 사람들을 경계하라."

대군은 또 곤장을 잡은 사람에게 지시하여 말했습니다.

"곤장 수를 헤아리지 말고 죽을 때까지 때려라."

이에 우리 다섯 사람이 말했습니다.

"한 마디 말만 하고 죽기를 원합니다."

대군이 말했습니다.

"무슨 말이던지 그간의 사정을 다 털어놓도록 해라."

은섬이 말했습니다.

"남녀의 정욕은 음양의 이치에서 나온 것으로 귀하고 천한 것의 구별이 없이 사람이라면 모두 다 갖고 있는 것입니다. 그런데 저희는 한 번 깊은 궁궐에 갇힌 이후 그림자를 벗하며 외롭게 지내왔습니다. 그래서 꽃을 보면 눈물이 앞을 가리고, 달을 대하면 넋이 사라지는 듯하였습니다. 저희들이 매화 열매를 꾀꼬리에게 던져 쌍쌍이 날지 못하게 하고, 주렴으로 막을 쳐서 제비 두 마리가 같은 둥지에 깃들지 못하게 하는 것도 다름이 아닙니다. 저희 스스로 쌍쌍이 노니는 꾀꼬리와 제비를 부러워하고 질투하는 마음을 견딜 수 없었기 때문입니다. 한 번 궁궐의 담을 넘으면 인간세상의 즐거움을 알 수 있습니다. 그럼에도 저희가 궁궐의 담을 넘지 않는 것은 어찌 힘이 부족하며 마음이 차마 하지 못해서 그러하겠습니까? 저희들이 이 궁중에서 꾀할 수 있는 일은 오로지 주군의 위엄이 두려워 이 마음을 굳게 지키다가 말라죽는 길뿐입니다. 그런데도 주군께서는 이제 죄 없는 저희들을 사지(死地)로 보내려 하시니, 저희들은 황천(黃泉) 아래서 죽더라도 눈을 감지 못할 것입니다."

비취가 초사(招辭)를 올려 말했습니다.

"주군께서 보살펴 주신 은혜는 산보다 높고 바다보다도 깊습니다. 저희들은 감격스러움과 두려움에 오로지 글짓기와 거문고 연주만을 일삼고 있을 따름입니다. 이제 씻지 못할 악명이 두루 서궁에까지 이르렀으니, 사는 것이 죽는 것보다 못하게 되었습니다. 오로지 엎드려 바라건대, 사지에 빨리 나가고 싶을 뿐입니다."

자란이 초사를 올려 말했습니다.

"오늘의 일은 죄가 헤아릴 수 없을 정도로 크니, 마음속에 품은 생각을 어떻게 차마 속이겠습니까? 저희들은 모두 항간(巷間)의 천한 여자

로 아버지가 대순115)도 아니며 어머니는 이비116)도 아닙니다. 그러니 남
녀의 정욕이 어찌 유독 저희들에게만 없겠습니까? 천자인 목왕도 매번
요대의 즐거움을 생각했고,117) 영웅인 항우118)도 휘장 속에서 눈물을 금
하지 못했는데,119) 주군께서는 어찌 운영만이 유독 운우지정(雲雨之情)
이 없다 하십니까? 김생은 곧 우리 세대에서 가장 단아한 선비입니다.
그를 내당(內堂)으로 끌어들인 것은 주군의 일이었으며, 운영에게 벼루
를 받들라 한 것은 주군의 명이었습니다. 운영은 오래도록 깊은 궁궐에
갇히어 가을달과 봄꽃에 매번 성정(性情)을 잃었고, 오동잎에 떨어지는
밤비에는 애가 끊는 듯 고통스러워했습니다. 그러다가 호남(豪男)을 한
번 보고서 심성(心性)을 잃어버렸으며, 마침내 병이 골수에 사무쳐 비록
불사약이나 월인120)의 재주라 할지라도 효험을 보기 어렵게 되었습니다.
운영이 하루 저녁에 아침 이슬처럼 스러진다면, 주군께서 비록 측은한
마음을 두시더라도 돌이켜보건대 어떤 이익이 있겠습니까? 저의 어리석
은 생각으로는, 김생으로 하여금 운영을 만나게 하여 두 사람에게 맺힌
원한을 풀어주신다면, 주군의 적선(積善)이 이보다 큰 것이 없을 것입니
다. 지난날 운영이 훼절(毁節)한 것은 죄가 저에게 있지 운영에게 있지
않습니다. 저의 이 한마디 말은 위로는 주군을 속이지 않고 아래로는

---

115) 대순(大舜) : 순(舜)임금. 요(堯)임금의 선양을 받은 고대의 성군(聖君).
116) 이비(二妃) : 순(舜)임금의 두 비(妃)인 아황(娥皇)과 여영(女英). <위경천전>의
    각주 15 참조.
117) 사요대지락(思瑤臺之樂) : 주(周)나라 목왕(穆王)이 요대(瑤臺)에서 서왕모(西王
    母)를 만나 함께 노니느라고 돌아오기를 잊었다고 함.
118) 항우(項羽) : 진(秦)나라 말기의 하상(下相) 사람. 이름은 적(籍). 진나라 말에 진
    승(陳勝)과 오광(吳廣)이 거병(擧兵)하자, 숙부(叔父)인 양(梁)과 오중(吳中)에서
    병사를 일으켜 진나라 군대를 격파하고 스스로 서초(西楚)의 패왕(霸王)이라 일
    컬음. 한고조(漢高祖)와 천하(天下)를 다투다가 해하(垓下)에서 패사(敗死)하였음.
119) 불금장중지루(不禁帳中之淚) : 항우(項羽)가 해하(垓下)에서 한(漢)나라 군사들에
    게 포위되었을 때, <해하가(垓下歌)>를 지어 우미인(虞美人)과 함께 부르면서
    눈물을 흘렸다고 함.
120) 월인(越人) : 춘추시대(春秋時代)의 명의(名醫)인 편작(扁鵲)의 이름.

동료를 저버리지 않았으니, 오늘의 제 죽음 또한 영광스러울 것입니다. 엎드려 바라건대, 주군께서는 제 몸으로써 운영의 목숨을 잇게 해주십시오."

옥녀가 초사를 올려 말했습니다.

"서궁의 영광을 제가 이미 함께 했는데, 서궁의 재난을 저만 홀로 면하겠습니까? 곤강[121]에 불이 나서 옥석구분[122]하였으니, 오늘의 죽음은 제가 마땅히 죽을 곳을 얻은 것입니다."

제가 초사를 올려 말했습니다.

"주군의 은혜는 산과 같고 바다와 같습니다. 그런데도 능히 정절을 고수(苦守)하지 못한 것이 저의 첫 번째 죄입니다. 지난날 제가 지은 시가 주군께 의심을 받게 되었는데도 끝내 사실대로 아뢰지 못한 것이 저의 두 번째 죄입니다. 죄 없는 서궁 사람들이 저 때문에 함께 죄를 입게 된 것이 저의 세 번째 죄입니다. 이처럼 세 가지 큰 죄를 짓고서 무슨 면목으로 살겠습니까? 만약 죽음을 늦춰 주실 지라도 저는 마땅히 자결할 것입니다. 처분만 기다립니다."

대군은 우리들의 초사를 다 보고 나서, 또다시 자란의 초사를 펼쳐 놓고 보더니 점차 노기(怒氣)가 풀리었습니다.

이때 소옥이 무릎을 꿇고 울면서 아뢰었습니다.

"지난날 완사를 성내(城內)에서 하지 말자고 한 것은 제 의견이있습니다. 자란이 밤에 남궁에 와서 매우 간절하게 요청하기에, 제가 그 마음을 불쌍히 여겨 여러 사람의 의견을 배척하고 따랐던 것입니다. 그러니 운영의 훼절(毁節)은 죄가 제 몸에 있지 운영에게 있지 않습니다. 엎드려 바라건대, 주군께서는 제 몸으로써 운영의 목숨을 이어 주십시오."

121) 곤강(崑崗) : 중국 서장(西藏)에 있는 곤륜산(崑崙山). 이곳에서 아름다운 구슬이 많이 나왔다고 함.
122) 옥석구분(玉石俱焚) : 옥과 돌이 함께 탄다는 뜻으로, 곧 좋은 사람이나 나쁜 사람이나 같이 재액(災厄)을 당함을 이름.

대군의 분노가 점차 풀어져서 저를 별당에 가두고, 그 나머지 사람은 모두 풀어주었습니다. 그날 밤 저는 비단 수건에 목을 메어 자결하였습니다.

진사가 붓을 들고 운영이 옛 일을 술회한 대로 기록하니, 그 내용이 매우 상세하였다. 두 사람은 서로 마주 보면서 슬픔을 억제하지 못하였다. 한참 후 운영이 진사에게 말했다.
"이 이하는 낭군께서 말씀하십시오."
이에 진사가 운영의 뒤를 이어서 이야기를 시작했다.

운영이 자결한 이후 궁중 사람들 가운데 어머니를 잃은 것처럼 통곡하지 않은 사람이 없었습니다. 통곡 소리가 궁문 밖까지 들렸으며, 저역시 그 소리를 듣고 오랫동안 기절하고 말았습니다. 집안 사람들이 장차 초혼123)과 발상124)을 하면서, 한편으로는 살리고자 애를 써서 저는 날이 저문 뒤에야 겨우 깨어났습니다. 바야흐로 정신을 차리고 나서야 이미 모든 일이 끝난 것을 알게 되었습니다. 그러나 부처께 공양을 드리기로 한 약속을 저버릴 수는 없었습니다. 저는 저승에 있는 혼백이나 위로하고자 운영이 남긴 금비녀와 거울, 그리고 나의 문방제구(文房諸具)를 다 팔아서 쌀 40석을 마련했습니다. 이것으로 청량사125)에 올라가 불공(佛供)을 드리려고 했는데 마땅히 믿고 부릴 만한 하인이 없었습니다. 그래서 특을 불러 말했습니다.
"내가 지난날의 죄를 다 용서할 테니, 이제 나를 위해 충성을 다 하겠느냐?"
특이 엎드려 울면서 대답했습니다.

---

123) 초혼(招魂) : 죽은 사람의 혼을 제사지내어 위로함.
124) 발상(發喪) : 초상(初喪)난 것을 발표함.
125) 청령사(淸寧寺) : 미상.

"제가 비록 사리(事理)에 어둡고 둔하지만 또한 목석(木石)은 아닙니다. 제 한 몸이 지은 죄는 머리털을 다 뽑아도 헤아리기 어려울 정도로 많은데, 이제 용서를 해주셨습니다. 이는 썩은 나무에서 잎이 나고 백골(白骨)에서 살이 돋는 것과 같습니다. 이러한 제가 어떻게 감히 진사를 위해 목숨을 바치지 아니하겠습니까?"

제가 말했습니다.

"내가 운영을 위해 제물을 갖추고 부처님께 공양을 드려 소원을 빌고자 하는데, 믿고 맡길 사람이 없다. 네가 가지 않겠느냐?"

특이 말했습니다.

"삼가 교시(敎示)를 받들겠습니다."

특은 즉시 절로 올라가 삼일 동안 볼기를 두드리며 누워 있다가 스님을 불러 말했습니다.

"40석이나 되는 쌀을 어떻게 모두 불공을 드리는데 쓸 수 있겠느냐? 이제 술과 고기를 많이 마련해 널리 속객(俗客)들을 불러들여 대접하는 것이 마땅하리라."

때마침 어떤 시골 아낙네가 지나가고 있었는데, 특이 강제로 겁탈하고 함께 승당(僧堂)에 들어가 유숙(留宿)했습니다. 그리고 이미 수십 일이 지났는데도 재를 베풀 뜻을 보이지 않자 절의 스님들이 모두 분개하였습니다. 건초일[126] 되어서 여러 스님들이 특에게 말했습니다.

"불공을 드리는 일은 시수(施主)가 중요합니다. 시주가 이처럼 불결하면 불공을 제대로 드리기 어려우니, 맑은 냇물에서 목욕하여 몸을 깨끗이 한 후에 예(禮)를 행하는 것이 좋겠습니다."

특이 어쩔 수 없이 나아가 물로 대충 몸을 씻고 들어와 불전(佛前)에 무릎을 꿇고 빌었습니다.

"진사는 오늘 빨리 죽고, 운영은 내일 다시 살아나서 특의 배필이 되

---

126) 건초일(建醮日) : 술을 차려 놓고 신(神)이나 부처에게 제사를 올리는 날.

게 해주십시오.”

특이 3일간 밤낮으로 발원(發願)한 말은 오로지 이것뿐이었습니다. 그러고서도 특은 돌아와서 저에게 말했습니다.

“운영 각시가 반드시 살아날 방도를 얻을 것입니다. 재를 베풀던 날 밤에 제 꿈에 나타나, ‘지성으로 불공을 드려주시니 감사함을 견디기 어렵습니다.’라고 말하더니, 절하며 울었습니다. 절 스님들의 꿈에도 모두 그러했답니다.”

저는 그 말을 믿었습니다.

때마침 괴황지절[127]이 되었습니다. 저는 비록 과거를 볼 생각은 없었으나 공부를 빙자하고 청량사로 올라갔습니다. 그곳에 며칠 머물면서 특이 행한 일을 자세히 듣고 그 분함을 이길 수가 없었습니다. 그러나 또 특을 어떻게 할 수도 없었습니다. 저는 목욕재계(沐浴齋戒)하고 불전에 나아가 백배(百拜)한 뒤, 머리를 조아려 향불을 올리고 합장하여 빌었습니다.

“운영이 죽을 때 했던 약속을 불쌍해서 차마 저버릴 수가 없어 특이라는 노비에게 지성으로 재를 베풀어 명복(冥福)을 빌게 하였습니다. 그런데 오늘 특이 기도했다는 말을 들으니 패악(悖惡)하기 그지없어, 운영이 남긴 소원은 모두 허사로 돌아갔습니다. 그래서 제가 감히 다시 축원하옵니다. 세존(世尊)이시여! 운영이 다시 살아나 제 배필이 되게 해주시어, 운영과 저로 하여금 후세에서는 이러한 원통함을 면하게 해주십시오. 세존이시여! 노비 특을 죽이고 쇠로 된 칼을 씌워 지옥에 가두십시오. 세존이시여! 진실로 이 같은 소원을 들어주시면 운영은 비구니가 되어 열 손가락을 사르고 20층 금탑(金塔)을 지을 것이며, 저는 중이 되어 오계[128]를 지키고 큰 사찰 3개를 창건하여 그 은혜에 보답하겠습

---

127) 괴황지절(槐黃之節) : 과거(科擧)를 볼 시절. 보통 과거시험을 홰나무 꽃이 누렇게 물드는 음력 7월 경에 치른 데서 비롯함.
128) 오계(五戒) : 불교(佛敎)에서 지키는 다섯 가지 계율(戒律). 곧 불살생(不殺生) ·

니다."

저는 빌기를 마치고 일어나 백배한 뒤 머리를 조아리고 나왔습니다. 그런 지 7일만에 특은 함정에 빠져서 죽었습니다. 이때부터 저는 세상 일에 뜻이 없어 목욕재계하고 새 옷으로 갈아입은 뒤 조용한 방에 누웠습니다. 4일 동안 아무 것도 먹지 않고 지내다가 한 번 길게 탄식을 하고 마침내 일어나지 못했습니다.

김진사는 쓰기를 마치고 붓을 던졌다. 그리고 나서 두 사람은 서로 마주 보고 슬픈 울음을 억제하지 못하였다. 이에 유영이 위로하여 말했다.

"두 사람이 다시 만나서 바라던 뜻이 이루어졌으며, 원수인 노비도 이미 제거되어 분통함도 씻었습니다. 그런데 어찌하여 이렇듯 비통함을 그치지 아니하십니까? 인간 세상에 다시 태어나지 못함을 한탄하는 것입니까?"

김생이 눈물을 흘리며 사례하여 말했다.

"우리 두 사람 다 원한을 품고 죽었습니다. 명사[129]는 죄 없이 죽은 우리를 불쌍히 여겨 인간 세상에 다시 태어나게 하려고 했습니다. 그러나 지하의 즐거움도 인간 세상보다 덜하지 않는데, 하물며 천상의 즐거움이야 어떻겠습니까? 그래서 세상에 나가는 것을 원하지 않습니다. 다만 오늘 저녁에 우리가 슬퍼하는 것은 대군이 한 번 패배한 이후로 고궁(古宮)에는 주인이 없으며, 까마귀와 참새가 슬피 울고 인적이 이르지 않아 슬픔이 극에 달한 때문입니다. 게다가 새로 병화(兵火)를 격은 뒤에 화려했던 집들은 재가 되고 회칠한 담장은 모두 무너졌는데, 오로지 섬돌의 꽃은 향기롭고 뜰의 풀들만 무성합니다. 이렇듯 봄빛은 옛날의 정경을 바꾸지 않았으나 인사(人事)는 변하여 이처럼 바뀌었습니다. 다

불투도(不偸盜)·불사음(不邪淫)·불망어(不妄語)·불음주(不飮酒).
129) 명사(冥司) : 저승의 관리.

시 이곳에 와서 옛일을 회상하니, 어찌 슬프지 아니하겠습니까?"

유영이 말했다.

"그렇다면 당신들은 모두 천상의 사람이 되었습니까?"

김생이 말했다.

"우리 두 사람은 본래 천상의 선인(仙人)으로 오래도록 옥황상제를 모시고 있었습니다. 그러던 어느 날 옥황께서 태청(太淸宮)에 납시어 나에게 옥원130)의 과실을 따오라고 명하셨습니다. 저는 반도와 보배를 많이 따서 사사로이 운영에게 주었다가 발각되었습니다. 그래서 옥황께서 속세에 적강시켜 인간 세상의 괴로움을 두루 겪게 했던 것입니다. 이제는 옥황께서 이미 전날의 잘못을 용서하고 삼청궁(三淸宮)에 올라 다시 향안전(香案前)을 모시도록 하셨는데, 잠시 틈을 내어 폭풍 수레를 타고 옛날에 노닐던 속세를 다시 찾은 것뿐입니다."

이어서 김생은 눈물을 흩뿌리더니 유영의 손을 잡고 말했다.

"바닷물이 마르고 돌이 녹아 없어져도 이 마음은 없어지지 않으며, 땅이 늙고 하늘이 무너져도 이 한은 삭이기 어렵습니다. 오늘 저녁에 그대와 서로 만나서 이렇듯 진솔한 마음을 털어놓은 일이 전생의 인연이 없었다면 어떻게 가능했겠습니까? 엎드려 바라건대, 존경하는 그대가 이 글을 거두어 세상에 전하여 없어지지 않게 하되, 경박한 사람들의 입에 함부로 전해져 노리갯감으로 삼지 않게 해주십시오. 그래 주신다면 더 바랄 것이 없습니다."

진사는 술에 취해 운영에게 몸을 기댄 채 절구 한 수 읊었다.

꽃이 진 궁중에 제비와 참새가 나니,
봄빛은 여전하나 주인은 아니로다.
밤하늘의 달빛은 이렇듯 서늘한데,

---

130) 옥원(玉園) : 천상(天上)에 있다는 아름다운 동산.

푸른 이슬은 푸른 깃털 옷을 적시지 못하네.

花落宮中燕雀飛, 春光依舊主人非.
中宵月色凉如許, 碧露未沾翠羽衣.

운영이 이어서 읊었다.

고궁의 꽃과 버들은 새로이 봄빛을 띠었는데,
호화롭던 오랜 옛일 자꾸만 꿈속에 드네.
오늘 저녁 옛 자취를 찾아와 노니,
슬픈 눈물이 절로 수건 적심을 금하지 못하네.

故宮花柳帶新春, 千載豪華入夢頻.
今夕來遊尋舊跡, 不禁哀淚自沾巾.

유영도 술에 취해서 잠깐 잠이 들었다. 잠시 후 산새 우는 소리에 깨어나 보니, 구름과 연기가 땅에 가득하고 새벽빛이 어슴푸레하게 비치었다. 사방을 돌아보아도 사람은 없고, 단지 김생이 기록한 책자(冊子)만 있을 뿐이었다. 유영은 쓸쓸하고 무료하여 책자를 소매 속에 넣고 집으로 돌아와 대나무 상자 속에 숨겨두었다. 하루는 그 책을 펼쳐 보고 망연자실(茫然自失)하여 침식을 모두 그만두었다. 그 뒤 유영은 명산(名山)을 두루 돌아다녔으나, 그가 생(生)을 마친 곳은 알 수 없다고 한다.

상사동기(想思洞記)

　　홍치[1] 년간에 성균관[2] 진사인 김생(金生)이라는 사람이 있었는데, 그의 이름이 무엇인지는 잊어버렸다. 그는 용모가 준수하고 아름다웠으며 인품이 매우 뛰어났다. 또 글을 잘 지었을 뿐만 아니라 농담도 잘하였으니, 참으로 이 세상에서 보기 어려운 기이한 남자라 할 만했다. 그래서 마을 사람들이 그를 풍류랑(風流郎)이라 일컬었다. 약관의 나이에 진사 제1과에 급제하여 이름이 서울에 널리 알려졌으며, 높은 벼슬아치와 지체 좋은 가문에서 재산의 많고 적음을 따지지 않고 그에게 사랑스런 딸을 시집보내려고 하였다.

　　하루는 반궁[3]에서 집으로 돌아오는 길에 말 위에서 멀리 바라보니, 주막의 파란 깃발이 푸른 버드나무와 붉은 살구나무 사이에서 은은히 비치었다. 김생은 봄날의 흥취에 젖어서 목이 마를 정도로 술 생각이 간절하였다. 그래서 마침내 흰모시 적삼을 전당잡히고 진주 빛이 나는 홍주(紅酒)를 사서 꽃무늬가 그려진 자기(磁器) 술잔에 따라 마셨다. 술에 취해서 술집 누각 위에 누워 있는데, 꽃향기가 옷에 스미고 대나무

----

1) 홍치(弘治) : 명(明)나라 효종(孝宗)의 연호(재위 ; 1488~1505).
2) 성균관(成均館) : 고려·조선조 때 유교의 교육을 맡아보던 관청. 국학(國學)·국자감(國子監)으로 불리던 것을 고려 충렬왕(忠烈王) 30(1304)년에 이 이름으로 고쳐 조선조까지 계승된 최고의 교육기관임.
3) 반궁(泮宮) : 주대(周代)에 제후의 도읍(都邑)에 설립한 대학으로, 동서의 문 남쪽이 물로 둘러싸여 있었음. 여기서는 성균관을 일컬음.

이슬이 얼굴을 적셨다.

잠시 후에 석양이 산마루에 가로 걸치고 새들이 숲 속으로 날아들자, 하인이 집으로 돌아가자고 재촉하였다. 김생은 일어나 말을 타고 채찍을 휘두르며 길에 오르니, 백사장이 원근에 펼쳐져 있고 가느다란 버드나무 가지가 냇가에 드리워져 너울거렸다. 노닐던 사람들도 점차 집으로 돌아가 길거리에는 거의 사람이 없었다. 김생은 흥에 겨워 낮게 시를 읊조려 마침내 절구 한 수를 지었다.

> 동쪽 두렁에 꽃과 버드나무 보이는데,
> 자류마4)는 교만스레 가려하지 않네.
> 아름다운 님은 어느 곳에 있는가?
> 복사꽃 흐드러지니 님 그리는 마음 끝이 없네.

> 東陌看花柳, 紫騮驕不行.
> 何處玉人在? 桃花無限情.

김생이 읊기를 마치고 취한 눈을 반쯤 들어올리는 순간 한 미인이 눈에 띄었다. 나이는 겨우 열 여섯 살 정도 되었는데, 사뿐사뿐 걷는 고운 발걸음에 길가의 먼지마저 일지 않았다. 허리와 팔다리는 가냘프고 어여뻤으며, 몸매가 매우 아름다웠다. 그 미인은 가다가 멈추는가 하면, 동쪽으로 향하다가 서쪽으로 걷기도 하고, 기와조각을 주워 꾀꼬리를 희롱하는가 했더니, 버드나무 가지를 붙잡고 우두커니 서서 석양을 바라보았다. 그러다가 옥비녀를 풀어 윤이 나는 검은 머릿결을 가볍게 흔들자, 푸른 소매는 봄바람에 나부끼고 붉은 치마는 맑은 냇가에 어리어 반짝였다.

---

4) 자류마(紫騮馬) : 털이 밤빛인 말.

김생은 그녀를 바라보고 있다가 마음이 크게 흔들리어 스스로를 억제할 수가 없었다. 말채찍을 재촉해 달려가 곁눈으로 흘끗흘끗 바라보니, 고운 치아와 아름다운 얼굴이 참으로 국색5)이었다. 김생은 말을 빙빙 돌려 그 주위를 맴돌면서 때로는 앞서기도 하고 때로는 뒤를 좇으면서 정신을 가다듬고 그녀를 주시하였다. 그는 끝까지 그녀를 놓쳐서는 안 된다고 생각했다. 여자도 김생이 감정을 억제치 못함을 알아채고, 부끄러운 나머지 눈썹을 내리깐 채 감히 바라보지를 못했다. 여자가 점점 멀리 나아가자, 김생도 계속 그 뒤를 좇아갔다. 그녀가 마지막으로 도착한 곳까지 따라가 보니, 그녀는 마침내 상사동6) 길가에 있는 몇 칸 짜리 작은 집 안으로 들어갔다.

김생은 어쩔 줄 몰라 그 주변을 서성거리다가 우두커니 섰는데, 마음이 쓸쓸하고 처량해 견딜 수가 없었다. 그러나 날은 이미 저물어 있었다. 그는 어떻게 해볼 도리가 없다는 것을 깨닫고 원통한 마음으로 되돌아 왔으나, 멍하니 정신을 잃고 술에 취하거나 바보가 된 듯하였다. 깊은 밤이 되어 머리를 베개에 얹었으나 잠자리는 불편하기만 했다. 밥상머리에 앉아도 먹을 생각이 나지 않았으며, 먹더라도 음식이 목으로 넘어가지를 않았다. 그러다 보니 몸은 고목(古木)처럼 초췌해지고, 안색은 다 타버린 재처럼 참담해졌다. 김생이 남 몰래 홀로 근심하고 묵묵히 말을 하지 않으니, 비록 집안 사람이나 부모라도 그 까닭을 알지 못했다.

이렇게 10여 일이 지날 즘에 막동(莫同)이라는 하인이 틈을 내어 찾아뵙고, 눈물을 흘리면서 물었다.

---

5) 국색(國色) : 경국지색(傾國之色)의 준말. 임금이 가까이 하면 홀딱 반하여 나라를 뒤집어 엎을 만큼 절세의 미인이라는 뜻으로, 한 나라 안에서 첫째 가는 미인을 일컬음.

6) 상사동(想思洞) : 서울 종묘(宗廟) 동쪽에 있던 마을. 이 동네는 본래 골목이 좁았는데, 내사복시(內司僕寺)에서 기르는 상사마(想思馬)가 암내를 맡고 뛰면 이 골목으로 몰아넣고 붙잡은 데서 유래.

"도련님께서는 평소에 호방하여 농담을 잘하시고, 기상이 탁월하여 얽매이는 데가 없으셨습니다. 그런데 지금 무슨 근심이 있는 것처럼 쓸쓸해 보입니다. 무엇 때문에 이렇듯 초췌할 정도로 근심을 하십니까? 생각하는 것이 있어서 그러하신 것 아닙니까?"

김생은 막동의 말을 듣고 처연히 느끼어 깨달은 바가 있어서 막동에게 모든 것을 사실대로 다 이야기하였다. 막동이 속으로 한참 생각한 뒤에 말했다.

"제가 도련님을 위하여 작은 꾀를 하나 청해 올릴 테니, 도련님께서는 애태우지 마십시오."

김생이 말했다.

"그러면 장차 내가 어떻게 하면 되겠느냐?"

막동이 말했다.

"도련님께서 급히 좋은 술과 훌륭한 안주를 구하시어 그것들을 매우 사치스럽게 꾸미십시오. 그리고 곧바로 그 미인이 들어갔던 집으로 가서 마치 손님을 전송하려고 온 사람처럼 행세하십시오. 방 한 칸을 빌려서 잔치 자리를 마련해 놓고 저를 불러 손님을 청해 오게 하시면, 제가 명을 받들고 갔다가 조금 뒤에 돌아와, '오시겠답니다! 오시겠답니다!'라고 대답하겠습니다. 도련님께서 또 명령하시어 다시 손님을 청해 오게 하시면, 제가 또 명을 받들고 갔다가 날이 저문 뒤에 돌아와, '오늘은 전송해 주는 사람이 많아서 술에 취해 올 수가 없고, 내일은 꼭 오시겠답니다.'라고 말하겠습니다. 이때 도련님께서 주인을 불러내 앉히시고, 준비해 간 술과 안주로 주인과 함께 취할 때까지 마시십시오. 그리고 나서 주인의 안색을 살피지 말고 물러나 오십시오. 다음 날도 또 그렇게 하시고, 그 다음날도 역시 그 집에 가서 그와 같이 하십시오. 그러면 처음에는 주인이 고맙게 여기고, 두 번째는 은혜에 감격할 것이며, 세 번째는 필히 의심하게 될 것입니다. 고맙게 여기면 보답할 것을 생각하고, 은혜에 감격하면 죽어서라도 그 은혜를 갚을 것을 생각하며, 의심을 품으면 반드시 그 까닭을 묻게 될 것입니다. 이때 도련님께서 흉금(胸襟)을 털어놓아 주인의 의심을 풀어주신다면, 도련님의 뜻을 거의 이룰 수 있을 것입니다.”

김생은 충분히 그럴 것이라고 생각하여, 활짝 웃으면서 말했다.

“나의 일이 잘 될 것 같구나.”

김생은 그 계획대로 즉시 안주와 술을 갖추어 곧바로 그 집으로 가서 전송을 위한 자리를 마련하였다. 그리고 노비도 손님을 맞이하기 위해 왔다갔다하는 등 모든 것을 하인의 말대로 실행하였다. 노비가 갔다가 되돌아오거나, 김생이 재삼 명령하는 것도 한결같이 약속대로 하였다. 그러다가 김생은 거짓으로 꾸짖어 말했다.

“안타깝구나! 그 사람이 이렇듯이 좋은 기약을 그르치는구나. 비록 그러나 봄에 담근 좋은 술을 가지고 왔으니 헛되이 돌아갈 수는 없다. 여기서 주인을 위해 산가지를 세면서 술 한 잔 마시는 것도 나쁜 일은 아니리라.”

곧이어 주인을 불러 나오게 하니, 칠순(七旬)의 노파가 나와 뵈었다. 이에 김생이 위로하며 말했다.

“할머니는 편히 앉으시구려. 마침 전송할 손님이 있어 이곳에 와 머물게 되었던 것인데, 할머니가 기꺼이 맞아주었소. 할머니의 호의에 깊이 감사드리오”

김생은 즉시 막동을 불러서 술과 안주를 내오게 하여 평소 친구와 마시듯이 노파와 함께 술잔을 주고받았다. 그러나 그는 한 마디 말도 하지 않고 물러 나왔다.

김생이 집으로 돌아와 홀로 생각해 보니, 전에 보았던 처녀가 실로 이 노파의 딸인지 아닌지를 알 수가 없었다. 김생은 이러한 근심과 고민 때문에 마치 죽을 것만 같았다. 그러나 그 노파가 깊이 감격하기를 바라고, 또 노파 스스로 의심을 품게 되기를 기다렸다가 속마음을 털어놓으리라 생각하며 마음을 다졌다.

　김생은 다음날도 게으름을 피지 않고 노파의 집으로 갔다. 이와 같이
하기를 두세 번 하니, 노파가 과연 스스로 의심을 품고 정색을 한 채
자리를 고쳐 앉으며 말했다.

　"늙은 이 몸이 도련님께 그윽이 청할 것이 있습니다. 길가에 인가(人
家)가 빽빽하게 들어차서 마치 물고기의 비늘처럼 즐비합니다. 이 많은
집들 가운데 어느 집에선들 술자리를 마련하여 손님을 전송하지 못하
겠습니까? 그런데 유독 어찌하여 이렇게 작고 누추한 집으로 찾아 오셨
습니까? 게다가 도련님은 서울의 거족(巨族)이요 사림7)의 종장8)이며, 저
는 궁벽한 거리에 사는 과부요 띠 집에 사는 미천한 인생입니다. 우리
가 만나기 전에는 서로 꺼려할 만큼 귀천(貴賤)의 차이가 크고, 만난 뒤
에도 평생의 친분을 쌓을 수는 없습니다. 그런데도 제가 외람되게도 도
련님의 호의를 지극하게 받고 있습니다. 이 늙은이가 무엇 때문에 이러
한 은혜를 입는 것입니까? 참으로 그 까닭을 알 수가 없습니다."

　김생이 웃으면서 말했다.

　"나는 손님을 전송하기 위해 여기에 왔을 뿐, 특별히 다른 뜻은 없소
이다. 또 내가 할머니와 어울리는 것은 당연히 손님과 주인의 예에 따
른 것일 뿐이오."

　술을 다 마신 다음, 김생은 문득 자주 빛 저고리를 벗어 홑적삼에 둘
둘 말아 노파에게 던져 주면서 말했다.

　"매양 할머니 댁을 번거롭게 하고서도 갚을 길이 없었는데, 이것을
신물(信物)로 삼아 훗날 서로 잊지 않도록 합시다. 거절하지 않기를 바
라오."

　노파는 매우 감격스러워하면서도 다른 한편으로 더욱 의심을 하게
되었다. 그래서 즉시 자리에서 일어나 두 번 절하고 말했다.

　"도련님께서 이것까지 하사하시니 늙은이의 감격이 매우 큽니다. 생

---

7) 사림(士林) : 유교(儒敎)를 닦는 선비들.
8) 종장(宗匠) : 도덕(道德)과 학예(學藝)가 출중(出衆)한 사람.

각건대, 혹 이유가 있어서 그러하신 것 아닙니까? 정녕 이 늙은이는 홀몸이 되어 산 지 오래 되어 무릇 이웃 마을에 사는 사람들마저도 도와주지 않았습니다. 그런데 하물며 도련님께서 어찌하여 저를 돌보아 주시는 것입니까? 만약 저에게 바라는 것이 있다면 비록 죽음이라도 사양하지 않겠습니다."

김생은 웃으면서 대답을 하지 않고 있다가, 노파가 강경하게 요청한 뒤에야 빙그레 웃으면서 물었다.

"이 동네 이름을 무엇이라 하오?"

노파가 대답했다.

"상사동(想思洞)입니다."

김생이 말했다.

"내가 이 동네 이름 때문에 탈이 났습니다."

노파가 웃으면서 말했다.

"도련님께서 저에게 변구지임9)을 바라는 것이 아닙니까? 그러나 이 동네에는 아름답고 얌전한 숙녀가 없으니, 어떻게 이곳에서 위랑10)의 풍류를 즐길 수 있겠습니까?

김생은 노파의 마음 씀씀이가 고운 것을 보고, 그 처녀가 틀림없이 이곳에 없으리라 생각했다. 그래서 실망한 얼굴로 노파에게 말했다.

"제가 이미 할머니께 두터운 은혜를 입었으니, 어찌 사실대로 말하지 아니하리오? 모월(某月) 모일(某日) 모처(某處)에서 오다가 길가에서 젊은 낭자를 보았는데, 나이가 어려 보였소. 그 낭자는 비취 저고리에 붉은 치마를 입고 흰 비단 버선에 자주 빛 신발을 신었으며, 진주로 머리를 가늘게 따서 묶고 눈처럼 흰 옥가락지를 가늘고 예쁜 손가락에 끼우

---

9) 변구지임(邊嫗之任) : 변구(邊嫗): 『전등여화(剪燈餘話)』의 <가운화환혼기(賈雲華還魂記)>에 나오는 중매쟁이 노파의 이름.

10) 위랑(魏郎) : <가운화환혼지기(賈雲華還魂之記)>의 남주인공. <주생전>의 각주 31 참조

고서 홍화문11) 앞길에서 빙빙 돌아 나왔소 내가 어린 나이의 협기(俠氣)로 끓어오르는 춘정12)을 금하지 못하여 뒤를 밟아 좇아 왔는데, 그 낭자가 도착한 곳이 바로 할머니의 집이었소 이때부터 내 마음은 진흙처럼 그 낭자에게 흠뻑 빠져 오로지 그 낭자만을 생각하게 되었소 자나깨나 낭자의 밝은 눈동자와 하얀 치아가 보였으며, 아침저녁을 가리지 아니하고 심장이 끊어지는 듯한 고통 속에서 나날을 보내었소 할머니는 마른 고목 같은 내 얼굴을 볼 수 있을 것이오 무엇 때문에 내가 이렇게 되었겠소? 그래서 부득이 손님을 전송한답시고 할머니 댁을 번거롭게 한 것이오"

노파는 그 말을 듣고 김생의 마음을 매우 애처롭게 여겼으나, 그가 생각하는 사람이 누구인지를 알 수가 없었다. 노파는 한참을 곰곰이 생각하다가 확연하게 깨달아 말했다.

"그러한 아이가 있습니다. 그 아이는 내 죽은 언니의 딸로 이름은 영영(英英)이며, 자(字)는 난향(蘭香)입니다. 만약 도련님께서 생각하시는 아이가 그 아이라면, 참으로 어렵게 되었습니다! 어렵게 되었습니다!"

김생이 물었다.

"무엇 때문이오?"

노파가 대답했다.

"그 아이는 회산군13) 댁의 시녀입니다. 궁중에서 낳아 궁중에서 자랐으며, 궁궐 문 앞을 밟지 않은 지 오래 되었습니다. 자색(姿色)이 아름다운 것은 도련님께서 이미 보셨기 때문에 굳이 도련님께 말씀드릴 필요가 없을 줄로 압니다. 그 아이는 말이 곱고 마음씨가 온순하여 양반 집안의 처녀와 다를 바가 없습니다. 게다가 음률을 잘 알고 문자도 능히

---

11) 홍화문(弘化門) : 1396년(태조 5) 도성(都城)을 쌓을 때 세웠으며, 뒤에 혜화문(惠化門)으로 개칭함. 1930년 서울시가 확장되면서 문루(門樓)를 헐어버림.
12) 춘정(春情) : 남녀(男女)의 정욕(情慾).
13) 회산군(檜山君) : 미상.

해독할 수 있습니다. 그래서 나리께서 그 아이를 아끼고 사랑하여 장차 비단옷을 입히려고 했었습니다.[14] 그러나 부인이 투기하는 습속을 버리지 못하고 하동의 사자가 으르렁거리는 것[15]보다도 심하여 아직 성사치 못하고 있습니다. 예전에 영아(英兒)가 꺼리지 않고 이곳에 온 것은, 그때가 한식절[16]로 이곳에서 죽은 부모님의 영전(靈前)에 제사를 올리기 위해 부인께 말미를 청하여 왔기 때문입니다. 그것도 때마침 나리께서 외출한 터였기에 여기에 올 수 있었던 것이지, 그렇지 않았다면 도련님께서 어떻게 그 아이의 얼굴을 볼 수 있었겠습니까? 아아! 도련님께서 다시 그 아이를 만난다는 것은 참으로 어렵습니다! 어렵습니다!"

김생은 하늘을 우러르면서 크게 탄식하여 말했다.

"나는 이미 죽은 몸이로다!"

노파는 매우 걱정을 하다가, 한참 후에 기뻐하며 말했다.

"생각해 보니 한 가지 방법이 있긴 합니다. 아름다운 절기(節氣)인 단오[17]가 꼭 한 달 남았습니다. 그때가 되면 제가 마땅히 죽은 언니를 위해 다시 제물(祭物)을 조금 마련하겠습니다. 그리고 이 사연을 부인께 아뢰어 영아에게 반나절만이라도 말미를 달라고 청한다면, 혹 만에 하

---

14) 이위채의(以爲綵衣) : 후궁(後宮)으로 삼는다는 뜻.

15) 하동지후(河東之吼) : 황하(黃河)의 동안(東岸)에서 사자(獅子)가 으르렁거린다는 뜻으로, 아내가 사나워 남편에게 큰 소리로 욕설함을 일컬음. 소동파(蘇東坡)의 벗 진조(陳慥)의 아내 유씨(柳氏)는 하동(河東) 사람으로 성질이 포악하여 손님이 올 때마다 남편을 큰 소리로 꾸짖었는데, 소동파가 이를 조롱하여 지은 시(詩)에서 유래함.

16) 한식절(寒食節) : 동지(冬至)로부터 105일 째 되는 날. 이 날은 자손들이 저마다 조상의 산소를 찾아 제사를 지내고, 벌초(伐草)를 하는 등 조상의 묘를 손질함. 한식은 진(晋)나라의 현인(賢人) 개자추(介子推)가 산에서 불에 타 죽었는데, 그를 애도(哀悼)하는 뜻에서 이 날은 불을 금하고 찬 음식을 먹었다는 데서 유래되었다고 함.

17) 단오(端午) : 신라(新羅) 때부터 유래된 명절(名節)의 하나. 음력 5월 5일. 본래는 농경(農耕)의 풍작을 기원하던 제삿날이었으나, 현재는 주로 농촌의 명절로서 수리치를 넣어 둥글게 만든 단오떡이라는 절편을 해먹음. 이날 여자는 창포(菖蒲) 물에 머리를 감고 그네를 뛰며, 남자는 씨름을 하고 놂.

나 도련님의 뜻을 이룰 수 있을 듯합니다. 도련님께서는 이제 돌아가셔서 그 날이 오기를 기다리는 것이 좋겠습니다."

김생은 기뻐하며 말했다.

"과연 할머니의 말대로 된다면 인간 세상에서의 5월 5일은 곧 천상에서의 7월 7일[18]이 될 것입니다."

김생은 노파와 헤어지면서 서로 만복이 깃들기를 축원하고 물러났다. 집으로 돌아와 고개를 쳐들고 지는 해를 바라보면서 밤이 되기를 애타게 기다렸다. 이렇게 하루를 보내는 것이 3년처럼 긴지라, 아름다운 기약을 했던 그 날은 오지 않을 것 같았다. 그래서 김생은 번번이 붓과 먹에 의지하여 막힌 가슴을 풀곤 했는데, 이내 <억진아>[19]를 한 곡조를 지어 읊었다.

> 쓸쓸한 봄날,
> 배꽃이 활짝 핀 뜰에,
> 비바람 부네.
> 비바람 부는 저녁에,
> 보이지 않는 님을 그리나,
> 님 소식은 끊어져 오지 않네.
> 아아! 올해 미인을 만난 것이 후회스럽구나.
> 나의 마음은 어찌 돌처럼 굳지 못한고?
> 헛되이 님을 그리워하니,

---

18) 천상지칠월칠일(天上之七月七日) : 음력 7월 7일은 견우(牽牛)와 직녀(織女)가 1년에 한 번 만난다는 날로, 여기서는 김생이 자기와 영영과의 만남을 견우와 직녀의 만남에 비유한 것임.

19) 억진아(憶秦娥) : 당대(唐代)에 시작한 악부(樂府)의 한 체(體). 진루월(秦樓月)이라고도 함. 또는 시의 제목으로 '진아를 그리며'라고 풀이할 수도 있음. 이 경우 진아(秦娥)는 옛날에 노래를 잘 불렀다는 여자의 이름이거나 또는 진녀(秦女)로 불리던 진(秦)나라 목공(穆公)의 딸 농옥(弄玉)을 일컫는 것으로, 여주인공인 영영을 비유하여 이름. 농옥에 대해서는 <위경천전>의 각주 47 참조.

꽃을 대하면 애가 끓는 듯하고,
바람을 맞으면 눈물만 흐르네.

春寂寂, 一庭梨花, 風雨.
風雨(夕), 相思不見, 音耗兩隔.
却悔當年遇傾國, 我心安得(頑)如石?
空相憶, 對花腸斷, 臨風淚滴.

김생이 약속한 기일이 되어 가니 노파가 나와서 매우 반갑게 맞이하
였다. 김생은 '그간 별고 없었느냐'고 안부를 묻는 것 외에는 다른 말을
할 겨를이 없는지라, 다급하게 물었다.

"일이 어떻게 되었습니까?"

노파가 대답했다.

"어제 부인을 찾아뵙고 간청하니, 부인께서 말씀하시길, '나리께서 평
소에 영아의 출입을 엄하게 금하시기 때문에 내가 감히 네가 원하는 것
을 들어줄 수가 없다. 그러나 만약 내일 때마침 나리께서 재상들과 함
께 단오(端午)를 즐기기 위해 외출하신다면, 내가 어찌 영아에게 잠시
말미 주는 것을 아까워하겠느냐?'라고 하셨습니다. 부인께서 허락하신
것은 틀림없으나, 다만 나리께서 외출을 하실지 안 하실지를 아직 모르
겠습니다."

김생은 반신반의(半信半疑)하면서도 기쁜 마음과 두려운 마음이 함께
일었다. 그래서 불안한 마음으로 초조하게 책상에 기대어 앉아 문을 열
어놓고 기다렸다. 그러나 시간이 거의 정오(正午)가 되었는데도 끝내 그
림자 하나 나타나지 않자, 김생은 가슴이 답답하고 열이 오르기 시작했
다. 그래도 바보처럼 꼼짝 않고 앉아 있으니, 마치 그 모습이 서리맞은
파리 같았다. 견디다 못한 김생은 마침내 벌떡 일어나 부채로 대들보를
치면서 노파를 불러 말했다.

"기다리는 내 눈은 뚫어지려 하고, 근심에 쌓인 애는 끊어지려 하오. 많은 행인들이 지나갔는데도 영아가 아직까지 오지 않으니, 나의 희망은 끊어진 것이 아니겠소?"

노파가 위로하며 말했다.

"지성이면 감천이라 했습니다. 도련님께서는 조금만 더 참고 기다리십시오."

잠시 후 창 밖에서 신발 끄는 소리가 멀리서부터 점차 가까이 들려왔다. 김생이 놀라서 돌아보니, 바로 영영 낭자였다. 김생은 손뼉을 치면서 말했다.

"이것이 어찌 하늘의 뜻이 아니겠는가?"

노파 역시 어린아이가 엄마를 본 것처럼 기뻐하였다.

영영이 집으로 들어서려는데, 대문 앞 버드나무 아래에서 자류마(紫騮馬)가 길게 울고, 뜰 가의 서늘한 그늘 아래에는 하인들이 죽 늘어서 있는 것이 보였다. 영영은 이상한 생각이 들어 머뭇거리고 감히 집안으로 발을 들여놓지 못했다. 이에 노파가 짐짓 영영을 꾸짖어 말했다.

"의심하지 말고 빨리 들어오너라. 너는 이 도련님을 모르느냐? 이 분은 곧 내 죽은 남편의 친척이니라. 마침 누추한 우리 집에 오셨다가 장차 손님을 전송하기 위해 머물러 있느니라. 그런데 너는 어찌하여 이렇게 늦었느냐? 나는 네가 끝내 오지 않을까 걱정이 되어 너의 부모님 제사를 이미 지냈단다. 너는 안으로 들어와 빨리 술상을 차려서 도련님께 한 잔 올리는 것이 좋겠다."

영영이 노파의 말대로 술상을 받들고 들어오자, 노파는 김생과 함께 술잔을 주고받았다. 술이 반쯤 취할 즘에 김생이 영영에게 말했다.

"낭자도 들어와 앉으시오. 나는 지나가다가 여기에 들린 것이오."

영영은 부끄러워 고개를 숙인 채 감히 마주 대하지 못했다. 이에 노파가 영영에게 말했다.

"너는 깊은 궁중에서 생장하여 세상의 정리(情理)가 어떤지 모를 것이다. 그러나 네가 능히 글을 읽을 수 있으니, 술잔을 주고받는 예의 정도는 알지 않겠느냐?"

이에 영영은 술잔을 받긴 했으나, 오히려 불쾌한 듯이 향기로운 술잔을 어렵사리 잡고서 살짝 붉은 입술에 대기만 했다. 잠시 후에 노파는 짐짓 취한 척하면서 나태하게 앉아 있다가, 졸린 듯 하품을 하면서 영영을 돌아보고 말했다.

"내가 술기운 때문에 피곤하고 기운도 평온치 못해 조금 쉬고자 하니, 네가 잠시 도련님을 모시고 있거라."

노파는 즉시 일어나 안으로 들어가서 평상 위에 쓰러졌는데, 잠이 깊이 들었는지 코고는 소리가 천둥치는 것 같았다. 이에 김생이 영영에게 말했다.

"지난 번 공자님 사당에서 나오다가 홍화문(弘化門) 앞길에서 서로 마주쳤었소. 그때가 바로 3월 초하루였는데, 그대는 기억이 나지 않소?"

영영이 대답했다.

"말은 기억이 나지만, 사람은 기억이 나지 않습니다."

김생이 말했다.

"사람이 말보다 못하단 말이오?"

영영이 말했다.

"말은 보고, 사람은 보지 못했습니다."

김생이 말했다.

"그대가 어찌 다만 사람을 기억하지 못했기 때문이겠소? 내가 그 사이 얼굴이 초췌해지고 몸이 말라서 지난번 볼 때와 다르니, 어찌 그대가 나를 보지 못해서 기억이 나지 않는 것이겠소? 그대는 내가 아니니 어떻게 나의 마음을 알 리가 있겠소?"

영영이 웃으면서 말했다.

"그러한 당신도 제가 아닌데, 어떻게 저의 마음을 알겠습니까?"

김생이 자리를 가까이 옮겨 앉으며 사실대로 말했다.

"아아, 난향이여! 그대인들 어찌 정이 없는 사람이겠소? 그대를 만나고도 말을 나누지 못한 이후 지금까지 얼마나 오랫동안 그리워하면서도 서로 보지 못했던가? 아아, 난향이여! 그대인들 어찌 슬프지 않겠소? 내가 낭자를 기다렸는데, 이제 낭자께서 오셨으니 나는 소생하게 되었소"

영영은 미소만 짓고 대답치 않았다. 김생은 영영에게 밤이 될 때까지 이곳에 머물러 있다가 동침(同枕)을 하자고 요구였으나, 영영이 고개를 저으며 말했다.

"우리 나리께서 오늘 아침에 외출하셨으니, 저녁이 되면 당연히 돌아오실 것입니다. 나리께서 집에 돌아오시면 항상 저를 불러 옷을 벗기게 하시니, 나약하고 가냘픈 제가 뻔히 죽을 줄 알면서 어떻게 가지 않을 수 있겠습니까? 이 때문에 낮에는 시간을 낼 수 있어도 밤에는 시간을 낼 수 없습니다."

김생은 영영을 이곳에 오래 머물게 할 수 없음을 알고 은근히 유혹하여 말했다.

"진실로 그대의 말과 같다면, 나의 이 마음을 어떻게 감당하리오? 해가 이미 저물어 헤어져야 할 시간이 다 되었오. 후일을 기약하기도 쉽지 않고, 진실로 다시 만나기도 어렵소. 그대가 나를 가엽게 여긴다면, 인색하게 잠깐 동안의 즐김마저 거절하지 마시오"

마침내 김생이 영영을 끌어안으려 하니, 영영이 옷깃을 여미고 정색을 하며 말했다.

"제가 어찌 목석 같은 사람이겠습니까? 저도 정이 있는 사람인데 낭군의 속마음을 모를 리가 있겠습니까? 다만 나리께서 저를 천하게 여기지 않으시고 매일 밤 앞에서 수발을 들게 하는 등 저를 믿고 일을 맡기시되, 절대 중문(中門) 밖도 못 나가게 하셨습니다. 오늘 제가 이곳에 온 것도 이미 나리의 엄명을 어긴 것입니다. 게다가 또 멋대로 행동해서 법을 어긴다면 분명 더러운 소문이 널리 퍼지게 될 것입니다. 이는 죽

고도 남을 죄이니, 설령 마음은 낭군의 명을 따르고 싶을 지라도 제가
어떻게 그 일을 할 수 있겠습니까?"

김생은 영영의 허벅지를 어루만지면서 탄식하여 말했다.

"내가 그대 없이 어떻게 살 수 있겠오? 나는 이제 저 세상 사람이나
다름없게 되었도다!"

마침내 김생은 영영의 흰 손을 잡고 하얀 젖가슴을 어루만지며 옥처
럼 어여쁜 다리를 휘감았다. 오로지 마음이 하고 싶은 대로라면 못할
짓이 없을 것 같았다. 그러나 끝내 사랑의 즐거움을 나눌 수는 없었다.
그래서 김생은 감정을 부추기고 정성을 다하는 등 온갖 방법으로 영영
을 유혹하며 말했다.

"새는 급히 날아가고 토끼는 빨리 달리며, 세월은 흐르는 물과 같소.
꽃이 떨어지고 푸른 잎마저 시들고 나면 나비들도 날아올 생각을 하지
않는 법이오. 이러한 이치가 사람이라고 어찌 다르겠소? 얼굴은 잠깐
머리를 돌리는 사이에 고운 빛을 잃어버리고, 머리털은 손가락을 한 번
퉁기는 사이에 하얗게 세어 버리는 것이오. 아침엔 구름이 되고 저녁이
면 비가 된다는 양대의 신녀[20]도 본래부터 마음을 정했던 것은 아니며,
푸른 바다처럼 넓은 하늘에 있는 달나라의 항아(姮娥)도 틀림없이 불사
약 훔친 것을 후회했을 것이오. 새와 같은 미물(微物) 가운데도 비익
조[21]가 있고, 본성(本性)이 무딘 나무 가운데도 연리지가 있소. 하물며
정욕이 모이는 것은 사람과 사물이 어찌 다를 리가 있겠소? 봄바람에
꾼 호접(胡蝶夢)은 독수공방[22]을 특히 괴롭게 하고, 달밤에 두견이 우는
소리는 외로운 잠자리를 더욱 놀라게 하니, 어찌 두목지[23]가 봄꽃 찾는

---

20) 양대신녀(陽臺神女) : 무산신녀(巫山神女).
21) 비익조(比翼鳥) : 한 마리의 새가 눈 하나와 날개 하나만 있어서 두 마리가 서로
    나란히 해야 비로소 두 날개를 이루어 날 수 있다고 하는 새. 부부(夫婦)의 의가
    대단히 좋거나 남녀의 애정이 썩 깊음을 비유함.
22) 독수공방(獨守空房) : 부부(夫婦)가 한 곳에 거처(居處)하지 못하고 혼자 잠. 흔히
    여자가 남편 없이 혼자 지냄을 이름.

것을 늦추게 할 수 있겠소? 위(魏)나라 우언24)에 '항아(姮娥)'를 늦게 만나 청춘을 헛되이 보내고 쓸쓸히 저 세상의 한만 남겼네. 서쪽 무덤의 푸른 나무는 황량한 언덕에서 천 년 동안이나 적막하게 서 있고, 장신궁25)의 문빗장은 몇 밤이나 가을비에 쓸쓸히 젖었던가.'라는 말이 있소. 아아! 나의 마음이 애석하고, 낭자의 무정함이 한스럽소. 살아서 무엇하겠소? 그대에 대한 나의 사랑은 오로지 죽은 뒤에나 그칠 것이오!"

그러나 영영은 끝내 김생의 간청을 거절하여 말했다.

"낭군께서 만약 천첩(賤妾)을 지극하게 사랑하신다면 다른 날 서로 만날 수 있을 것입니다."

김생이 고개를 가로 저으며 말했다.

"한 번 그대의 고운 목소리와 얼굴을 이별하게 되면, 편지를 보내고자 한들 몇 겹으로 둘러싸인 궁궐 문안으로 전달할 길이 없소. 그런데 어떻게 다시 맑은 두 눈동자에 기쁜 빛이 일기를 바랄 수 있겠소?"

영영이 말했다.

"이러하시니 어찌 낭군께서 저를 아는 사람이라고 할 수 있겠습니까? 이 달 보름날 밤에 우리 나리께서 왕자(王子) 및 여러 대군(大君)들과 함께 달구경하는 모임을 갖기로 약속을 했으니, 반드시 밤에 나가셨다가 늦게 돌아오실 것입니다. 게다가 마침 비바람 때문에 궁궐의 담장 가운데 무너진 곳이 있는데, 나리께서 궁가26)의 일을 늦추시는 바림에 아직 수리가 되지 않았습니다. 낭군께서는 이 날 어두운 밤을 틈타서 오실 수 있을 것입니다. 무너진 담장을 따라서 깊이 들어오시면 중간에 담장이 낮은 문이 하나 있습니다. 제가 마땅히 그 문을 열어놓고 기다리겠습니다. 그 문으로 들어와서 담장을 따라 내려오면 동쪽 계단에서

---

23) 두목지(杜牧之) : 만당(晚唐) 때의 시인인 두목(杜牧). <주생전>의 각주 17 참조. 여기서는 김생이 자기 자신을 비유하여 이름.
24) 우언(寓言) : 다른 사물에 비겨 의견이나 교훈을 은연 중에 나타내는 말.
25) 장신궁(長信宮) : <운영전>의 각주 77 참조.
26) 궁가(宮家) : 대군(大君)·왕자군(王子君)·공주(公主)·옹주(翁主)의 궁전(宮殿).

10보 가량 떨어진 곳에 별실 몇 칸이 있습니다. 낭군께서 그곳에 잠시 몸을 숨기고 기다리시면 제가 나아가 맞이할 것이니, 우리의 아름다운 기약이 어찌 어렵겠습니까?"

김생은 자못 그럴 듯하게 생각하여 영영과 굳게 약속하고 헤어져 돌아왔다. 순식간에 길에 올라 남북 쪽을 향해 가다가 말을 세우고 고개를 돌리니, 서글픈 마음에 넋이 사라지는 듯하였다. 김생은 이때부터 더욱 님 생각이 절실해졌다. 이에 사운시[27] 한 수를 지어 스스로 슬픔을 달래었다.

> 궁궐 깊은 곳에 고운 님 갇혀 있는데,
> 한 번 이별함에 고운 목소리와 얼굴 아득하네.
> 정겨운 그 태도 어느 날인들 잊으리,
> 전생(前生)에 틀림없이 좋은 인연 맺었었으리.
> 지난 일이 괴로워 수심은 비처럼 내리고,
> 아름다운 기약을 기다리니 하루가 일 년 같네.
> 깊은 밤이면 꽃다운 님을 만나고 싶어,
> 몇 번이나 누각에 올라 달을 바라보았던고?

> 宮門深處銷嬋娟, 一別音容兩杳然.
> 此日難忘情態度, 前身應結好因緣.
> 心勞往事愁如雨, 若待佳期日似年.
> 正欲尋芳三五夜, 登樓看月幾時圓?

김생이 약속한 날짜가 되어 가니, 과연 궁궐 담이 무너져 이가 빠진 것처럼 문이 되어 있었다. 좁고도 깊은 담구멍을 따라 들어가자, 이내

---

27) 사운시(四韻詩) : 네 곳에 운(韻)을 다는 시. 곧 율시(律詩).

조그만 문이 나타났다. 시험삼아 밀어보니 과연 잠겨 있지 않았다. 문을
열고 들어가 동쪽으로 내려가자 영영의 말대로 과연 별실이 나타났다.
김생은 마음속으로 기뻐하며 말했다.

"난향이 나를 속이지는 않았구나."

이어서 김생은 별실로 들어가 영영이 나오기를 기다렸다. 이때 밝은
달이 막 솟아오르고, 서늘한 바람이 갑자기 불어왔다. 그러자 계단 위의
뭇 꽃들은 그윽한 향기를 뿜어내고, 뜰 앞의 푸른 대나무는 맑고 시원
한 소리를 내었다. 갑자기 문 여는 소리가 들리더니 안쪽에서 어떤 사
람이 나왔다. 김생은 영영인지 아닌지 궁금해서 숨을 죽이고 가만히 귀
를 기울여 듣고 있는데, 발자국 소리가 점점 가까워지면서 옷 향기가
엄습해 왔다. 김생이 눈을 뜨고 바라보니 곧 난향이었다. 김생은 어둠
속에서 나와 영영의 등을 어루만지며 말했다.

"그대의 사랑 김모(金某)가 이미 여기에 와 있소"

영영이 말했다.

"낭군은 참으로 믿음직스러운 선비입니다."

영영이 즉시 김생의 손을 이끌어 가까이 앉히고 안부를 묻자, 김생이
대답했다.

"만 번 죽을 고생을 견디고 넘어가는 숨을 겨우 보존하고 있을 뿐이
오"

영영이 물었다.

"무엇 때문에 그리 되었습니까?"

김생이 말했다.

"땅은 가까운데 사람은 멀기 때문이오."

이렇듯이 두 사람은 서로 말을 주고받으며 밤이 깊어 가는 줄도 몰
랐다. 김생이 밝은 달을 쳐다보고는 놀라서 말했다.

"내가 처음 올 때는 이 달이 동쪽 하늘에 있었는데, 지금은 하늘 한
가운데 떠 있소 밤이 절반쯤 지나가 버렸으니, 이 시간에 동침을 할 수

없다면 장차 어느 때를 기다리란 말이오?"

김생이 즉시 영영의 옷깃을 붙들고 벗기려 하자, 영영이 말리면서 말했다.

"낭군은 어찌 저를 뽕나무밭에서 노는 여자28)처럼 대하십니까? 별도로 침실이 한 곳 있으니 그 곳에서 좋은 밤을 편안히 보내는 것이 좋겠습니다."

김생은 머리를 흔들면서 거절하여 말했다.

"나는 이미 법을 어기고 또 죽음을 탐하여 어렵사리 이곳에 왔소. 한번 오는 것도 이렇듯 힘들었는데, 어떻게 또 기다릴 수 있겠소? 무릇 일을 처리할 때는 삼가 만전(萬全)을 기해야 하오. 만약 당돌하게 멋대로 행동한다면, 우리 일만 누설될까 두렵소"

영영이 말했다.

"일 누설되고 안 되고는 오로지 나에게 달려 있으니, 낭군께서는 공연히 애태우지 마십시오"

그리고 나서 김생의 손을 이끌어 감싸안고 들어가자, 김생도 어쩔 수 없이 따라 들어갔다. 김생은 두려움에 떨면서 몸을 구부리고 살금살금 걸어가는데, 문안으로 들어갈 때는 깊은 연못을 굽어보는 듯 두려웠으며, 땅을 밟을 때는 얇은 빙판 위를 걷듯이 조심조심 걸었다. 매번 한 발을 옮길 때마다 아홉 번이나 넘어지고, 땀이 발뒤꿈치까지 흘러내려도 오히려 깨닫지 못했다. 어쩔 수 없이 영영을 따라 굽은 계단을 오르고 회랑을 빙빙 돌아서 안으로 들어갔는데, 두세 번 문을 지나서야 커다란 안채에 도달하였다. 궁인들은 모두 잠이 깊이 들어 뜰과 방은 고요했다. 오로지 깁을 바른 창에서 맑은 등불이 가물거리는 것이 보였는데, 그곳이 부인의 침소임을 알 수 있었다. 영영은 김생을 어떤 방으로 들이밀며 말했다.

---

28) 상간유녀(桑間遊女) : 불의(不義)로 남녀의 밀회(密會)를 즐기는 음란(淫亂)한 여자.

"낭군은 여기에 조금만 앉아 계십시오."

그런 다음 영영은 즉시 안쪽으로 들어가더니 오래도록 나오지 않았다. 김생은 무료함을 견디지 못하여 자리에 앉거나 눕는 등 안절부절하였으며, 시간이 흐를수록 매우 이상하다는 생각만 들었다. 이윽고 어떤 사람이 중문으로 달려 들어와 아뢰는 소리가 들리었다.

"나리께서 들어오십니다."

그 소리와 함께 등불이 뜰 가득히 휘황찬란하게 빛나고, 시녀와 하인들이 이리저리 분주하게 왔다갔다하면서 대군을 받들어 모시고 들어왔다. 대군은 취해서 뜰 가운데 눕고서도 오히려 깨닫지 못하였으며, 코고는 소리도 점차 깊어갔다. 이때 영영이 부인의 명을 받들고 와서 아뢰었다.

"차가운 땅바닥에 오래 누워 계시면 풍상29)이 들까 두려우니, 어서 왕자님을 일으켜 안으로 모시랍신다."

잠시 후 사람 소리가 점차 잦아들고 불빛도 꺼졌다. 이윽고 영영이 오른손으로는 옥등(玉燈)을 잡고, 왼손으로는 은병(銀瓶)을 붙들고 나와 김생이 숨어 있는 방문을 열었다. 김생은 벽에 붙어서 두 발을 포개고 서 있으면서, 속으로 '이제는 죽었구나'라고 생각하고 있었다. 이 모습을 본 영영이 웃으면서 김생에게 말했다.

"낭군께서는 얼마나 놀라셨습니까? 제가 위로하고자 따뜻한 술을 가지고 왔습니다."

마침내 영영이 금으로 된 연꽃 모양의 술잔에다 술을 따라 김생에게 권하니, 김생이 받아 마셨다. 영영이 또 한 잔을 권하자, 김생이 사양하며 말했다.

"마음이 정(情)에 있지, 술에 있지 않소"

김생은 즉시 술을 치우게 하고 방안을 둘러보았다. 다른 물건은 없고,

---

29) 풍상(風傷) : 신경(神經)의 이상으로 생긴 병(病).

오직 붉은 책상 위에는 두초당(杜草堂)의 시집 1권이 흰 구슬로 글을 새긴 낭간30)에 눌려 있었으며, 탁상 위에는 줄이 짧은 거문고가 하나 가로놓여 있을 뿐이었다. 김생은 즉시 2구를 지어서 먼저 불렀다.

거문고와 책은 맑고 깨끗하여 티끌 하나 없으니,
바로 쓸쓸한 방에 앉은 아름다운 여인을 일컫는 것이리.

琴書蕭洒淨無塵,
正稱空房玉一人.

영영이 이어서 읊었다.

오늘밤은 어떠한 밤인가?
비단 이불 구슬 자리에 고운 님과 마주 앉았네.

今夕不知何夕也?
錦衾瑤席對佳賓.

이윽고 김생과 영영은 서로 이끌고 함께 잠자리에 들어가 비로소 마음껏 사랑을 나누었다. 밤이 다 끝나갈 즈음에 새벽닭이 꼬끼오 울며 날 밝기를 재촉하고, 멀리서 파루31)를 알리는 종소리가 은은하게 울려왔다. 김생이 자리에서 일어나 옷가지를 챙겨 입고 탄식하며 다급히 말했다.

"좋은 밤은 괴로울 정도로 짧고 사랑하는 두 마음은 끝이 없는데, 장

---

30) 낭간(琅玕) : 옥(玉) 비슷한 아름다운 돌.
31) 파루(罷漏) : 서울 도성(都城) 안에서 인정(人定) 이후 야간 통행을 금했다가 새벽이 되어 통행을 풀 때 치던 신호

차 어떻게 이별을 하리오? 궁궐 문을 한 번 나가면 다시 만나기 어려울 터이니, 이 마음을 어떻게 하리오?"

영영은 이 말을 듣고 울음을 삼키며 흐느끼더니, 고운 손으로 눈물을 흩뿌리면서 말했다.

"홍안박명[32]은 옛날부터 있었으니, 비단 미천한 저에게만 그러한 것은 아닙니다. 살아서 이렇듯 이별하니, 죽어서도 이렇듯이 원통할 것입니다. 죽고 사는 것은 꽃이 시들고 나뭇잎이 떨어지는 것과 같으니, 군이 날씨가 추워지기를 기다릴 필요도 없습니다. 낭군은 철석같은 마음을 가진 남아인데, 어찌 소소하게 아녀자를 염려하다가 성정(性情)을 해쳐서야 되겠습니까? 엎드려 바라건대, 낭군께서는 이별한 뒤에는 제 얼굴을 가슴속에 두어 심려치 마시고, 천금같이 귀중한 몸을 잘 보존하십시오. 또 학업을 계속하여 과거에 급제하고 운로[33]에 올라 평생의 소원을 이루시길 간절히 바라고 또 바라옵니다!"

이어서 영영은 토끼털로 만든 붓을 뽑고 용꼬리를 새긴 벼루를 연 다음, 난봉전[34]을 펼쳐 놓고 칠언율시(七言律詩)를 한 수 지어 이별에 부치었다.

> 얼마나 오랫동안 그리워하다가 오늘 만났던고?
> 깁 바른 창 수놓은 휘장 안에서 손잡고 마주하였네.
> 등불 앞에선 마음을 다 털어놓지 못하고,
> 베갯머리에선 새벽 종소리에 놀라 일어났네.
> 은하수는 오작이 흩어지는 것[35]을 막지 못하니,
> 언제 다시 무산의 비구름 짙어질 것인가?

---

32) 홍안박명(紅顔薄命) : 미인(美人)은 운명(運命)이 기박(奇薄)함.
33) 운로(雲路) : 높은 벼슬길, 또는 입신출세(立身出世)를 비유하여 이르는 말.
34) 난봉전(鸞鳳牋) : 난새와 봉황이 그려진 좋은 종이.
35) 오작(烏鵲散) : 매년 칠월칠석(七月七夕)에 견우(牽牛)와 직녀(織女)가 만날 수 있도록 하기 위해 까막까치가 모이어 다리를 놓아주나, 날이 새면 흩어진다고 함.

한 번 이별한 뒤 아득히 소식은 알 길 없고,
겹겹이 잠긴 궁궐 문을 되돌아보기만 하네.

幾日相思此日逢, 綺窓綉幕接手容.
燈前不盡論心事, 枕上旋驚動曉鐘.
天漢不禁烏鵲散, 巫山那復雲雨濃?
遙知一別無消息, 回首宮門鎖幾重.

　김생은 영영의 시를 보고 슬픔을 이기지 못하였으며, 눈물이 흘러내리는 것도 깨닫지 못한 채 즉시 붓을 적셔 화답(和答)하였다.

등불 꺼진 사창(紗窓)에 달이 기우니,
견우와 직녀 은하수를 사이에 두고 이별하네.
좋은 밤엔 일각도 천금만큼 귀하니,
두 줄기 이별 눈물에 온갖 한이 사무쳤네.
이제 아름다운 기약 용이치 않으리니,
참으로 호사에 다마36)로구나.
먼 훗날 다시 만날 수만 있다면,
한없는 은정(恩情)에 늙은들 어떠하리.

燈盡紗窓落月斜, 乖離牛女隔天河.
良宵一刻千金直, 別淚雙行百恨和.
自是佳期容易阻, 由來好事許多魔.
他年縱使還相見, 無限恩情奈老何?

---

36) 호사다마(好事多魔) : 좋은 일에는 마(魔)가 들기 쉬움.

영영은 김생의 시를 펼쳐 놓고 보려고 하였으나 눈물이 글자를 적셔 다 볼 수가 없었다. 그래서 김생의 시를 거두어 품속에 넣고 묵묵히 말을 못한 채 손을 잡고 서로 바라만 보고 있었다. 이때 새벽 등불은 희미해지면서 동창이 밝아오려 하였다. 이에 영영은 김생의 손을 이끌고 밖으로 나와 무너진 담장 밖에서 전송하였다. 두 사람이 서로 흐느끼되 소리내어 울지도 못하니, 죽어서 이별하는 것보다 더 비참하였다.

이윽고 김생은 집으로 돌아왔으나, 넋을 잃어 물건을 보아도 보이지 않고 소리를 들어도 들리지 않았다. 세상의 어떤 일도 염두에 두지 않고 오로지 한 통의 편지를 써서 간절한 마음을 전달하고 싶을 뿐이었다. 그러나 상사동의 노파도 이미 세상을 떠나서 다시 편지를 부칠 길마저 없는지라, 김생은 희망을 잃고 헛되이 몽상(夢想)에 젖어 있기만 했다.

그러나 세월은 천연히 흘러가고 광음37)은 돌연히 바뀌어 온갖 근심 속에서도 3년이 훌쩍 지나가 버렸다. 마음이 일에 따라 변하듯 영영에 대한 그리움도 점차 줄어들었다. 김생은 다시 학업을 일삼아 경전(經典)과 서적(書籍)에 침잠하고 힘써 문장을 닦았다. 홰나무 꽃이 누렇게 물드는 시기38)가 되어 김생은 과거 시험장에서 나라 안의 모든 선비들과 함께 자거39)를 다투었다. 그는 시험을 치를 때마다 거듭 합격하여 마침내 뭇 사람들 가운데서 장원40)으로 뽑히었다. 이로 인해 김생의 이름은 널리 빛나 당대(當代)에는 그와 견줄 만한 사람이 없었다.

3일 동안의 유가41)에서 김생은 머리에 계수나무 꽃을 꽂고 손에는 상

37) 광음(光陰) : 세월(歲月). 시간(時間).
38) 괴황지기(槐黃之期) : 과거(科擧)를 보는 시기(時期). <운영전>의 각주 127 참조.
39) 자거(觜距) : 새의 부리와 며느리발톱이란 뜻으로, 적병을 물리치기 위한 날카로운 무기라는 의미를 함축하고 있음. 여기서는 그 동안 갈고 닦은 실력이란 뜻으로 쓰임.
40) 장원(壯元) : 갑과(甲科)의 과거(科擧)에서 첫째로 급제(及第)함. 또는 그 사람.
41) 유가(遊街) : 과거(科擧)의 급제자가 광대들에게 풍악을 잡히고 거리를 돌면서 좌주(座主)·선진자(先進者)·친척들을 찾아보던 일. 대개 방방(放榜) 후 3일간에

아(象牙)로 된 홀42)을 잡았다. 앞에서는 두 개의 일산43)이 인도하고 뒤
에서는 동자들이 옹위(擁衛)하였으며, 좌우에서는 비단옷을 입은 광대들
이 재주를 부리고 악공들은 온갖 소리를 함께 연주하니, 길거리를 가득
메운 구경꾼들이 김생을 마치 천상의 신선인 양 바라보았다.

　김생은 얼큰하게 술에 취한지라, 의기(意氣)가 호탕해져 채찍을 잡고
말 위에 걸터앉아 수많은 집들을 한 번 둘러보았다. 갑자기 길가의 한
집이 눈에 띄었는데 높고 긴 담장이 백 걸음 정도 빙빙 둘러 있었으며,
푸른 기와와 붉은 난간이 사면에서 빛났다. 섬돌과 뜰은 온갖 꽃과 초
목들로 향기로운 숲을 이루고, 희롱하는 나비와 미친 벌들이 그 사이를
어지러이 날아 다녔다. 김생이 누구의 집이냐고 물으니, 곧 회산군(檜山
君) 댁이라고 하였다. 김생은 문득 옛날 일이 생각나 마음속으로 은근히
기뻐하며, 짐짓 취한 듯 말에서 떨어져 땅에 눕고는 일어나지 않았다.
궁인(宮人)들이 무슨 일인가 하고 몰려나오자, 구경꾼들이 저자처럼 모
여들었다.

　이때 회산군은 죽은 지 이미 3년이나 되었으며, 궁인들은 이제 막 상
복(喪服)을 벗은 상태였다. 그 동안 부인은 마음 붙일 곳 없이 홀로 적
적하게 살아온 터라, 광대들의 재주가 보고 싶었다. 그래서 시녀들에게
김생을 부축해서 서쪽 가옥으로 모시고, 죽부인44)을 베개삼아 비단 무
늬 자리에 누이게 하였다. 김생은 여전히 눈이 어질어질 하여 깨닫지
못한 듯이 누워 있었다.

　이윽고 광대와 악공들이 뜰 가운데 나열하여 일제히 음악을 연주하

　　걸쳐 행하였음.
42) 홀(笏) : 벼슬아치가 임금을 만날 때 조복(朝服)에 갖추어 손에 쥐던 물건. 길이
　　한 자, 너비 두 치 정도로 된 얇고 길쭉한 모양으로, 1품에서 4품까지의 벼슬아
　　치는 상아(象牙), 5품 이하는 나무로 만들었음.
43) 일산(日傘) : 감사(監司)·유수(留守)·수령(守令) 등이 부임할 때 받던 양산. 흰
　　포목(布木)에 푸른 선을 둘러 만들었음.
44) 죽부인(竹夫人) : 여름밤에 끼고 자면서 서늘한 기운을 취하는 데 쓰는, 대오리로
　　만든 제구(製具).

면서 온갖 놀이를 다 펼쳐 보였다. 궁중 시녀들은 고운 얼굴에 분을 바르고 구름처럼 아름다운 머릿결을 드리우고 있었는데, 주렴을 걷고 보는 자가 수십 명이나 되었다. 그러나 영영이라고 하는 시녀는 그 가운데 없었다. 김생은 속으로 이상하게 생각하였으나 그녀의 생사를 알 수가 없었다. 자세히 살펴보니, 한 낭자가 나오다가 김생을 보고는 다시 들어가서 눈물을 훔치고, 안팎을 들락거리며 어찌할 줄 모르고 있었다. 이는 바로 영영이 김생을 보고서 흐르는 눈물을 참지 못하고, 차마 남이 알아 챌까봐 두려워한 것이었다.

이러한 영영을 바라보고 있는 김생의 마음은 처량하기 그지없었다. 그러나 날은 이미 어두워지려고 하였다. 김생은 이곳에 더 이상 오래 머물러 있을 수 없다는 것을 알고 기지개를 켜면서 일어나 주위를 돌아보고는 놀라서 말했다.

"이곳이 어디입니까?"

궁중의 늙은 노비인 장획(藏獲)이라는 자가 달려와 아뢰었다.

"회산군 댁입니다."

김생은 더욱 놀라며 말했다.

"내가 어떻게 해서 이곳에 왔습니까?"

장획이 사실대로 대답하자, 김생은 곧 자리에서 일어나서 나가려고 하였다. 이때 부인이 술로 인한 김생의 갈증을 염려하여 영영에게 차를 가져오라고 명령하였다. 이로 인해 두 사람은 서로 가까이 하게 되었으나, 말 한 마디도 못하고 단지 눈길만 주고받을 뿐이었다. 영영은 차를 다 올리고 일어나 안으로 들어가면서 품속에서 편지 한 통을 떨어뜨렸다. 이에 김생은 얼른 편지를 주워서 소매 속에 숨기고 나왔다. 말을 타고 집으로 돌아와 뜯어보니, 그 글에 일렀다.

"박명한 첩 영영은 재배하고 낭군께 사룁니다. 저는 살아서 낭군을 따를 수 없고, 또 그렇다고 죽을 수도 없었습니다. 그래서 잔해(殘骸)만이 남은 숨을 헐떡이며 아직까지 살아 있습니다. 어찌 제가 성의가 없어서 낭군을 그리워하지 않았겠습니까? 하늘은 얼마나 아득하고, 땅은 얼마나 막막하던지! 복숭아와 자두나무에 부는 봄바람은 첩을 깊은 궁중에 가두고, 오동에 내리는 밤비는 저를 빈방에 묶어 놓았습니다. 오래도록 거문고를 타지 않으니 거문고 갑(匣)에는 거미줄이 생기고, 화장 거울을 공연히 간직하고 있으니 경대(鏡臺)에는 먼지만 가득합니다. 지는 해와 저녁 하늘은 저의 한을 돋우는데, 새벽 별과 이지러진 달인들 제 마음을 염려하겠습니까? 누각에 올라 먼 곳을 바라보면 구름이 제 눈을 가리고, 창가에 기대어 생각에 잠기면 수심이 제 꿈을 깨웠습니다. 아아, 낭군이여! 어찌 슬프지 않았겠습니까? 저는 또 불행하게 그 사이에 할머께서 돌아가시어 편지를 부치고자 하여도 전달할 길이 없었습니다. 헛되이 낭군의 얼굴 그릴 때마다 가슴과 창자는 끊어지는 듯 했습니다. 설령 이 몸이 다시 한 번 더 낭군을 뵙는다 해도 꽃다운 얼굴은 이미 시들어 버렸는데, 낭군께서 어찌 저에게 깊은 사랑을 베풀겠습니까? 모르겠습니다. 낭군 역시 저를 생각하고 있었는지요? 하늘과 땅이 다 없어진다 해도 저의 한은 끝이 없을 것입니다. 아아, 어찌하리오! 그저 죽는 길밖에 없는 듯 합니다. 종이를 마주하니 처연한 마음에 이를 바를 알지 못하겠습니다."

편지 끝에 다시 칠언절구(七言絶句) 5수가 씌어 있었다.

좋은 인연이 도리어 나쁜 인연이 되었으나,
낭군은 원망스럽지 않고 하늘만 원망스럽네.
만약 옛 정이 아직 끊이지 아니하였다면,
먼 훗날 황천(黃泉)으로 날 찾아오소서.

好因緣反是惡緣, 不怨郞君只怨天.

若使舊情猶未絶, 他年尋我向黃泉.

하루는 균등(均等)하게 열두 때로 나뉘었으니,
어느 날 어느 때인들 님 그리지 않았으리.
언제나 그대를 만날 수 있을까 시름타가,
깊은 한 맺힌 채 이 세상을 이별하네.

一日平分十二時, 無時無日不相思.
相思何日期相見, 深恨人間有別離.

사랑하는 마음은 버드나무와 꽃처럼 시들어,
거울 보면 근심으로 백발만 자란다네.
이제 고운 님에게 좋은 일 없으리니,
담장머리의 새벽닭은 누굴 위해 울거나?

柳憔花悴若爲情, 鏡裡猶憂白髮生.
自是佳人無好事, 墻頭晨鵲爲誰鳴?

이별한 뒤 마지못해 방석의 먼지 털려는데,
낭군이 앉은 자취 애틋하기도 하구나.
깊고 적막한 궁궐에 소식은 끊어지고,
봄비에 지는 꽃은 겹겹으로 닫힌 궁문(宮門)을 가리네.

別來忍掃席中塵, 愛有郎君坐臥痕.
寂寞深宮消息斷, 落花春雨掩重門.

편지를 보내려 해도 부치기 어려워,

196

푸른 창가에서 몇 번이나 언 붓을 녹였던고
쓸쓸히 이별한 뒤 님 그리워 흘린 눈물,
꽃무늬 종이에 방울방울 떨어져 아롱지네.

欲寄音書寄得難, 幾回呵筆綠窓間.
空教別後相思淚, 點滴花牋一班班.

김생은 다 읽은 뒤에도 오랫동안 편지를 만지작거리며 차마 손에서 놓지 못하였으며, 영영을 그리는 마음은 예전보다 2배나 더 간절하였다. 그러나 청조가 오지 않으니 소식을 전하기 어렵고, 흰기러기는 오래도록 끊기어 편지를 전할 길도 없었다. 끊어진 거문고 줄은 다시 맬 수가 없고 깨어진 거울은 다시 합칠 수가 없으니, 가슴을 조리며 근심을 하고 이리저리 뒤척이며 잠 못 이룬들 무슨 소용이 있겠는가? 김생은 마침내 몸이 비쩍 마르고 병이 들어 몇 개월 동안 자리에 누워 있었다.

그러던 중 마침 동년배(同年輩)인 이정자(李正字)가 문병을 왔다. 김생이 정자의 손을 잡고 속마음을 털어놓으며 병이 깊어진 까닭을 말하자, 정자가 놀라더니 위로하며 말했다.

"이제 그대의 병은 낳게 되리라! 무릇 회산군 부인은 나의 고모(姑母)로, 나와는 절친한 사이이기 때문에 그대가 품고 있는 생각을 전달할 수 있을 것이다. 게다가 부인은 남편과 사별한 이후로 이승과 저승, 인과응보(因果應報)와 같은 불교의 설(說)을 믿어 재산과 보배를 아끼지 않고 남을 위하여 베푸니, 내가 그대를 위해 다시 영영과 만날 수 있도록 일을 도모하겠다."

김생은 기뻐하며 말했다.

"뜻하지 않게 오늘 모산의 도사(道士)45)를 다시 만났구나."

45) 모산(茅山)의 도사(道士) : 모산은 산 이름으로 강소성(江蘇省) 구용현(句容縣) 동남쪽에 있으며, 구곡산(句曲山)이라고도 함. 한(漢)나라 때 모영(茅盈)과 그의 동

김생은 거듭거듭 약속을 정하고 두 번 절한 뒤 정자를 전송했다. 바로 당일 정자는 부인께 찾아가 아뢰었다.

"모월(某月) 모일(某日) 과거에 장원으로 급제한 사람이 술에 취해 궁문 앞을 지나가다가 말에서 떨어져 인사불성(人事不省)이 되었는데, 고모님께서 시녀들에게 부축하여 서쪽 가옥으로 모시게 한 일이 있습니까?"

부인이 대답했다.

"그러한 일이 있었지."

정자가 물었다.

"그때 고모께서는 영영에게 차를 올려 갈증을 풀어주라고 시키신 일이 있었습니까?"

부인이 대답했다.

"그랬느니라."

정자가 말했다.

"그 사람은 제 친구로, 이번 과거에서 장원한 김모(金某)입니다. 그는 재주와 기량이 뛰어나고, 기상은 탈속의 경지에 이를 만큼 훌륭해서 장차 큰 일을 할만한 사람입니다. 그런데 불행하게도 병이 들어 방안에서 신음하며 앓아 누운 지 이미 몇 개월이나 되었습니다. 제가 아침저녁으로 왕래하면서 문병을 하고 있는데, 살이 비쩍 마르고 숨을 헐떡이는 등 목숨이 소석(朝夕)에 달려 있습니다. 제가 매우 불쌍하게 여겨 병이 든 까닭을 물으니, 곧 영영이 빌미가 되었다고 합니다. 그를 살릴 수 있겠는지요?"

부인이 감격하여 말했다.

생인 모충(茅衷)이 이곳에서 도를 닦아 신선(神仙)이 되었으며, 이들이 갖고 있는 비약(秘藥)은 죽은 사람도 살릴 수 있었다 함. 당나라 때의 전기소설(傳奇小說)인 <무쌍전(無雙傳)>에는 모산도사가 전란의 와중에 궁녀가 된 무쌍을 비약으로 죽였다가 살려서 본래 연인이었던 왕선객과 다시 인연을 맺게 해준다는 이야기가 있음.

"내가 어찌 한갓 영영을 아끼어 그 사람이 원한에 사무쳐 죽게 할 수 있겠느냐?"

그런 다음 부인은 즉시 영영에게 김생의 집으로 가라고 명하였다. 마침내 두 사람이 다시 만나게 되니, 김생과 영영은 서로 움켜쥘 듯이 기뻤다. 시름시름 앓던 김생도 갑자기 기운이 솟아나 며칠 뒤에 병상에서 일어났다. 이후로 김생은 영원히 공명(功名)을 버리고, 끝까지 장가들지 않은 채 영영과 더불어 생애를 마쳤다고 한다.

최척전(崔陟傳)

    최척(崔陟)의 자는 백승(伯昇)이며, 남원(南原) 사람이다. 어려서 어머니를 여의고 아버지 숙(淑)과 함께 남원부 서문밖에 있는 만복사1)의 동쪽에서 외롭게 살고 있었다. 최척은 어려서부터 뜻이 크고 기개가 있었으며, 친구와 어울려 놀기를 좋아하고, 사소한 예절에는 구애를 받지 않았다. 이에 그의 아버지가 경계하여 말했다.

    "네가 배우지 않으면 무뢰한(無賴漢)이 될 터인데, 너는 장차 어떤 사람이 되려 하느냐! 하물며 지금 나라에 전쟁이 일어나 바야흐로 고을마다 무사(武士)를 징집하고 있는데, 너는 쓸데없이 활을 쏘거나 말을 타고 놀며 늙은 아비에게 근심만 끼치고 있으니 효자라고 할 수 있겠느냐! 머리를 숙이고 선비를 좇아 과거 공부를 한다면, 비록 과거에 급제하여 벼슬길에는 오르지는 못할지라도 등에 화살을 지고 군대에 종사하는 일은 면할 수 있을 것이다. 성남(城南)에 사는 정상사(鄭上舍)는 나와 죽마고우(竹馬故友)이다. 그는 힘써 배워서 학문이 두텁고도 뛰어나며 또 처음 배우는 사람을 잘 인도하여 가르치니, 너는 성남으로 가서 그를 스승으로 섬기도록 해라."

    최척은 아버지의 명을 받들어 즉시 책을 옆구리에 끼고 문을 나서,

---

1) 만복사(萬福寺) : 전라북도 남원시 왕정동 기린산에 있었던 사찰. 신라 말기에 도선(道詵)이 창건한 것으로 알려져 있으나, 임진왜란 때 소실됨. 현재는 절터에 5층 석탑, 당간지주, 석불입상 등만 남아 있음.

정사도에게 가르침을 받으며 부지런히 공부를 하고 책을 읽었다. 최척의 문장이 날로 발전하자, 마을 사람들은 모두 그의 총명하고 민첩함을 칭찬하였다.

　최척이 정상사의 집에서 공부를 할 때마다 문득 어떤 계집아이가 창 밑에 숨어서 책 읽는 소리를 몰래 엿듣곤 하였다. 그녀의 나이는 겨우 16살 정도 되어 보였는데, 머릿결은 구름을 드리운 듯 아름다웠고 얼굴은 꽃처럼 어여뻤다. 하루는 상사가 식사를 하기 위해 내당(內堂)으로 들어가고 최척이 홀로 앉아서 시를 읊고 있는데, 갑자기 조그만 종이 쪽지 하나가 창 틈으로 들어왔다. 최척이 주워서 읽어보니, 곧 <표유매>2)의 마지막 장이 씌어 있었다. 최척은 이 글을 본 뒤부터 정신이 날아갈 듯 황홀하고 마음을 가라앉힐 수가 없었다. 그래서 어두운 밤을 틈타 향기를 훔치리라고 거듭 마음을 먹었다가도 이내 김태현3)의 고사를 생각하면서 애써 자신의 감정을 억누르고, 다시는 그런 생각을 하지 말자고 스스로 다짐하곤 했다. 그러나 곰곰이 생각하고 있노라면, 마음속에서 도의(道義)와 욕구(慾求)가 서로 치고 받았다. 잠시 후에 상사가 나오는 것을 보고 즉시 그 종이 쪽지를 소매 속에 감추었다. 공부를 마치고 집으로 돌아오는데, 푸른 옷을 입은 계집아이가 문밖에 서 있다가 최척의 뒤를 따라오며 말했다.

　"저, 드릴 말씀이 있습니다."

　최척은 쪽지에 적힌 시를 보고 마음이 흔들리고 있던 차에 이 말을

---

2) 표유매(標有梅) : 『시경(詩經)』 「소남(召南)」에 있는 시. <위경천전>의 각주 36 참조. 마지막 장의 내용은 "標有梅, 頃筐墍之, 求我庶士, 迨其謂之(떨어지려는 매화를 광주리에 그냥 주워 담네. 제게 구혼할 낭군이여, 지금 말만 하세요.)"임.

3) 김태현(金台鉉) : 고려 충렬왕 때의 학자. 어렸을 때 선배의 집에 다니며 글공부를 했는데, 그 집에 과부가 되어 외롭게 지내던 딸이 김태현에게 반하여, "말 타고 오는 서생은 뉘 댁 도령인지/ 석 달 동안이나 이름도 모르고 지냈도다/ 이제야 비로소 김태현임을 알았네/ 가는 눈과 긴 눈썹 그립기만 하여라."라는 시가 적힌 쪽지를 전해주었으나, 김태현이 그 시를 보고는 다시는 그 집에 가지 않았다는 일화가 있음.

들고는 기쁘면서도 이상하다는 생각이 들었다. 그래서 고개를 끄덕여 오라고 한 후 집으로 데리고 가 마음속에 품고 있던 것을 물으니, 그 아이가 대답했다.

"저는 이낭자(李娘子)의 계집종인 춘생(春生)입니다. 낭자가 저에게 낭군의 화답시(和答詩)를 청해 오라고 하였습니다."

최척이 의아해서 말했다.

"너는 정상사 집의 아이가 아니냐? 그런데 어째서 이낭자라고 말하느냐?"

춘생이 말했다.

"우리 주인댁은 본래 서울 숭례문 밖 청파리(青坡里)에 있었으며, 주인 어른인 경신(景新)께서는 일찍 돌아가시고 과부인 심씨(沈氏)가 딸 하나와 그곳에서 외롭게 살고 있었습니다. 그 처녀의 이름은 옥영(玉英)인데, 시를 창 틈으로 던지고 화답시를 요청했던 분이 바로 이 분입니다. 우리는 지난 해 배를 타고 강화도(江華島)로 피난을 갔다가 다시 나주(羅州) 땅 회진⁴⁾에 와서 머물러 있었는데, 가을에 다시 회진에서 이곳으로 굴러 들어오게 되었습니다. 이 집의 주인은 우리 마님과 친척이라서 우리에게 매우 잘해 주십니다. 또 장차 낭자를 위해 혼처(婚處)를 구하려고 하는데, 아직 마땅한 혼처를 구하지 못하고 있는 터입니다."

최척이 말했다.

"너의 낭자는 과부의 딸로서 어떻게 한문(漢文)을 알게 되었느냐?"

춘생이 대답했다.

"낭자에게 득영(得英)이라는 언니가 있었습니다. 그 분은 문장에 능했으나, 19세라는 젊은 나이에 시집도 못 가고 일찍 죽었습니다. 우리 낭자는 항상 언니 곁에서 입과 귀로 글을 주워 들어 거칠게나마 이름을 쓸 수 있게 된 것입니다."

---

4) 회진(會津) : 전라남도 나주에서 서쪽으로 15리에 있는 지명(地名). 본래 지명은 두힐현(豆肹縣)이었으나, 신라 경덕왕(景德王) 때 지금의 명칭으로 바꿈.

최척은 춘생에게 술과 음식을 대접하고, 이어서 화려한 문체로 답서
(答書)를 써 일렀다.

"아침에 받은 훌륭한 글은 실로 저의 마음을 사로잡았습니다. 게다가
곧이어 청조(靑鳥)를 만나게 되니 제 기쁨을 어떻게 다 헤아릴 수 있겠
습니까? 매번 거울 속의 그림자에만 의지하고 그림 속의 참모습은 불러
내기 어려웠습니다. 님을 사모하는 마음은 유혹할 수 있고 상자 속의
향기는 훔칠 수 있다는 것을 모르는 것은 아닙니다. 그러나 봉산5)으로
가는 길은 멀고 약수6)는 건너기 어려웠습니다. 어떻게 할까 이리저리
고민하고 궁리하는 사이에 이미 얼굴은 누렇게 뜨고 목덜미는 말라 비
틀어졌습니다. 주저하며 잠을 이루지 못하니, 애가 끊는 듯하고 넋은 사
라지는 듯했습니다. 그런데 뜻밖에도 오늘 빙간의 말7)과 양대의 비8)가
홀연히 꿈속에 들어오고 서왕모(西王母)의 편지가 문득 전해져, 갑자기
성기의 만남9)을 이루고 월노의 끈10)을 맺게 되었습니다. 이로써 제 삼
생(三生)의 소원이 거의 다 이루어졌으니, 동혈지맹11)을 번복하지 마십
시오 글로 말을 다 표현하지 못하는데, 말인들 어떻게 마음을 다 표현
할 수 있겠습니까?"

옥영은 편지를 받고 매우 기뻤다. 그래서 다음날 또 답장을 써서 춘

---

5) 봉산(蓬山) : 동해(東海) 가운데 신선이 산다고 하는 봉래산을 일컬음.
6) 약수(弱水) : 신선이 살았다는 중국 서쪽의 전설적인 강. 길이가 3천 리나 되며,
   부력(浮力)이 매우 약하여 기러기의 털도 가라앉는다고 함.
7) 빙간지어(氷間之語) : 중매(仲媒)하는 말. 빙어(氷語)라고도 함.
8) 양대지우(陽臺之雨) : 무산신녀(巫山神女)를 이름.
9) 성기지회(星期之會) : 견우와 직녀가 만난다는 7월 7일이나 혼인날을 일컬음.
10) 월로지승(月老之繩) : 월하노인(月下老人)이 가지고 다니면서 남녀의 인연을 맺어
    준다는, 주머니의 붉은 끈.
11) 동혈지맹(同穴之盟) : 부부가 죽어서 같은 무덤에 묻힌다는 맹세로, 흔히 부부의
    금슬이 좋음을 비유함. 여기서는 '부부가 되자는 맹세'라는 뜻으로 쓰임.

생에게 전달케 하였는데, 그 글에 일렀다.

　"저는 서울에서 생장하였으나 일찍 부친을 여의고, 지금껏 형제도 없이 홀로 편모(偏母)를 모셔왔습니다. 몸은 비록 영락었으나 마음은 빙호12)같으며, 거칠게나마 맑고 깨끗한 행실을 알아 대문 앞에 있는 길가마저도 나가 본 일이 없습니다. 그러나 좋은 때를 만나지 못하여 세상살이에 어려움이 많고, 전쟁이 어지럽게 일어나 온 가족이 흩어져 떠돌다가 이곳 남쪽 땅까지 이르러 친척에게 몸을 의탁하고 있습니다. 나이는 이미 시집 갈 때가 되었으나 아직 받들어 공경할 사람을 만나지 못하고, 항상 옥이 난리에 깨지거나 구슬이 강포한 무리에게 더럽혀질까 두려워하고 있습니다. 또 이 때문에 늙으신 어머님께는 근심을 끼치고, 제 스스로도 몸을 보전하기가 어려워 슬프기만 합니다. 그러나 사라(絲蘿)가 반드시 교목(喬木)에 의탁하듯이13) 여자의 백년고락(百年苦樂)은 실로 남자에게 달려 있으니, 진실로 교목처럼 훌륭한 남자가 아니라면 제가 어떻게 결혼할 마음을 둘 수 있겠습니까? 가까운 곳에서 낭군을 뵈오니, 말씀이 온화하고 행동거지(行動擧止)가 단정하며, 성실하고 진솔한 빛이 얼굴에 넘쳐흐르고, 우아한 기품이 보통 사람보다 한결 빼어났습니다. 만약 제가 어진 남편을 구하고자 한다면 낭군 외에 달리 누가 있겠습니까? 저는 용렬한 사람의 아내가 되기보다는 차라리 군자(君子)의 첩(妾)이 되는 것이 낫다고 생각합니다. 그러나 제 비천한 자질을 돌이켜 보면 군자의 짝이 되지 못할까 두렵기만 합니다. 어제 제가 시를 던진 것은 실로 저의 음란함을 깨우쳐 보이기 위함이 아니라, 단지 시험삼아서 낭군의 의향을 탐지하려는 것이었습니다. 제가 비록 지식은 없으나 원래 사족(士族)으로서 애초에 저자에서 노니는 무리14)가 아닌

---

12) 빙호(氷壺) : 얼음을 넣은, 옥으로 만든 병. 맑고 깨끗한 마음의 비유.
13) 사라소탁필어교목(絲蘿所托必於喬木) : 토사(菟絲)와 여라(女蘿)가 큰 나무에 의탁한다는 뜻으로, 여자가 훌륭한 남자에게 의탁하여 그 처첩(妻妾)이 됨을 이름.

데, 어떻게 담벼락에 구멍을 뚫고 몰래 만날 마음을 가질 수 있겠습니까? 반드시 부모님께 아뢰어 마침내 예(禮)에 따라 혼례를 치른다면, 비록 먼저 사사로이 시를 던져 스스로 중매하는 추태를 범했으나 정절과 신의를 지키어 거안지경15)을 다하고자 합니다. 이미 사사로이 편지를 주고받아 그윽하고 바른 덕을 크게 잃어버리긴 했으나 이제 간과 쓸개가 비추듯 서로의 마음을 잘 알게 되었으니, 다시는 함부로 편지를 보내지 않겠습니다. 이제부터는 반드시 중매를 두어 제가 행로16)했다는 비난을 받지 않도록 해주시길 간절히 바라오니, 잘 생각하시어 일을 꾀하십시오."

최척은 편지를 다 읽은 후 마음이 더욱 기뻐서 자기 아버지에게 간절하게 아뢰어 말했다.

"들으니, 과부 심씨가 서울에서 내려와 정씨 집에 더부살이를 하고 있는데, 그 딸이 결혼할 나이인 데다가 용모가 매우 아름답고 성격이 온순하다고 합니다. 아버님께서 불초한 자식을 위해 시험삼아 정상사에게 구혼해 보십시오. 만약 이 일을 늦추시어 지위가 높은 사람이 우리보다 먼저 구혼하게 된다면 후회해도 소용이 없을 것이니, 우리가 먼저 구혼하는 것이 좋을 듯합니다."

아버지가 말했다.

"저들은 귀족으로 멀리 타향에 와서 잠시 더부살이를 하고 있기 때문에 반드시 부유한 집에 혼처를 구하려고 할 것이다. 그러나 우리 집은 본래부터 가난하니 저들이 우리의 구혼을 기꺼워할 리가 없다."

최척이 거듭 간청하여 말했다.

"먼저 물어 보십시오. 이루어지고 이루어지지 않는 것은 하늘의 뜻입

---

14) 의시지도(倚市之徒) : 길거리에서 몸을 파는 창녀(娼女)를 이름.

15) 거안지경(擧案之敬) : 거안제미(擧案齊眉)와 같음. 부부의 도리를 다해 남편을 지극히 공경한다는 뜻.

16) 행로(行露) : 남녀가 사사로이 밀회를 즐김. <주생전>의 각주 45 참조

니다."

이에 최척의 아버지가 가서 물으니, 상사가 말했다.

"나의 표매[17]가 서울에서 피난을 와 궁박하게 내 집에 머물러 있는데, 그녀의 외동딸이 자색이 뛰어나고 재주와 행실이 보통이 아니라네. 그래서 내가 바야흐로 신랑감을 구해 가정을 이루게 하려고 하네. 진실로 자네의 아들이 훌륭한 사윗감이라는 것을 알고 있지만, 단지 자네가 가난한 것이 걱정일세. 그러나 내가 마땅히 누이와 상의를 해서 다시 알려줌세."

최숙(崔潚)이 집으로 돌아와 이러한 말을 전하자, 최척은 초조한 모습으로 상사의 회답이 오기를 고대하였다. 상사가 심씨에게 최숙이 구혼한 사실을 이야기하니, 심씨가 거절하며 말했다.

"저는 온 집안이 유리(遊離)되어 의탁할 곳 없이 외롭고도 어렵사리 지내고 있습니다. 그래서 이 딸을 반드시 부유한 사람에게 시집을 보내어 의탁할 계획을 갖고 있습니다. 최랑이 비록 어질다고는 하나 그 집안이 매우 가난하다고들 하니, 저는 원하지 않습니다."

이날 밤 옥영이 어머니 곁으로 가서 말을 하려다가 머뭇거리니, 어머니가 말했다.

"네가 무슨 생각을 하고 있는지 숨기지 말고 털어놓아라."

옥영이 얼굴을 붉히고 말을 못하다가 억지로 입을 열어 말했다.

"어머님께서 저를 위해 사위를 고르시되 반드시 부유한 사람만을 구하려고 하시니, 그 마음이 안타깝습니다. 집안이 부유하고 사윗감마저 어질다면 얼마나 다행이겠습니까? 그러나 만약 집안은 비록 먹을 것이 풍족하더라도 사윗감이 어질지 못하다면, 그 집안을 보존하기 어려울 것입니다. 사람이 어질지 못한데 제가 그를 남편으로 섬긴다면, 비록 곡식이 있다고 한들 그가 능히 우리를 먹여 살릴 수 있겠습니까? 제가 최

---

17) 표매(表妹) : 부모의 자매 및 모친의 형제 등과 친척 관계인 종매(從妹).

생을 몰래 살펴보니, 그는 하루도 빠지지 않고 매일 우리 아저씨께 와서 성의를 다하여 성실하게 배웠습니다. 이로 보건대, 그는 결코 경박하거나 방탕한 사람은 아닙니다. 이 사람을 배필로 삼을 수만 있다면 저는 죽어도 여한이 없습니다. 하물며 가난한 것은 선비의 본분이요, 떳떳하지 못한 재물은 뜬구름과 같은 것입니다. 청컨대, 최생으로 마음을 정하시어 저의 소원을 이루어 주십시오. 이것은 처녀가 제 입으로 할 말은 아니지만, 제 일생과 관련된 일입니다. 그런데 어떻게 부끄러움을 꺼려하여 침묵을 지킨 채 말을 하지 않고 있다가, 마침내 용렬한 사람에게 시집가서 일생을 그르쳐 버릴 수 있겠습니까? 이미 깨어진 시루는 다시 완전하게 하기 어려우며, 물을 들인 실은 다시 희게 할 수 없듯이 일이란 한 번 그르치면 서제막급[18]입니다. 하물며 지금 제 처지는 다른 사람들과 달라 집에는 엄한 아버지가 계시지 않고 왜적(倭賊)이 가까운 곳에 있습니다. 진실로 참되고 믿음직스런 사람이 아니라면 어떻게 우리 두 모녀로 하여금 우리 가문의 운명을 온전하게 보존할 수 있도록 하겠습니까? 지금은 차라리 안씨[19]가 결혼을 요청하고 서매[20]가 스스로 낭군을 선택한 것을 본받아야 할 때입니다. 그런데 어떻게 여자의 속마음을 숨긴 채 단지 남의 입만 바라보면서[21] 가까운 곳에 있는 배필을 가만히 놓아두어야 하겠습니까?"

옥영의 모친은 어쩔 수 없이 다음날 정공(鄭公)에게 아뢰어 말했다.

"제가 밤에 다시 생각해 보니, 최씨가 비록 가난하지만 그의 아들이 준수하며 빈부(貧富)는 하늘에 달려 있기 때문에 사람의 힘으로 이룰 수 있는 것이 아닙니다. 그래서 모르는 사람에게 구혼하기보다는 차라리 최랑을 사위로 삼는 것이 좋을 것 같습니다."

---

18) 서제막급(噬臍莫及) : 배꼽을 물어 뜯으려 하여도 입이 닿지 않는다는 뜻으로, 후회하여도 이미 소용이 없음을 비유한 말.
19) 안씨(顔氏) : 미상.
20) 서매(徐妹) : 미상.
21) 도망인구(徒望人口) : 남이 중매하기를 가만히 앉아서 기다린다는 뜻.

정공이 말했다.

"누이가 그렇게 원한다면 내가 반드시 일이 성사되도록 권하리라. 최 랑이 비록 한미한 선비이나 됨됨이가 옥처럼 훌륭하여 서울에서도 이 같은 사람은 거의 찾을 수 없을 게다. 저 사람이 만약 학업을 완수한다 면 가난에서 벗어나 부자가 될 것이니, 어찌 숙맥(菽麥)과 같은 사람이 겠는가?"

정공은 바로 그 날 중매쟁이를 최숙에게 보내어 혼인을 약속하고, 오 는 9월 보름에 혼례를 치르기로 결정하였다. 최척은 너무 기뻐 손가락 을 꼽아 가면서 그 날이 오기를 기다렸다.

세월이 어느 정도 흐른 뒤였다. 남원부 사람으로 전에 참봉22)을 지냈 던 변사정23)이 의병(義兵)을 모집하여 영남(嶺南)으로 가려고 하였는데, 최척은 활쏘기와 말타기를 잘했기 때문에 의병에 뽑혀서 동행하게 되 었다. 최척은 진중(陣中)에 있으면서 옥영에 대한 근심과 걱정으로 몸이 아프게 되었다. 혼례를 치르기로 약속한 날이 되어 소장(訴狀)을 올려 휴가를 청하자, 의병장이 화를 내며 말했다.

"지금이 어느 때인데 감히 혼사(婚事)에 대해서 말하느냐? 임금께서 도 난리를 당하고 피난을 가서 풀숲을 방황하고 계시니, 이러한 때 신 하된 자는 마땅히 창을 베고 잘 겨를도 없어야 할 것이다. 하물며 너는 아직 결혼할 나이도 되지 않았으니, 도적을 모두 물리치고 난 뒤에 결 혼식을 올리더라도 늦지 않을 것이다."

의병장은 이렇듯 꾸짖으며 끝내 최척의 귀가를 허락하지 않았다. 옥 영도 최생이 종군(從軍)하여 돌아오지 않자 혼례를 치르지 못하고 그

---

22) 참봉(參奉) : 조선시대의 벼슬. 원(園)·능(陵)·내의원(內醫院)·관상감(觀象監)· 사직서(社稷署) 등에 두었던 종9품의 벼슬.
23) 변사정(邊士貞) : 1529(중종 24)~1596(선조 29). 조선시대 의병장(義兵將). 자는 중 간(仲幹), 호는 도탄(桃灘). 음보(蔭補)로 경기전참봉(慶基殿參奉)이 되고, 1592년 (선조 25) 임진왜란이 일어나자 전라남도 순천(順天)에서 의병을 모집, 의병장으 로 왜병 2천여 명을 사살함.

날을 헛되게 보낼 수밖에 없었다. 이후로 옥영은 밥을 먹거나 잠을 자지 못하였으며, 날이 갈수록 근심만 깊어 갔다.

이때 남원부중(南原府中)에 양생(梁生)이란 사람이 있었는데, 집안이 매우 부유하였다. 그는 옥영이 어질고 똑똑하며, 최척이 진중에서 돌아오지 않았다는 말을 들었다. 그래서 이 틈을 이용해 옥영에게 구혼하기 위해 몰래 뇌물을 주어 정공의 아내와 결탁하였다. 이에 정공의 아내는 심씨에게 양생을 침이 마르도록 칭찬하고, 옥영을 양생과 혼인시키도록 권하며 말했다.

"최생은 매우 가난해 아침에는 저녁 때 먹을 것이 없어 동쪽에서 빌리고 서쪽에서 구걸해야 하는데, 어느 겨를에 부모를 모실 수 있겠습니까? 하물며 지금은 최생이 종군해서 돌아오지도 못하고 있으니, 그의 생사를 기약하기도 어렵습니다. 그러나 양생의 집안은 매우 부유하여 본래부터 재물이 많기로 소문이 나 있으며, 그 아들도 최생 못지 않게 현명합니다."

이렇듯이 정공 부부가 번갈아 가며 권하자, 심씨는 자못 유혹에 넘어가 즉시 양생과 옥영의 혼인을 허락하고, 10월로 날짜를 잡아 혼례를 치르기로 약속하였다. 마치 '많은 사람들이 한결같이 말하니 감옥인들 깨뜨리지 못하리오'하는 꼴이 된 것이다.

이 사실을 알게 된 옥영은 밤에 어머니를 찾아가 눈물로 호소하며 말했다.

"최생의 거취(去取)는 의병장의 손에 달려 있기 때문에 최생이 자기 마음대로 오지 않은 것은 아닙니다. 그런데 최생의 말을 기다리지도 않고 곧바로 언약을 저버리시니, 이보다 옳지 못한 사람이 또 어디 있겠습니까? 만약 제 의지를 꺾으려 하신다면 저는 죽어도 다른 곳으로는 시집가지 않겠습니다. 하늘같은 어머니께서도 몰라주시는데 남들이 어떻게 제 마음을 헤아리겠습니까?"[24]

어머니가 말했다.

"너는 어찌 이렇듯 심하게 고집을 부리느냐? 아아, 어린 네가 무엇을 알겠느냐? 너는 마땅히 이 어미가 시키는 대로 따라야 할 것이다."

심씨는 딸의 말을 용납하지 않고, 또 더 들을 생각도 없어 곧 잠자리에 들었다. 한밤에 심씨가 깊이 잠들어 있었는데, 문득 숨이 차서 헐떡거리는 소리가 베갯머리까지 세차게 들려 왔다. 잠에서 깨어나 딸이 자던 자리를 어루만져 보니, 딸이 그 자리에 없었다. 놀라 자리에서 일어나 다급히 찾아보니, 옥영이 비단 수건으로 목을 메고 창살 아래 엎드려 있었다. 손발이 모두 차고 숨소리가 점차 희미해졌으며, 호흡만 목구멍 속에서 오락가락하였다. 심씨는 황망히 목에 메인 수건을 풀고 옥영을 끌어안아 일으켰다. 이때 춘생이 등불을 밝히고 와서 물을 몇 모금 입에 흘려 넣자, 옥영이 겨우 입으로 숨을 내쉬었다. 잠시 후 옥영이 깨어남에 온 집안이 발칵 뒤집혀 너나 없이 달려와서 옥영을 구완하였으며, 이 이후로는 어느 누구도 양씨 집안과의 혼사 이야기를 꺼내지 않았다.

이때 최숙은 아들에게 편지를 보내어 양씨 집안과의 혼사 문제 등 그 동안의 모든 사실을 다 알려 주었다. 최척은 바야흐로 옥영에 대한 그리움으로 오래도록 병이 낫지 않고 침상에 누워 있었는데, 이 소식을 듣고는 병과 그리움이 두 배나 더 심해졌다. 의병장은 이 이야기를 듣고 즉시 최척을 진중에서 내어보내 집으로 돌아가게 하였다. 집으로 돌아온 최척은 며칠 동안 몸을 조리하고 난 뒤에 점차 병이 낫기 시작하였다. 그리하여 마침내 11월 초하룻날 정진사(鄭進士) 집에서 혼례를 치렀다. 아름다운 두 남녀가 서로 합치게 되니, 그 기쁨이란 이루 말할 수 없었다.

---

24) 모야천지(母也天只), 불량인지(不諒人只) : 『시경(詩經)』 「용풍(鄘風)」 <백주(柏舟)>편에서 따온 것으로, 본래 뜻은 "어머님은 제게 하늘이신데 절 못 믿으시나요?"임. <백주>는 자신의 의지대로 시집가고자 하는 여인이 부모에게 하소연하는 내용.

혼례를 마친 후 최척이 아내와 장모를 모시고 집으로 돌아옴에 하인과 노비들이 모두 기뻐하였다. 대청(大廳)에 오르자 친척들이 축하하여 온 집안에 기쁨이 넘쳐흘렀으며, 이들을 기리는 소리가 사방의 이웃으로 퍼져 나갔다. 시집에 온 옥영은 소매를 걷어붙이고 머리를 빗어 올린 채 손수 물을 긷고 절구질을 하였으며, 시아버지를 봉양하고 남편을 섬길 때는 효도와 정성을 다하고, 윗사람을 받들고 아랫사람을 부릴 때는 성의와 예의를 두루 갖추었다. 이웃 사람들이 이 이야기를 듣고는 모두 양홍의 처25)나 포선의 아내26)도 이보다는 낫지 않을 것이라고 칭찬하였다.

최척은 아내를 얻은 이후 구하는 것이 뜻대로 되어 재산이 점차 넉넉하게 불어났으나, 다만 일찍이 자식이 없는 것이 걱정이었다. 최척 부부는 후사(後嗣)를 염려하여 매월 초하루가 되면 몸과 마음을 깨끗이 하고 함께 만복사(萬福寺)에 올라가 부처께 기도를 올렸다. 다음 해인 갑오년27) 정월 초하루에도 만복사에 올라가 기도를 하였는데, 이날 밤 장육금불이 옥영의 꿈에 나타나 말했다.

"나는 만복사의 부처로다. 너희 정성이 가상하여 기이한 사내아이를 점지해 주니, 태어나면 반드시 특이한 일이 있을 것이다."

옥영은 그 달에 바로 잉태하여 10개월 후에 과연 아들을 낳았는데,

---

25) 양홍지처(梁鴻之妻) : 맹광(孟光)을 이름. 양홍은 후한(後漢) 때의 가난한 선비로 한 고을에 살던 맹광에게 장가를 갔는데, 맹광은 부잣집 딸이었음에도 불구하고 남편의 뜻을 받들어 검소한 차림으로 한평생 남편을 도와 좋은 가정을 이루었다 함.

26) 포선지처(鮑宣之妻) : 환소군(桓小君)을 이름. 포선은 한(漢)나라 고성(高城) 사람으로 자는 자도(子都)이며, 젊어서 환소군의 부친에게 수학(受學)함. 학문을 좋아하고 경전(經典)에 밝아 애제(哀帝) 때 간대부(諫大夫)가 됨. 포선이 환소군을 데리고 처음 시집으로 갈 때 환소군이 화려한 치장을 하고 포선을 뒤따르자, 포선이 이를 싫어했다 함. 이에 환소군은 짧은치마로 갈아입은 후 포선과 함께 녹거(鹿車)를 이끌고 시집으로 갔으며, 시집에서는 손수 항아리를 머리에 이고 물을 긷는 등 아내로서의 도리를 다하여 마을 사람들이 크게 칭찬했다 함.

27) 갑오년(甲午年) : 임진왜란이 일어난 지 2년 뒤인 1594년(선조 27).

등위에 어린아이 손바닥만한 붉은 점이 있었다. 그래서 마침내 최척은 아들 이름을 몽석(夢釋)이라고 지었다.

최척은 피리를 잘 불었으며, 매번 꽃피는 아침과 달뜨는 저녁이 되면 아내와 함께 피리를 불곤 하였다. 일찍이 날씨가 맑은 어느 봄날 밤이었는데, 어둠이 깊어 갈 무렵 미풍이 잠깐 일어나면서 밝은 달이 환하게 비추었으며, 바람에 날리던 꽃잎이 옷에 떨어져 그윽한 향기가 코끝에 스며들었다. 이에 최척과 옥영은 술병을 열고 술을 따라 마신 후, 침상에 기대어 피리를 세 곡조 부니 그 여음(餘音)이 하늘거리며 퍼져나갔다. 옥영이 한동안 침묵에 잠겨 있다가 말했다.

"저는 본래부터 아녀자가 시 읊는 것을 싫어했습니다. 그런데 이처럼 맑은 정경을 대하니 도저히 참을 수가 없군요."

옥영은 마침내 절구(絶句) 한 수를 읊었다.

> 왕자진[28]이 피리를 부니 달도 내려와 들으려 하는데,
> 바다처럼 푸른 하늘엔 이슬이 서늘하네.
> 때마침 날아가는 푸른 난새를 함께 타고서도,
> 안개와 놀이 가득하여 봉도[29] 가는 길 찾을 수 없네.

> 王子吹簫月欲底, 碧天如海露凄凄.
> 曾須共馭青鸞去, 蓬島烟霞路不迷.

최척은 애초에 자기 아내가 이렇듯 시를 잘 읊조리는 줄 모르고 있었던 터라 놀라고 또 감탄을 한 후, 즉시 그 시에 화답하여 읊었다.

---

28) 왕자진(王子晉) : <운영전>의 각주 47 참조. 여기서는 남편인 최척을 두고 이른 것임.
29) 봉도(蓬島) : 신선이 산다고 하는 섬. 동해(東海)에 있다고 함.

아득한 요대엔 새벽 구름이 떠다니고,
맑은 난소(鸞簫)의 곡조(曲調)는 끊이지 않네.
여향(餘響) 공중에 울려 퍼짐에 달은 떨어지려 하고,
뜰에 드리운 꽃 그림자는 향기로운 바람에 날리네.

瑤臺漂渺曉白雲, 吹徹鸞簫曲未終.
餘響滿空月欲落, 一庭花影動香風.

최척이 읊기를 마치자, 옥영은 더없이 기뻤다. 그러나 옥영은 즐거움이 다 하면 슬픔이 온다는 것을 아는지라, 처연히 최척의 손을 잡고 눈물을 흘리면서 말했다.

"인간 세상에는 뜻하지 않는 변고(變故)가 있고, 좋은 일은 귀신이 시기하는 법입니다. 우리가 일생을 살아가는 동안에 몇 번이나 헤어지고 다시 만날 지 기약하기 어렵습니다. 저는 항상 이것이 근심스러워 마음이 절로 슬퍼지곤 합니다."

최척이 눈물을 닦아주며 위로하여 말했다.

"굽었다가 펴지고 가득 찼다가 텅 비게 되는 것이 천도(天道)의 항상된 이치요, 길흉(吉凶)과 회한(悔恨)은 사람이 살아가는 동안 당연히 겪을 일일 것이오. 만약 불행히 하늘에서 부여한 운명을 맞이하게 되더라도 어떻게 슬픈 처지를 한탄하면서 몸과 마음을 게을리 할 수가 있겠소? 부질없는 근심과 고민으로 즐거운 마음을 해칠 필요는 없소"

이 이후로 최척과 옥영의 애정은 더욱 돈독해졌으며, 서로들 지음30)으로 자처하면서 하루도 떨어져 생활하는 일이 없었다.

정유년31) 8월에 왜구(倭寇)가 남원을 함락하자 사람들이 모두 피난

---

30) 지음(知音) : 자기의 마음을 알아주는 친한 벗. 백아(伯牙)는 거문고를 잘 탔는데, 그의 벗 종자기(鍾子期)가 백아의 거문고 소리만 듣고도 백아의 마음을 잘 알았다는 고사에서 유래.

가 숨었으며, 최척의 가족들도 지리산(智異山) 연곡사32)로 피난을 갔다. 최척은 옥영에게 남장(男裝)을 하게 했는데, 뭇 사람에 뒤섞이어도 보는 사람들마다 옥영이 여자인 줄을 몰랐다. 지리산으로 들어온 지 며칠이 지나자 양식이 다 떨어져 거의 굶주리게 되었다. 최척은 장정(壯丁) 서너 사람과 함께 양식도 구하고 왜적의 형세도 살펴볼 겸 산에서 내려왔다. 최척 일행은 구례(求禮)에 이르러서 갑자기 적병을 만나게 되었는데, 모두 바위 골짜기에 몸을 숨겨 겨우 붙잡히는 것을 면했다.

이날 왜적들은 연곡사(鷰谷寺)로 가득히 쳐들어가 아무 것도 남기지 않고 다 약탈해 갔다. 최척 일행은 길이 막혀 3일 동안이나 오도가도 못하고 숨어 있었다. 왜적들이 물러가기를 기다렸다가 간신히 연곡사로 들어가 보니, 시체가 절에 가득히 쌓여 있고 피가 흘러 내를 이루고 있었다. 그런데 이때 숲 속에서 신음소리가 은은히 들려왔다. 최척이 달려가 찾아보니, 노인 몇 사람이 온 몸에 상처를 입고 신음하고 있었다. 노인들은 최척을 보자 통곡하며 말했다.

"적병이 산에 들어와서 3일 동안 재물을 약탈하고 인민들을 베어 죽였으며, 아이들과 여자들은 모두 끌고 어제 겨우 섬진강33)으로 물러갔네. 가족들을 찾고 싶으면 물가에 가서 물어 보게나."

최척은 하늘을 부르짖으며 통곡하고 땅을 치며 피를 토한 뒤, 즉시 섬진강으로 달려갔다. 몇 리도 채 못 갔는데, 문득 어지럽게 널려진 시신들 속에서 신음소리가 들렸다. 그 소리는 끊겼다 이어졌다 해서 소리가 나는 것인지 아닌지 분간하기도 어려웠다. 가서 보니 온 몸이 칼로

---

31) 정유년(丁酉年) : 정유재란(丁酉再亂)이 일어났던 1597년(선조 30).

32) 연곡사(鷰谷寺) : 전라남도 구례군 토지면 내동리(內東里) 지리산(智異山)에 있는 절. 544년(신라 진흥왕 5)에 연기조사(緣起祖師)가 창건했는데, 임진왜란과 6·25 동란 때 불탐. 현재 절에는 동부도(東浮屠 : 국보 53호), 북부도(北浮屠 : 국보 54호) 등이 남아 있음.

33) 섬진강(蟾津江) : 전라 남북도의 동부(東部) 지역을 관류(貫流)하는 강. 전북 진안군(鎭安郡)의 소백산맥(小白山脈)에서 발원하여 임실(任實)·남원(南原)·구례(求禮)·경남 하동(河東) 등지를 지나 남해(南海)로 들어감.

베이고 흐르는 피가 얼굴에 낭자하여 어떤 사람인지 알아 볼 수가 없었다. 그가 입고 있는 옷을 살펴보니 춘생이 입고 있던 것과 비슷했다. 그래서 최척은 큰 소리로 불러 말했다.

"너는 춘생이 아니냐?"

춘생이 눈을 들어보더니, 얼굴이 비참하게 일그러지며 기어드는 목소리로 희미하게 몇 마디를 중얼거렸다.

"낭군이시여, 낭군이시여! 아아, 애통합니다! 주인 어른의 가족들은 모두 적병에게 끌려갔으며, 저는 어린 몽석을 등에 업고 달아났으나 빨리 달릴 수가 없어 적병의 칼에 맞게 되었습니다. 그 즉시 저는 땅에 넘어져 기절했다가 반나절만에 깨어났는데, 등에 업혔던 아이는 죽었는지 살았는지 알 수가 없습니다."

춘생은 말을 마치더니 이내 죽고 말았다. 최척은 주먹으로 가슴을 치고, 땅에 쓰러져 기절했다가 한참 후에야 깨어났다. 이윽고 정신을 가다듬어 섬진강(蟾津江)으로 가서 보니, 강둑 위에 상처를 입고 쓰러진 수십 명의 노약자들이 서로 모여서 통곡을 하고 있었다. 최척이 다가가서 묻자, 노인들이 대답했다.

"산 속에 숨어 있다가 왜적에게 여기까지 끌려 왔네. 왜적들은 여기에서 장정들만 가려 배에 실어 가고, 이처럼 병이 들거나 칼에 찔린 노약자들은 버려 두었네."

최척은 이 이야기를 듣고 대성통곡(大聲痛哭)을 하였다. 혼자만 온전하게 살아남을 수 없다고 생각하여 자살을 하려고 했으나, 주위 사람들이 만류하여 죽을 수도 없었다. 그래서 강의 상류로 터덜터덜 걸어올라 갔는데, 막상 돌아갈 곳도 없었다. 샛길을 찾아 겨우 고향에 이르러서 보니, 담벼락은 무너지거나 깨어져 있었다. 그 밖의 다른 것들도 모두 불타버려 쉴 곳은 물론, 곳곳에 시체가 언덕처럼 쌓여 발 디딜 틈도 없었다.

마침내 최척이 금교(金橋) 옆에 주저앉아 쉬고 있는데, 문득 어떤 당

(唐)나라 장수가 10여 명의 말 탄 병사를 거느리고 성안에서 나와 금교 아래에서 말을 씻기었다. 최척은 의병(義兵)으로 출전했을 때 당나라 장수들을 대접하기 위해 그들과 함께 오래도록 술을 마신 터라, 중국말을 조금은 알고 있었다. 그래서 최척은 그 장수에게 자기 집안이 전몰(全沒)하게 된 사실을 이야기하고, 또 자기 한 몸마저 의탁할 곳이 없어 함께 중국으로 들어가 목숨이나 부지했으면 좋겠다고 호소하였다. 당나라 장수는 최척의 말을 듣고 슬퍼하였으며, 또 최척의 뜻을 불쌍하게 여겨 말했다.

"나는 오총병34)에 속해 있는 천총35)인 여유문(余有文)이오. 집은 절강성(浙江省) 소흥부36)에 있으며, 재산은 비록 넉넉지 않으나 먹고살기에는 부족함이 없소. 인생이란 서로의 마음을 알아주는 것이 소중하니, 가고 아니 가고는 그대의 뜻대로 하시오. 게다가 나는 이미 집안 일에 연연(戀戀)하지 않고 장차 멀리 유람할 계획을 갖고 있소. 그런데 어찌 반드시 홀로 한 가지 방책만 고수하여 소심하게 그대의 뜻을 받아들이지 못하겠소."

마침내 최척은 말 한 필을 얻어 타고 당나라 진중으로 들어갔다. 최척은 용모가 준수하고 지략이 심원하였으며, 활쏘기와 말타기를 잘하고 한문도 잘 알고 있었다. 그래서 여공(余公)은 최척을 매우 아껴 같은 막사에서 식사를 하고 잠도 같이 잤다. 얼마 뒤 총병(摠兵)이 병사들을 철수하여 중국으로 돌아감에, 최척은 전투(戰鬪)와 삼군37)의 장부(帳簿)를

---

34) 오총병(吳摠兵) : 오(吳)의 총병(摠兵). 총병은 관직 이름으로, 명(明)나라 때 조선에 군사를 파견하면서 두게 된 지휘관직(指揮官職)임.
35) 천총(千摠) : 명(明)나라 때 설치한 하급지휘관직(下級指揮官職).
36) 소흥부(紹興府) : 절강성(浙江省)에 속해 있는 부(府) 이름. 송(宋)나라 때 설치하고 명(明)나라 초에 부(府)로 승격하였으며, 영산음(領山陰) · 회계(會稽) · 신창(新昌) 등 여덟 개의 현(縣)을 거느림.
37) 삼군(三軍) : 다수의 군대. 또는 전군(全軍). 주대(周代)에 삼군은 대제후(大諸侯)가 소유한 상군(上軍) · 중군(中軍) · 하군(下軍)을 일컬었으며, 각 군은 일만 이천 오백 명으로 구성되었음.

담당하는 임무를 맡아 국경의 관문(關門)을 통과하여 소흥부(紹興府)에서 살았다.

한편, 최척의 가족들은 포로가 되어 강까지 끌려 왔는데, 적병들은 최척의 부친과 장모가 늙고 병이 들어 달아나지 못하리라 생각하고 방비를 소홀히 하였다. 최척의 부친과 장모는 적들이 방심하는 순간을 틈타 몰래 갈대 숲 속으로 달아나 숨었다. 이윽고 왜적들이 물러가자, 두 사람은 갈대 숲에서 나와 이 고을 저 마을을 구걸하며 떠돌다가 마침내 연곡사로 굴러들게 되었다. 그런데 승방(僧房)에서 어린아이의 구슬픈 울음소리가 들려 왔다. 이에 심씨가 울면서 최숙에게 말했다.

"이것이 어떤 아이의 소리입니까? 꼭 우리 아이의 울음소리 같습니다."

최숙이 문을 열어서 보니 바로 몽석이었다. 마침내 최숙은 기이한 인연에 놀라며, 아이를 품에 안고 울음을 달래었다. 그리고 몽석을 안고 나오면서 스님에게 물었다.

"이 아이가 어디서 이곳으로 왔습니까?"

혜정(惠正)이라는 스님이 말했다.

"수북하게 쌓여 있는 시체더미 속에서 이 아이가 응애응애 울면서 기어 나왔는데, 제가 그 모습이 하도 불쌍하여 이곳으로 데리고 와 아이의 부모를 기다리고 있었던 것입니다. 이 아이가 살아난 것은 곧 하늘이 내려주신 복입니다. 어찌 사람의 힘으로 할 수 있는 일이겠습니까?"

최숙은 손자 아이를 심씨와 번갈아 업어가면서 집으로 돌아와 흩어졌던 노복들을 거둬들이고, 집안 일을 돌보면서 함께 의지해 살았다.

이때 옥영은 왜병인 돈우(頓于)에게 붙들렸는데, 돈우는 인자한 사람으로 살생을 좋아하지 않았다. 그는 본래 부처님을 섬기면서 장사를 업으로 삼고 있었으나, 배를 잘 저었기 때문에 왜장(倭將)인 평행장(平行長)이 뱃사공의 우두머리로 삼아 데려왔던 것이다. 돈우는 옥영의 영특한 면모를 사랑하였다. 옥영이 붙들린 채 두려움에 떠는 것을 보고 좋은 옷을 입히고 맛있는 음식을 먹이면서 옥영의 마음을 달래었다. 그러나 옥영이 여자인 줄은 끝내 몰랐다. 옥영은 물에 빠져 죽으려고 두세 번 바다에 뛰어 들었으나, 사람들이 번번이 구출해서 결국 죽지 못하고 말았다.

어느 날 저녁이었다. 옥영의 꿈에 장육금불이 나타나 분명하게 말했다.

"삼가 죽지 않도록 해라. 후에 반드시 기쁜 일이 있을 것이다."

옥영은 깨어나 그 꿈을 기억해 내고는 전혀 희망이 없는 것은 아니라고 생각했다. 그래서 마침내 억지로라도 밥을 먹으며 죽지 않고 살아남았다.

돈우의 집은 낭고사(浪沽射)에 있었는데, 집에는 늙은 아내와 어린 딸만 있고 다른 사내는 없었다. 돈우는 옥영을 집안에서만 생활하고 다른 곳에는 일체 나가지 못하게 하였다. 이에 옥영은 돈우에게 거짓말로 일렀다.

"저는 단지 어린 사내로 약질에다가 병이 많습니다. 예전에 본국에 있을 때에도 남자들의 일을 감당할 수가 없어 오로지 바느질과 밥 짓는 일만을 했습니다."

돈우는 더욱 불쌍하게 생각하여 옥영에게 사우(沙于)라는 이름을 지어 주었다. 그는 배를 타고 장사를 다닐 때마다 옥영을 데리고 가서 부엌일을 맡겼다. 그래서 옥영은 배 안에 있으면서 민절의 사이[38]를 왕래하였다.

이때 최척은 소흥부에 살면서 여공과 의형제를 맺었다. 여공이 자신의 누이를 최척에게 시집보내려 하자, 최척이 완고하게 사양하며 말했다.

"저는 온 집안이 왜적에게 함몰되어 늙으신 아버지와 허약한 아내가

---

38) 민절지간(閩浙之間) : 중국의 복건성(福建省)과 절강성(浙江省) 사이. 민(閩)은 중국 동남지방에 있는 지역으로, 현재의 복건성을 일컬음.

살았는지 죽었는지 아직까지 모르고 있습니다. 그래서 죽을 때까지 상복(喪服)을 벗을 수 없을 지도 모르는데, 어떻게 마음놓고 아내를 얻어 편안한 생활을 꾀할 수 있겠습니까?"

이에 여공은 더 이상 이 문제에 대해서 논의하지 않았다.

그 해 겨울에 여공은 병으로 인해 죽고 말았다. 최척은 또다시 갈 곳이 없어 강호를 떠돌며 두루 명승지(名勝地)를 유람하였다. 용문(龍門)과 우혈[39]을 살펴보고, 소상강(瀟湘江)과 동정호(洞庭湖)를 유람하였으며, 악양루(岳陽樓)와 고소대[40]에도 올라갔다. 이렇듯 최척은 강산을 떠돌며 시를 읊조리고 구름과 물 사이를 배회하다가, 마침내 소심하게 사물에 얽매여 근심하지 않고 바람 따라 떠돌며 한 세상을 보내리라 마음먹게 되었다. 이러는 사이에 해상(海上)의 섬도사(蟾道士) 왕은(王隱)이라는 사람이 아미산[41] 아래에 살고 있는데, 금련단[42]을 달여 먹고 대낮에 하늘을 날 수 있는 재주를 가졌다는 말을 들었다. 그래서 최척은 장차 촉[43] 땅으로 가 그에게 선술을 배우려고 하였다.

때마침 주우(朱佑)라는 사람이 있었는데 호(號)를 학천(鶴川)이라고 했으며, 집이 용금문(湧金門) 밖에 있었다. 그는 경전(經典)과 사서(史書)에 두루 통했으나 공명을 달갑게 여기지 아니하고 물건 매매를 생업으로 삼았으며, 남에게 베풀기를 좋아하고 의기(義氣)를 숭상하였다. 최척과는 예전부터 절친하게 지내는 사이였는데, 최척이 촉으로 간다는 소식

---

39) 우혈(禹穴) : 동굴의 이름. 절강성(浙江省) 소흥현(紹興縣) 회계산(會稽山)의 한 봉우리인 완위산(宛委山)에 있으며, 우정(禹井)이라고도 함. 이곳에 우(禹)임금의 묘(廟)가 있음.

40) 고소대(姑蘇臺) : 강소성(江蘇省) 소주부(蘇州府)에 있는 누각. 오왕(吳王) 부차(夫差)가 월(越)나라를 격파하고, 그 대가로 얻은 미인 서시(西施)를 위해 지음.

41) 아미산(峨嵋山) : 사천성(四川省) 아미현(峨眉縣) 서남쪽에 있는 산 이름. 양쪽 산이 아미(蛾眉)처럼 서로 마주하고 있는 데서 이름지어짐.

42) 금련단(金鍊丹) : 도사(道士)가 정련(精鍊)한, 황금의 정(精)으로 만든 환약. 먹으면 장생불사(長生不死)한다 함.

43) 촉(蜀) : 사천성(四川省) 성도(成都)의 옛 명칭. 삼국시대(三國時代) 때 유비(劉備)가 이곳에 도읍(都邑)함.

을 들고 술을 가지고 왔다. 주우는 술잔을 들고 최척의 자(字)를 부르며 말했다.

"백승아! 백승아! 사람이 이 세상을 살아가면서 누군들 오래 살고 싶지 않겠는가? 그러나 고금천하(古今天下)를 오래도록 보아 왔지만 죽지 않은 사람이 어디에 있었는가? 남은 인생이 얼마나 된다고 음식을 물리치고 배고픔을 참는 등 스스로를 괴롭히면서 산에 사는 귀신과 이웃이 되려고 하는가? 자네는 모름지기 나에게 와서 나와 함께 사는 것이 좋겠네. 일엽편주(一葉片舟)에 몸을 싣고 오로지 마음이 내키는 대로 다니며, 아침저녁으로 오(吳) 땅과 초(楚) 땅을 오가며 비단과 차를 팔고 다니세. 이렇게 강호(江湖)를 유랑하며 남은 인생을 즐기는 것이 바로 달인(達人)의 경지요, 세상 사람들이 말하는 '지상(地上)의 신선이 하늘에서 노니는 것을 배웠다'고 하는 것이 아니겠는가?"

최척은 주우의 말을 듣고 확연하게 깨달은 바가 있었다. 그래서 주우와 함께 가게 되었는데, 이때가 경자년[44] 늦봄이었다. 최척과 주우는 배를 타고 이곳 저곳을 돌아다니며 차를 팔다가 마침내 안남[45]에 이르게 되었다. 이때 일본인 상선(商船) 10여 척도 강 어구에 정박하여 10여 일을 함께 머물게 되었다.

날짜는 어느덧 4월 보름이 되어 있었다. 하늘에는 구름 한 점 없고 물은 비단결처럼 빛났으며, 바람이 불지 않아 물결 또한 잔잔하였다. 이 날 밤이 장차 깊어 가면서 밝은 달이 강에 비추고 옅은 안개가 물위에 어리었으며, 뱃사람들은 모두 깊은 잠에 빠지고 물새만이 간간이 울고 있었다. 이때 문득 일본인 배 안에서 염불(念佛)하는 소리가 은은히 들려 왔는데, 그 소리가 매우 구슬펐다. 최척은 홀로 선창에 기대어 있다가 이 소리를 듣고 자신의 신세가 처량하게 느껴졌다. 그래서 즉시 행장(行裝)에서 피리를 꺼내 몇 곡을 불어서 가슴속에 맺힌 회한을 풀었

---

44) 경자년(更子年) : 1600년(선조 33).
45) 안남(安南) : 인도지나 동쪽의 한 지방. 지금의 베트남 지역.

다. 때마침 바다와 하늘은 고요하고 구름과 안개가 걷히니, 애절한 가락과 그윽한 흐느낌이 피리 소리에 뒤섞이어 맑게 퍼져 나갔다. 이에 수많은 뱃사람들이 놀라 잠에서 깨어났으며, 그들은 처연하게 앉아 피리 소리에 조용히 귀를 기울였다. 격분해서 머리가 곧추 선 사람도 피리 소리에 분을 가라앉힐 정도였다.

잠시 후에 일본인 배 안에서 조선말로 칠언절구(七言絶句)를 읊었다.

> 왕자진의 피리 소리에 달마저 떨어지려 하는데,
> 바다처럼 푸른 하늘엔 이슬만 서늘하구나.

> 王子吹簫月欲底, 碧天如海露凄凄.

시를 읊는 소리는 처절하여 마치 원망하는 듯, 호소하는 듯 하였다. 시를 다 읊더니, 그 사람은 길게 한숨을 내쉬었다. 최척은 그 시를 듣고 크게 놀라서 피리를 땅에 떨어뜨린 것도 깨닫지 못한 채, 마치 실성(失性)한 사람처럼 멍하니 서 있었다. 이를 보고 학천(鶴川)이 말했다.

"어디 안 좋은 곳이라도 있는가?"

최척은 대답을 하고 싶었으나 목이 메이고 눈물이 떨어져 말을 할 수 없었다. 시간이 조금 흐른 뒤에 최척은 기운을 차려 말했다.

"조금 전에 저 배 안에서 들려왔던 시구(詩句)는 바로 내 아내가 손수 지은 것이라네. 다른 사람은 평생 저 시를 들어도 절대 알아내지 못할 것일세. 게다가 시를 읊는 소리마저 내 아내의 목소리와 너무 비슷해 절로 마음이 슬퍼진 것이라네. 어떻게 내 아내가 여기까지 와서 저 배 안에 있을 수 있겠는가?"

이어서 온 가족이 포로로 잡혀간 일을 말하자, 배 안에 있던 사람들 가운데 비탄에 젖지 않은 사람이 없었다. 그 가운데는 두홍(杜洪)이라는 사람이 있었는데, 젊고 용맹한 장정이었다. 그는 최척의 말을 듣더니,

얼굴에 의기(義氣)를 띠고 주먹으로 노를 치면서 분연히 일어나며 말했다.

"내가 가서 알아보고 오겠소."

학천이 저지하며 말했다.

"깊은 밤에 시끄럽게 굴면 많은 사람들이 동요할까 두렵네. 내일 아침에 조용히 물어 보아도 늦지 않을 것일세."

주위 사람들이 모두 말했다.

"그럽시다."

최척은 앉은 채로 아침이 되기를 기다렸다. 동방이 밝아오자, 즉시 강둑을 내려가 일본인 배에 이르러 조선말로 물었다.

"어젯밤에 시조를 읊었던 사람은 조선 사람 아닙니까? 나도 조선 사람이기 때문에 한 번 만나 보았으면 합니다. 멀리 다른 나라를 떠도는 사람이 비슷하게 생긴 고국 사람을 만나는 것이 어찌 기쁘기만 한 일이겠습니까?"

옥영도 어젯밤에 들려왔던 피리 소리가 조선의 곡조(曲調)인데다, 평소에 익히 들었던 것과 너무나 흡사하였다. 그래서 남편 생각에 감회가 일어 저절로 시를 읊게 되었던 것이다. 옥영은 자기를 찾는 사람의 목소리를 듣고는 황망하게 뛰어나와 최척을 보았다. 두 사람은 서로 마주바라보고는 놀라서 소리를 지르며 끌어안고 백사장을 뒹굴었다. 목이메이고 기가 막혀 마음을 안정할 수가 없었으며, 말도 할 수 없었다. 눈에서는 눈물이 다하자 피가 흘러내려 서로를 볼 수도 없을 지경이었다. 두 나라의 뱃사람들이 저자 거리처럼 모여들어 구경하였는데, 처음에는 다만 친척이나 잘 아는 친구인 줄로만 알았다. 뒤에 그들이 부부 사이라는 것을 알고 사람마다 서로 돌아보며 소리쳐 말했다.

"이상하고 기이한 일이로다! 이것은 하늘의 뜻이요, 사람이 이룰 수 있는 일이 아니로다. 이런 일은 옛날에도 들어보지 못하였다."

최척은 옥영에게 그간의 소식을 물으며 말했다.

"산 속에서 붙들리어 강가로 끌려갔다는데, 그때 아버님과 장모님은 어떻게 되었소?"

옥영이 말했다.

"날이 어두워진 뒤에 배에 오른 데다 정신이 없어 서로 잃어버리게 되었으니, 제가 두 분의 안위를 어떻게 알겠습니까?"

두 사람이 손을 붙들고 통곡하자, 옆에서 지켜보던 사람들도 슬퍼하며 눈물을 닦지 않는 이가 없었다.

학천은 돈우를 만나 백금(白金) 세 덩이를 주고 옥영을 사서 데려 오려고 하였다. 그러자 돈우가 얼굴을 붉히며 말했다.

"내가 이 사람을 얻은 지 이제 4년 되었는데, 그의 단정하고 고운 마음씨를 사랑하여 친자식처럼 생각해 왔습니다. 그래서 침식을 함께 하는 등 잠시도 떨어진 적이 없었으나, 지금까지 그가 아낙네인 것을 몰랐습니다. 오늘 이런 일을 직접 겪고 보니, 이는 천지신명(天地神明)도 오히려 감동할 일입니다. 내가 비록 어리석고 무디기는 하지만 진실로 목석(木石)은 아닙니다. 그런데 차마 어떻게 그를 팔아서 먹고 살 수 있겠습니까?"

돈우는 즉시 주머니 속에서 은자(銀子) 10냥을 꺼내어 전별금(餞別金)으로 주면서 말했다.

"4년을 함께 살다가 하루아침에 이별하게 되니, 슬픈 마음에 가슴이 저리기만 하오. 온갖 고생 끝에 살아 남아 다시 배우자를 만나게 된 것은 실로 기이한 일이며, 이 세상에는 없었던 일일 것이오. 내가 그대를 막는다면 하늘이 반드시 나를 미워할 것이오. 사우(沙于)여! 사우여! 잘 가시게! 잘 가시게!"

옥영이 손을 들어 감사를 드리며 말했다.

"일찍이 주인 영감님께서 보호해 주신 덕분에 지금까지 죽지 않고 살아오다가 뜻밖에 낭군을 만나게 되었으니, 제가 받은 은혜가 이미 끝없이 많기만 합니다. 게다가 이렇듯이 기뻐하며 전별금까지 주시니 진실로 그 은혜를 잊지 않겠으며, 백 번 절하여 감사드립니다."

최척이 옥영과 함께 본 배로 돌아오자 이웃 배에서 이들을 보러 오는 사람들이 연일 끊이지 않았으며, 어떤 사람들은 금은(金銀)과 비단을 주기까지 했다. 학천은 집으로 돌아와 별도로 방 하나를 깨끗이 청소하고 최척과 옥영을 그곳에 살게 하였다.

최척은 이미 아내를 만났기 때문에 더 이상 바랄 것이 없었다. 그러나 머나먼 이국 땅에 의탁해 살고 있는 터라, 사방을 둘러보아도 친척 하나 없었다. 그래서 항상 늙은 아버지와 어린 아들 생각에 눈물이 마른 적이 없었으며, 밤낮을 가리지 않고 상심에 쌓여 있었다. 최척은 머나먼 이국 땅에서 더 이상 살 마음이 없었기 때문에 살아서 고향에 돌아가게 해달라고 묵묵히 기도하였다.

그러나 세월은 끊임없이 흘러서 최척은 또 아들 하나를 낳았다. 아이를 낳기 전에 장육금불(丈六金佛)이 또 꿈에 나타나서 말했다.

"이번에 낳는 아들도 등에 붉은 사마귀가 있을 것이로다."

최척 부부는 부처님께 감사드리고, 몽석(夢釋)이 다시 태어난 것으로 여겨 이름을 몽선(夢禪)이라고 지었다. 몽선이 이윽고 장성하여 어진 아내를 구하고자 하였다. 이웃에 진가(陳家)의 딸이 살고 있었는데, 이름은 홍도(紅桃)였다. 홍도가 젖을 떼기도 전에 아버지 위경(偉慶)은 유총병(劉摠兵)을 따라 조선에 출전했다가 돌아오지 않았으며, 다 자라기도 전에 어머니마저 돌아가시어 홍도는 이모의 집에서 길러졌다. 홍도는 늘 아버지가 타국에서 죽은 것을 슬퍼하고, 이 세상에 태어나서 아버지의 얼굴도 모르는 자신의 처지를 한탄하였다. 그래서 아버지가 죽은 나라에 한 번 가서 넋을 불러 놓고 통곡한 뒤, 시신을 모시고 돌아와 장례를 지내는 것이 홍도의 소원이었다. 홍도는 이렇듯 원한을 뼈와 가슴에 새기고 있었으나, 여자의 몸이라 뜻을 품고도 조선에 갈 수가 없었다. 그래서 몽선이 혼처를 구한다는 소식을 듣기도 전에 이모에게 중매를 부탁하며 말했다.

"제 평생의 소원은 최씨의 아내가 되어 한 번 조선에 가서 마음속에 맺힌 원한을 푸는 것입니다."

홍도의 이모는 본래부터 홍도의 뜻을 알고 있었기 때문에 즉시 최척을 만나 홍도가 품은 생각을 대략 이야기하고, 이어서 혼인을 요청하였다. 이에 최척 부부는 매우 기뻐하며 말했다.

"어린 여자아이도 이러한 뜻을 두었는데, 우린들 어찌 이러한 마음이 없겠습니까?"

마침내 최척은 홍도를 며느리로 맞이하였다.

다음 해 무오년46)에 오랑캐 추장47)이 요양48)으로 쳐들어 와 연달아 몇 개의 진지를 함락하고, 수많은 장졸들을 죽였다. 천자는 크게 화가 나서 온 나라의 모든 병사를 동원하여 이를 토벌케 하였다. 소주49) 사람인 오세영(吳世英)이 교유격(喬遊擊)의 부총(副摠)으로 출전하게 되었는데, 그는 예전에 여유문(余有文)에게 들어서 최척이 재주가 있고 용맹하다는 것을 잘 알고 있었다. 그래서 최척을 서기(書記)로 삼아 데려가려고 하였다. 최척이 거절을 할 수 없어 행장(行裝)을 꾸려 가려고 할 때, 옥영이 손을 잡고 눈물을 흘리며 작별하여 말했다.

"저는 타고난 운수가 좋지 않아 일찍이 난리를 만나 천신만고(千辛萬苦) 끝에 간신히 목숨을 부지하였습니다. 하느님의 도움으로 다행히 낭군을 만나, 끊어진 거문고 줄을 다시 잇고 나뉜 거울을 다시 둥글게 하듯이, 이미 끊어진 인연을 다시 맺었습니다. 게다가 늙어서 의탁할 아들까지 얻어 함께 24년 동안을 즐겁게 살아왔습니다. 지난 일을 돌아보건

---

46) 무오년(戊午年) : 1618년(광해군 10). 이 해 4월에 후금(後金)의 태조인 누루하치(努兒哈赤)가 명(明)나라를 공격하고, 10월에 조선에서는 도원수(都元帥) 강홍립(姜弘立)을 명나라 원병(援兵)으로 보냄.
47) 노추(虜酋) : 후금(後金)의 태조인 누루하치를 이름.
48) 요양(遼陽) : 중국의 지명(地名). <위경천전>의 각주 67 참조.
49) 소주(蘇州) : 강소성(江蘇省)의 주도(主都). 월왕(越王) 구천(勾踐)과 오왕(吳王) 부차(夫差)가 이곳에서 싸웠음.

대, 이제 죽어도 여한이 없습니다. 저는 항상 이 몸이 먼저 갑자기 죽어
낭군의 은혜에 보답하고 싶었기 때문에 늙어 가는 것을 걱정하지 않았
습니다. 그런데 또 이렇듯 이별하게 되었으니, 이제 수 만리나 떨어진
요양(遼陽)으로 가시면 다시 살아서 돌아오기 어려울 것입니다. 원컨대,
불미스러운 제가 이별하는 자리에서 자결하여 한편으로는 낭군께서 아
내를 그리워하는 마음을 끊고, 다른 한편으로는 밤낮으로 겪게 될 제
근심에서 벗어나고자 합니다. 아아! 이제 낭군을 영영 이별하게 되었으
니, 낭군께서는 천금같이 귀중한 몸을 스스로 잘 보존하시기를 간절히
바라옵니다."

옥영은 말을 마치고 칼을 뽑아서 목을 찌르려고 하였다. 최적이 칼을
빼앗으며 달래어 말했다.

"하찮은 오랑캐 추장(酋長)이 감히 팔을 걷어붙이고 달려들기에 제왕
(帝王)의 군대가 깨끗이 쓸어버리기 위해 가는 것이니, 형세는 계란을
깨는 것과 같소. 멀리 이역(異域)에 종군한다고 해서 어찌 반드시 다 죽
겠소? 삼가 근심하거나 고민하지 마시오. 내가 공을 이루고 돌아오면
중당(中堂)에 술상을 차려 놓고 맞이하여 축하나 해주시오. 하물며 몽선
이 건장하여 의지하기에 부족함이 없으니 되도록 많이 먹고, 먼길을 가
는 사람에게 걱정을 끼치지 마시오."

마침내 최척을 포함한 명(明)나라 군사는 길을 떠나 요양에 이르렀으
며, 여기에서 오랑캐 땅으로 수백 리 걸어 들어가 조선 군사와 나란히
우미새50)에 진을 쳤다. 그러나 주장(主將)이 적을 가볍게 여기고 싸우다
가 전군(全軍)이 크게 패하였다. 오랑캐들은 명나라 병사는 부류를 가지
지 않고 남김없이 다 죽이되, 조선 병사는 유혹하거나 위협하기만 하고
하나도 죽이지 않았다. 이에 교유격(喬遊擊)이 패졸 10여 명을 거느리고
조선 진영으로 들어가 조선옷을 구걸하자, 조선의 원수(元帥)인 강홍

---

50) 우미새(牛尾塞) : 중국의 북쪽 변방(邊方)으로, 하북성(河北省)에 있음.

립51)은 남은 옷을 지급하여 죽음을 면하게 하였다. 그런데 종사관52) 이
민환53)이 이러한 사실이 오랑캐에게 발각될까 두려워 다시 옷을 뺏고
중국 사람들을 붙잡아 적진(敵陣)에 보내버렸다. 최척은 본래 조선 사람
이었기 때문에 분주하고 어지러운 순간을 틈타 명나라 사람을 세워놓
은 줄에서 홀로 빠져 나와 죽음을 면하였다. 강홍립(姜弘立)이 투항하자
최척은 조선의 장졸(將卒)들과 함께 오랑캐 추장의 뜰에 감금되었다.

이때 몽석도 남원에서 무예를 익히다가 출전하여 원수의 진중에 있
었다. 오랑캐가 항복한 군졸들을 나누어 놓을 때 최척은 몽석과 같은
곳에 갇히게 되었다. 그래서 부자(父子)가 서로 만나게 되었으나, 최척
은 그가 어떤 사람인지를 몰랐다. 몽석은 최척이 말을 더듬거리는 것을
보고, 조선말을 할 줄 아는 명나라 병사가 죽음을 당할까 두려워서 조
선 사람 행세를 한다고 의심했다. 그래서 최척에게 어디에서 왔느냐고
따져 물었다. 최척도 오랑캐가 실상을 조사하는 것으로 의심해 말을 이
리저리 돌리며 전라도(全羅道)에 있었다고 하기도 하고, 충청도(忠淸道)
에 산다고 말하기도 했다. 몽석은 마음속으로 더욱 이상하게 생각했으
나 그 실상을 알 수가 없었다.

이윽고 몇 개월이 지난 후에 최척과 몽석은 정의(情誼)가 매우 두터

---

51) 강홍립(姜弘立) : 1560~1627. 조선 광해군 때의 무신(武臣). 자는 군신(君信), 호는
   내촌(耐村). 선조 30년(1597)에 문과에 급제. 광해군 10년(1618)에 도원수(都元帥)
   가 되어 명(明)나라 원병으로 후금(後金)과 싸우다가 포로가 됨. 10년 뒤인 정묘
   호란(丁卯胡亂) 때 후금의 선도(先導)를 맡았으며, 후금의 사신으로 강화(江華)에
   와서 화의(和議)를 주선한 후 국내에 머물다가 역신(逆臣)으로 몰려 죽음.
52) 종사관(從事官) : 조선시대 때 각 군영(軍營)·포도청(捕盜廳)에 딸린 종6품 벼슬.
53) 이민환(李民寏) : 1573~1649. 조선 인조 때의 문관(文官). 자는 이장(而壯), 호는
   자암(紫巖). 선조 33년(1600)에 문과에 급제. 광해군 10년(1618)에 명나라 원군(援
   軍)으로 참여, 도원수(都元帥) 강홍립(姜弘立)이 압록강을 건널 때 종사관(從事官)
   으로 따라갔으며, 후금(後金)에 패하자 홍립과 함께 투항하여 포로가 됨. 병자호
   란(丙子胡亂) 때에는 영남호소사(嶺南號召使) 장현광(張顯光)의 종사관으로 활동
   하다가 난이 끝난 후 동래부사(東萊府使)가 되었으며, 벼슬이 형조참판(刑曹參判)
   에 이름.

워지고 서로 동병상련(同病相憐)하는 처지인지라, 조금도 시기하거나 의심하지 않게 되었다. 최척은 마침내 자기가 평생 동안 겪어왔던 내력(來歷)을 조금도 숨김없이 사실대로 털어놓게 되었다. 봉석은 최척의 말을 듣고 놀라서 낯빛이 변하더니, 슬픈 듯 기쁜 듯 어쩔 줄을 몰라 하다가 갑자기 물었다.

"잃어버린 아이는 나이가 몇 살이며, 신체의 모양은 어떻게 생겼습니까?"

최척이 말했다.

"갑오년(甲午年) 10월에 아이를 낳았으며, 정유년(丁酉年) 8월에 잃어버렸다네. 그리고 등위에 붉은 사마귀가 있는데, 마치 어린아이의 손바닥 같다네."

몽석이 말을 못하고 놀라 쓰러졌다가 웃통을 벗어 등을 보이며 말했다.

"제가 바로 그 아이입니다."

최척은 비로소 몽석이 자기 아들임을 확인한 후 부친과 장모님의 생사 여부를 물었으며, 그들이 아직 살아 있다는 것을 알고는 희비(喜悲)가 교체하여 서로 붙들고 통곡하였다. 집주인인 늙은 오랑캐가 자주 와서 이 광경을 보더니, 그들의 말을 알아들은 듯이 가엾은 표정을 지었다. 하루는 다른 오랑캐들이 모두 밖으로 나간 사이에 늙은 오랑캐가 몰래 와서 함께 지리에 앉아 조선말로 물었다.

"당신들이 서로 붙들고 통곡을 했는데, 이는 반드시 가슴아픈 사연이 있기 때문일 것이오. 대체 그것이 무슨 일이요?"

최척과 몽석은 그가 꾀어서 비밀을 알아내려는 것으로 생각하고, 두려워 곧바로 대답을 하지 않았다. 그러자 그 오랑캐가 말했다.

"당신들은 나를 두려워하지 마시오. 나는 본래 삭주[54]의 토병[55]이었

---

54) 삭주(朔州) : 평안북도 삭주군의 군청(郡廳) 소재지. 신의주(新義州)에서 북동쪽으로 80km 지점에 있음.

는데, 목사56)의 학정(虐政)을 견디지 못해 가족을 데리고 오랑캐 땅으로 들어왔소. 여기 온 지 이미 20년이나 되었지요. 오랑캐 사람들은 성격이 진솔하며 가혹하게 수탈하는 일도 없소. 인생은 아침 이슬과 같을 따름인데, 어찌 고초를 겪어야만 하는 고향에 얽매여 두려워 떨면서 살아야 겠소? 그래서 나는 가족을 이끌고 이 나라로 왔던 것이오. 오랑캐 추장은 나에게 병사 8천 명을 거느리고 조선 병사들이 달아나지 못하도록 감독하게 하였소. 아까 당신들 말을 들어보니 대단히 기이한 일인 듯 했소. 내가 비록 죄를 얻더라도 어떻게 차마 당신들을 보내지 아니하겠소?

마침내 늙은 오랑캐는 식량을 마련하고 샛길을 가르쳐 주면서 최척과 몽석을 풀어 주었다. 이에 최척은 아들을 이끌고 살아서 고국으로 돌아오게 되니, 시급히 부친을 뵙고 싶은 마음에 서둘러 남쪽으로 내려왔다. 도중에 등창이 났으나 치료할 경황이 없었다. 은진57)에 이르자 종기가 더욱 심해져 더 이상 걷지 못하고 여관으로 들어갔으나, 최척은 호흡이 실낱처럼 가늘어져 거의 죽을 듯이 헐떡거렸다. 몽석은 초조한 마음에 이리저리 분주하게 돌아다니며 침쟁이와 약을 찾아 다녔는데, 때마침 신분을 숨기고 도망 다니던 중국 사람이 호남(湖南)에서 영남(嶺南)으로 가다가 최척의 증세를 보고 놀라서 말했다.

"위태롭구나! 위태롭구나! 만약 오늘을 넘긴다면 살릴 수 없을 것입니다."

중국 사람은 즉시 주머니에서 조그만 침을 꺼내어 등창의 입구를 터뜨렸다. 그리하여 최척은 다음날 이내 낫게 되었다.

며칠 뒤에 최척이 지팡이를 짚고 고향 마을로 돌아오자, 온 집안 사

---

55) 토병(土兵) : 일정한 땅에 붙박이로 사는 사람들로 구성된 군사.
56) 목사(牧使) : 고려와 조선시대 때 관찰사(觀察使) 밑에서 크고 중요한 고을의 각 목(牧)을 맡아 다스리던 정3품의 벼슬.
57) 은진(恩津) : 충청남도 논산군(論山郡)에 있는 옛 읍. 부근의 반야산(般若山)에 관촉사지(灌燭寺址)와 미륵석불(彌勒石佛)이 있음.

람이 재생(再生)한 사람을 보는 것처럼 놀라며 슬퍼하였다. 할아버지, 아들, 손자 3대가 서로 손을 잡고 목을 끌어안으며 목이 쉬도록 통곡하였으며, 모두들 취한 듯 꿈인 듯 사실이 아닌 것처럼 여겼다. 심씨는 딸을 잃어버린 뒤부터 바보처럼 본심(本心)을 잃은 채 오로지 몽석이 살아서 돌아오기만을 기다렸는데, 근래 북쪽으로 원정(遠征)을 갔던 군사들이 모두 죽었다는 소문을 듣고는 병세가 더욱 심해졌다. 그래서 몇 개월 동안 앓아 누워 자리에서 일어나지도 못하던 심씨는, 몽석이 자기 아버지와 함께 오는 것을 보고 미친 듯이 소리를 지르며 허둥대었다. 게다가 옥영이 아직 살아 있다는 말을 듣고 더욱 슬프고도 기쁜 마음을 억누르지 못하였다.

몽석은 아버지를 살려준 중국 사람의 은혜에 감격하여 장차 후하게 보답하려고 그를 데리고 왔었다. 최척은 가족과의 감격스러운 해후를 마치고 나서 중국 사람에게 물었다.

"당신이 중국 사람이라면 집은 어디에 있으며, 성명은 무엇입니까?"

중국 사람이 대답했다.

"내 성은 진(陳)이오, 이름은 위경(偉慶)이며, 집은 항주58) 용금문(湧金門) 밖에 있습니다. 만력(萬曆) 연간에 조선으로 원정을 온 뒤 유제독(劉提督) 휘하에 있었습니다. 유제독은 전라도 순천(順天)에 진을 쳤는데, 하루는 제가 적세를 염탐하다가 주장(主將)의 뜻을 어기게 되었습니다. 주장이 장차 군법으로 다스리려고 하기에 밤에 몰래 달아나서 여기에 머물게 된 것입니다."

최척이 이 말을 듣고 매우 기뻐하며 말했다.

"당신 집안에 부모와 처자가 있습니까?"

중국 사람이 말했다.

"집안에 아내와 딸아이 하나만 있었는데, 딸아이는 내가 떠나올 때

---

58) 항주(杭州) : 중국 절강성(浙江省)에 있는 고을 이름.

낳은 지 채 몇 개월도 지나지 않았었습니다."

최척이 또 물었다.

"딸아이의 이름은 무엇입니까?"

중국 사람이 말했다.

"아이를 낳는 날, 마침 이웃 사람이 복숭아를 보내 왔기에 이름을 홍도(紅桃)라고 지었습니다."

최척이 갑자기 그의 손을 잡고 말했다.

"괴이하도다! 괴이하도다! 내가 항주(杭州)에서 당신의 집과 이웃해서 살았었습니다. 당신의 처는 신해년(辛亥年) 9월에 병으로 죽고 홍도만 혼자 남게 되었는데, 홍도는 이모부인 오봉림(吳鳳林)의 집에서 길러져 내가 둘째 며느리로 삼았습니다. 그런데 뜻밖에도 오늘 여기에서 당신을 만나게 되었으니, 참으로 기이한 일입니다."

위경이 이 말을 듣더니 그의 가족들을 본 것처럼 기뻐하였다. 그러면서도 한편으로는 슬픔에 젖어 한바탕 통곡을 하고 말했다.

"나는 영남 대구(大邱)에서 박씨(朴氏) 성을 가진 사람의 집에 의탁해 침술(鍼術)로 생계를 유지해 왔습니다. 이제 당신과 이미 사돈간(査頓間)이 되었으니 내가 이곳으로 옮겨와 서로 의지해 사는 것이 어떻겠습니까?"

몽석이 말했다.

"공(公)께서는 저의 아버지를 살려주신 은혜가 있을 뿐만 아니라 또한 절친한 인척(姻戚)이기도 합니다. 게다가 제 어머님과 동생이 공의 따님께 의탁해 이미 한 가족을 이루었으니, 여기서 함께 사는 일을 다시 말해 무엇하겠습니까?"

그리고 즉시 위경으로 하여금 이사를 해서 바로 이웃에 살게 하였다.

몽석은 어머니가 살아 계시다는 말을 들은 뒤부터는 밤낮 중국으로 들어가서 어머니와 동생을 데려 오려고 하였다. 그래서 아내와 함께 이리저리 고심을 했으나 뾰족한 방법이 없어 떠나지 못하고 있었다.

당시, 옥영은 항주에서 관군(官軍)이 함몰되었다는 소식을 들었다. 최척도 진중에서 반드시 죽었을 것이라고 생각하고 밤낮으로 통곡하다가, 마침내 자결하기로 결심을 하였다. 그런데 갑자기 꿈속에 장육금불이 나타나 말했다.

"삼가 죽지 않도록 하거라. 뒤에 반드시 기쁜 일이 있으리라."

옥영이 잠에서 깨어나 아들에게 꿈 이야기를 하며 말했다.

"내가 일본에 끌려갔을 때 물에 빠져 죽으려고 했는데, 남원 만복사의 장육금불이 꿈에 나타나 '삼가 죽지 않도록 하거라. 뒤에 반드시 기쁜 일이 있으리라' 하였단다. 그러고서 10년 뒤에 안남(安南) 바닷가에서 네 아버지를 만났단다. 이제 내가 또 죽으려고 하는데 역시 이런 꿈을 꾸었구나. 너희 형제를 낳아 기른 것이 모두 이 부처님께서 암암리에 도우신 것이니, 네 아버지가 사지(死地)에서 벗어나신 것이 아니겠느냐? 만약 네 아버지가 살아 계시다면 나의 죽음이 얼마나 한스럽겠느냐?"

몽선이 말했다.

"얼마 전에 들으니, 오랑캐 추장이 중국 병사들은 다 죽였으나 조선 사람들은 모두 죽음을 면했다고 합니다. 아버님께서 본래 조선 사람이기 때문에 틀림없이 살아 계실 것입니다."

옥영이 갑자기 마음이 바뀌어 말했다.

"오랑캐 추장의 소굴이 조선의 국경에서 10일 정도 걸어간 거리밖에 되지 않는다. 만약 네 아버지가 살아 계시다면 그 형세로 보아 아버님을 찾아 반드시 본국으로 돌아갔을 것이다. 내가 본국으로 찾아가야겠다. 만약 네 아버지가 전사(戰死)하셨으면, 내가 몸소 창주59)로 가서 시신(屍身)을 찾고 넋을 거두어, 고향으로 돌아가 선산(先山)에 장사를 지내 외로운 혼백이나마 편케 해야겠다. 월60)나라 새는 남쪽을 생각하고

---

59) 창주(昌州) : 중국의 주(州) 이름. 사천성(四川省) 대족현(大足縣)의 동남쪽에 있음.
60) 월(越) : 춘추전국시대(春秋戰國時代)의 나라 이름. 중국의 남쪽인 절강성(浙江省)에 있었음.

오랑캐 말은 북쪽에 기댄단다. 금수(禽獸)도 오히려 이러한데 하물며 사람의 마음이야 어떻겠느냐? 지금까지 나는 이역 땅을 떠돌아 다녔으며, 죽을 날도 얼마 남지 않았다. 그래서 더욱 고향에 대한 그리움을 견딜 수가 없구나. 늙으신 시아버님과 홀어머니를 순식간에 이별하고 품속의 어린 아들마저 갑자기 잃어버린 채, 아직까지 그들의 생사도 모르고 있다. 근래 일본 상인들에게 들으니, 포로가 된 조선 사람들을 연이어 풀어주고 있다는구나. 이 말이 사실이라면 어찌 한 사람이라도 살아서 돌아오지 않았겠느냐? 네 할아버지와 아버지가 혹 이역 땅에서 죽었다면 이제 누가 다시 선인(先人)들의 묘소를 돌보겠느냐? 내외(內外) 친척들이 난중에 다 죽었다면 필경 돌볼 사람이 없을 것이다. 또 만약 네 할아버지와 아버지를 만나게 된다면 그 얼마나 다행이겠느냐? 너는 모름지기 배를 한 척 사고 양식을 준비해라. 이곳에서 조선까지는 수로로 불과 2, 3천 리밖에 되지 않는다. 하느님께서 돌보시어 혹 순풍을 만나게 된다면 채 열흘도 못되어 우리나라에 당도할 수 있을 것이다. 나는 이미 마음을 정했느니라."

몽선이 울면서 말했다.

"어머님께서는 어찌 이런 말씀을 하십니까? 만약 순조롭게 건널 수만 있다면 이는 진실로 천행(天幸)일 것입니다. 그러나 드넓은 푸른 바다를 작은 배로 항해할 수는 없습니다. 바람과 파도, 상어와 악어가 어떠한 재앙을 일으킬지 예측할 수가 없으며, 해적선(海賊船)들이 도처에서 사납게 굴고 있습니다. 어머니와 제가 물 속에 빠져 죽는다고 해서 돌아가신 아버님께 어떠한 도움이 되겠습니까? 제가 비록 어리석으나 이처럼 큰 일을 앞두고 감히 거절하는 말씀을 올리는 것은 형세가 용이치 않기 때문입니다."

홍도가 옆에 있다가 문득 남편에게 말했다.

"낭군이시여! 낭군이시여! 막지 마십시오! 막지 마십시오! 이치가 진실로 당연한 것이라면 외환(外患)을 따져서 무엇하겠습니까? 어머님께서 단단히 마음을 정하셨는데, 어찌 물과 불이 두렵겠습니까?"

옥영이 말했다.

"수로(水路)는 험난하긴 하지만 내가 이미 경험을 갖추고 있다. 옛날 일본에 있을 때 배를 집으로 삼아 봄에는 민광61)에서 장사를 하고, 가을에는 유구62)에서 물건을 팔았다. 그래서 수시로 출몰(出沒)하는 거대하고 무서운 파도에도 익숙해 있으며, 별이나 조수(潮水)의 흐름을 살펴서 점칠 수 있을 정도로 경험이 매우 풍부하다. 험난한 파도도 내가 맡을 것이요, 배의 안전도 내가 알아서 하겠다. 설사 불행한 일이 생기더라도 어찌 벗어날 방도가 없겠느냐?"

옥영은 즉시 조선과 일본 두 나라의 옷을 짓고, 매일 아들과 며느리에게 두 나라 말을 가르쳐 익히게 했다. 그리고 날마다 행사와 관련하여 몽선에게 주의를 주며 말했다.

"항해가 잘되고 잘못되고는 오로지 돛대와 노에 달려 있으니, 돛대는 촘촘히 기워야 하고 노는 견고해야 한다. 또 없어서는 안될 것이 지남석63)이다. 항해할 날짜는 내가 정할 것이니 나의 뜻을 어기지 않도록 해라."

몽선이 근심에 어린 채 물러나 사사로이 홍도를 꾸짖으며 말했다.

"어머님께서 목숨을 돌보지 않으시고 만 번 죽을 계획을 세우시어, 험난한 바다를 건너 조선으로 돌아가려고 하시네. 그런데 당신은 그 일을 찬성할 뿐 아니라 어머님과 번갈아 가며 나를 위협하기까지 하니, 어찌 차마 못할 일을 이렇듯 심하게 하오? 우리 아버님께서는 이미 돌

61) 민광(閩廣) : 지금의 복건성(福建省)과 광동(廣東)·광서(廣西)의 양성(兩省)을 총괄(總括)한 명칭.
62) 유구(琉球) : 나라 이름. 일본(日本)의 남쪽, 대만(臺灣)의 동북쪽에 있으며, 50여 개의 섬으로 이루어짐. 명(明)나라 때 유구의 추장을 중산왕(中山王)에 봉했으며, 청(淸)나라 광서(光緖) 5년(1879)에 일본이 유구를 멸망시키고 그 땅에 충승현(沖繩縣)을 둠.
63) 지남석(指南石) : 남쪽을 가리키는 자석(磁石)이라는 뜻으로, 오늘날의 나침반(羅針盤)에 해당함.

아가셨는데 어머니마저 어느 곳에다 묻으려 하는 거요?"

홍도가 말했다.

"어머님께서는 지성으로 이 큰 계획을 세우셨습니다. 진정코 말로써
는 막을 수가 없습니다. 혹 돌이키기 어려운 후회를 할까 염려스럽기도
하지만, 지금은 어머님 계획을 순순히 따르는 것보다 좋은 것이 없을
듯합니다. 제 개인적인 마음이야 어찌 말로 다 할 수 있겠습니까? 태어
난 지 겨우 몇 개월만에 아버지께서는 다른 나라에서 전사하시어, 이역
땅에 뼈를 드러내 놓은 채 잡초에 뒤엉켜 있습니다. 어머니께서도 제가
몇 살밖에 안 되었을 때 눈을 들어 웃으시더니 등을 보이시고 말았습니
다. 그래서 저는 이 세상에 살 마음이 없었습니다. 근래 길거리에서 들
으니, 싸움에서 패배한 군졸들 가운데 조선으로 달아나서 떠도는 사람
들이 많다고 합니다. 자식된 마음으로 요행(僥倖)을 바라지 않을 수가
없습니다. 만약 낭군의 힘에 의지하여 조선에 당도해서 한 번이라도 전
쟁터를 바라보고 아버님의 혼백을 모아 술잔을 올린다면, 외롭게 떠도
는 넋이나마 위로할 수 있을 듯합니다. 그러면 저의 끝없는 원통함이
열어져 아침에 가서 저녁에 죽더라도 실로 달게 여기겠습니다."

홍도는 말을 마치자 흐느껴 울었다. 몽석은 이윽고 어머니와 아내가
똑같이 일을 결행(決行)하기로 확실하게 마음을 정해서 이를 꺾거나 바
꿀 수 없다는 것을 알게 되었다. 그래서 떠날 준비를 단단히 하고, 경신
년[64] 2월 초하루에 닻을 올려 출항키로 했다. 출발할 날짜가 결정되자,
옥영이 아들에게 말했다.

"조선은 동북쪽에 있기 때문에 반드시 남서풍을 기다려야만 한다. 너
는 모름지기 앉아서 노를 단단히 잡고 오직 나의 지시만을 따르도록 해
라."

드디어 깃대에 깃발을 달고 자석(磁石)을 뱃전에다 설치하였다. 배 안

---

[64] 경신년(庚申年) : 1620년(광해군 12). 이 해 7월에 후금(後金)이 강홍립(姜弘立)·
김경서(金景瑞) 등 10여 명을 제외한 우리 나라 포로를 모두 석방함.

을 점검해 보니 모든 것이 다 잘 갖추어져 있었다. 돌고래가 물을 뿜고 바다 상어가 파도를 일으켰으며, 바람이 공중에서 일어나더니 깃발이 북쪽을 향해 펄럭였다. 세 사람이 힘을 다해 돛을 올리자, 배가 밤낮 없이 파도를 가로지르며 질주하였다. 벽력같은 화살이 풍랑 속으로 들어가고 번개가 날 듯이 순식간에 내주65)에 올랐다. 얼마 뒤 푸른 망망대해(茫茫大海)에 떠 있는 섬들이 나타나더니 눈을 놀리는 순간 사라져 갔다.

하루는 중국인 배를 만나게 되었는데, 그들이 물었다.

"어느 지방의 배이며, 어디로 가느냐?"

옥영이 응답하여 말했다.

"나는 항주(杭州) 사람인데 차를 사기 위해 산동66)으로 가는 중입니다."

또 며칠 뒤에는 일본인 배를 만나게 되었다. 옥영은 즉시 아들, 며느리와 함께 일본인 옷으로 갈아입고 기다렸다. 일본인 배가 다가와서 물었다.

"너희들은 어느 지방 사람이며, 어디에서 오는 중이냐?"

옥영이 일본어로 대답하였다.

"고기를 잡으러 바다로 들어왔다가 풍랑을 만나 표류하게 되었습니다. 배와 노가 깨지고 부러져 항주에서 배를 사서 돌아가는 중입니다."

일본 사람이 말했다.

"고생을 많이 했군요! 고생을 많이 했군요! 여기서 일본까지는 얼마 안되니 남쪽으로 가십시오."

이날 남풍이 심하게 불었다. 해가 이윽고 서쪽 바다 속으로 들어가자,

---

65) 내주(萊州) : 중국 산동성(山東省)에 속해 있는 지명(地名). 옛날 우리 민족인 동이족(東夷族)이 살았다고 하며, 발해만(渤海灣)을 내주만(萊州灣)이라 일컫기도 함.
66) 산동(山東) : 중국 동부 황해(黃海) 연안의 성(省).

흰 이무기는 풍랑을 일으키고 푸른 파도는 하늘이 놀라 정도로 치솟아 올랐다. 구름과 안개가 사방에 가득 끼어 지척도 분간하기 어려웠으며, 노는 부러지고 돛은 찢어져 어디로 가야 할 지 알 수가 없었다. 몽선 부부는 깜짝 놀라서 뱃바닥에 엎드리더니 이내 배멀미를 하였다. 옥영은 의연하게 홀로 앉아 하늘을 우러르며 말없이 기도하였다. 밤이 되면서 풍랑이 잦아들더니 배가 흘러서 조그만 섬에 이르렀다.

배를 수리하기 위해 며칠 머물러 있는데, 홀연히 바다 가운데서 배 한 척이 점차 다가왔다. 옥영은 몽선에게 배 안에 있는 장비(裝備)를 주머니에 담아서 바위 동굴에 숨기게 하였다. 잠시 후에 뱃사람들이 시끄럽게 떠들면서 내려왔다. 말소리는 조선말이나 일본말은 아니었으며, 대략 중국말과 흡사했다. 그들은 창이나 칼 등 무기는 갖고 있지 않으나, 흰 몽둥이로 때리고 위협하면서 화물(貨物)을 내놓으라고 요구하였다. 이에 옥영이 중국말로 대답했다.

"나는 중국 사람으로 고기를 잡기 위해 바다에 나왔다가 표류하여 이곳에 정박하게 된 것입니다. 그래서 본래부터 화물은 있지도 않습니다."

옥영이 눈물을 흘리면서 살아서 돌아가게 해달라고 애걸하였다. 그러자 그들은 죽이지는 않고 옥영이 타고 왔던 배를 빼앗아 자기들 배의 후미에 묶고 가버렸다. 그들이 떠난 뒤 옥영이 몽선 부부에게 말했다.

"이들은 필시 해적들일 것이다. 내가 들으니 해적들의 섬이 조선과 중국의 사이에 있는데, 수시로 출몰하여 재물을 약탈하되 사람은 죽이지 않는다고 하더구나. 이들이 그 놈들임이 분명하다. 내가 아들의 말을 듣지 않고 억지로 떠났다가 하늘이 돕지 않아 이런 낭패를 당하게 되었구나. 이미 배와 노를 잃어버렸으니 다시 무엇을 할 수 있겠느냐? 어두운 하늘과 드넓은 바다를 날아서 건너갈 수도 없고 죽엽(竹葉)이나 마른 떼 등 몸을 실어 띄울 것도 없으니, 오로지 죽기만을 기다릴 수밖에 없구나. 나야 이미 죽은 목숨과 다름이 없기 때문에 상관이 없지만, 너희 부부가 어질지 못한 이 어미 때문에 죽게 된 것이 가련키만 하구나."

말을 마친 옥영이 아들 내외와 함께 슬프게 우니, 그 소리가 매우 처절하였다. 바닷가에 맺힌 한이 파도를 타고 겹겹이 밀려옴에 바다는 오므라들어 퍼지지 않는 듯 하였으며, 산귀신(山鬼神)은 얼굴을 찡그리고 신음하였다. 옥영이 해안으로 올라가 바다에 투신하려고 하자, 아들과 며느리가 함께 만류하여 물 속에 빠질 수가 없었다. 옥영은 몽선을 돌아보며 말했다.

"너는 내가 죽는 것을 말리지 말아라. 더 이상 무엇을 기다릴 수 있겠느냐? 주머니에 남은 식량은 겨우 3일 먹을 것밖에 안 된다. 앉아서 주머니가 비기를 기다리며 살아 남은들 무엇을 할 수 있겠느냐?"

몽선이 말했다.

"식량이 다 떨어진 뒤에 죽더라도 늦지 않습니다. 그 사이에 만약 살 길이 생긴다면 장차 얼마나 후회할 일이겠습니까?"

몽선은 마침내 어머니를 부축해 언덕에서 내려와 겨우 바위 동굴에 엎드려 쉬게 되었다. 한참 후 잠에서 깨어난 옥영이 아들과 며느리에게 말했다.

"기운이 빠지고 몸이 피곤하여 문득 정신 없이 잠이 들었는데, 꿈에 장육금불께서 또 좋은 징조를 아뢰니 참 이상하구나."

세 사람은 서로 마주 보고 기뻐하면서 말없이 기도를 올렸다. 며칠 후 멀리 바다 가운데서 돛단배가 둥둥 떠오는 것이 보였다. 이에 몽선이 놀라서 말했다.

"예전에 보지 못했던 배가 바다 가운데서 다가오고 있는데, 매우 걱정이 됩니다."

옥영이 머리를 들고 보더니 기뻐하며 말했다.

"너는 겁내지 말아라. 우리는 이제 살았다. 저것은 조선인의 배다. 기다려 보면 당연히 알게 될 것이다."

옥영 등은 버드나무를 불태워 연기를 내고 언덕으로 올라가 옷을 흔들었다. 그리고 모두 조선의 옷으로 갈아입은 후 바위 위에 늘어서 있었다. 조선 사람들이 배를 멈추고 물었다.

"당신들은 어떤 사람들인데 이런 외딴 섬에 와 있소?"

옥영이 대답했다.

"우리는 경성(京城)의 양반인데, 나주(羅州)로 내려가다가 갑자기 풍파를 만나 배는 뒤집히고 사람들은 다 물에 빠져 죽었습니다. 오직 우리 세 사람만이 돛대 자리를 끌어안고 표류하다가 이곳에 이르렀습니다."

뱃사람들이 불쌍하게 여겨 세 사람을 태우고 귀항(歸航)하면서 말했다.

"이 배는 통영(統營)으로 음식물을 싣고 가는 배입니다. 관가(官家)의 일정이 정해져 있어 한양(漢陽)으로 돌아갈 수가 없습니다."

순천에 이르자 배를 다리에 정박시켜 놓고 세 사람을 내려 주었다. 이때가 경신년(庚申年) 4월이었다. 옥영 일행은 5, 6일을 걸어서 남원에 도착하였다. 옥영은 마음속으로 집이 온통 난리 중에 함몰되었을 것이기에 단지 옛 집터만을 찾아가려고 생각하였다. 감회에 젖어 두루 돌아보며 먼저 만복사를 향해 갔다. 금교 옆에 이르러 앉아서 바라보니, 성곽(城郭)이 완연하였으며 시골의 집들도 예전과 다름이 없었다. 옥영은 몽선을 돌아보고 손가락으로 한 곳을 가리키며 말했다.

"저기가 너의 아버지 집이었는데, 지금은 누구의 집이 되었는지 모르겠구나. 모두 가서 하룻밤 머물러 자면서 옛날 일이나 돌이켜 보자꾸나."

옥영 일행이 곧 일어나 그 집 문 앞으로 나아가 보니, 최척과 그의 아버지가 수양버들 아래 앉아 있었다. 시아버지와 며느리, 남편과 아내, 아버지와 아들, 형제가 놀라서 서로 부둥켜안고 통곡을 하였다. 진위경도 와서 자기 딸과 상봉을 하였으며, 심씨는 허둥지둥 달려나와 딸 옥영을 끌어안고 통곡하다가 기절하고 말았다. 모두들 꿈이요, 세상에 진짜로 벌어진 일이 아닌 듯이 슬픔과 기쁨을 억누르지 못하였다. 이 광

경을 보기 위해 사방의 이웃들이 구름처럼 몰려들었는데, 그들은 처음
에는 기괴한 놀이를 한다고 생각했다. 그러다가 지금까지 겪었던 옥영
과 홍도의 이야기를 자세히 듣고는 모두들 놀라며 축하하고, 서로들 말
을 전해 이 소문이 사방으로 퍼졌다.

옥영이 최척에게 말했다.

"우리가 오늘 이처럼 만난 것은 실로 장육금불께서 은연중에 은혜를
베푸셨기 때문입니다. 우리가 어떻게 그 은혜에 보답하지 않을 수 있겠
습니까?"

이에 최척과 옥영은 두 아들과 두 며느리를 이끌고 성대하게 제물을
갖추어 만복사로 가서 성의를 다해 재(齋)를 올렸다.

이후로 최척과 옥영은 위로는 아버님과 장모님을 잘 받들고, 아래로
는 자식과 며느리들을 잘 보살피며 서문(西門) 밖 옛 집에서 살았다. 진
유경도 홍도에게 의탁하여 최척의 집에 함께 살면서 동고동락(同苦同
樂)하였다.

남원부윤[67])이 이 이야기를 상소(上疏)로 올리자, 조정(朝廷)에서는 최
척에게 특별히 정헌대부[68])를 가자(加資)하고, 그의 아내 옥영을 정렬부
인[69])에 봉하였다. 2년 후인 신유년(辛酉年)에 몽석과 몽선 두 형제가 모
두 무과(武科)에 급제하였다. 후에 몽석은 관직(官職)이 호남병마절도
사[70])에 이르렀으며, 몽선은 해남현감[71])이 되었다. 이때까지 최척 부부는
모두 살아서 아들들의 영광스러운 봉양을 많이 받았으니, 참으로 희한
한 일이로다!

---

67) 부윤(府尹) : 조선시대 때 종2품의 외직문관(外職文官), 또는 그 직위에 있는 사
    람.
68) 정헌대부(正憲大夫) : 조선시대 때 정2품에 해당하는 문무관(文武官)의 품계(品階).
69) 정렬부인(貞烈夫人) : 정렬이 있는 부인에게 내렸던 가자(加資).
70) 병마절도사(兵馬節度使) : 조선시대의 무관직(武官職). 각 지방의 군대를 통솔하고
    경비를 담당하던 종2품의 벼슬.
71) 현감(縣監) : 조선시대 때 작은 현(縣)에 두었던 종6품의 벼슬.

原文

주생전(周生傳)

周生名檜, 字直卿, 號梅川. 世居錢塘, 父爲蜀州別駕, 仍家于蜀. 生少時, 聰銳能詩, 年十八, 爲太學生, 爲儕輩所推仰. 生亦自負不淺. 在太學數年, 連擧不第. 乃喟然歎曰:

"人生世間, 如微塵棲弱草耳. 胡乃爲名韁所係, 汩汩塵土中, 以送吾生乎?"

自是, 遂絶意科擧之業. 倒篋中有錢百千, 以其半買舟, 來往江湖, 以其半市雜貨, 取贏以自給, 朝吳暮楚, 惟意所適.

一日, 繫舟岳陽城外, 訪所善羅生. 羅生亦俊逸士也. 見生甚喜, 買酒相歡. 生不覺沈醉, 比及還舟, 則日已昏黑. 俄而月上, 生放舟中流, 倚棹困睡, 舟自爲風力所送, 其往如箭. 及覺, 則鍾鳴煙寺, 而月在西矣. 但見兩岸碧樹葱朧, 曉色蒼茫, 樹陰中, 時有紗籠銀燭, 隱映於朱欄翠箔間. 問之, 乃錢塘也. 口占一絶曰:

岳陽城外倚蘭槳, 一夜風吹入醉鄕.
杜宇數聲春月曉, 忽驚身已在錢塘.

及朝登岸, 訪古里親舊, 半已凋喪. 生吟嘯徘徊, 不忍去也. 有妓俳桃者, 生少時, 所與同戲嬉者也. 以才色獨步於錢塘, 人號之爲俳娘. 引生歸家, 相對甚歡. 生贈詩曰:

天涯芳草幾霑衣, 萬里歸來事事非.
依舊杜秋聲價在, 小樓珠箔捲斜暉.

俳桃大驚曰:
"郎君爲才如此, 非久屈於人者, 何泛梗飄蓬若此哉?"
仍問(曰):
"娶未?"
生曰:
"未也."
桃笑曰:
"願郎君, 不必還舟, 只可留在妾家. 妾當爲君, 求得一佳偶."
蓋桃意屬生也. 生亦見桃, 姿妍態濃, 心中亦醉. 笑而謝之曰:
"不敢望也."
團欒之中, 日已暮矣. 桃令小丫鬟, 引就別室安歇. 至入室, 見壁間, 有絶
句一首, 詞意甚新. 問丫鬟, 丫鬟答曰:
"主娘所作也."
詩曰:

琵琶莫奏相思曲, 曲到高時更斷魂
花影滿簾人寂寂, 春來消却幾黄昏.

生既悅其色, 又見其詩, 情迷意惑, 萬念俱灰. 心欲次韻, 以試桃意, 凝思
苦吟, 竟莫能成, 而夜又深矣. 月色滿地, 花影扶疎, 徘徊間, 忽聞門外人語
馬聲, 良久乃止. 生頗疑之, 未覺其由. 見桃所在室, 甚不遠, 紗窓裏絳燭熒
煌. 生潛往窺之, 見桃獨坐, 舒彩雲牋, 草蝶戀花詞, 只就前疊, 未就後疊.
生啓窓曰:
"主人之詞, 客可足乎?"

桃佯怒曰:

"狂客胡乃至此?"

生曰:

"客本不狂, 主人使客狂耳."

桃方微笑, 令生足成其詞. 詞曰:

> 小院深深意鬧, 月在花枝, 寶鴨香烟裊.
> 窓裏玉人愁欲老, 遙遙斷夢迷花草.
>
> 誤入蓬萊十二島, 誰識攀川, 却得尋芳草.
> 睡覺忽聞枝上鳥, 綠簾無影朱欄曉.

生詞罷, 桃自起, 以藥玉船, 酌瑞霞酒, 勸生. 生意不在酒, 仍辭不飮. 桃知生意, 乃悽然曰:

"妾先世, 乃豪族也. 祖某提擧泉州市舶司, 因有罪廢爲庶人, 自此貧困, 不能振起. 妾早失父母, 見養于人, 以至于今. 雖欲守淨自潔, 名已載於妓籍, 不得已而强與人宴樂. 每居閑處, 未嘗不看花掩淚, 對月銷魂. 今見郎君, 風儀秀朗, 才思俊逸. 妾雖陋質, 願一薦枕席, 永奉巾櫛. 望郎君, 他日立身, 早登要路, 拔妾於妓籍之中, 使不忝先人之名, 則賤妾之願畢矣. 後雖棄妾, 終身不見, 感恩不暇, 其敢怨乎?"

言訖, 泣下如雨. 生大感其言, 就抱其腰, 引袖拭淚曰:

"此男子分內事耳. 汝縱不言, 我豈無情者?"

桃收淚改容曰:

"詩不云乎? '女也不爽, 士貳其行.' 郎君不見李益霍小玉之事乎? 郎君若不我遺棄, 願立盟辭."

仍出魯縞一尺, 授生. 生卽揮筆之曰:

"靑山不老, 綠水長存, 子不我信, 明月在天."

寫畢, 桃心封血緘, 藏之裙帶中.

是夜, 賦高唐, 二人相得之好, 雖金生之於翠翠, 魏郎之於娉娉, 未之喩也.

明日, 生方詰夜來人語馬聲之故, 桃曰:

"此去里許, 有朱門面水者, 乃故丞相盧某宅也. 丞相已死, 夫人獨居, 只有一男一女, 皆未婚嫁. 日以歌舞爲事, 昨夜遣騎邀妾, 妾以郎君之故, 辭以疾也."

日暮, 丞相夫人, 又遣騎邀桃, 桃不能再拒. 生送之出門, 言莫經夜者三四. 桃上馬而去, 人如輕鸞, 馬若飛龍, 泛花映柳, 冉冉而去. 生不能定情, 便隨後趨出湧金門, 左轉而至垂虹橋, 果見甲第連雲. 此所謂面水朱門者, 如在空中. 時時樂止, 則笑語琅然出諸外. 生彷徨橋上, 乃作古風一篇, 題于柱曰:

柳外平湖湖上樓, 朱甍碧瓦照青春.
香風吹送笑語聲, 隔花不見樓中人.
却羨花間雙燕子, 任情飛入朱簾裏.
徘徊未忍踏歸路, 落照纖波添客思.

彷徨間, 漸見夕陽欲紅, 暝靄凝碧. 俄有女娘數隊, 自朱門騎馬而出, 金鞍玉勒, 光彩照人. 以爲桃也, 卽投身於路畔, 空店中觀之, 閱盡十餘輩, 而桃不在. 心中大疑, 還至橋頭, 則已不辨牛馬矣. 乃直入朱門, 了不見一人. 又至樓下, 亦不見. 正納悶間, 月色微明, 見樓北有蓮池. 池上雜花葱蒨, 花間細路屈曲. 生緣路潛行, 花盡處有堂. 由階而西折數十步, 遙見葡萄架下有屋, 小而極麗, 紗窓半啓, 畫燭高燒. 燭影下紅裙翠袖, 隱隱然往來, 如在畫圖中.

生匿身而往, 屏息而窺, 金屏彩褥, 奪人眼睛. 夫人衣紫羅衫, 倚白玉案而坐, 年近五十, 而從容顧眄, 綽有餘妍. 有少女, 年可十四五, 坐于夫人之側, 雲鬟結綠, 翠臉凝紅. 明眸斜眄, 若流波之映秋日, 巧笑生倩, 若春花之含曉露. 桃坐于其間, 不啻若鴉鴉之於鳳凰, 砂礫之於珠璣也. 魂飛雲外, 心在空中, 幾欲狂叫突入者數次.

酒一行, 桃欲辭歸, 夫人挽留甚固. 而請歸益懇, 夫人曰:

"平日不曾如此, 何遽邁邁若是? 豈有情人之約耶?"

桃歛袵而對曰:

"夫人下問, 妾豈敢不以實對?"

遂將與生結緣事, 細說一遍. 夫人未及言, 少女微笑, 流目視桃曰:

"何不早言? 幾誤了一宵佳會也."

夫人亦大笑, 許歸.

生趨出, 先至桃家, 擁衾伴睡, 鼻息如雷. 桃追至, 見生臥睡, 卽以手扶起曰:

"郎君方做何夢?"

生應口浪吟曰:

> 夢入瑤臺彩雲裏,
> 九華帳裏夢仙娥.

桃不悅, 詰之曰:

"所謂仙娥, 是何物也?"

生無言可答, 卽繼吟曰:

> 覺來却喜仙娥在,
> 奈此滿堂花月何!

乃撫桃背曰:

"爾非吾仙娥耶?"

桃笑曰:

"然則郎君, 豈非妾仙郎耶?"

自此, 相以仙娥仙郎呼之. 生問晚來之故, 桃曰:

"宴罷後, 令他妓皆歸, 獨留妾, 別於少女仙花之館, 更設小酌, 以此遲耳."

生細細叩問, 則曰:

"仙花字芳卿, 年纔三五, 姿貌雅麗, 殆非塵世間人. 又工詞曲, 巧刺繡, 非賤妾所敢望也. 昨日, 作風入松詞, 欲被琴絃, 以妾知音律, 故留與度曲耳."

生曰:

"其詞可得聞乎?"

桃朗吟一遍曰:

玉窓花暖日遲遲, 院靜簾垂.

沙頭彩鴨依斜照,

羨一雙對浴春池.

柳外輕烟漠, 烟中細柳綠線.

美人睡起倚欄時, 翠斂愁眉.

燕雛解語鶯聲老,

恨韶華夢裏都衰.

把琵琶輕弄, 曲中幽怨誰知?

每誦一句, 生暗暗稱奇. 乃給桃曰:

"此詞曲盡閨裏春懷, 非蘇若蘭織錦手, 未易到也. 雖然, 不及吾仙娥雕花刻玉之才也."

生自見仙花之後, 向桃之情已薄, 應酬之際, 勉爲笑歡, 而一心則惟仙花是念.

一日, 夫人呼小子國英曰:

"汝年十二, 尙未就學, 他日成人, 何以自立? 聞俳娘夫婿周生, 乃能文之士, 汝往請學, 可乎?"

夫人家法甚嚴, 不敢違命, 卽日挾冊就生. 生中心暗喜曰:

"吾事濟矣."

再三謙讓, 而敎之

一日, 俟桃不在, 從容謂英曰:

"汝往來受學, 甚是勞苦. 爾家若有別舍, 我移寓於爾家, 則爾無往來之勞, 而吾之敎爾專矣."

國英拜辭曰:

"固所願也."

歸白於夫人, 卽日迎生. 桃自外歸, 大驚曰:

"仙郞殆有私乎? 奈何棄妾他適?"

生曰:

"聞丞相家藏書三萬軸, 而夫人不欲以先公舊物, 妾自出入, 吾欲往讀人間未見書耳."

桃曰:

"郞之勤業, 妾之福也."

生移寓丞相家, 晝則與國英同住, 夜則門闥甚密, 無計可施. 輾轉浹旬, 忽自念曰:

"始吾來此, 本圖仙花, 今芳春已盡, 奇遇未成, 俟河之淸, 人壽幾何? 不如昏夜唐突, 事成爲貴, 不成則烹, 可也."

是夜無月, 踰垣數重, 方到仙花之室, 曲檻回廊, 簾幕重重. 良久諦視, 並無人迹, 但見仙花明燭理曲. 生伏在檻間, 聽其所爲. 仙花理曲罷, 細吟蘇子瞻賀新郞詞曰:

> 簾外誰來推繡戶,
> 枉敎人夢斷瑤臺曲,
> 又却是風敲竹.

生卽於簾微吟曰:

> 莫言風動竹, 直是玉人來.

仙花佯若不聞, 卽滅燭就睡. 生入與同枕, 仙花稚年弱質, 不堪情事, 微雲細雨, 柳嫩花嬌, 芳啼軟語, 淺笑輕顰. 生蜂貪蝶戀, 意迷神融, 不覺近曉. 忽聞流鶯語在檻前花梢. 生驚起出戶, 池館悄然, 曙霧曚曚. 仙花送生出門, 却閉門而入曰:

"此去後, 勿得再來. 機事一洩, 死生可念."

生烟塞胸中, 哽咽趨去而答曰:

"纔成好會, 一何相待之薄耶?"

仙花笑曰:

"前言戲耳. 將子無怒, 昏以爲期."

生諾諾連聲而出. 仙花還室, 作早夏聞曉鶯詩一絶, 題于窓外曰:

> 漠漠輕陰雨後天, 綠楊如畫草如烟.
> 春愁不逐春歸去, 又逐曉鶯來枕邊.

後夜, 生又至, 忽聞墻底樹陰中, 戞然有曳履聲. 恐爲人所覺, 便欲返走, 曳履者, 却以靑梅子擲之, 正中生背. 生狼狽無所逃避, 伏叢篁之下, 曳履者, 低聲語曰:

"周生無恐, 鶯鶯在此."

生方知爲仙花所誤, 乃起抱腰曰:

"何欺人若是?"

仙花笑曰:

"豈敢誣郎? 郎自怯耳."

生曰:

"偸香盜璧, 安得不怯?"

便携手入室. 見窓上絶句, 指其尾曰:

"佳人有甚閑愁, 而出言若是耶?"

仙花悄然曰:

"女子之身, 與愁俱生. 未相見, 願相見, 旣相見, 恐相離. 女子一身, 安住而無愁哉? 況郎犯折檀之譏, 妾受行露之辱. 一朝不幸, 情跡敗露, 則不容於親戚, 見賤於鄕黨. 雖欲與郎執手偕老, 那可得乎? 今日之事, 比如雲間月, 葉中花, 縱得一時之好, 其奈不久何?"

言訖淚下, 珠恨玉怨, 殆不自堪. 生拭淚慰之曰:

"丈夫豈不取一女乎? 我當終修媒妁之信, 以禮迎子, 子休煩惱."

仙花收淚謝曰:

"必如郎言, 桃夭灼灼, 縱乏宜家之德, 采蘩祁祁, 庶盡奉祭之誠."

自出香奩中小粧鏡, 分爲二段, 一以自藏, 一以授生曰:

"留待洞房花燭之夜, 再合可也."

又以執扇授生曰:

"二物雖微, 足表心曲. 幸念乘鸞之妾, 莫貽秋風之怨. 縱失姮娥之影, 須憐明月之輝."

自此昏聚曉散, 無夜不然.

一日, 生念久不見俳桃, 恐桃見怪, 乃往宿不歸. 仙花夜至生室, 潛發生粧囊, 得桃寄生詩數幅, 不勝嫉妬, 取案上筆墨, 塗抹如烏, 自製眼兒眉一関, 書于翠綃, 投之囊中而去. 詞曰:

> 窓外疏影明復流,
> 斜月在高樓. 一階竹韻,
> 滿堂梧影, 夜靜人愁

> 此時蕩子無消息,

何處作閑遊? 也應不念,
離情脉脉, 坐數更籌.

明日生還, 仙花了無妬恨之色, 又不言發囊之事, 蓋欲令生自愧也. 生曠
然無他念.

一日, 夫人設宴, 召見俳桃, 稱周生學行, 且謝敎子之勤, 親自酌酒, 令桃
傳致於生. 生是夜爲盃酒所困, 濛不省事. 桃獨坐無寐, 偶發粧囊, 見其詞爲
汁所渾, 心頗疑之. 又得眼兒眉詞, 知仙花所爲. 乃大怒, 取其詞, 納緖袖中.
又封結其囊如故, 坐而待朝. 生酒醒後, 徐問曰:

"郎君久寓於此, 而不歸何也?"

生曰:

"國英未卒業故也."

桃曰:

"敎妻之弟, 不可不盡心也."

生艴然面頸發赤曰:

"是何言也?"

桃良久不言. 生惶惶失措, 以面掩地. 桃乃出其詞, 投之生前曰:

"踰墙相從, 鑽穴相窺, 豈君子所可爲哉? 我欲入白于夫人."

便引身起, 生慌忙抱持, 以實告之. 且叩頭懇乞曰:

"仙花兒與我, 永結芳盟, 何忍致人於死地?"

桃意方回曰:

"便可與妾同歸. 不然則郎既背約, 妾何守盟?"

生不得已托以他故, 復歸桃家. 桃自覺仙花之事, 不復稱周生爲仙郎者,
心不平也. 生篤念仙花, 日成憔瘦, 托疾不起者再旬. 俄而, 國英病死, 生具
祭物, 往奠于柩前. 仙花亦因生致病, 起居須人, 忽聞生至, 力疾强起, 淡粧
素服, 獨立於簾內. 生奠罷, 遙見仙花, 流目送情而出, 低徊顧昐之間, 已杳
然無覩矣.

後數月, 俳桃得疾不起. 將死, 枕生膝含淚而言曰:

"妾以葑菲之下體, 依松栢之餘陰, 豈料芳菲未歇, 鶗鴃先鳴? 今與郎君便永訣矣. 綺羅管絃, 從此畢矣. 夙昔之願, 已缺然矣. 但望妾死後, 郎君娶仙花爲配, 埋我骨於郎君往來之側, 則雖死之日, 猶生之年."

言訖氣絕, 良久乃甦, 開眼視生曰:

"周郎, 周郎! 珍重."

連言數次而死. 生大慟, 乃葬于湖山大路傍, 從其願也. 祭之以文曰:

"維月日, 梅川居士, 以蕉黃荔丹之奠, 祭于俳娘之靈曰. 花精艶麗, 月態輕盈. 無學章臺之柳, 風欺綠線, 色奪幽谷之蘭, 露濕紅英. 回文則蘇若蘭詎容獨步? 艶詞則賈雲華難可爭名. 名雖編於樂籍, 志則存於幽貞. 某也, 蕩志風中之絮, 孤蹤水上之萍. 言采沫鄉之唐, 不負東門之楊, 贈之以相好, 副之以不忘. 月出皎兮, 結我芳盟, 雲窓夜靜, 花院春晴. 一椀瓊漿, 幾回鸞笙, 豈期時移事往, 樂極生哀? 翡翠之衾未煖, 鴛鴦之夢先回, 雲消歡意, 雨散恩情. 屬目而羅裙變色, 接耳而玉珮無聲. 一尺魯縞, 尙有餘香, 朱絃綠服, 虛在銀床, 藍橋舊宅, 付之紅娘. 嗚呼! 佳人難得, 德音不忘, 玉態花貌, 宛在目傍, 天長地久, 此恨茫茫. 他鄉失侶, 誰賴是憑? 復理舊楫, 再就來程. 湖海闊遠, 乾坤崢嶸, 孤帆萬里, 去去何依? 他年一哭, 浩蕩難期. 山有歸雲, 江有迴潮, 娘之去矣, 一去寂寥. 致祭者酒, 陳情者文, 臨風一訣, 庶格芳魂, 尙饗."

祭罷, 獨與二丫鬟別曰:

"汝等好守家舍. 我他日得志, 必來收汝."

丫鬟泣曰:

"兒輩仰主娘如母, 主娘慈兒輩如子. 兒輩薄命, 主娘早歿, 所恃以慰此心者, 惟有郎君. 今又郎君去矣, 兒輩竟何依?"

號哭不已. 生再三慰撫, 揮淚登舟, 不忍發棹.

是夜, 宿于垂虹橋下, 望見仙花之院, 銀缸絳燭, 明滅林裏. 生念佳期之已邁, 嗟後會之無因, 口占長相思一闋曰:

花滿烟, 柳滿烟.
音信初憑春色傳.
綠簾深處眠.

好因緣, 惡因緣.
曉院銀缸已惘然.
歸帆雲水邊.

生達曉沈吟, 欲去則仙花永隔, 欲留則俳桃·國英死, 無可聊賴. 百爾所思, 未得其一. 平明, 不得已開船進棹, 仙花之院, 俳桃之塚, 看看漸遠, 山回江轉, 忽已隔矣.

生之母族張老者, 湖州巨富也. 以睦族稱, 生試往依焉, 張老款待之甚厚. 生身雖安逸, 念仙花之情, 久而彌篤. 輾轉之間, 又及春月, 實萬曆壬辰也. 張老見生容貌日悴, 怪而問之, 生不敢隱, 告之以實. 張老曰:

"汝有心事, 何不早言? 老妻與盧丞相同姓, 累世通家, 老當爲汝圖之."

明日, 張老令妻修書, 遣老蒼頭, 前往錢塘, 議王謝之親.

仙花自別生後, 支離在床, 綠憔紅悴. 夫人亦知周生所崇, 欲成其志, 生已去矣, 無可奈何, 忽得盧家書, 滿家驚喜. 仙花亦强起梳洗, 有若平昔. 乃以是年九月, 爲結縭之期.

生日往浦口, 長望蒼頭之還, 未乃一旬, 蒼頭已還, 傳其定婚之意, 又以仙花私書授生. 生發書視之, 粉香淚痕, 哀怨可想. 書曰:

"薄命妾仙花, 沐髮淸齋, 上書周郎足下. 妾本弱質, 養在深閨, 每念韶華之易邁, 掩鏡自惜, 縱懷行雨之芳心, 對人生羞. 見陌頭之楊柳, 則春情駘蕩, 聞枝上之流鶯, 則曉思濛朧. 一朝, 彩蝶傳信, 山禽引路, 東方之月, 姝子在闥. 子旣踰垣, 我豈愛檀? 玄霜搗盡, 不上崎嶇之玉京, 明月中分, 共成契闊之深盟. 那圖好事多磨? 佳期已阻, 心乎愛矣, 躬自悼矣. 人去春來, 魚沈雁絶, 雨打梨花, 門掩黃昏, 千回萬轉, 憔悴因郞. 錦帳空分, 晝寂寂, 銀缸滅

兮, 夜沈沈. 一日誤身, 百年含情, 殘花貯思, 片月凝眸. 三魂已銷, 八翼莫
飛. 早知如此, 不如無生. 今則月老有信, 星期可待, 而單居悄悄, 疾病沈綿.
花顔減彩, 雲鬢無光, 郎雖見之, 不復前度之恩情矣. 但所恐者, 微忱未吐,
溘然朝露, 九重泉路, 私恨無窮. 朝見郎君, 一訴哀情, 夕閉幽房, 無所怨矣.
雲山萬里, 信使難頻, 引領遙望, 骨折魂飛. 湖州地偏, 瘴氣侵人, 努力自愛,
千萬珍重! 珍重千萬! 情書不堪言處, 分付歸鴻帶將去矣. 月日, 仙花白."

生讀罷, 如夢初回, 似醉方醒, 且悲且喜. 而屈指九月, 猶以爲遠, 欲改其
期, 乃請張老, 再遣蒼頭. 又以和答仙花之書曰:

"芳卿足下. 三生緣重, 千里書來, 感物懷人, 能不依依. 昔者, 投迹玉院,
托身瓊林, 春心一發, 雨意難禁, 花間結約, 月下成因. 猥蒙顧念, 信誓琅琅,
自念此生, 難報深恩. 人間好事, 造物多猜, 那知一夜之別, 竟作經年之恨?
相去夐絶, 山川脩阻, 匹馬天涯, 幾度怊悵? 雁叫吳雲, 猿啼楚岫, 族舘獨眠,
孤燈悄悄, 人非木石, 能不悲哉? 嗟呼! 芳卿別離後懷, 子所知矣. 古人云,
'一日不見, 如三秋兮.' 以此推之, 一月便是九十年矣. 若待高秋, 以定佳期,
則不如求我於荒山衰草之裏也. 情不可極, 言不可盡. 臨楮嗚咽, 矧復何言!"

書旣具, 未傳.

會朝鮮爲倭敵所迫, 請兵於天朝甚急, 帝以朝鮮至誠事大, 不可不救. 且
朝鮮破, 則鴨綠以西, 亦不得安枕而臥矣. 況存亡繼絶, 王者之事, 特命都督
李如松, 率軍討賊. 而行人司行人薛藩, 回自朝鮮, 奏曰:

"北方之人, 善禦虜, 南方之人, 善禦倭, 今日之役, 非南兵不可."

於是, 湖浙諸郡縣, 發兵甚急. 遊擊將軍姓某, 素知生名者, 引而爲書記之
任, 生辭不獲已. 至朝鮮, 登安州百祥樓, 作古風七言詩. 失其全篇, 惟記結
句曰:

愁來更上江上樓, 樓外靑山多幾許.
也能遮我望鄉眼, 不能隔斷愁來路.

明年癸巳春, 天兵大破倭敵, 追至慶尙道. 生念仙花不置, 遂成沈痛, 不能從軍南下, 留在松京. 余適以事往于松京, 遇生於舘驛之中, 語言不通, 以書通情. 生以余解文, 待之甚厚. 余詢其致病之由, 愀然不答. 是日有雨, 仍與生張燈夜話, 生以踏沙行一闋示余.

隻影無憑, 離懷難吐.
歸鴻暗暗連江樹.
旅窓殘燭已驚心,
可堪更聽黃昏雨?

閬苑雲迷, 瀛州海阻.
玉樓珠箔今何許?
孤踪願作水上萍,
一夜流向吳江去.

余再三諷詠其詞不置, 因探詞中情事. 生於是不敢諱, 從頭至尾, 細說如右. 因曰:
"幸勿爲外人道也."
余已艷其詩詞, 歎奇遇而愴佳期, 退而援筆述之云爾.

위경천전(韋敬天傳)

　　大明萬曆間, 有韋生者, 金陵人. 名岳, 字敬天, 古唐賢韋應物之後也. 性質聰明, 才華羨秀, 年至十五, 而成文章. 詩韻效蘇州, 淸逸過之, 擅名當世, 人無依迹.

　　壬辰, 與張生偶, 共過長沙之北, 時正暮春, 景物芳華. 張生忽起彈冠曰:

　　"踏靑1)佳辰三月一日也. 吾儕今在逆旅中, 已不及蘭亭之會. 而佳麗江南, 地勝人和, 靑帘紅杏, 滿家春風, 杖頭金錢, 可買一日歡也. 況名山引興, 天假良辰, 今不可見岳州形勝乎!"

　　韋生曰:

　　"知我者子也."

　　郞與張生, 直抵岳陽城下, 日已昏墨矣. 是夕, 借宿於漁人之舍. 翌日早朝, 急扣江村, 賒酒俱船, 遊於洞庭南. 是日也, 風淸景明, 波文不動, 水碧天淸, 上下 色. 江邊畫屋, 遠近參差, 縹緲笙歌, 皆如鶴上仙也. 韋生岸巾登舟, 長吟兩絶, 其詩曰,

　　　　桂棹蘭槳溯碧波, 岳陽城北是回頭.
　　　　春風十里桃花裡, 多小珠簾上玉鉤.

---

1) 踏淸 : 踏靑의 오기.

又吟:

> 草綠蘋香江水多, 蘭舟搖下洞庭波.
> 春風無限瀟湘意, 收拾新簾入棹歌

張生繼吟曰:

> 花枝柳影動春城, 江上遊人捻玉笙.
> 欲待夜深歌舞罷, 月高山峽聽猿聲.

又吟:

> 玉樓飛閣入江天, 誰捲珠簾弄絲絃?
> 日暮長沙人更遠, 臨風斷腸木蘭船.

吟罷, 江煙半斂, 峽日初斜, 千峰散亂, 萬象星羅, 二人豪逸之氣, 將欲羽化而登仙也. 噫! 楚國非凉2)之地也. 蒼梧巡斷, 竹老三湘, 此非二妃之冤泣耶? 離騷吟罷, 汨羅波鳴, 此非三閭之忠魂耶? 酒行數籌, 朱顏半酡. 韋生唒然嘆曰:

"楚人多情, 長歌竹枝, 過客聞之, 孰不沾衿?"

張生皺眉久良3)曰:

"僕本平生慷慨之人也. 目及遺篇, 尚且殞淚, 今來此地, 可堪余懷? 欲酌瓊漿, 招古今之魂"

遂吟二絶曰:

---

2) 非凉: 悲凉의 오기.
3) 久良: 良久의 오기.

竹枝歌斷暮煙低, 春盡黃陵古墓西.
香滿白蘋湘水綠, 楚山惟有鷓鴣啼.

又吟：

楚客縱船聽暮猿, 十年芳草憶王孫.
多情一片蕭湘⁴⁾月, 曾照(江)魚腹裡魂.

韋生遽曰：
"君詩吟調悽苦, 益增悲抱. 如此鶯花佳節, 但當醉懽而已. 不須弔古傷心,
空費半日之懽耳."
遂酌綠蟻一卮, 酬于張生, 叩絃而歌曰：

巴陵東兮岳陽北, 楚山高兮湘水深.
竹枝歌兮哀怨多, 蕩蘭槳兮江之波.
春風起兮渚蘋靑, 懷古人兮不能妄.⁵⁾
擊玉壺兮唱金樓,⁶⁾ 醉眼撞兮乾坤淸.

張生依棹而歌曰：

吳歌悲兮楊柳月, 遠送目兮傷春情.
蹇杜若兮江之邊, 採紫菱兮香滿船.
日欲暮兮湘江波, 懷美人兮淚如雨.
望依樓兮天一涯, 春愁起兮奈爾何?

---

4) 蕭湘 : 瀟湘의 오기.
5) 妄 : 忘의 오기.
6) 金樓 : 金縷의 오기.

歌竟酒蘭,⁷⁾ 盡醉極懽, 相與枕籍于舟中. 韋生況然先覺, 搔頭起坐, 湘天已暝, 沙禽飛盡, 岸上虹橋, 遊人漸稀. 生以手扶起張生, 香醪浹骨, 醉魔方酣, 搖之不動, 喚之無聲.

生還攬繡綵裘, 下船回顧巘上, 錦纜長程, 寂寞無人蹤. 但聽前隣有歌吹聲. 尋蹊而往, 則雕甍紫閣, 聳出雲霄, 燈燭靑熒, 搖照於綠楊之間. 生屛息門側, 遊目內庭, 則以靑琉璃, 築作九級層塢, 百卉芳芬, 蜂鳥喧咽. 下有一小池, 綠波如鏡, 綵鴨一群, 來往其間. 中有沈香木假山, 峰巒草樹, 皆錦繡綵繪之所飾也, 製作極其工巧. 歷至一門, 則曲欄浮空, 飛梯百尺, 一桁瓊簾, 半捲於花影之中.

時已闌矣, 賓徒初散, 衆樂未退. 佳人十數隊, 蘭麝薰人, 珠翠滿身, 嬌顔半酡. 百戲俱張, 舞若驚鴻, 輕如飛燕, 笑語轟喧不絶. 俄而, 綠幘武夫, 排戶而出, 鎖斷中門, 收銀鑰而入. 催喚歌兒輩, 高宿內廂, 群一時娥⁸⁾應聲, 連袂而入.

雲窓霧閣, 如隔千里, 更無可俟. 生隱於門墻之內, 無異入籠之禽. 躅踖紡緯,⁹⁾ 憂懼實深. 然而事已謬矣, 無可奈何. 步上樓梯, 周覽旣畢, 方欲假寐簾楹之側, 坐待開門, 挺身超出一念, 耿耿臥不成眠. 披衣而起, 散步庭際, 遙聞後園人語琅琅. 引領望之, 紫薇花下, 懸一紅蓮燈. 下有一美人, 年可十七八, 綽約仙姿, 非世上人也. 手折一枝花萼, 依樓支頭而吟曰:

影了長憐月, 身輕不似花
隨風香萬點, 飛去落誰家?

吟未訖, 見甲鬟¹⁰⁾掀簾而下, 報其茶鐺已溫矣. 美人忽提燈而入, 中外寂

---

7) 酒蘭 : 酒闌의 오기.
8) 群一時娥 : 群娥一時의 오기
9) 紡緯 : 彷徨의 오기.
10) 甲鬟 : 丫鬟의 오기.

寂了無蛩音.

卽欲冒死逞情, 而忽念踰墻折擅,11) 虎尾春水,12) 不戒鎖穴13)之誚, 則終
陷亡身之禍. 仲可懷也, 人言可畏. 欲進還退, 擧足未投. 如是數度, 狂心大
發, 六馬同奔, 終莫能製,14) 遂倍步15)而行, 及至房外, 暗窺窓隙, 則是乃女
之寢室也. 捲琉蘇帳, 圍翡翠屛, 床上綵鴨一群, 銜沈香一炷, 香煙裊裊如縷.
女臥於其中, 羅衾半堆, 玉腕微(露), 綠雲依枕, 香汗凝頰, 春眠惱重, 繰綃
不動. 生蹇衣而入, 女忽驚愕曰:

"誰家蕩子, 狂暴至此?"

拒之甚耳. 生蒼黃無計, 擬將還退, 而身因鎖闥之中, 逃出無路. 若逢門戶
之辱, 則其死一也. 方欲脅奪其志.

女見生之溫雅詞氣, 非俠少倡類之流, 似有疑訝之色. 生低聲細語, 曲盡
所由, 則女稍似小薄, 而拒之亦不如初也. 生押雞之,16) 羞眉懶擡, 眼波依微,
體若輕楊, 如不能堪. 生春雲蕩漾, 濃態未停, 極盡繾綣而罷. 正襟而臥, 鴛
鴦枕上, 花影婆娑. 女欠伸撫郎昔,17) 而長嘆曰:

"人間歡樂, 不到深閨! 此生於世, 始見今日."

因問姓名族氏, 女斂容徐言曰:

"妾姓蘇, 名淑芳, 古宋學士子瞻之後也. 妾父名某, 早忝達官, 歷職臺閣,
宦成名立, 今已退休矣. 門戶亦不衰薄, 家有乘朱輪者十餘人. 妾父殘齡, 始
得一女, 鍾愛甚重, 未嘗一日離於膝下. 故別起小樓於北園中, 使妾倘佯了
此耳. 妾生長深閨, 未諳情事. 然而摽梅霜落, 詩人有諷, 飛梭歲月, 不貸紅
顔, 春風楊柳之院, 秋雨梧桐之夜, 孤眠洞房, 恨負芳年. 今夕何夕? 見此良

---

11) 折擅:折檀의 오기.
12) 春水:春氷의 오기.
13) 鎖穴:鑽穴의 오기.
14) 能製:能制의 오기.
15) 倍步:信步의 오기인 듯.
16) 押雞之:雖狎之의 오기.
17) 郎昔:郎背의 오기.

人, 邂逅相逢, 適我怨[18]乎. 白首同歡, 與子成誓. 只恐賤棄妾, 終不相顧也."

生答曰:

"生[19] 秣陵人也. 世居南京, 粗通書史. 携壺結伴, 遍遊溪山. 日昨, 偶牽一友, 泛舟洞庭. 路近陽臺, 獲逢仙娘, 巫山一枕, 是非前緣? 況許身駑劣, 願奉巾櫛, 誠通金石, 意感神融. 只以房帷事密, 暮夜無知, 他日親庭儻有譴責, 則千載瑤池, 永隔穆王之夢, 七夕銀河, 長感牽牛之會."

已而, 女忽改容曰:

"妾本素是良族, 不慕淑溱佚巷之風, 唯思琴瑟鍾鼓之樂. 天照丹衷, 賜余良匹. 事跡雖微, 情義無間. 儻漏暗昧之蹤, 終隔伉儷之情, 失死無他更卜他生之約. 偶得佳偶, 偕老盟甘, 雖以藍橋之奇遇, 不過是也."

生遽曰:

"良宵苦短, 曉鷄鳴催, 芳情未洽, 別意無窮, 奈如之何?"

女推枕而起, 手攬金屏而掩紗窓曰:

"非東方之卽明, 乃月出之光."

取架上碧玉簫, 吹秦樓鳳笙, 回響徹雲宵. 生拂衣起, 而開戶視之, 砧聲遠村, 角殘孤城. 女見生之起, 挽其手掩面, 低聲曰:

"三生好緣, 一宵綢繆. 將子無疑, 昏以爲期."

生嗚嗷下階, 數步顧昐, 則殘粧倚門, 黯然消魂. 生悽惶出走, 中門已開, 外門猶關. 生藏身階上叢篁間. 頃之, 有蒼鬌絳衣者, 自內而出, 開朱扉, 淨掃中庭, 設敞花筵, 還入東床. 生左右顧視, 捨命奔去, 不覺冠傷隆地, 駭汗如漿. 及至江岸, 張生猶掩蓬窓,[20] 方在睡卿[21]中. 其餘僕徒, 酩酊不起. 生因臥張生之側, 閉眼思寢, 神魂飛越, 竟不成夢. 蹴起張生, 生遽然而覺, 顧謂韋生曰:

---

18) 我怨 : 我願의 오기.
19) 生 : 我의 오기.
20) 蓬窓 : 篷窓의 오기.
21) 睡卿 : 睡鄉의 오기.

"洞庭之遊樂乎?"

韋生答曰 :

"昨夕, 中酒沈瞑, 通宵昏倦, 不覺朝日已捕. 飮中眞味, 只在此時."

張生微哂曰 :

"煙波短棹, 歸思悠然, 可進一盃, 更續餘歡."

韋生曰 :

"諾."

卽命綠衣童子, 酌羅浮一盃, 以侑張生, 因盡敍前夜之事. 張生疑其辭, 姑未信. 俄頃月斜, 更理歸檣, 則韋生眼穿東隣, 落莫無語. 張生頗怪之, 始聞其由, 而備悉之. 遂正襟跪坐, 責之曰 :

"子之奇才, 江左無雙. 射策金門, 璃文玉署, 立身揚名, 濟世安民, 乃是平生之志也. 偸窺相國之門, 妄犯私通之律, 迷魂不悟, 縱意妄身. 桑中醜說, 終始難掩, 則非但辱及君親, 抑亦禍延高門, 可不戒哉? 凡人一念之差, 萬事謁然.22) 雖有後悔, 噬臍無及, 唯子勉之!"

韋生不答, 翹首南天. 雲山杳行, 煙水蒼茫, 蘇郎粉壁, 遠唳於紅杏之園. 不堪離思, 凝淚滿眶. 張生知其沈(惑)已甚, 不可以言語解之. 遂力勸韋生, 更闌酬酢. 韋生先倒于舟中. 張生令篙童, 掛席東下, 倏如流星之疾也. 回泊錢塘, 則岸天欲曙矣. 鶴唳吳峀, 鶯囀蘇堤, 驚起視之, 已非岳陽城下. 韋生大加傷感, 遂成一疾, 纏綿半月, 日暫23)沈痼, 饘漿不及於口. 自憤含恨, 而終遂成一律, 題于碧玉案上. 云 :

> 花枝影動玉欄干, 鶯引春愁漸夕陽.
> 床上猶怜心悄悄, 枕邊遙憶語琅琅.
> 黃河不斷盟深在, 靑鳥無傳別路長.
> 魂入九原應有怨, 此生何處更相逢?

---

22) 謁然 : 誤矣의 오기인 듯함.

23) 日暫 : 日漸의 오기.

一夕, 生之父母, 親詣床前, 抱持垂淚曰:

"古之聖人云, '父母惟其疾之憂.' 觀爾之嬰疾, 才過數旬, 日增危苦, 將至不赦.24) 故雙親役慮, 將終繼殞. 爾有何心, 匿而不吐? 曲盡蘊意, 無有後悔."

生聞言卽驚, 涕淚交頤, 暫思心正,25) 細語出喉曰:

"父母生之, 鞠育劬勞. 欲保其德, 昊天罔極. 小子不肖, 孝無曾參之養, 竟貽子夏之痛. 不孝莫大, 罪積幽明. 願陳所思, 俾無遺憾. 往者與友乘節, 載酒南遊, 誤入蘇相國家, 有輕薄之行. 窺垣之罪, 死當萬矣.26) 但紅樓一別, 江水萬里, 山長路阻, 信使無憑. 一念縈腸, 轉生狂疾, 死已後安, 竟無他矣!"

父母以手拭淚, 開眼曰:

"早知如此, 何使汝至於斯耶?"

急喚老蒼頭, 送于蘇相國家, 先通媒妁之命, 以定花燭之期. 蒼頭未及出門, 跟蹡奔入而喜曰:

"相國之使, 先已到矣!"

生之父, 急出外軒, 招入使者. 朱冠鐵帶, 八尺長身者, 再拜中庭, 袖出相國之書, 跪而進. 珊瑚函裏, 鮫綃數幅, 有剡溪牒一封, 卽其書也. 云:

"伏以某, 家世簪縷,27) 仕宦淸朝, 位極卿相, 身致富貴. 乞得殘年, 退休私舍, 遠訪古跡, 盟保魚鳥, 看花弄竹, 以助淸趣, 引客開觴, 因消假日. 曩者, 尊郎逐景, 偶過鄙第, 小女多情, 忽然微軀如花之泣露, 似月之披雲. 未拽孤居之怨, 都是老夫之罪. 事已至此, 侮28)何將及? 但楚璧29)已斷, 秦鸞未奏, 別恨成痼, 殘命如縷. 鸞沈鳳消, 儻阻夫婦之情, 地老天長, 何量父母之心?

---

24) 不赦:不救의 오기.
25) 心正:心定의 오기.
26) 死當萬矣:當萬死矣의 오기.
27) 簪縷:簪纓의 오기.
28) 侮:悔의 오기.
29) 楚壁:楚璧의 오기.

早卜時日之良, 願修羔雁之禮. 只願貴宅不顧寒門."

覽畢, 使者再拜, 敍曰:

"娘子自別阿郎之後, 每待芳園中. 而數日前, (使)小兒訪問於江村, 則居
人答曰, '往日二少年, 自建江府,[30] 泊舟湖上, 極歡而歸. 其後了無形跡.' 以
此言歸報, 則娘子遂臥不起. 相公莫曉其意, 一日, 乘娘子之入睡, 括其錦箱,
得相思字數篇. 因此而詰問, 則娘子亦不隱諱, 悉陳無餘. 相公卿[31]令老僕,
馳通婚娶之命, 故敢來于此耳."

手開靑囊, 探出詩篇, 進于案上曰:

"此娘子所詠也."

韋生之父, 披而見之, 其詩曰:

　　　楊柳依依水滿池, 百花深處囀黃鸝.
　　　悲來却奏相(思)曲, 曲兮琴瑟今斷絲.

　　　梨花風動玉樓寒, 金鴨香消晚漏響.
　　　燈前淚痕人不識, 暗均紅脂獨憑欄.

　　　燕語彩簾花亂飛, 東風吹夢入羅帷.
　　　一年芳草日南[32]恨, 千里王孫夫不歸.

　　　寶鴨香消煙盡水, 鸚鵡金籠夢幾圓.
　　　吹斷玉簫人不見, 碧桃花彩回欄前.

　　　小院池塘荷氣香, 春波欲暖舞鴛鴦.

---

30) 建江府 : 建康府의 오기인 듯.
31) 卿 : 卽의 오기.
32) 日南 : 江南의 오기.

碧窓俱鎖朦朧裏, 何處啼蛩又斷腸?

生之父撫掌, 嘆曰:

"奇才出於惹蘭[33]之右."

韋生見其詩, 雖增思慮, 結縭之日不遠, 以此寬懷. 況疾稍蘇, 渾舍意騰.

使者是日, 宿于韋生之家, 侵晨早發. 再拜辭退. 韋生之父, 款接使者, 饋以盛饌酒酣. 離席, 致書于相國前. 其辭曰:

"伏以僕本武夫, 自少失學, 唯勤弓矢, 口拙經書. 家世零丁, 契濶清寒, 鄉隣睥睨, 奴僕逃逋. 欲令小子, 早就名庭, 讀古人書, 慕前賢志, 粗通文字, 暫曉人理. 於家於友, 孝悌信義, 小無橫越之意, 寧有狂暴之行? 但男女相感, 古今常情, 閨幃已離, 侮責[34]何及? 敢承恩命, 仰求賢婦. 但以尊卑貴賤, 門戶不同, 伏地懷慙, 臨紙無言."

使者遵敎而退. 歸報相國, 其家幸甚幸甚. 女聞其奇, 病忽勿藥而喜. 自此兩家通問不絶. 遂差穀日, 乃行東床之禮. 二人相得之樂, 雖能碩[35]之嫁蘭香, 裴航之遇女英, 未足蹤也. 夫婦平居, 愛以敬之, 遠近親戚, 莫不禮之.

是年八月, 倭奴入掠朝鮮, 國王播越, 遠狩龍灣, 冠蓋相連, 乞救中原. 皇帝以羽檄徵兵天下, 拜韋生父爲征討諸軍事, 領兵三萬, 遠赴遼陽. 而兵死地也, 遠入東隅, 凱還無期, 靑幢檄筆, 難得其人. 故生父卽以書招生甚急, 而同得薊門之行. 生見父書, 涕淚忘餐, 莫知操其心. 女忽抑哀辭, 以理諭之曰:

"妾聞, 男子生於世, 彤弓白馬, 小無[36]馬革之志, 鐵騎牙璋, 終封燕頜之侯. 矧今發四海之勁兵, 纖一隅之兇徒, 有山壓之勢, 無土崩之患. 欲圖奇勳, 正當此時! 豈作迂儒, 終守書窓乎? 況嚴親塞外, 遠抱採薇之愁, 小子天涯,

---

33) 惹蘭 : 若蘭의 오기.
34) 侮責 : 悔責의 오기인 듯.
35) 能碩 : 張碩의 오기.
36) 小無 : 少無의 오기.

何忍陟岵之悲? 遄啓歸程, 毋稽親旨. 但妾命逢崎嶇, 世事蹉跎, 芳緣纔屬, 哀別又至. 人生幾何? 歡合無時. 于時, 廷梧[37]葉落, 海雁聲悲, 月到瑤階, 誰聞鳳笙之音? 蟲鳴粉壁, 人冷鴛鴦之夢, 重爲斷腸之人, 應作望夫之石! 只願郞君早促回程"

言訖, 置酒酌別於中堂. 蘇娘命歌, 兒輩數人, 唱採蓮曲. 其詞曰 :

玉露悽悽江月斜, 蘭橈停處藕花多.
何人結伴橫塘客, 斷腸西風一曲歌.

月色波光滿小塘, 羅裙玉佩倚蘭槳.
西風昨夜紅花落, 初載□□元裏香.

水上佳人錦縷衣, 芙蓉花裏小船回.
西風一夜滿江思, 千里江關音信稀.

吟罷, 蘇娘手酌金荷杯, 奉進韋生前. 自製臨江仙一関, 以侑之

吳鉤錦葉靑絲馬, 龍沙千里迷歸途.
薊門煙樹遠依俙, 滿庭黃葉掩柴扉.

歌竟, 坐中皆垂淚. 韋生强醉深樽, 扶擁上馬而去. 蘇娘追出院外, 痛哭絶聲, 良久復甦. 觀者莫不憐之

韋生其家馳到,[38] 將軍欲鳴鼓發軍行. 生僅能隨其後. 生虛心之極, 跋涉風霜, 眠食不甘, 舊疾還發. 驛梅旅館, 歸思轉切, 觸物興味,[39] 對人不語.

---

37) 廷梧 : 庭梧의 오기.
38) 其家馳到 : 馳到其家의 오기.
39) 興味 : 興懷의 오기.

將軍大有悶焉.

一夕, 行到興府, 生病尤劇, 倚床無眠. 遂書一絶, 題于壁上. 其詩曰:

霜滿孤城駐漢軍, 角吹殘月動轅門.
燈前苦憶江南夜, 雁唳歸心入楚雲.

幕中又有金生者, 亦工於詞翰者也. 以生之痛緊, 不離席側, 戲嘲寬抑. 遂奪金鸞扇, (書)一絶于其面曰:

白馬驕嘶跨玉鞍, 龍刀何日斬樓蘭?
秋風萬里關山外, 吹笛江南片月寒.

生笑曰:

"君詩豪逸, 我吟悽苦, 所思之不同也."

奄延數月, 生起脉[40]如縷. 命盡之日, 從者急告于將軍. 將軍退籌排戰, 顚倒而來, 以手撫其額, 而問曰:

"余承帝命, 千里同來, 父子恩重, 死生可救! 及爾同來, 扶我病骨, 老夫無德, 爾先深痼. 尺劍天涯, 余將何依? 干戈事, 藥餌無暇, 罔極余懷, 爾先知之. 鄕關雖遠, 歸路不阻, 風泛一夜, 可到江南. 爾安其心, 毋悶少差."

生聞言擡首, 哀淚汎瀾. 遂握將軍之手, 哽咽而告之曰:

"小子殘命, 未逭殃禍. 兵塵戎幕, 殘疾深篤, 扁鵲無術. 命也奈何? 只念新入孤塞, 戟鋒未交, 哭子郵亭, 忍支心力. 丁年才薄, 未致榮養, 壯而先歡, 不終侍奉. 人間地下, 兒罪難容, 重泉有寃. 豈敢瞑目? 異於荒山孤魂, 無取殘骨歸葬故山."

言訖, 奄然而逝. 將軍呼痛, 促致喪. 因命奉葬故園, 永窆先塋之側. 送殯

---

40) 起脉: 氣脉의 오기.

之日, 生見於將軍之夢, 曰:

　“蘇家娘子, 舊緣未盡, 生不同居, 死不同穴.”

　因忽不見. 將軍驚悟, 乃一夢也. 落月轅門, 歌鼓悲喧. 已而, 將軍急招使
者, 曰:

　“亡兒今入我夢, 願(過)蘇氏門前, 其情可哀. 況路通淮海, 行舟甚便, 直抵
岳州可也.”

　從者承命而往, 不過十日, 果入洞庭湖上. 煙風已久, 人事旣變. 一片舟
旌,⁴¹⁾ 飄下海門, 過客行商, 爭指歸舟, 曰:

　“誰家旌檝, 遠向何處?”

　行到津頭, 問蘇相國家, 則有一箇兒女, 愕然來問. 具述厥由, 其兒奔遑入
告. 擧家號擗, 哭聲喧天. 蘇女聞其奇, 卽以羅巾, 縊其頸而死. 相國痛之,
同葬于九疑山下. 東西兩丘, 宛然路左. 聞之者, 爭爲掌記.

---

41) 舟旌 : 丹旌의 오기.

운영전(雲英傳)

壽聖宮, 卽安平大君舊宅也. 在長安城西仁王山之下, 山川秀麗, 龍盤虎踞, 社稷在其南, 慶福在其東, 仁王一脈, 逶迤而下, 臨宮屹起, 雖不高峻, 而登臨俯覽, 則通衢市廛, 滿城第宅, 碁布星羅, 歷歷可指, 宛若絲列而派分. 東望則宮闕縹緲, 複道橫空, 雲煙積翠, 朝暮獻態, 眞所謂絶勝之地也. 一時酒徒躬伴,[1] 歌兒笛童, 騷人墨客, 三春花柳之節, 九秋楓丹之時, 則無日不遊於其上, 吟風詠月, 嘯翫忘歸.

靑坡士人柳泳, 飽聞此園之勝槩, 思欲一遊焉. 而衣裳藍縷, 容色埋沒, 自知爲遊客之取笑, 足將進而趑趄者, 久矣.

萬曆辛丑, 春三月旣望, 沽得濁醪一壺. 而又乏童僕, 旣無朋知, 躬自佩酒, 獨入宮門, 則觀者相顧, 莫不指笑. 生憗而無聊, 仍入後園, 登高四望, 則新經兵燹之餘, 長安宮闕, 滿城華屋, 蕩然無有. 壞垣破瓦, 廢井堆砌, 草樹茂密, 唯東門數間, 巍然獨存.

生步入西園, 泉石幽邃處, 則百草叢芊, 影落澄潭, 滿地落花, 人跡不到. 微風一起, 香氣馥郁. 生獨坐岩上, 仍詠東坡, '我上朝元春半老, 滿地落花無人掃'之句. 輒解所佩酒, 盡飮之, 醉臥岩邊, 以石支頭.

俄而酒醒, 擡顔視之, 則遊人盡散, 山月已吐, 烟籠柳眉, 風動花腮. 時聞一條軟語, 隨風而至. 生異之起訪焉, 則有一少年, 與絶色靑娥, 斑荊對坐,

---

1) 躬伴 : 弓伴의 오기인 듯.

見生至, 欣然起迎. 生與之曰:

"秀才何許人, 未卜其晝, 只卜其夜?"

少年微哂曰:

"古人云, 傾盖若舊, 必謂此也."

相與鼎足而坐語. 女低聲呼兒, 則有二叉鬟, 自林中出來. 女謂其兒曰:

"今夕, 邂逅故人之處, 又逢不期之佳客, 今日之夜, 不可寂寞而虛度. 汝可備酒饌, 兼持筆硯而來."

二叉鬟承命而往, 少選2)而返, 飄然若飛鳥之往來. 琉璃樽, 盛紫霞之酒, 珍果綺饌, 皆非人世所有. 酒三行, 女口呼新詞, 以勸其酒, 詞曰:

> 重重深處別故人, 天緣未盡見無因.
>
> 幾番傷春繁華時, 爲雲爲雨夢非眞.
>
> 消盡往事成塵後, 空使今人淚滿巾.

歌竟, 欷歔飮泣, 珠淚滿面. 生異之, 起而拜曰:

"僕雖非錦繡之腸, 早事文墨, 稍知文業之功. 今聞此詞, 格調淸越, 而思意悲凉, 甚可怪也. 今夜會, 月色如晝, 淸風徐來, 有足可賞, 而相對悲泣, 何哉? 一盃相屬, 情義已孚, 而姓名不言, 懷抱未展, 亦可疑也."

生先言己名, 而强之, 少年答曰:

"不言姓名, 其意有在. 君欲强之, 則告之何難, 而所可道也, 言之長也."

愁然不樂者, 久之, 乃曰:

"僕姓金, 年十歲能詩文, 有名學堂, 而年十四登進士第二科, 一時皆以金進士稱之. 僕以年少俠氣, 志意浩蕩, 不能自抑. 又以此女之故, 將父母之遺體, 竟作不孝之子, 天地間一罪人之名, 何用强知之. 此女之名雲英, 彼兩女之名, 一名綠珠, 一名宋玉, 皆故安平大君宮人也."

---

2) 少選 : 少旋의 오기.

生曰:

"言出而不盡, 則初不如不言之爲愈也. 安平盛時之事, 進士傷懷之由, 可得聞其詳乎?"

進士顧雲英曰:

"星霜屢移, 日月已久, 其時之事, 汝能記憶否?"

雲英答曰:

"心中畜怨, 何日忘之耶? 妾試言之, 郎君在傍, 補其闕漏."

乃言曰:

莊憲大王子, 八大君中, 安平最爲英睿. 上甚愛之, 賞賜無數, 故田民財貨, 獨步諸宮. 年十三, 出居私宮, 私宮卽壽聖宮也. 以儒業自任, 夜則讀書, 晝則或賦詩, 或書隷, 未嘗一刻放過. 一時文人才士, 咸萃其門, 較其長短, 或至鷄叫參橫, 講論不怠, 而大君又工於筆法, 鳴於一國. 文廟在邸時, 每與集賢堂諸學士, 論安平筆法曰:

"吾弟若生於中國, 雖不及於王逸少, 豈後於趙松雪乎!"

稱賞不已.

一日, 大君語妾等曰:

"天下百家之才, 必就安靜處, 做工而後可成. 都城門外, 山川寂寥, 閭落稍遠, 於此做業, 可以專心."

卽搆精舍十數間于其上, 扁其堂曰匪懈堂, 又築一壇于其側, 名曰盟詩壇, 皆顧名思義之意也. 一時文章鉅筆, 咸集其壇, 文章則成三問爲首, 筆法則崔與孝爲首. 雖然, 皆不及於大君之才也.

一日乘醉, 呼諸女曰:

"天之降才, 豈獨豊於男, 而嗇於女乎? 今世以文章自許, 不爲不多, 而皆莫能相尙, 無出類拔萃者, 汝等亦勉之哉!"

於是, 宮女中, 擇其年少美姿容者十人, 敎之. 先授諺解小學讀誦, 而後庸學論孟詩書通宋,[3] 盡敎之. 又抄李杜唐音數百首, 敎之, 五年之內, 果皆成才.

大君入, 則使妾等, 不離眼前, (作)詩斥正, 第其高下, 用賞罰, 以爲勸獎之地. 其卓犖之氣像, 縱不及於大君, 而音律之淸雅, 句法之婉熟, 亦可以窺盛唐詩人之藩籬也. 　十人名則小玉·芙蓉·飛瓊·翡翠·玉女·金蓮·銀蟾·紫鸞·寶蓮·雲英, 雲英卽妾也.

大君皆甚撫恤, 尙畜宮內, 使不得與人對語. 日與文士盃酒戰藝, 而未嘗以妾等, 一番相近者, 盖慮外人之或知也. 常下令曰:

"侍女一出宮門, 則其罪當死, 外人知宮女之名, 則其罪亦死."

一日, 大君自外入, 呼妾等曰:

"今日, 與文士某某飮酒, 有一抹靑煙, 起自宮樹, 或籠城堞, 或飛山麓. 我先占五言絶句一首, 使客次之, 皆不稱意. 汝等以年次, 各以製進."

小玉呈曰:

綠煙細如織, 隨風半入門.
依微深復淺, 不覺近黃昏.

芙蓉呈曰:

飛空逢帶雨, 落地復爲雲.
近夕山光暗, 幽思向楚君.

翡翠呈曰:

覆花蜂失勢, 籠竹鳥迷巢.
黃昏成小雨, 窓外聽蕭蕭.

---

3) 通宋：通史의 오기인 듯.

飛瓊呈曰：

　　小杏難成眼，孤篁獨保青．
　　輕陰暫見重，日暮又昏冥．

玉女呈曰：

　　蔽日輕紈細，橫山翠帶長．
　　微風吹漸散，猶濕小池塘．

金蓮呈曰：

　　山下寒煙積，橫飛宮樹邊．
　　風吹自不定，斜日滿蒼天．

銀蟾呈曰：

　　山谷繁陰起，池臺綠影流．
　　飛歸無處覓，荷葉露珠留．

紫鸞呈曰：

　　早向洞門暗，橫連高樹低．
　　須臾忽飛去，西岳與前溪．

妾亦呈曰：

望遠靑煙細, 佳人罷織紈.
臨風獨惆悵, 飛去落巫山.

寶蓮呈曰:

短墻春陰裡, 長安水氣中.
能令人世上, 忽作翠珠宮.

大君看罷, 大驚曰:
"雖比於晚唐之詩, 亦可伯仲, 而謹甫以下, 不可執鞭也."
再三吟詠, 莫知其高下, 良久曰:
"芙蓉詩, 思戀楚君, 余甚嘉之. 翡翠詩, 騷雅, 玉女詩, 意思飄逸, 末句有
隱隱然餘意, 此兩詩, 當爲居魁."
又曰:
"我初見時, 優劣莫辨, 一再翫繹, 則紫鸞之詩, 意思深遠, 令人不覺嗟歎
而蹈舞也. 餘詩亦皆淸好, 而獨雲英之詩, 顯有惆悵思人之意. 未知, 所思者
何人? 似當訊問, 而其才可惜, 故姑置之."
妾卽庭下, 伏泣而對曰:
"遣辭之際, 偶然而發, 豈有他意乎? 今見疑於主君, 妾萬死無惜."
大君命之坐曰:
"詩出性情, 不可掩匿, 汝勿復言."
卽出綵帛十端, 分賜十人. 大君未嘗有意於妾, 而宮中之人, 皆知大君之
意在於妾也.
十人皆退在東房, 函燭高燒, 七寶書案, 置唐律一卷, 論古人宮怨詩高下.
妾獨倚屏風, 悄然不語, 如泥塑人. 小玉顧見妾曰:
"日間賦煙之詩, 見疑於主君, 以此隱憂而不語乎? 抑主君向意, 當有錦席
之歡, 故暗喜而不語乎? 中心所懷, 盖未可知也."

276

妾斂衽而答曰:

"汝非我, 安知我之心哉? 我方賦一詩, 搜奇未得, 故苦思不語耳."

銀蟾曰:

"意之所向, 心不在焉, (故)傍人之言, 如風過耳. 汝之不言, 不難知也, 我將試之"

(卽)以窓外葡萄爲題, 使作七言四韻, 促之. 妾應口, 卽吟其詩曰:

> 蛟蜓藤草似龍行, 翠葉成陰忽有情.
> 暑日嚴威能徹照, 晴天寒影反虛明.
> 抽絲攀檻如留意, 結果垂珠欲效誠.
> 苦待他時應變化, 會乘雲雨上三淸.

小玉見詩, 起拜曰:

"眞天下之奇才也. 風格之不高, 雖似舊調, 而蒼卒製作如此, 此詩人之最難處也. 我之心悅誠服, 如七十子之服孔子也."

紫鸞曰:

"言不可不愼, 何其許如之太過耶? 但文字婉曲, 且有飛騰之態, 則有之矣."

一座皆曰:

"確論."

妾雖以此詩解之, 而群疑猶未盡釋.

翌日, 門外有車馬駢闐之聲, 閽者奔入告曰:

"衆賓至矣."

大君掃東閣延入, 皆文人才士. 坐定, 大君以妾等所製賦煙詩示之, 滿坐大驚曰:

"不意今日, 復見盛唐音調, 非我等所可比肩也. 如此至寶, 進賜何從得之?"

大君微笑曰:

"何爲其然也? 童僕偶然得於街上而來. 未知何人所作, 而想必出於閨閣才士之手也."

群疑未定, 俄而成三問至曰:

"才不借於異代, 自前朝迄于今, 而已六百餘年, 以詩鳴於東國者, 不知其幾人, 而或沈濁而不雅, 或輕淸而浮操, 皆不合音律, 失其性情. 今觀此詩, 風格淸眞, 思意超越, 小無塵世之態, 此必深宮之人, 不與俗人相接, 只讀古人之詩, 而晝夜吟誦, 自得於心者. 詳味其意, 其曰臨風獨惘恨者, 有思人之意. 其曰孤篁獨保靑者, 有守貞節之意. 其曰風吹自不定者, 有難保之態. 其曰幽思向楚君者, 有向君之誠. 其曰荷葉露珠留者, 西岳與前溪者, 非天上神仙, 則不得如此形容. 格調雖有高下, 而薰陶氣像, 則大約皆同. 進賜宮中, 必養此十仙人, 願毋隱一見."

大君內自心服, 而外不頷可曰:

"誰謂謹甫有詩監乎? 我宮中豈有此等人哉? 可謂惑之甚也."

于時, 十人從窓隙暗聞, 莫不歎服. 是夜, 紫鸞以至誠, 問於妾曰:

"女子生而願爲有嫁之心, 人皆有之. 汝之所思, 未知何許情人, 悶汝之形容, 日漸減舊, 以情惘問之, 幸須毋隱."

妾起而謝曰:

宮人甚多, 恐有屬垣,[4] 不敢開口, 今承悃愊, 何敢隱乎? 上年秋, 黃菊初開, 紅葉新凋之時, 大君獨坐書堂, 使侍女磨墨張縑, 寫七言四韻十首, 小童自進曰,

"有年少儒生, 自稱金進士, 請見之."

大君喜曰:

"金進士來矣!"

---

4) 屬垣 : 囑喧의 오기인 듯.

使之迎入, 則布衣革帶(士), 趨進上階, 如鳥舒翼, 當席拜坐, 容儀若仙中人. 大君一見傾心, 卽移席對坐, 進士避席而拜謝曰:

"猥荷盛眷, 屢辱尊命, 今承驚咳, 無任竦恢."

大君慰之曰:

"久仰聲華, 坐屈冠盖, 光動一室, 錫我百朋."

進士初入, 已與侍女相面, 而大君以進士年少儒生, 中心易之, 不令以妾等避之. 大君謂進士曰:

"秋景甚好, 願賜一詩, 以此堂生彩."

進士避席而辭曰:

"虛名蔑實, 詩之格律, 小子安敢知乎?"

大君以金蓮唱歌, 芙蓉彈琴, 寶蓮吹簫, 飛瓊行盃, 以妾奉硯. 于時, 妾年十七, 一見郎君, 魂迷意闌. 郎君亦顧妾, 而含笑頻頻送目. 大君謂進士曰:

"我之待君, 誠款矣. 君何惜一吐瓊琚, 使此堂無顏色乎?"

進士卽握管, 書五言四韻一首曰:

旅雁向南去, 宮中秋色深.

水寒荷折玉, 霜重菊垂金.

綺席紅顏女, 瑤鉉白雪音.

流霞一斗酒, 先醉急難禁.

大君吟詠再三, 而驚之曰:

"眞所謂天下之奇才也. 何相見之晚耶!"

侍女十人, 一時面顧, 莫不動容曰:

"此必王子眞, 駕鶴而來塵寰. 豈有如此人哉!"

大君把盃而問曰:

"古之詩人, 孰爲宗匠?"

進士曰:

"以小子所見言之, 李白天上神仙, 長在玉皇香案前, 而來遊玄圃, 餐盡玉液, 不勝醉興, 折得萬樹琪花, 隨風而散落人間之氣像也. 至於盧王, 海上仙人, 日月出沒, 雲華變化, 滄波動搖, 鯨魚噴薄, 島嶼蒼茫, 草樹回鬱, 浪花菱葉, 水鳥之歌, 蛟龍之淚, 悉藏於胸襟, 此詩中造化. 孟浩然音響最高, 此學師廣, 習音律之人. 李義山學得仙術, 早役詩魔, 一生編什, 無非鬼語也. 自餘紛紛, 何足盡陳?"

大君曰:

"日與文士論詩, 以草堂爲首者多, 此言何謂也?"

進士曰:

"然. 以俗儒所尙言之, 猶膾炙之悅人口, 子美之詩, 眞膾與炙也."

大君曰:

"百體俱備, 比興極精, 豈以草堂爲輕?"

進士謝曰:

"小子何敢輕之? 論其長處, 則如漢武帝, 御未央(宮), 憤四夷之猾夏, 命將薄伐, 百萬熊羆之士, 連互數千里. 言其大處, 則如使相如賦長楊,5) 馬遷草封禪. 求神仙, 則如東方朔侍左右, 西王母獻天桃. 是杜甫之文章, 可謂百體之備矣. 至比於李白, 則不啻天壤之不侔, 江海之不同也. 至比於王孟, 則子美驅先適, 而王孟執鞭爭道矣."

大君曰:

"聞君之言, 胸中欹豁, 悅若御長風, 上太淸. 第杜詩天下之高文, 雖不足於樂府, 豈與王孟爭道哉? 雖然, 姑舍是, 願君又費一吟, 使此堂增倍一般光彩."

進士卽賦七言四韻一首, 其詩曰:

　　煙散金塘露氣凉, 碧天如水夜何長.

---

5) 長楊 : 長門의 오기. <長楊>은 한(漢)나라 때 양웅(揚雄)이 지은 부(賦) 이름이며, 사마상여(司馬相如)가 지은 부(賦)는 <長門>임.

微風有意吹垂箔, 白月多情入小塘.
庭畔陰開松反影, 盃中波好菊留香.
阮公雖少頗能飮, 莫怪甕間醉後狂.

大君益奇之, 前席摻手曰:

"進士非今世之才, 非余之所得而論其高下. 且非徒能文筆劃, 又極神妙,
天地生君於東方, 必非偶然也."

又使草聖,[6] 揮筆點誤,[7] 筆點誤落於妾之手指, 如蠅翼. 妾以此爲榮, 不
爲拭除, 左右宮人, 咸顧微笑, 比之登龍門. 時夜將半, 更漏相催, 大君欠身
思睡曰,

"我醉矣. 君亦退休, 勿忘明朝有意抱琴來之句."

翌日, 大君再三吟其兩詩而歎曰:

"當與謹甫爭雄, 而其淸雅之態則過之矣."

妾自是寢不能寐, 食減心煩, 不覺衣帶之緩, 汝未能識之乎?

紫鸞曰:

"我忘之矣. 今聞汝言, 怳若酒醒."

其後, 大君頻接進士, 而以妾等不相見, 故妾每從門隙而窺之 一日, 以雪
搗牋, 寫五言四韻一首曰:

布衣革帶士, 玉貌如神仙.
每向簾間望, 何無月下緣?
洗顔淚作水, 彈琴恨鳴絃.
無恨[8]胸中願,[9] 擡頭獨訴天

---

6) 草聖: 草書의 오기.
7) 揮筆點誤: 揮筆之際의 오기. 필사 도중 착오를 일으켜 '筆點誤'를 중복해서 쓴
   것으로 보임.

以詩及金鈿一隻同裹, 重封十襲, 欲寄進士, 而無便(可達). 其夜月夕, 大君開酒大會, 賓客盛稱進士之才, 以二詩示之 俱各傳觀, 稱贊不已, 皆願一見, 大君卽送人馬請之 (俄而), 進士至而就坐, 形容癯瘦, 風槪消沮, 殊非昔日之氣像. 大君慰之曰:

"進士未有憂楚之心, 而先有澤畔之憔悴乎!"

滿坐大笑, 進士起而謝曰:

"僕以寒賤儒生, 猥蒙進賜之寵眷, 福過災生, 疾病纏身, 食飮專廢, 起居須人. 今承厚招, 扶曳來謁矣."

坐客皆斂膝而致敬. 進士以年少儒生, 坐於席末, 與內只隔一壁. 夜已將闌, 衆賓大醉. 妾穴壁作孔而窺之, 進士亦知其意, 向隅而坐. 妾以封書, 從穴投之, 進士拾得歸家, 拆而視之, 悲不自勝, 不忍釋手. 思念之情, 倍於曩時, 如不能自存. 欲答書以寄, 而靑鳥無憑, 獨自愁歎而已.

聞有一巫女, 居在東門外, 以靈異得名, 出入其宮中, 甚見寵信. 進士訪至其家, 則其巫年未三旬, 姿色殊美, 早寡, 以淫女自處. 見(進士)至, 盛備酒饌而待之 生把盃不飮曰:

"今日有忙迫之事, 明日再來矣."

翌日又往, 則亦如之 進士不敢開口, 且曰:

"明日再來矣."

巫見進士容貌脫俗, 中心悅之 而連日往來, 不出一言, 意謂年少之人, 必以羞澀不言, 我先以意挑之, 挽留繼夜, 要以同枕 明日, 沐浴梳洗, 畵態凝粧, 多般盛餙, 布滿花氈瑤瓊席, 使小婢坐門外候之 進士又至, 見其容餙之華, 鋪陳之美, 中心怪之 巫曰:

"今夕何夕, 見此至人?"

進士意不在焉, 不答其語, 愁然不樂. 巫曰:

"寡女之家, 年少之男, 何往來之不憚煩?"

---

8) 無恨：無限의 오기.
9) 願：怨의 오기.

進士曰:

"巫若神異, 則豈不知我來之意乎?"

巫卽就靈座, 拜于神(前), 搖鈴捫瑟, 遍身寒戰. 頃之, 動身而言曰:

"郎君誠可怜也. 以齟齬之策, 欲邃其難成之計, 非但其意不成, 未及三年, 其爲泉下之人哉." 進士泣而謝曰:

"巫雖不言, 我亦知之. 然中心怨結, 百藥未解. 若因神巫, 幸傳尺素, 則死亦榮矣."

巫曰:

"卑賤巫女, 雖(因)神祀, 或時出入, 而非有招命, 則不敢入. 然爲郎君, 試一往焉."

進士自懷中, 出一封書, 以贈曰:

"愼毋枉傳, 以作禍機."

巫持入宮門, 則宮中之人, 皆怪其來. 巫權辭以對, 仍得間日, 引妾于後庭無人處, 以封書授之. 妾還房, 拆而視之, 其書云:

"自一番目成(之後), 心飛魂越, 不能定情, 每向城西, 幾斷寸腸. 曾因壁間之傳書, 敬承不忘之玉音, 開未盡而咽塞, 讀未半而淚滴. (自是之後), 寢不能寐, 食不下咽, 病入膏肓, 百藥無效, 九原可見, 唯願溘然而從. 蒼天俯怜, 神鬼黙佑, 倘使生前, 一洩此恨, 則當粉身磨骨, 以祭于天地百神之靈矣. 臨楮哽咽, 夫復何言? 不備謹書."

書下復有七韻一詩云:

樓閣重重掩夕霏, 樹陰雲影摠依微.
落花流水隨溝出, 乳燕含泥趁檻歸.
欹枕未成蝴蝶夢, 回眸空望雁魚稀.
玉容在眼何無語, 草綠鶯啼淚濕衣.

妾覽罷, 聲斷氣塞, 口不能言, 淚盡繼血, 隱身於屛風之後, 唯畏人知. 自是厥後, 頃刻不得忘, 如癡如狂, 見於辭色, 主君之疑, 人言之怪, 實不虛矣.

紫鸞亦怨女, 及聞此言, 含淚而言曰:

"詩出於性情, 不可欺也."

一日, 大君呼翡翠曰:

"汝等十人, 同在一室, 業不專一, 當分五人, 置之西宮."

妾與紫鸞·銀蟾·玉女·翡翠, 卽日移焉. 玉女曰:

"幽花細草, 流水芳林, 正似山家野庄, 眞所謂讀書堂也."

妾答曰:

"旣非舍人, 又非僧尼, 而鎖此深宮, 眞所謂長信宮也."

左右莫不嗟惋. 其後, 妾欲作一書, 以致意進士, 以至誠事巫, 請之甚懇, 而終不肯來, 盖不無挾憾於進士之無意於渠也.

一夕, 紫鸞密言于妾曰:

"宮中之人, 每歲仲秋, 浣紗於蕩春臺下之水, 仍設盃酌而罷. 今年則設於昭格署洞, 而往來尋見其巫, 則此第一良策."

妾然之, 苦待仲秋, 度一日如三秋. 翡翠微聞其語, 佯若不知, 而語妾曰:

"汝初來時, 顔色如梨花, 不施鉛粉, 而有天然綽約之姿. 故宮中之人, 以虢國夫人稱之. 比來容色減舊, 漸不如初, 是何故耶?"

妾答曰:

"稟質虛弱, 每當炎節, 則例有暑渴之病, 梧桐葉落, 繡幕生凉, 則自至稍蘇矣."

翡翠賦一詩戲贈, 無非玩弄之態, 而意思絶妙, 妾奇其才, 而羞其弄.

荏苒數月, 節屆淸秋, 凄風夕起, 細菊吐黃, 草蟲斂聲, 皓月流光. 妾心中自喜, 而不形於言語間. 銀蟾曰:

"尺書佳期, 近在今夕, 人間之樂, 豈異於天上乎?"

妾知西宮之人, 已不可隱, 以實告之曰:

"願勿使南宮之人知之."

于時, 旅雁南飛, 玉露成團, 淸溪浣紗, 正當其時. 欲與諸女, 牢定日期,

而論事甲乙, 未定浣濯之所. 南宮之人曰:

"淸溪白石, 無蹤於蕩春臺下."

西宮之人曰:

"昭格署洞泉石, 不下於門外, 何必舍邇而求諸遠乎?"

南宮人固執不許, 夜至未決而罷. 其夜, 紫鸞曰:

"南宮五人中, 小玉主論, 我以(奇)計, 可回其意."

以玉燈前導, 至南宮, 金蓮喜迎曰:

"一分西宮, 如隔秦楚, 不意今夕, 玉體左臨, 深謝."

小玉曰:

"何謝之有? 此乃說客也."

紫鸞斂袵正色曰:

"他人有心, 予忖度之, 其子之說歟."

小玉曰:

"西宮之人, 欲往昭格署洞, 而我獨堅執. 故汝中夜來訪, 其謂說客, 不亦宜乎?"

紫鸞曰:

"西宮五人中, 吾獨欲(往)城內也."

小玉曰:

"獨思城內, 其意何居?"

紫鸞曰:

"吾聞昭格署(洞), 乃祭天星之處, 而洞名三淸云. 吾徒十人, 必是三淸仙女, 誤讀黃經, 謫下人間. 旣在塵寰, 則山家野村, 農墅漁店, 何處不可? 而牢鎖深宮, 有若籠中之鳥, 聞黃鸝而歎息, 對綠楊而戱欷. 至於乳燕雙飛, 栖鳥兩眠, 草有合歡, 木有連理. 無知草木, 至微禽鳥, 亦稟陰陽, 莫不交歡. 吾儕十人, 獨有何罪, 而寂寞深宮, 長鎖一身, 春花秋月, 伴燈消魂, 虛抛靑春之年, 空遺黃壤之恨. 賦命之薄, 何其至此之甚耶? 人生一老, 不可復少, 子更思之, 寧不悲哉! 今可沐浴於淸川, 以潔其身, 入于太乙祠, 扣頭百拜,合手祈祝, 冀資冥佑, 欲免來世之此苦也. 豈有他意哉? 凡我宮之人, 情若同氣, 而因此一事, 疑人於不當疑之地, 緣我無狀, 言不見信之致也."

小玉起而謝曰:

"我燭理未瑩, 不及於君, 遠矣. 初不許城內者, 城中素多無賴俠客之徒, 慮有意外强暴之辱, 故疑之. 今汝能使余, 不遠而復通. 自今, 雖白日昇天, 而吾可從之, 雖憑河入海, 而亦可從之. 所謂因人成事, 而及其成功, 則一也."

芙蓉曰:

"凡事心定, 上言定未, 兩人爭之, 終夜不決, 事不順矣. 一家之事, 主君不知, 而僕妾密議, (心)不忠矣. 日間所爭之事, 宵未牛而屈之, 人不信矣. 且淸秋玉川, 無處無之, 而必往城祠, 似不直矣. 匪懈堂前, 水淸石白, 每歲浣洗於此, 今欲改轍, 亦不宜矣. 一擧有此五失, 妾不從命."

寶蓮曰, "言者文身之具, 謹與不謹, 慶殃隨之. 是故君子愼之, 守口如甁. 漢時, 丙吉張相如, 終日不語, 而事無不成, 嗇夫喋喋利口, 而張釋之, 秦詆之. 以妾觀之, 紫鸞之言, 隱而不發, 小玉之言, 强而勉從, 芙蓉之言, 務在文飾, 皆不合吾意, 今此之行, 妾不與焉."

金蓮曰:

"今夜之論, 終不歸一, 我且稽卜."

卽展羲經而占之, 得卦解之曰:

"明日, 雲英必遇丈夫矣. 雲英容貌擧止, 似非人世間者也. 主君傾心已久, 而雲英以死拒之, 無他, 不忍負夫人之恩也. 主君之威令雖嚴, 而恐傷雲英之身, 不敢近之. 今舍此寂寥之處, 而欲往彼繁華之地, 遊俠年少, 見其姿色, 則必有喪魂欲狂者. 雖不能相近, 而指點送目, 斯亦辱矣. 前日, 主君下令曰, '宮女出門, 外人知名, 其罪皆死.' 今此之行, 妾不與焉."

紫鸞知事不儕, 憮然不樂, 方欲辭去. 飛瓊泣把羅帶, 强留之, 以鸚鵡盃, 酌雲乳勸之, 左右皆飮. 金蓮曰:

"今夕之會, 務在從容, 而飛瓊泣, 妾實悶之."

飛瓊曰:

"初在南宮時, 與雲英交道甚密, 死生榮辱, 約與同之. 今雖異居, 寧忍忘之? 前日, 主君前問安時, 見雲英於堂前, 纖腰瘦盡, 容色憔悴, 聲音細縷, 若不出口. 起拜之際, 無力仆地, 妾扶而起, 以善言慰之. 雲娘答曰, '不幸有疾, 朝夕將死. 妾之微命, 死無足惜, 而九人之文章才華, 日就月長,[10] 他日, 佳篇麗什, 聳動一世, 而妾不及見矣. 是以悲不能禁.' 其言頗極悽切, 妾爲之下淚. 到今思之, 其疾實在於所思也. 嗟呼! 紫鸞·雲娘之友也. 欲以垂死之人, 置之於天壇之上. 今日之計, 不得成, 則泉壤之下, 死不瞑目, 怨歸南宮, 其有旣乎? 書曰, '作善降之百祥, 不善降之百殃.' 今此之論, 善乎? 不善乎?"

小玉曰:

"妾旣許諾, 三人之志順矣, 豈可半塗而廢乎? 設或事泄, 雲英獨被其罪, 他人何與焉哉? 妾不爲再言, 當爲雲英死之."

紫鸞曰:

"從之者半, 不從者半, 事不諧矣."

欲起去而還坐, 更探其意, 或欲從之, 而以兩言爲恥. 紫鸞曰:

"天下之事, 有正有權, 權而得中, 是亦正矣. 豈無變通之權, 而膠守前言乎?"

左右一時從之. 紫鸞曰:

"余非好辯, 爲人謀忠, 不得不爾."

飛瓊曰:

"古者蘇秦, 能使六國合從, 今紫鸞, 能令五人承順, 可謂辯士."

紫鸞:

"蘇秦能佩六國相印, 今吾以何物贈之乎?"

金蓮曰:

"合從者, 六國之利也. 今此承順, 有何所利於五人?"

---

10) 日就月長 : 日就月將의 오기.

相對大笑. 紫鸞曰:

"南宮之人皆善, 而能使雲英復續垂絶之命, 豈不拜謝?"

仍起而再拜, 小玉亦起而拜. 紫鸞曰:

"今日事, 五人從之, 上有天, 下有地, 燈燭照之, 鬼神臨之, 明日, 豈有他意乎?"

仍起拜而去, 五人皆拜送于中門之外.

紫鸞歸於妾, 妾扶壁而起, 再拜而謝曰:

"生我者父母也, 活我者娘也. 入地之前, 誓報此恩."

坐而待朝, 入而問安, 退會於中堂. 小玉曰:

"天朗水冷, 正當浣紗之時. 今日設帳於昭格署洞, 可乎?"

八人皆無異辭. 妾退還西宮, 以白羅衫, 書滿腔哀怨而懷之, 與紫鸞姑爲落後, 謂執馬者曰:

"東門外巫女, 最爲靈驗云, 我將往其家, 問病而行."

僮僕如言. 至其家, 巽辭哀乞曰:

"今日之來, 本欲爲一見金進士耳. 可急通之, 則終身報恩."

巫如言送之, 則進士顚倒而至矣. 兩人相見, 不得出一言, 但流涕而已. 妾以封書給之曰,

"乘夕當還, 郎君於此留待."

卽上馬而去. 進士拆封書視之, 其辭曰:

"曩者, 坐山神女, 傳致一札, 琅琅玉音, 滿紙丁寧. 敬奉三復, 悲歡交至, 意不自定. 卽欲答書, 而旣無信使. 且恐漏泄, 引領懸望, 欲飛無翼, 膓斷消魂. 只待死日, 而未死之前, 憑此尺素, 吐盡平生之懷, 伏願郎君留神焉. 妾鄕南方也, 父母愛妾, 偏於諸子中, 出遊嬉戲, 任其所欲. 園林水涯, 梅竹橘柚之陰, 日以遊翫爲事. 苔磯釣魚之徒, 罷牧弄笛之兒, 朝暮入眼. 其他山野之態, 田家之興, 難以毛擧. (父母)初敎三綱行實, 七言唐音. 年十三, 主君招之, 故別父母, 遠兄弟, 來入宮門. 不禁思歸之情, (日)以蓬頭垢面, 藍縷衣裳, 欲爲觀者之陋, 伏庭而泣, 宮人曰, '有一朶蓮花, 自生庭中.' 夫人愛之

無異己出. 主君亦不以尋常視之, 宮中人, 莫不親愛如骨肉. 一自從事學問
之後, 頗知義理, 能審音律, 故宮人莫不敬服. 及涉西宮之後, 琴書專一, 所
造益深. 凡賓客所製之詩, 無一掛眼, 才難不其然乎! 恨不得爲男, 立身揚名,
而爲紅顏薄命之軀, 一閉深宮, 終成枯落而已. 人生一死之後, 誰復知之? 是
以恨結心曲, 怨塡胸海. (每)停刺繡, 而付之燈火, 罷織錦, 而投杼下機, 裂
破羅幃, 折其玉簪. 暫得酒興, 則脫舃散步, 剝落階花, 手折庭草, 如癡如狂,
情不自抑. 上年秋月之夜, 一見君子之容, 意謂天上神仙, 謫下塵寰. 妾之容
色, 最出九人之下, 而有何宿世之緣, 那知筆下之一點, 竟作胸中怨結之祟.
以簾間之望, 擬作奉箒之緣, 以夢中之見, 將續不忘之恩. 雖無一番衾裡之
歡, 玉貌手容, 恍在眼中. 梨花杜鵑之啼, 梧桐夜雨之聲, 慘不忍聞, 庭前細
草之生, 天際孤雲之飛, 慘不忍見. 或倚屛而坐, 或憑欄而立, 搥胸頓足, 獨
訴蒼天. 不識, 郎君亦念妾否? 只恨此身, 未見郎君之前, 先自溘然, 則地老
天荒, 此情不泯. 今日浣紗之行, 兩宮侍女皆已集, 故不得久留於此. 淚和墨
汁, 魂結羅縷. 伏願郎君, 俯賜一覽. 又以拙句謹答前惠, 非[11]此之爲美, 聊
以寓永好意."

　其文則傷秋之賦, 一則相思之詩也.

　是夕來時, 紫鸞與妾又先出, 而向東門, 則小玉微笑, 賦一絶以贈之, 無非
譏妾之意也. 妾中心羞赧, 而含忍愛之,[12] 其詩曰:

　　　太乙祠前一水回, 天壇雲盡九門開.
　　　細腰不勝狂風急, 暫避林中日暮來.

　紫鸞卽次其韻, 翡翠·玉女, 相繼次之, 亦皆譏妾之意也.

　妾騎馬先來, 至巫家, 則巫顯有含慍之色, 向壁而坐, 不借顏色. 進士抱羅
衫, 終日飮泣, 喪魂失性, 尙不知妾之來矣. 妾解左手所着雲南玉色金環, 納

---

11) 非 : 以의 오기인 듯.
12) 愛之 : 受之의 오기인 듯.

于進士懷中曰:

"郎君不以妾爲菲薄, 屈千金之軀, 來待陋舍, 妾雖不敏, 亦非木石, (何)敢不以死許之? 妾若食言, 有此金環."

行色忽遽, 起以將別, 流涕如雨. 與進士附耳於曰:

"妾在西宮, 郎君乘暮夜, 由西墻而入, 則三生未盡之緣, 庶可續此而成矣."

言訖, 拂衣而去, 先入宮門, 則八人繼至.

其夜二更, 小玉與飛瓊, 明燭前導, 而來西宮曰:

"日者之詩, 出於無情, 而言涉戲㹱, 是以不避深夜, 負荊來謝耳."

紫鸞曰:

"五人之詩, 皆出南宮. 一自分宮之後, 頗有形迹, 有似唐時牛李之黨, 何不爲其然也? 女子之情, 則一也. 久閉離宮, 長弔隻影, 所對者, 燈燭而已, 所爲者, 絃歌而已. 百花含葩而笑, 雙燕交翼而戲, 薄命妾等, 同鎖深宮, 覽物懷春, 情思如何? 朝雲岱神, 而頻入楚王之夢, 王母仙女, 而幾參瑤臺之宴? 女子之意, 宜無異, 而南宮之人, 何獨與姮娥苦守貞節, 不悔靈藥之偸?"

飛瓊與玉女,13) 皆不禁淚流曰:

"一人之心, 卽天下人之心也. 今承盛敎, 悲感之懷, 油然而出矣."

起拜而去, 妾謂紫鸞曰:

"今夕, 妾與進士, 有金石之約. 今若不來, 明日必踰墻而來矣. 來則何以待之?"

紫鸞曰:

"繡幕重重, 綺席燦爛, 有酒如河, 有肉如坡, 有不來則已, 來則待之何難."

其夜, 果不來.

進士密顧其處, 則墻垣高峻, 自非身俱羽翼, 莫能至矣. 還家, 脉脉不語, 憂形於色. 其奴名特者, 素稱能而多術. 見生顏色, 進而跪曰:

---

13) 玉女 : 小玉의 오기.

"進士主, 必不久於世矣."

伏庭而泣. 進士悉陳其懷抱, 特曰:

"何不早言? 吾當圖之"

卽造槎橋, 甚爲輕捷, 能卷舒. 捲之則如貼屛風, 舒之則五六丈, 而可運於掌上.

特敎之曰:

"持此橋上宮墻, 而還卷舒於內, 下之來時, 亦如之"

進士使特試於庭, 果如其言, 進士甚喜之. 其夕將往時, (特)又自懷中, 出給毛物皮襪曰,

"非此難往."

進士着而行, 輕如飛鳥, 地上無足聲. 進士用其計, 踰內外墻, 伏竹林, 月色如晝, 宮中寂寥. 少焉, 有人自內而出, 散步微吟. 進士披竹出頭曰:

"有人來此?"

其人笑而答曰:

"郎出! 郎出!"

進士趨而揖曰:

"年少之人, 不勝風流之興, 冒犯萬死, 敢至于此, 願娘怜我"

紫鸞曰:

"苦待進士之來, 若大旱之雲霓. 今幸得見, 妾等其蘇矣. 郎君願勿疑"

卽引而入, 進士由層階循曲欄, 竦肩而入. 妾開紗窓, 明玉燈而坐, 以獸形金爐, 燒鬱金香, 琉璃書案, 展太平廣記一卷. 見生至, 起而迎拜, 郎亦答拜, 以賓主之禮, 分東西坐. 使紫鸞設珍羞奇饌, 而酌紫霞酒飲之. 酒三行, 進士佯醉曰:

"夜如何幾?"

紫鸞會知其意, 垂帳閉門而出. 妾滅燈同枕, 喜可知矣. 夜旣向晨, 群鷄報曉, 進士起而去. 自是以後, 昏入曉出, 無夕不然. 情深意密, 自不知止, 墻內雪上, 頗有趾痕, 宮人莫不危之

一日, 進士忽慮, 好事之終成禍機, 中心大懼, 終日不樂. 特奴自外而進曰:

"吾功甚大, 迄不論賞, 可乎?"

進士曰:

"銘懷不忘, 早晚當重賞之"

特曰:

"今見顏色, 亦似有憂, 未知何故耶!"

進士曰:

"不見則病在心骨, 見之則罪在不測, 何之不憂?"

特曰:

"然則何不竊負而逃?"

進士然之, 其夜, 以特之謀告於妾曰:

"特之爲奴, 素多智謀, 以此計指揮, 其意如何?"

妾許之曰:

"妾之父母, 家財最饒, 故妾來時, 衣服寶貨, 多載而來. 且主君之所賜甚多, 此不可棄置而去. 今欲運之, 則雖馬十匹, 不能盡輸矣."

進士歸語特, 特大喜曰:

"吾友力士十七人, 而日强劫爲事, 國人莫能當, 而與我甚結, 惟命是從使此輩運之, 則泰山亦可移也."

進士入語妾. 妾然之, 夜夜收拾, 七日之夜, 盡輸于外. 特曰:

"如此重寶, 積置于本宅, 則大上典必疑之, 積置于奴家, 則人必疑之 無已則堀坑於山中, 深瘞而堅守之, 可矣."

進士曰:

"若或見失, 則吾與汝, 難免盜賊之名矣, 汝可愼守."

特曰:

"吾計如此之深, 吾友如此之多, 天下無難事. 況持長劍, 晝夜不離, 則吾目可抉, 此寶不可奪, 吾足可刖, 此寶不取, 願勿疑焉."

盖特意, 得此重寶而後, 妾與進士, 引入山谷, 屠滅進士, 而妾與財寶, 自占之計, 而進士迂儒, 不知也.

大君以前搆匪懈堂, 欲得佳製懸板, 而諸客之詩, 皆未滿意, 强邀進士, 設宴懇之 (進士)一揮而就, 文不加點, 而山水之景色, 堂搆之形容, 無不盡焉, 可以驚風雨泣鬼神. 大君句句稱賞曰:

"不意今日, 復見王子安!"

吟詠不已. 但一句有隨墻暗竊風流曲之語, 停口疑之. 進士起而拜曰:

"醉不省(人)事, 願爲之辭退."

大君命童僕, 扶而送之

翌日之夜, (進士)入語妾曰:

"可以去矣. 昨日之詩, 疑入大君之意, 今也14)不去, 恐有後禍"

妾對曰:

"昨夕夢, 見一人, 狀貌獰惡, 自稱冒頓單于曰, '旣有宿約, 故久待長城之下.' 覺而驚起, 夢兆之不祥. 郎君其亦思之?"

進士曰:

"夢裡虛誕之事, 何可信也?"

妾曰:

"其曰長城者, 宮墻也, 其曰冒頓者, 此特也. 郎君熟知, 此奴之心乎?"

進士曰:

"此奴素頑兇, 然於我則盡忠. 今日與娘結此好緣, 此奴之計也. 豈獻忠於始, 而爲惡於後乎?"

妾曰:

"郎君之言, 何敢辭乎? 但紫鸞, 情若兄弟, 不可不告."

卽呼紫鸞, 三人鼎足而坐. 妾以進士之計告之, 紫鸞大驚罵之曰:

"相歡日久, 無乃自速禍敗耶! 一兩月相交, 亦可足矣, 踰墻逃走, 豈人之

---

14) 今也 : 今夜의 오기인 듯.

所忍爲也? 主君傾意已久, 其不可去一也. 夫人慈恤至感, 其不可去二也. 禍及兩親, 其不可去三也. 罪及西宮, 其不可去四也. 且天地一網罟, 非陞天入地, 則逃之焉往. 倘或被捉, 則其禍豈於娘子身乎? 夢兆之不祥, 不須言之, 而若或吉祥, 則汝肯往之乎? 莫如屈心抑志, 守貞安坐, 聽於天耳. 娘子若年貌衰謝,15) 則主君之恩眷, 漸弛矣. 觀其事勢, 稱病久臥, 則必許還鄕矣. 當此之時, 與郎君携手同歸, 與之偕老, 計莫大焉. 不此之思, 敢生悖理之計, 汝誰欺, 欺天乎?"

進士知事不成, 嗟歎含淚而出.

一日, 大君坐西宮繡軒, 倭躑躅盛開, 命侍女賦五言絶句以進. 大君大加稱賞曰:

"汝等之文, 日漸就將, 余甚嘉之, 而第雲英之詩, 顯有思人之意. 前日賦煙之詩, 微見其意, 今又如此, 汝之欲從者, 何人? 金生上樑文, 語涉疑異, 汝無乃金生有思乎?"

妾卽下庭, 叩頭泣曰:

"主君一見疑, 卽欲自盡, 而年未二旬, 且以更不見父母而死, 心甚痛寃, 偸生至此. 又今見疑, 一死何惜? 天地鬼神, 昭布森列, 侍女五人, 頃刻不離, 淫穢之名, 獨歸於妾, 妾今得死所矣."

以羅巾, 自縊於欄干. 紫鸞曰:

"主君如是英明, 而使無罪侍女, 自就死地, 自此以後, 妾等誓不把筆作句矣."

大君雖盛怒, 而中心則實不欲其死, 故使紫鸞救之, 得不死. 大君出素縑五端, 分賜五人曰:

"製作最佳, 是以賞之."

自是, 進士不復出入, 杜門病臥, 淚濺衾枕, 命如一線. 特來現曰:

"大丈夫死則死矣, 何忍相思怨結, 屑屑如兒女之傷懷, 自擲千金之軀乎?

---

15) 衰謝 : 衰後의 오기인 듯.

今當以計, 取之不難. 半夜人寂之時, 踰墻而入, 以綿塞其口, 負而超出, 則孰敢追我?"

進士曰:

"其計亦危, 不如以誠叩之."

其夜入來, 而妾病不能起, 使紫鸞迎入. 酒三行, 妾以封書寄之曰:

"此後, 不得更見, 三生之緣, 百年之約, 今夕盡矣. 天緣未絶, 則當可相尋於九泉之下矣."

進士抱書佇立, 脉脉相看, 扣胸流涕而出. 紫鸞慘不忍見, 倚柱隱身, 揮淚而立. 進士還家, 拆而視之, 其書曰:

"薄命妾雲英, 再拜白金生足下. 妾以菲薄之資, 不幸以爲郎君之留意, 相思幾日, 相望幾時? 幸成一夜之交歡, 未盡如海之深情. 人間好事, 造物多猜, 宮人知之, 主君疑之, 禍迫朝夕, 死而後已. 伏願郎君, 此別之後, 毋以賤妾置於懷抱間, 以傷思慮, 勉加學業, 擢高第登雲路, 揚名後世, 以顯父母, 而妾之衣服寶貨, 盡賣供佛, 百般祈祝, 至誠發願, 使三生緣分, 再續於後生, 至可至可矣."

進士不能盡看, 氣絶仆地, 家人急救, 乃甦. 特自外入曰:

"宮人答之何語, 如是其欲死?"

進士無他語, 只曰:

"財寶汝愼守? 我將盡賣, 薦誠於佛, 以踐宿約."

特還家, 自思曰:

"宮女不出來, 其財寶, 天與我也."

向壁竊笑, 而人莫之知也.

一日, 特自裂其衣, 自打其鼻, 以其流血, 遍身糢糊, 被髮跣足奔入, 伏庭泣曰:

"吾爲强賊所擊."

仍不復言, 若氣絶者然. 進士慮特死, 則不知埋寶處, 親灌藥物, 多般救活, 供饋酒肉, 十餘日乃起曰:

"孤單一身, 獨守山中, 衆賊突入, 勢將剝殺, 捨命而走, 僅保縷命. 若非此貨, 我安有如此之危乎? 賦命之險如此, 何不速死!"

卽以足頓地, 以拳扣胸而哭. 進士懼父母知之, 以溫言慰之而送之. 進士知特之所爲, 率奴十餘名, 不意圍其第搜之, 則只有金釧一雙, 雲南寶鏡一面. 以此爲贓物, 欲呈官推得, 而恐事泄. 不得此物, 則無以供佛. 心欲殺特, 而力不能制, 啞黙不語.

特自知其罪, 問於宮墻外盲人曰:

"我向者, 晨過此宮墻之外, 有人自宮中, 踰西垣而出. 我知其爲(賊), 高聲追逐, 其人棄所持物而走. 我持歸藏之, 以待本主之來推. 吾主素乏廉隅, 聞吾得物, 躬來索出. 吾答以無他貨, 只得釧鏡二物云, 則主躬入搜之, 果得二物. 亦其無饜, 方欲殺之, 故吾欲走去, 走之吉乎?"

盲曰:

"吉矣."

其隣在傍者, 多聞其語, 謂特曰:

"汝主何許人, 虐奴如是耶?"

特曰:

"吾主年少能文, 早晚應爲及第者, 而爲貪婪如此, 他日立朝, 用心可知."

此言傳播, 入於宮中, 告于大君. 大君大怒, 使南宮人, 搜見西宮, 則妾之衣服寶貨, 盡無矣. 大君捉致西宮侍女五人于庭中, 嚴俱刑杖之其於眼前, 下令曰:

"殺此五人, 以警他人."

又敎執杖者曰:

"勿計杖數, 以死爲准."

五人曰:

"願一言而死."

大君曰:

"何言悉陳其情."

銀蟾曰:

"男女情欲, 稟於陰陽, 無貴無賤, 人皆有之. 一閉深宮, 形單隻影, 看花掩淚, 對月消魂. 梅子擲鶯, 使不得雙飛, 簾帳燕幕, 使不得兩巢, 無他, 自不勝健羨之意, 妬忌之情耳. 一踰宮垣, 可知人間之樂, 而所不爲者, 豈力不能, 而心不忍哉? 唯畏主君之威, 固守此心, 以爲枯死, 宮中之計. 今無所犯之罪, 而欲置之死地, 妾等黃泉之下, 死不瞑目矣."

翡翠招曰:

"主君撫恤之恩, 山不高, 海不深. 妾等憾懼, 惟事文墨絃歌而已. 今不洗之惡名, 偏及西宮, 生不如死矣. 惟伏願, 速就死地矣."

紫鸞招曰:

"今日之事, 罪在不測, 中心所懷, 何忍諱之. 妾等皆閭巷賤女, 父非大舜, 母非二妃, 則男女情欲, 何獨無乎? 穆王天子, 而每思瑤臺之樂, 項羽英雄, 而不禁帳中之淚, 主君何使雲英, 獨無雲雨之情乎? 金生乃當世之端士也. 引入內堂, 主君之事也. 命雲英奉硯, 主君之令也. 雲英久鎖深宮, 秋月春花, 每傷性情, 梧桐夜雨, 幾斷寸腸. 一見豪男, 喪心失性, 病入骨髓, 雖以長生之樂, 越人之手, 難以見效. 一夕如朝露之溘然, 則主君雖有惻隱之心, 顧何益哉? 妾之愚意, 一使金生得見雲英, 以解兩人之怨結, 則主君之積善, 莫大乎此. 前日雲英之毁節, 罪在妾身, 不在雲英. 妾之一言, 上不欺主君, 下不負同儕, 今日之死, 死亦榮矣. 伏願主君, 以妾之身, 續雲英之命矣."

玉女招曰:

"西宮之榮, 妾旣與焉, 西宮之厄, 妾獨免哉? 火炎崑崗玉石俱焚, 今日之死, 得其所矣."

妾之招曰:

"主君之恩, 如山如海, 而不能苦守貞節, 其罪一也. 前日所製之詩, 見疑於主君, 而終不直告, 其罪二也. 西宮無罪之人, 以妾之故, 同被其罪, 其罪三也. 負此三大罪, 生亦何顏? 若或緩死, 妾當自決, 以待處分矣."

大君覽畢, 又以紫鸞之招, 更展留眼, 怒色稍霽.

小玉跪告泣曰:

"前日浣紗之行, 勿爲於城內者, 妾之議也. 紫鸞夜至南宮, 請之甚懇, 妾怜其意, 排群議從之. 雲英之毀節, 罪在妾身, 不在雲英. 伏願主君, 以妾之身, 續雲英之命."

大君之怒稍解, 囚妾于別堂, 而其餘皆放之. 其夜, 妾以羅巾, 自縊而死.

進士把筆而記, 雲英引古而敍, 甚詳悉. 兩人相對, 悲不自抑. 雲英謂進士曰:

"此以下, 郎君言之."

進士曰:

雲英自決之後, 一宮之人, 莫不號慟, 如喪考妣. 哭聲出於宮門之外, 我亦聞之, 氣絶久矣. 家人將招魂發喪, 一邊救活, 日暮時乃甦. 方定精神, 自念事已決矣. 無負供佛之約, 庶慰九泉之魂. 其金釧寶鏡及文房諸具, 盡賣之, 得四十石之米, 欲上淸寧寺, 設佛事. 而無可信使喚者, 呼特而言曰:

"我盡宥前日之罪, 今爲我盡忠乎?"

特伏泣而對曰:

"奴雖冥頑, 亦非木石. 一身所負之罪, 擢髮難數, 今而宥之. 是枯木生葉, 白骨生肉, 敢不爲

進士致死!"

進士曰:

"我爲雲英, 設醮供佛, 以冀發願, 而無信任之人, 汝未可往乎?"

特曰:

"謹受敎矣."

卽上寺, 三日叩臀而臥, 招僧謂之曰:

"四十石之米, 何用盡入於供佛乎? 今可多備酒肉, 廣招俗客, 而饋之宜矣."

(適)有村女過之, 特强劫, 留宿於僧堂, 已過數十日, 無意設齋, 寺僧憤之.
及其建醮日, 諸僧曰:

"供佛之事, 施主爲重, 而施主不潔如此, 事極未安. 可沐浴於淸川, 潔身
而行禮, 可乎."

特不得已出, 暫以水沃濯, 而入跪於佛前, 祝曰:

"進士今日速死, 雲英明日復生, 爲特之配."

三晝夜發願之說, 唯此而已. 特歸語進士曰:

"雲英閤氏, 必得生道矣. 設齋之夜, 現於奴夢曰, '至誠供佛, 不勝感激'
拜且泣. 寺僧之夢, 亦皆然矣."

進士信之其說矣.

適當槐黃之節, 雖無赴擧之意, 托以做工, 上淸寧寺, 留數日, 細聞特之事,
不勝其憤, 而無如特何. 沐浴潔身, 而就佛前百拜, 叩頭薦香, 合掌而祝曰:

"雲英死時之約, 慘不忍負, 使特奴虔誠設齋, 冀資冥佑. 今聞所祝之言,
極其悖惡, 雲英之遺願, 盡歸虛地, 故小子敢復祝願矣. 世尊! 使雲英得以還
生, 使金生得以作配, 使雲英·金生, 至於後世, 免此冤痛. 世尊! 殺特奴,
着鐵枷, 囚于地獄. 世尊! 苟如此發願, 則雲英爲尼, 燒十指, 作十二層金塔,
金生爲僧, 舍五戒, 創三巨刹, 以報其恩."

祝訖, 起而百拜, 叩頭而出. 後七日, 特壓於陷井而死. 自是, 進士[16]無意
世事, 沐浴潔身, 着新衣, 臥于安靜之處, 不食四日, 長吁一聲, 因遂不起.

寫畢擲筆, 兩人相對悲泣, 不能自止. 柳泳慰之曰:

"兩人重逢, 願畢矣. 讐奴已除, 憤怨洩矣. 何其悲痛之不止耶? 以不得再
出人間而恨乎?"

金生垂淚而謝曰:

"吾兩人, 皆含怨而死. 冥司怜其無罪, 欲使再生人世, 而地下之樂, 不減

---

16) 進士: 我의 오기.

人間, 況天上之樂乎? 是以, 不願出世矣. 但今夕之悲傷, 大君一敗, 故宮無主人, 鳥雀哀鳴, 人跡不到, 已極悲矣. 況新經兵火之後, 華屋成灰, 粉墻堆毁, 而唯有階花芬葳, 庭草敷榮. 春光不改昔時之景, 而人事之變易如此, 重來憶舊, 寧不悲哉!"

泳曰:

"然則子皆爲天上之人乎?"

金生曰:

"吾兩人, 素是天上仙人, 長侍玉皇前. 一日, 帝御太淸宮, 命我摘玉園之果, 我多取蟠桃瓊寶, 私與雲英而見覺, 謫下塵寰, 使之備經人間之苦. 今則玉皇已宥前愆, 俾陞三淸, 更侍香案前, 而時乘飇輪, 復尋塵世之舊遊耳."

乃揮淚而執柳泳手曰:

"海枯石爛, 此情不泯, 地老天荒, 此恨難消. 今夕與子相遇, 攄此悃愊, 非有宿世之緣, 何可得乎? 伏願尊君, 俯拾此藁, 傳之不朽, 而勿浪傳於浮薄之口, 以爲戲翫之資, 幸甚!"

進士醉倚雲英之身, 吟一絶句曰:

花落宮中燕雀飛, 春光依舊主人非.
中宵月色凉如許, 碧露未沾翠羽衣.

雲英繼吟曰:

故宮花柳帶新春, 千載豪華入夢頻.
今夕來遊尋舊跡, 不禁哀淚自沾巾.

柳泳亦醉暫睡. 少焉, 山鳥一聲, 覺而視之, 雲煙滿地, 曉色蒼茫, 四顧無人, 只有金生所記冊子而已. 泳悵然無聊, 袖冊而歸, 藏之箧笥, 時或開覽, 則茫然自失, 寢食俱廢. 後遍遊名山, 不知所終云爾.

상사동기(想思洞記)

弘治中, 有成均進士金生者, 忘其名. 爲人容貌粹美, 風度絶倫, 善屬文,
能笑語, 眞世間奇男子也. 鄕里以風流郎稱之. 年甫弱冠, 登進士第一科, 名
動京華, 公卿大家, 願嫁愛女, 約不論財寶也.

一日, 自泮宮還其第, 馬上遙見, 靑帘隱映於綠柳紅杏之間. 生不勝春興
之惱, 思醉如渴. 遂典白紵單衫, 沽得眞酒紅珠[1] 酌以花磁盞飮之. 醉臥酒
樓之上, 花香襲衣, 竹露洒面.

俄而, 夕陽橫嶺, 飛鳥栖林, 僕夫促歸. 生起而上馬, 揮鞭登道, 則白沙平
鋪乎遠近, 細柳垂裊乎川源. 遊歸,[2] 行路漸稀. 生感興微吟, 遂成一絶曰:

> 東陌看花柳, 紫驪驕不行.
>
> 何處玉人在? 桃花無限情.

吟竟, 半擡醉眼, 則有一美人, 年纔二八. 蓮步輕移, 陌塵不起, 腰肢嫋嫋,
態度婷婷. 或行或止, 或東或西. 或拾瓦礫, 打起鴛兒, 或攀柳條, 佇立斜陽.
或抽玉鐵,[3] 輕搖綠鬂, 翠袂飄拂乎春風, 紅裳照耀乎晴川.

生望而視之, 神魂飄蕩, 不能自抑. 促鞭馳詣, 睨而視之, 雅齒韶顔, 眞國

---

1) 眞酒紅珠: 眞珠紅酒의 오기.
2) 遊歸: 遊人歸家가 축약된 것으로 보임.
3) 玉鐵: 玉簪의 오기.

色也. 生盤馬踟躕, 或先或後, 留神注目, 終莫能捨去也. 女知生不能無意, 含羞低眉, 不敢仰視. 女行漸遠, 生亦相隨. 趁其所終到, 則相思洞路傍蝸室數間, 乃其所止也.

生盤桓佇立, 不堪惆悵, 然日已夕矣. 知其無可奈何, 怏怏然而去, 茫茫然而自失, 如醉如癡. 中夜撫枕, 寢不安席, 臨殽忘飯, 食不下咽. 形容憔悴似枯木, 顔色慘恢如死灰. 黯黯懷愁, 默默不言, 雖家人父母, 莫曉其所以然也.

纔過十餘日, 有蒼頭莫同者, 乘間進謁, 垂淚而問曰:

"郞君平日, 言笑豪縱, 卓犖不羈. 今乃戚戚, 如有隱憂, 是何憔悴悶怨如是耶? 無乃有所思而然耶?"

生悽然感悟, 乃以實告莫同. 莫同心思良久曰:

"僕爲郞君, 請獻麾勒之計, 郞君無用自煎."

生曰:

"然則將奈何?"

曰:

"郞君急辦美酒嘉肴, 須使極侈, 直之美人所到家, 若將餞客之爲者然. 借一間, 設盤筵, 呼奴請賓, 奴亦承命而往, 食頃而返曰, '且[4]至矣至矣!' 郞君又命之, 再請之, 奴亦承命而往, 日暮而返曰, '今日餞之者衆, 故醉甚不得來, 明日則定行'云矣. 於是, 呼主人出, 命之坐, 以其酒肴, 醉飮之, 不視顔色而退. 明日亦如之, 又明日又往焉, 亦如之. 則一則懷惠, 二則感恩, 三則必疑之. 懷惠則思報, 感恩則思死, 疑則必請其所以然也. 於是, 開襟吐疑, 則庶可圖矣."

生甚然之, 欣然而笑曰:

"吾事諧矣."

從其計, 卽具酒肴, 直詣其家, 設餞送. 奴往復邀客, 一如蒼頭之言. 奴亦返, 命再三, 一如所約. 生佯罵曰:

---

4) 且 : 불필요하게 삽입됨.

"咄咄其人! 誤佳期如是. 夫雖然, 携來春釀, 不可虛還. 於此, 爲主人一壽,[5] 亦非惡事也."

仍呼主人出, 則七十老嫗, 來見矣. 生慰之曰:

"嫗且安坐. 適以餞客, 來舍于此, 而嫗善延納, 多謝厚意."

卽呼莫同, 命進酒肴, 與嫗相酬酢, 若平生之舊, 不出一言而退.

生自料前所見小娥, 不知實是嫗家女否. 悒悒懷悶, 如不能自存. 然冀其深感嫗[6] 而待其自疑, 然後發告私情.

明日, 乃往不懈. 如是者再三, 嫗果自疑, 斂容避席曰:

"老身竊有所請焉. 路邊人家織織, 如魚鱗櫛比, 開樽送行, 何處不可? 獨尋區區之陋居如是乎? 且郎君京華巨族, 士林宗匠, 老身窮閭婆嫗, 草屋微生. 前有貴賤之嫌, 後無平生之舊, 而猥蒙厚意, 以至此極, 老身何以得此? 實不識其然也."

生笑曰:

"吾因餞客, 而別無他意也. 且不與嫗戛然者, 賓主之禮當然也."

酒闌, 生輒解紫袴, 合歡[7]單衫, 投之於嫗而與之曰:

"每煩嫗家, 無以爲報, 以此爲信, 以備他日不忘之資也. 幸嫗勿却."

嫗感之深, 又疑之甚. 卽起而再拜曰:

"郎君之賜至此, 則老身之感滋甚. 意者, 或有所以然而然耶? 丁寧老身, 寡居多年, 凡在鄰里者, 恒無顧藉, 況於郎君乎? 就令郎君, 有所望於老身, 雖死不辭也."

生笑而不答, 嫗之請强然後, 莞爾而答曰:

"此洞名云何?"

曰:

"相思洞也."

---

5) 一壽: 一籌의 오기.
6) 其深感嫗: 其嫗深感의 오기.
7) 合歡: 合捲의 오기인 듯.

曰:

"吾爲洞名, 所祟耳."

嫗微啞曰:

"郎君無乃以邊嫗之任, 望於老身乎? 但此洞無雲華之窈窕, 其於魏郎之風流何?"

生知其所思嬋娟, 必不在此也. 生愀然失色曰:

"僕旣爲嫗所厚, 安得不以實告? 果於某月某日, 從某處來, 路上適見少娘子. 年甫若干, 衣翠羅衫紅綺裳, 着白綾襪紫的鞋. 以眞珠, 釧攀素頭, 以雪色瑤環, 約纖指, 由弘化門前路, 逶迤而去. 僕以年少俠氣, 不禁春情之駘蕩, 尾而隨之, 趁其所到, 則嫗家是也. 自此, 心醉如泥, 萬事茫然, 惟其小娘是念. 明眸皓齒, 寤寐見之, 心摧腸斷, 非一朝一夕. 嫗見我顔色之枯槁, 爲如何哉? 如是則煩嫗家餞客, 不得不已."

嫗聞之, 深憐其意, 然未知生之所念, 爲何人也. 沈吟半餉, 釋然頓悟(曰):

"有之. 此乃亡兄之少女, 名英英, 字蘭香者也. 若然則誠難矣! 誠難矣!"

生曰:

"何故?"

嫗曰:

"是乃檜山君宅侍女也. 生於宮中, 長於宮中, 不踏門前之路久矣. 姿色之美, 旣爲郎君所覩, 必不强爲郎君. 道雅心柔, 無異於士族家處子, 加以審音律, 能解文. 故進賜愛之憐之, 將以爲綵衣, 而夫人不能免妬忌之俗, 甚於河東之吼, 是以未果耳. 曩日, 英兒之來此, 不憚者, 以其時當寒食節, 祀其亡父母靈於此, 故請暇於夫人, 而來耳. 然適値進賜之出遊, 以致此行, 不然郎君何由, 得接面目乎? 噫! 爲郎君更圖一會, 誠難矣! 難矣!"

生仰天太息曰:

"已吾當死矣!"

嫗甚悶之, 憮然爲間曰:

"無已則有一焉. 端午佳節, 只隔一月, 其時則老身當爲亡兄, 復設小奠, 以此告于夫人前, 請阿英半日之暇, 則尙可庶幾其萬一也. 郎君且歸, 待期會, 可也."

生喜曰:

"果如嫗言, 人間之五月五日, 乃天上之七月七日也."

生與嫗相別, 各道萬福而退. 生歸家, 喟喟然視日之斜, 汲汲然望夜之至, 度一日, 如三秋, 待佳期, 如不及. 頻寄翰墨, 以宣其堙鬱, 乃作憶秦娥一闋曰:

春寂寂, 一庭梨花, 風雨.

風雨(夕), 相思不見, 音耗兩隔.

却悔當年遇傾國, 我心安得(頑)如石?

空相憶, 對花腸斷, 臨風淚滴.

及期而往, 則嫗出而迎之甚喜. 生問無恙外, 不暇出一言, 秖曰:

"事勢若何?"

嫗曰:

"昨日, 爲進夫人前, 請之甚懇, 夫人爲言, 進賜平日, 禁英兒出入甚嚴, 故我不敢從汝所願. 若明日鄕邀[8] 出而作令節, 則吾何惜, 一英兒暫時之閑也? 夫人之諾, 則丁寧矣. 但未知進賜之出遊乎否也."

生將信將疑, 且喜且懼, 心莫能定, 而悄然憑几, 開戶而待之 日將欹午, 了無形影, 胸煩腸熱, 凝坐成癡, 有若霜後蠅然也. 生起立, 揮扇擊柱, 呼嫗而告之曰:

"望眼欲穿, 愁腸欲斷. 多少行人, 近而却, (英兒未來), 非吾望絶矣?"

嫗慰之曰:

---

8) 鄕邀: 爲邀卿의 오기인 듯.

"至誠感天, 郎且少安."

有頃, 窓外有曳履聲, 自遠而近. 生驚顧視之, 乃英少娘也. 生拍手曰:

"豈非天也?"

嫗亦喜之, 如赤子之見慈母也.

英見門前綠柳, 紫騮長嘶, 庭畔淸陰, 僕從羅列, 怪而踟躕, 不敢遽入. 嫗詭阿英曰:

"汝其速入無疑. 汝不識此郎君乎? 郎君乃吾亡夫之親族也, 適來陋舍, 將欲餞客. 且汝來何暮也? 吾恐汝終不來, 故已祭汝父母耳. 汝可入于內, 速取杯盤來, 將以奉郎君一酌."

英如其言, 奉盤而至, 嫗與生擧盃相屬. 酒半酣, 生謂英曰:

"娘亦就坐, 吾巡及至矣."

英含羞低顔, 不敢正對. 嫗曰:

"汝生長深宮, 不知世情之乃爾, 汝能識字, 不知酬酢之有禮乎?"

英乃受, 猶未快如也, 澀把香巵, 乍接朱唇而已. 少焉, 嫗佯醉倦坐, 欠伸思睡, 顧英而言曰:

"吾爲酒力所困, 氣甚不穩, 且欲少安, 汝暫侍坐."

卽起入內, 倒榻醉睡, 鼻息如雷. 於是, 生謂英曰:

"頃者, 自夫子廟來, 相見于弘化門前路, 三月初吉, 實惟其時. (汝能)記憶否?"

英答曰:

"記馬, 不記人也."

生曰:

"人不如馬耶?"

英曰:

"見馬, 不見人也."

生曰:

"汝豈徒不記人乎哉? 顔色之憔悴, 形容之枯槁, 不如曩者之相見者, 豈無

306

所由然而然耶? 汝非我, 安知我之心哉?"

英笑曰:

"子非妾, 安知妾之心乎?"

生移席狎坐, 以實告之曰:

"咨爾蘭英!9) 汝豈無情人哉? 自從相逢不相話以來, 相思不相見, 今幾日月? 咨爾蘭香! 汝寧不悲乎哉? 俟我娘,10) 娘來其蘇矣."

英英微啞不答. 生欲留英于此, 仍以繼夜, 要以同枕. 英不可曰:

"吾進賜主, 朝以出遊, 暮以當還. 還則呼妾而解衣, 不可以婉婉之弱質, 陷於萬死之地也. 是以只卜其晝, 未卜其夜."

生知其不可久留於此, 仍以微意挑之曰:

"苟如若言, 則當奈此心何? 日已云暮, 分手已迫, 後會未易, 良晤難再. 汝其憐之 無吝乎半餉之歡."

遂欲狎之, 英歛袵正色曰:

"余其木石人哉? 不知郎君心內事乎? 但進賜不以妾爲菲薄, 日夜使令於前, 信而任之, 不出中門之外. 今之來此, 已犯嚴令耳. 若又恣行不法, 醜聲彰聞, 死有餘罪, 縱欲從命, 其可得乎?"

生拊髀而歎曰:

"予豈生乎? 其爲泉下人哉!"

遂執其素手, 捫其酥乳, 接其玉脚, 唯心所欲, 無所不爲, 至於講歡, 則不可也. 生鼓情竭誠, 百端誘之曰:

"鳥飛急, 免走疾, 歲月如流, 紅已歇, 綠已衰, 蝴蝶莫念. 其在人也, 何以異乎? 顏凋紅於轉頭, 髮生白於彈指. 朝雲暮雨, 陽臺神女, 本無定情, 碧海長天, 月中姮娥, 應悔偸藥. 鳥生微而比翼, 木性頑而連理. 矧情慾之所鍾, 豈人物之異致? 春風蝴蝶之夢, 特惱空房, 夜月杜鵑之啼, 偏驚孤枕, 豈可使杜牧之尋春芳晚? 魏寓言, 見姮娥遲, 虛負青春之年, 空遺黃壤之恨. 每恨西

---

9) 蘭英 : 蘭香의 오기.
10) 俟我娘 : 娥俟娘의 오기인 듯.

陵綠樹, 寂寞千載之荒丘, 長信扁[11] 蕭條幾夜之秋雨. 嗟! 吾心之可惜, 恨娘子之無情, 生而何哉? 死而止耳!"

英終不肯隨曰:

"郎君如致意於賤妾, 可於他日相尋."

生不可曰:

"一別音容, 宮門幾重, 欲寄音書, 無由可達, 其可更望, 喜眼之雙靑乎?"

英曰:

"此豈知我者? 是月望日夜, 進賜與王子諸君, 約爲翫月之會, 是必入夜[12] 而還. 且宮之墻垣, 適爲風雨所壞, 進賜緩於宮家, 故時未理之. 郎君可於此日, 乘昏黑而來到, 從壞垣而深入, 則中有短牆之門, 當啓而待之. 由門而入, 循墻而下, 東階十步許, 有別寢數間. 郎君潛身于此(而)待, 妾出迎, 則何難乎佳期哉?"

生頗然之, 牢定約束, 分袂而歸. 一時登道, 漸成南北, 立馬回首, 黯然消魂而已. 生自此, 懸憶尤甚. 乃作四韻一首, 以自悼曰:

宮門深處鎖嬋娟, 一別音容兩杳然.
此日難忘情態度, 前身應結好因緣.
心勞往事愁如雨, 若待佳期日似年.
正欲尋芳三五夜, 登樓看月幾時圓?

及期而往, 則果有壞垣, 牙缺成門. 由之而入, 度密穿深, 乃得小門, 推之試, 而果不鎖也. 入而東下, 果得別寢. (生)心私自賀曰:

"蘭香不欺我矣."

仍投其中, 以待英出.

于時, 白月初高, 涼風乍起, 階上群芳, 暗香浮動, 庭前綠竹, 疎韻蕭洒

---

11) 扁 : 門扁의 오기인 듯.
12) 入夜 : 出夜의 오기인 듯.

忽聞開戶之聲, 自內而出. 生將信將疑, 屏息潛聽, 跫音漸近, 衣香來襲. 開眼視之, 乃蘭香也. 生出而撫背曰:

"情人金某, 在斯矣."

英曰:

"郎君大是信士."

卽携手狎坐, 問(生之)安否. 生答曰:

"忍得萬死, 僅保殘喘耳."

英曰:

"何故其然耶?"

生曰:

"地邇人遐之故也."

相與打話, 不覺夜深. 生仰見明月, 而驚之曰:

"初我來時, 此月在東, 今已中天. 夜將過半, 不(可)以此時同枕, 將何俟焉?"

卽把英之衣襟, 而解之. 英止之曰:

"郎君何以(待)妾, 如桑間遊女乎? 別有寢房一所, 可於其間[13]穩度良夜."

生掉頭而謝曰:

"我旣冒法, 昧死崎嶇到此. 一之已甚. 其可再乎? 凡事貴得萬全, 若又咨行唐突, 第恐事泄." 英曰:

"事之泄不泄, 惟我在, 郎君無用自煎."

乃携手擁入, 生不得已隨之. 踽踽惶恐, 入門如臨深淵, 踏地如履薄冰. 每移一足動, 輒九臟, 汗出至踵, 猶未能自覺也. 無何繞曲砌, 循回廊, 入門者再三, 然後達于大內. 宮人睡熟, 庭戶寂然, 惟見紗窓淸燈明滅, 可知夫人寢所也. 英引生納之一房曰:

"郎且少安."

---

13) 其間 : 其中의 오기.

卽入于內, 久而不出. 生不任無聊, 或坐或臥, 私怪殊甚. 旣而有人趨入中門報曰:

"進賜且入矣."

滿庭炬燭, 照曜煒煌, 侍女婢僕, 奔走左右, 擁衛而入. 進賜醉臥庭中, 尙不覺悟, 鼾睡之聲 漸熟. 英承夫人之命曰:

"久臥冷地, 恐爲風傷, 挽起王子, 扶而入內."

人聲漸息, 火光亦滅. 英右手持玉燈, 左手携銀瓶, 出而開戶, 則生塗壁累足而立, 自以爲將死而已. 英笑謂生曰:

"郞君無乃有驚懼之心乎? 妾欲慰之, 故持溫酒而來."

遂以金荷葉盞, 酌而勸生, (生飮之, 英又勸一杯), 生辭曰:

"在情, 不在酒也."

乃命撤去, 見房中. 無他物, 只有朱紅書案, 置杜草堂詩一卷, 以白玉書瑱鎭之琅玕, 卓上橫一短琴. 卽口號二句先唱曰:

　　琴書蕭洒淨無塵,
　　正稱空房玉一人

英英繼吟曰:

　　今夕不知何夕也?
　　錦衾瑤席對佳賓.

旣而相携昵枕, 纔盡繾綣之意. 夜已將闌, 晨鷄喔喔然催曉, 遠鐘隱隱乎罷漏. 生起而攝衣, 欷歔數聲曰:

"良宵苦短, 兩情無窮, 其如將別何? 一出宮門, 後會難期, 其如此心何?"

英聞之, 呑聲飮泣, 玉手揮淚曰:

"紅顔薄命, 自古有之, 非獨微妾. 生如此而別, 死如此而怨. 其生其死, 如

310

花殘葉落, 將不待歲月寒矣. 郎君以男兒鐵石之心, 何可屑屑然, 爲兒女之念, 以傷性情乎? 伏願郎君, 此別之後, 無置妾面目於懷抱間, 以傷思慮, 善保千金之軀, 不廢學業, 擢高第, 登雲路, 以盡平生之願, 幸甚幸甚!"

仍抽免毫管, 開龍尾硯, 展鸞鳳牋, 遂寫七言律詩, 吟付爲別曰:

幾日相思此日逢, 綺窓繡幕接手容.
燈前不盡論心事, 枕上旋驚動曉鐘.
天漢不禁烏鵲散, 巫山那復雲雨濃?
遙知一別無消息, 回首宮門鎖幾重

生覽之, 悲不自勝, 不覺淚下, 卽濡筆而和之曰:

燈盡紗窓落月斜, 乖離牛女隔天河.
良宵一刻千金直, 別淚雙行百恨和.
自是佳期容易阻, 由來好事許多魔.
他年縱使還相見, 無限恩情奈老何?

英英展而欲覽, 淚滴濕字, 不能盡篇.[14] 收而藏之懷中, 脉脉不語, 握手相看而已. 干時, 曙燈晻翳, 東窓欲明. 英乃携生而出, 送于壞牆之外. 兩人相與嗚咽, 不能成泣, 慘於死別.

生旣還家, 喪神失心, 視不見物, 聽不聞聲. 筌蹄世故, 無事掛念 (欲)爲一書, 以致懇懇之意. 而相思洞老嫗, 旣已殞世, 無便可寄, 徒費悵望, 虛勞夢想而已.

歲月荏苒, 光陰倏忽, 百憂叢裡, 三秋已過. 情隨事變, 念懷稍弛. 復事舊業, 沈潛乎經籍, 發奮乎文章, 以槐黃之期, 與國士鬪觜距於試場. 再進再捷,

---

14) 盡篇 : 盡看의 오기.

擢千人爲壯元, 光耀一世, 人莫比肩.

三日遊街, 頭戴桂花, 手執牙笏, 前導雙盖, 後擁天童, 衣錦唱夫, 左右呈技, 執樂工人, 衆聲並奏, 觀者滿庭.15) 望若天上郎也.

生半醉半醒, 意氣浩蕩, 著鞭跨馬, 一日16)千家. 忽見道傍, 高墉遠牆, 逶迤乎百步, 碧瓦朱欄, 照曜乎四面. 千花百卉, 芬弗乎階庭, 戲蝶狂蜂, 喧咽乎林園. 生問之, 則乃檜山君宅也. 生忽念舊事, 中心暗喜, 佯醉墮馬, 臥而不起. 宮人出問17)聚立, 觀者如市.

時檜山君殞世, 已閱三期, 素服初闋. 夫人索寞單居, 無以爲懷, 欲觀俳優伎倆, 令侍女扶入西軒, 臥以錦文席, 枕以竹夫人. 生昏昏暝目, 若不覺悟.

於是, 唱夫工人, 羅列庭中, 衆樂齊作, 百戲俱張. 宮中侍女, 紅顔粉面, 綠鬒雲鬢, 捲簾而觀者, 可數十許人, 而所謂英英者, 不在其中. 生心自怪之, 莫知可18)生死. 諦而觀之, 有一少娘, 出而望生, 入而拭淚, 乍出乍入, 不能自止. 盖是英英, 不忍見生, 不禁淚流, 畏爲人所覺也.

生望之心, 甚悽然. 然日將夕矣. 知其不可久留于此, 欠身而起, 顧而驚曰:

"此何所也?"

宮中老奴藏獲, 趨而進曰:

"檜山君宅也."

生益驚曰:

"我何爲來此耶?"

藏獲乃以實對, 生卽欲起出. 夫人念生酒渴, 命英英奉茶而進. 兩人相近, 不得出一言, 徒爲目成而已. 英奉茶旣竟, 將起入內, 則華牋一封, 落自懷中. 生拾而藏之袖中, 而出, 上馬還家, 拆而觀之, 其書曰:

---

15) 滿庭 : 滿街의 오기.
16) 一日 : 一目의 오기.
17) 出問 : 出門의 오기.
18) 可 : 其의 오기.

"薄命妾英英, 再拜白金郎足下. 妾生不相從, 又不能死, 殘骸餘喘, 至今尚存. 豈妾微誠, 念君不至? 天何茫茫! 地何漠漠! 桃李春風, 閉妾深宮, 梧桐夜雨, 鎖妾空房. 久廢絲桐, 蛛網生匣, 空藏粧鏡, 塵土滿奩. 斜陽暮天, 能添妾恨, 曉星殘月, 誰念妾心? 登樓望遠, 雲蔽妾眼, 倚窓思睡, 愁斷妾魂. 吁嗟郎君! 寧不悲哉? 妾又不幸, 老嫗殞世, 欲寄音書, 無由可達, 徒想面目, 每斷心腸. 假令此身, 更獲一見, 芳容頓改, 厚意何施? 不識郎君, 亦念妾否? 天荒地老, 妾恨無窮. 嗟哉奈何! 死而已矣. 臨楮悽然, 不知所云."

書下, 復有七言絕句五首曰:

好因緣反是惡緣, 不怨郎君只怨天
若使舊情猶未絕, 他年尋我向黃泉

一日平分十二時, 無時無日不相思
相思何日期相見, 深恨人間有別離

柳憔花悴若爲情, 鏡裡猶憂白髮生
自是佳人無好事, 墻頭晨鵲爲誰鳴?

別來忍掃席中塵, 愛有郎君坐臥痕
寂寞深宮消息斷, 落花春雨掩重門

欲寄音書寄得難, 幾回呵筆綠窓間
空教別後相思淚, 點滴花牋一班班

生覽之, 沈吟愛玩, 不忍置釋于手, 致念英英, 倍於曩時. 然青鳥不來, 消息難傳, 白雁久絕, 音信莫寄. 斷絃不能復續, 破鏡難得重圓, 憂心悄悄, 輾轉何益? 形枯體鑠, 臥而成疾, 幾過數月.

適有同年李正字者, 來問生疾. 生携手陳情, 告以疾崇, 正字驚慰曰:

"君疾愈矣! 夫檜山君夫人, 於我爲姑, 義切情親, 可以達其所懷. 且夫人自失所天以來, 信幽明報應之說, 不愛家産珍玩,[19] 爲(人)好捨施, 可以爲君, 更圖之矣."

生喜曰:

"不意今日, 復見茅山道士."

乃申申然定約束, 再拜而送之. 卽日正字, 往于夫人前, 告之(曰):

"某月某日, 有及第壯元者, 醉過門前, 墮馬不省人事, 姑氏命扶入西軒, 有諸?"

曰:

"有之"

曰:

"命英英, 奉茶慰渴, 有諸?"

曰:

"有之"

曰:

"是乃姪之友, 壯元金某也. 爲人才器過人, 調度脫俗, 將大有爲之人也. 不幸嬰疾, 閉戶臥吟, 已數月. 姪朝夕往來問疾, 則肥膚憔悴, 氣息奄奄, 命在朝夕. 姪甚憐之, 問疾所由, 則英英爲崇也. 不識, 可使活諸?"

夫人感邀曰:

"吾何惜一英英, 使人以至於死亡耶?"

卽命英英, 同歸金生家.

二人相見, 其喜可掬. 生懨氣頓蘇, 數日乃起. 自此永謝功名, 竟不娶妻, 與英英相終, 云云.

---

19) 珍玩: 珍玕의 오기.

최척전(崔陟傳)

　　崔陟字伯昇, 南原人也. 早喪母, 獨與其父淑, 居于府西門外萬福寺之東.
自少倜儻, 喜交遊事, 然諾不拘齷齪小節, 其父戒之曰:

　　"汝不學無賴, 畢竟做何等人乎? 況今國家興戎, 州縣方徵武士, 汝無以弓
馬之事, 以貽老父之憂, 言孝耶? 俯首受學從士於擧子之業, 雖未得策名而
等第, 亦可免負羽而從軍. 城南鄭上舍, 與我爲竹馬之友也. 力學篤工, 又善
於開導初學, 汝宜往師之."

　　陟卽承命, 挾冊踵門, 受學勤工課讀. 詞藻日富, 鄕黨之人, 咸稱其聰敏.

　　講學之時, 輒有丫鬟, 年纔二八, 雲鬢花顔者, 隱伏於窓底, 潛聽誦聲. 一
日, 上舍因食入內, 陟獨坐詠詩, 忽於窓隙投一小紙, 取以視之, 乃書摽有梅
之末章也. 自見此書之後, 心魂飛越, 不能定情. 每欲昏夜偸香, 而反自强抑
以金台絃古事, 自誓其心. 而沈吟思量, 義慾交攻. 俄見上舍出來, 卽藏其紙
於袖中. 卒業而退, 門外有靑衣兒娘, 尾行而來曰:

　　"願有所言."

　　陟見其詩, 心動之際, 得聞此言, 且喜且怪, 頷首而呼來. 因至其家, 問所
懷, 則答曰:

　　"兒是李娘子之女婢春生也. 娘子使我, 請郞君和詩也."

　　陟訝曰:

　　"爾非鄭家兒耶? 何以曰李娘子乎?"

　　曰:

“主家本在京城崇禮門外靑坡里, 主父景新早沒, 寡母沈氏, 獨與一女居焉.
其處子名玉英, 投詩要和者是耳. 上年, 避亂泛舟于江華, 來泊于羅州地會
津, 至秋自會津轉到于此. 此家主人, 與主母爲親族, 故待之甚厚. 將欲爲娘
子求婚, 而未得其可婚處耳.”

陟曰:

“爾娘子, 以寡母之女, 何以解文字耶?”

答曰:

“娘子有兄曰得英, 能文章, 年十九, 未婚而夭, 娘子常掇拾於口耳, 故粗
能記姓名.”

陟饋酒食, 因以赫蹄報曰:

“朝承玉音, 實獲我心, 卽逢靑鳥, 歡喜何量? 每憑鏡中之影, 難喚畫裡之
眞, 非不知琴心之可挑, 篋香之可偸, 而蓬山路脩, 溺水難涉, 經營計較, 鬢
已黃, 頂已枯, 輾起反側, 腸欲斷, 魂欲消. 不意今者氷間之語, 陽臺之雨,
忽然入夢, 王母之書, 遽然來報. 倘有星期之會, 以結月老之繩, 則庶遂三生
之願, 不復同穴之盟. 書不盡言, 言豈悉矣?”

玉英得書甚喜. 翌日又送春生答曰:

“妾生長京華, 早喪所怙, 獨奉偏母, 終鮮兄弟. 身雖零丁, 心懷氷壺, 粗識
貞靜之行, 不履門前之路. 生世不辰, 時事多艱, 干戈搶攘, 室家流散, 漂淪
南土, 托跡宗黨. 年已及於受聞縭, 未結於所天, 每念玉碎於亂離, 常恐珠汚
於强暴, 以致老母之憂傷, 自悼此身之難保. 而絲蘿所托必於喬木, 百年苦
樂, 實由他人, 苟非其人, 豈意結緣? 近觀郎君, 言辭雍容, 擧止端祥, 誠信
之色, 蕩然於面目, 閑雅之氣, 拔萃於凡流. 若求賢匹, 捨此其誰? 如爲庸人
之妻, 寧爲君子之妾. 而顧以菲薄之質, 恐難合於君子之配. 昨者投詩, 實非
誨淫, 只試郎君, 欲探俯仰. 妾雖蔑識, 源來[1]士族, 初非倚市之徒, 寧有鑽
穴之心? 必告父母, 終成卺禮, 則投詩先私, 雖犯自媒之醜, 貞信自守, 庶追

---

1) 源來：原來의 오기.

316

案擧之敬. 往來私書, 尤失幽閑貞德, 肝膽相照, 不復書札而浪傳. 自此之後, 必須媒妁, 毋令妾身貽詰行露, 千萬幸甚, 惟是之企."

陟得書看畢, 尤極喜悅, 諫告其父曰:

"聞有寡居沈氏, 自京城來, 寓鄭家, 而有一處女, 年貌俱佳, 性質溫粹云. 大人試爲不肖, 求婚於鄭上舍. 若或徐緩, 高辛先我, 則悔之莫及, 莫如先發."

父曰:

"彼以華族, 千里僑倚, 其志必欲求富. 而吾家素貧, 彼必不肯."

陟反覆申請曰:

"第一問之, 其成否天也."

其父往問之, 上舍曰:

"吾有表妹, 自京逃亂, 窮迫而歸我. 只有一女, 而姿質殊凡, 才行邁倫, 我方求婚, 欲作門楣. 固知令允, 不負東床之望, 而所患者, 但寒儉耳. 吾當與妹相議, 更通."

淑歸家, 陟惱懊苦待其報. 上舍言於沈氏崔淑求婚事, 沈氏難之曰:

"我渾室流離, 孤危無托, 惟此一女, 必嫁富人, 爲依計. 而崔郎雖賢, 其家甚貧云, 不願也."

是夜, 玉英乃就母傍, 欲言而囁嚅, 母曰:

"汝有何懷, 毋隱吐情."

玉英椵然遲遲, 强而言曰:

"母親爲我擇婿, 必欲求富, 其情慽矣. 而第惟家富而婿賢, 則何幸如之? 如或家雖足食, 而婿若不賢, 則難保其家. 人之無良, (我以爲夫, 而雖有粟, 其得而食諸?) 竊覵崔生, 日日來學於我叔, 忠厚誠信, 決非輕薄蕩子[2]也. 得此爲配, 則死無恨矣. 況貧者士之本分, 不義以富如浮雲. 請決意許崔, 遂我所願. 此非處女所自言者, 而事關平生, 豈嫌於羞澀之態, 潛黙而不言, 竟爲

---

2) 蕩子: 蕩者의 오기.

嫁於庸奴, 壞了一生乎? 已破之甌, 難可再完, 旣染之絲, 不可復素, 事機一誤, 則噬臍莫及. 況今兒身, 異於他人, 家無嚴父, 賊在隣境. 苟非忠信之人, 何以使母女之身, 全一家之命乎? 寧從顔氏之請嫁, 不避徐妹之自擇, 豈可隱匿閨情? 徒望人口, 而置之相望之域乎?"

其母不得已, 明日告諸鄭公曰:

"我夜間更思之, 崔氏雖貧, 其子俊秀, 貧富在天, 非可力致, 與其求婚於所不知之人, 寧欲得此而爲婚也."

鄭公曰:

"妹旣願之, 我必勸之. 崔郎雖寒士, 其人如玉, 求之京洛, 鮮有此流. 彼若遂業, 則拔貧爲富, 豈是蓬蒿人哉?"

卽日, 送媒約婚, 將以九月之望, 定行醮禮. 陟大喜, 掘指計日以待之.

居無何, 府人前參奉邊士正,[3] 召慕義兵, 將赴嶺南, 以陟有弓馬之才, 定爲同行. 陟在軍中, 憂念成疾, 及其約婚之日, 呈狀乞暇, 則義將怒曰:

"此何等時, 而敢言娶事乎? 君父蒙塵, 播越草莽, 當枕戈之不暇. 而況汝未及有室之年, 滅賊成婚, 亦未晩也."

竟不許歸. 玉英亦以崔生之從軍不返, 虛度約日, 減食不寐, 日漸愁惱.

府中有梁姓者, 家甚殷富, 聞玉英之賢哲, 與崔生之不返, 乘間求婚, 潛以貨賂, 締結鄭公之妻, 浸潤薰梁, 勸令爲婚曰:

"崔生貧困, 朝不謀夕, 東貸西乞, 不遑將父. 況今從軍未返, 死生難期. 而梁家殷富, 素稱多財, 其子之賢, 亦不下於崔生."

夫妻交口勸之, 沈氏意頗傾惑, 卽許之, 約以十月涓吉定行. 衆口一談, 牢不可破. 玉英乘夜, 泣訴於母曰:

"崔生去就, 係於主將之手, 不得自由而然也. 不俟其言, 徑自背約, 不義孰甚? 若奪兒志, 矢死靡他. 母也天只, 不諒人只?"

母曰:

---

3) 邊士正: 邊士貞의 오기.

318

"汝何執迷, 若是之甚也? 咄! 爾小兒何知? 當從其母之指揮耳."

落落無回聽之意, 因以就枕. 夜甚入睡, 乍聞喘促之聲, 激激於枕邊, 覺而撫其女, 則不在焉. 驚起急索之, 以羅巾結項, 而伏於窓櫳之下, 手足皆冷, 氣息漸微, 喉間呼吸, 且續且絶. 惶忙解結, 抱持急起, 春生點燈而來, 飮以勺水, 呴以口氣. 少頃而甦, 渾舍驚動, 蒼皇奔救, 自是之後, 絶不出梁家之事矣.

于時, 崔淑以書, 抵其子具通梁婚事. 陟方思玉英, 沈綿枕上, 及聞此報, 病情倍加. 義將聞之, 卽令出送. 還家調病多日, 漸有差勢. 遂以仲冬初吉, 成婚於鄭進士家. 兩美會合, 其喜可知.

陟載妻與姑歸家, 僕隷雙悅, 上堂而親戚稱賀, 慶溢家中, 譽播四隣. 攝袵抱梳, 躬執井臼, 養舅事夫, 誠孝至極, 奉上御下, 情禮俱稱. 遠近聞之, 皆以爲梁鴻之妻, 鮑宣之婦, 莫過於此也.

陟娶妻之後, 所求如意, 家業稍饒, 而嘗患無子, 念及後嗣, 每以月朔, 夫妻致齋, 祈禱於萬福寺之佛前. 自4)甲午正月元日, (又)往禱之. 是夜, 丈六金佛, 現于玉英之夢曰:

"我萬福寺之佛也. 嘉爾精誠, 錫以奇男, 生必有異."

當月懷孕, 及期而果生男子, 背上有赤痣, 如小兒掌, 遂名之曰夢釋.

陟吹簫, 每花朝月夕, 與妻相對而吹. 嘗於暮春淸夜, 將半微風乍起, 素月揚輝, 飛花撲衣, 暗香侵鼻, 開壺酌酒而飮, 據床三弄, 餘音嫋嫋. 玉英沈吟良久曰:

"妾素惡婦人之吟詩, 而對此淸景, 不能自已."

遂咏一絶句曰:

　　　王子吹簫月欲底, 碧天如海露凄凄.
　　　會須共馭靑鸞去, 蓬島烟霞路不迷.

___
4) 自 : 明年의 오기.

陟初不知, 其妻吟咏之若是, 且驚且歎, 卽和其詩曰:

瑤臺漂渺曉白雲, 吹澈鸞簫曲未終.
餘響滿空月欲落, 一庭花影動香風.

吟罷, 玉英歡喜未洽. 興盡悲來, 握手悄然, 垂涕而言曰:

"人間有故, 好事多魔. 百年之內, 離合難期, 常以此忽忽, 不能無慽慽焉."

陟拭淚慰解曰:

"屈伸盈虛, 天道之常理, 吉凶悔吝, 人事之當然. 設或不幸, 當付諸天數, 豈可恨慽慽, 慢身心緖焉哉? 不須煩惱, 以阻歡喜."

自此之後, 情愛尤篤, 自許知音, 未嘗一日相離也.

至丁酉八月, 倭寇陷南原, 人皆避竄, 陟之一家, 亦避于智異山鸞谷寺. 陟令玉英着男服, 雜於衆人, 見之者, 亦不卞也. 入山累日, 粮盡將飢, 陟與丁壯數三人, 出山求食, 且覘賊勢. 行到求禮, 猝遇賊兵, 竄身岩谷, 僅得免捉.

是日, 賊入鸞谷彌滿, 遍掠無遺. 路梗不得進退者三日, 僅俟賊退, 入於鸞谷, 則積屍滿寺, 流血成川. 林莽間, 隱隱有呼吼之聲. 陟就而訪之, 則老弱數人, 瘡疾遍身, 見陟而哭曰:

"賊兵入山, 三日奪掠財貨, 斬刈人民, 盡驅子女, 昨才退次蟾江. 欲覓家眷, 問諸水濱."

陟呼天痛哭, 擗地嘔血, 卽走蟾江. 行未數里, 忽於亂屍中, 有呻吟, 或斷或續, 若存若無. 就以視之, 則劍瘡遍身, 流血被面, 不知其爲何人. 察其衣服, 則似是春生之所着. 大聲而呼曰:

"爾是春生耶?"

春生擧目視之, 悲慘可掬, 喉中作語, 微有數聲曰:

"郎君! 郎君! 噫哉! 痛哉! 主家皆爲賊兵所掠, 而吾負阿釋, 不能趨避, 引劍斫之. 僵地卽死, 半日而甦, 背上之兒, 不知生死也."

言訖而死. 陟搥胸, 頓足絶仆而甦. 旣而定精, 向蟾江, 則岸上有搶殘老弱

320

數十, 相會而哭. 往問之則(曰):

"隱於山中, 爲賊所驅, 及至載舡, 只擇壯丁, 載舡而去, 却下老弱之糴鋒者如此耳."

陟聞之, 大聲痛哭, 無容獨全, 欲自殺, 而爲人所挽, 踐踐江頭去, 無所之還. 尋細路, 僅到鄕里, 頹坦破壁, 餘燼未息, 積屍成邱, 無地着足.

遂憩于金橋之側, 忽有唐將, 率十餘騎, 自城中出來, 浴馬於金橋之下. 陟在義陣時, 與唐將應接酬酢之久, 稍解華語. 故因通其家全沒之事, 且訴一身之無托, 欲與同入天朝, 以爲支保之計. 唐將聞之, 惻然且憐其志曰:

"我是吳摠兵之千摠, 余有摠[5])也. 家在浙江紹興府, 生計雖不贍, 亦足自食. 人生貴相知心, 而行止去就, 惟容之適. 且余旣無家室之戀, 而又有遠遊之計, 何必塊守一方, 戚戚靡所騁乎?"

遂以一馬載, 歸于陣中. 陟容貌俊爽, 計慮究遠, 便於弓馬, 熟於文字. 余公愛之, 共牢而食, 同床而寐. 未幾, 摠兵撤兵而歸, 以陟隷戰三軍簿而過關, 至紹興府居焉.

初, 陟家被搆至江, 賊以陟父姑老病, 不可走, 不甚防守. 二人俟賊間, 潛逃于蘦中. 賊旣退去, 行乞村閭, 轉入鸑谷寺, 聞僧房有一孩兒, 悲號之聲. 沈氏泣謂崔淑曰:

"是何兒聲? 一似吾兒啼聲也."

淑排戶視之, 乃夢釋也. 遂驚奇, 懷抱撫哭. 移時因問(曰):

"此兒從何而來此?"

僧有惠正者曰:

"積屍中, 兒匍匐呱呱之狀, 哀憐而收來, 待其父母耳. 此乃天授, 豈人力所致乎?"

淑得兒孫, 與沈氏遞負而歸, 收聚奴僕, 經紀家事, 依接焉.

時, 玉英被捉於倭奴頓于. 頓于者, 慈仁之人也. 不好殺生, 而素事念佛,

---

5) 余有摠: 余有文의 오기.

以商販爲業, 而習於舟楫者, 故倭將平行長, 以爲沙工舡主而來也. 頓于愛玉英之穎悟, 惟恐見逬, 衣以華服, 餉以美食, 慰安其心, 而不知其爲女子也. 玉英欲赴水而死, 再三沒海, 而爲人所救, 未果焉.

一夕, 玉英夢見丈六金佛, 明言曰:

"愼勿死也. 後必有喜."

玉英覺而記其夢, 不能無萬一之冀, 遂强食而不死.

頓于家在浪沽射, 妻老女幼, 無他子男, 使玉英居家內, 不得往他. 玉英謬曰:

"我只小男子, 弱質多病, 昔在本國, 不能勝男子之役, 惟以裁縫炊湌爲業耳."

頓于尤憐之, 名曰沙于. 每乘舡行販, 任以火場, 置之舟中, 往來於閩浙之間.

是時, 陟在紹興府, 余公結爲兄弟, 欲以其妹妻之. 陟固辭曰,

"我全家陷賊, 老父弱妻, 至今不知死生, 終未得發喪服喪, 豈可晏然婚娶, 以爲自逸之計乎?"

余公義而止之. 其冬, 余公病卒. 陟又無所歸, 落魄江湖, 周遊名勝. 窺龍門, 探禹穴, 窮瀟湘, 航洞庭, 上岳陽, 登姑蘇. 吟咏於湖山之上, 婆娑乎雲水之間, 無戚戚拘攣之愁, 而有飄飄遺世之志. 聞海上有蟾道士王隱者, 居峨嵋靑山下, 冶燒金鍊丹, 白日升飛之術, 將欲入蜀而學焉.

時適有朱佑者, 號鶴川, 家在湧金門外, 博通經史, 不屑功名, 以廢著爲業. 喜施與, 尙義氣, 嘗與陟許以知己間. 其入蜀, 載酒而來, 擧觴字陟而言曰:

"伯升! 伯升! 人生斯世, 孰不欲長生, 而久視古今天下, 寧有不死人哉? 餘生幾何, 而乃辟食忍飢, 自苦如此, 而與山鬼爲隣乎? 爾須從我而來, 與我同居, 扁舟短棹, 惟意所適, 朝吳暮楚, 販繒茶, 浪跡江湖, 以娛餘年, 不亦達人之致, 而世之所謂地上仙學天遊者乎?"

陟洒然頓悟, 遂與同歸. 時當庚子之暮春也. 陟與佑, 適販賣茶, 乘舡將向安南. 時, 日本商舡十餘隻, 亦泊江口, 同留十餘日.

因值四月之望, 天無寸雲, 水光如練, 風濤波靜. 是夜將半, 皓月沈江, 淡烟籠水, 舟人牢睡, 渚禽時呼. 忽聞日本舡中, 有念佛之聲, 聲是悽惋, 隱隱而來. 陟獨依蓬窓, 感念身世, 卽抽裝中洞簫, 一吹數曲, 以舒胸中之懷. 時, 海天寥亮, 雲烟斂色, 苦調幽咽, 繁音淸暢. 多少舟人, 莫不驚起, 悄然而坐, 闃然凝聽, 頭髮欲華者, 從此止也.

少焉, 日本舡中, 以朝鮮音, 詠七言絶句曰:

　　　王子吹簫月欲底, 碧天如海露凄凄.

吟詠之聲悽切, 而如怨如訴. 吟罷, 噓唏長歎而已. 陟聞詩大訝, 不覺擲簫於地, 黙然而如有失措人狀. 鶴川曰:

"何以有不平之色耶?"

陟欲語, 而哽咽淚落. 移時定氣曰:

"俄聞彼舡中詩辭聽之, 則乃是荊布之自製, 平生絶無他人之聞知者. 而且其聲音, 酷似吾妻之聲音, 故自然心懷悲愴也. 豈可吾妻, 來在彼舡耶?"

因述全家被擄之事, 舟中人莫不悲歎. 座中有杜洪者, 年少勇壯者也, 聞陟所懷, 義形於色, 以手擊揖,[6) 奮然起曰:

"吾將往探之"

鶴川止之曰:

"深夜起鬧, 恐搖衆人, 不如明朝從容問之未晚"

左右皆曰:

"然"

陟坐而待朝. 東方曉矣, 卽下崖岸, 而至日本舡, 以朝鮮譯語問之曰:

"夜間吟咏者, 不是朝鮮人耶? 我是朝鮮人, 故欲爲一見. 奚啻越之流人, 見人之相似者也, 而有喜色也哉?"

---

6) 揖: 楫의 오기.

玉英亦於夜間, 吹簫聲乃是朝鮮曲調, 而一似常時貫聽之聲, 思夫感懷, 自動吟詩者此也. 及聞來問人聲, 慌忙轉倒出見. 二人相對, 驚呼抱持, 宛轉沙中, 聲咽氣塞, 情不能定, 口不能言, 淚盡繼血, 目無所覩. 兩國舡人, 聚觀如市, 初不知⁷⁾其親戚交遊者矣. 後知其爲夫妻, 人人嘖嘖, 相顧曰:

"異哉! 奇哉! 是天也, 非人所致, 而古未聞之事也."

陟問消息於玉英曰:

"被擄山中, 驅馳江上, 父與姑無恙否?"

玉英曰:

"日暮上舡, 蒼黃相失, 安危何可知之也?"

二人握手痛哭, 在傍莫不酸鼻而拭淚.

鶴川請見頓于, 欲以白金三鋌, 買玉英還之. 頓于板然作色曰:

"我得此人, 四載于玆, 而愛其端懿, 視同至親, 居處飮食, 未嘗暫離, 而終不知其爲婦人也. 今日目覩此事, 天地神明, 猶且感動. 我雖蠢頑, 固非木石, 何忍貨此, 而爲食乎?"

卽於囊中, 出十兩銀子, 贐之曰:

"四年同居, 一朝相別, 悵惘之懷, 雖切于中, 萬死餘生, 重逢配耦, 實是異事, 世所罕有. 我若阻之, 天必憎之. 沙于! 沙于! 好去! 好去!"

玉英擧手稱謝曰:

"曾賴主翁之保護, 至今不死, 意表得逢良人, 受惠罔涯. 矧此嘉貺, 恩實難忘, 百拜謝辭."

陟偕玉英歸本舡, 隣舡來見者, 連日不絶, 或以金銀綵繒相贐. 鶴川歸家, 別掃一室而處焉.

陟旣逢其妻, 庶遂至願, 遠托異國, 四顧無親, 每念老父稚子, 淚未嘗乾, 日夜疚懷. 默禱生還, 萬里絶域, 猝難生意.

遷延歲月, 又生一子. 生兒前, 丈六金佛又現於夢曰:

---

7) 不知 : 只知의 오기.

"生子亦有赤痣."

夫妻感, 以爲夢釋再來, 遂名之曰'夢禪'. 夢禪旣長, 欲求賢婦. 隣有陳家女, 名曰紅桃. 生未及孩, 其父偉慶, 隨劉摠兵, 東征不返. 及長其母繼歿, 紅桃養於姨母家. 居常哀痛, 其父死於他國, 生不知其面目爲恨. 願一致身於父死之國, 痛哭招魂而歸葬. 冤恨鏤骨銘肺, 而身爲女子, 有志莫就. 未聞夢禪之求婚, 媒於其姨曰:

"吾有平生之至願, 爲崔氏之婦, 一至東國, 瀉我冤結也."

其姨素知紅桃之志, 故卽日請陞, 略陳陳女所懷, 因爲請婚. 陞與妻嘉歎曰:

"少兒女有志如此, 吾輩豈無此心乎?"

遂爲娶婦. 明年戊午, 虜酋入寇遼陽, 連陷數鎭, 多殺將卒. 天子震怒, 動天下之兵而討之. 蘇(州)人吳世英, 喬遊擊之副摠也. 曾在余有文, 素聞陞之才勇, 以書記率去. 陞拒逆不得, 治裝將行, 玉英執手, 流涕爲決[8]曰:

"妾身險釁, 早罹閔凶, 千辛萬苦, 十生九死. 賴天之佑, 幸遇郎君, 斷絃復續, 分鏡重圓, 更結已絶之緣. 幸得托後之兒, 合歡同居, 二紀于玆. 顧念疇昔, 死亦足矣. 常欲身先溘然, 以答郎君之恩, 不憂垂老之年. 又作此別, 此去遼陽數萬餘里, 生還難期. 願以不美之身, 自決於離席之下, 一以斷郎君幽房之戀, 一以免妾身晝夜之愁矣. 嗟嗟! 郎君從此永訣, 千金一身, 珍重自保區區之望."

言訖, 抽刀擬頸. 陞奪刀慰諭曰:

"蕞爾虜酋, 敢拒擋臂, 王師濯征, 勢同壓卵, 異域從軍, 何必盡死? 愼勿戚戚, 無生煩惱, 待我成功而還, 中堂置酒迎賀也. 況禪兒壯健, 足以爲依賴, 努力加湌, 勿貽行路之憂也."

遂行至遼陽, 陞胡地數百餘里, 與朝鮮軍馬, 連營於牛尾塞. 主將輕敵, 全師致衂, 殺天兵無遺類, 誘脅不殺朝鮮軍士, 一不被傷, 喬遊擊領敗卒十餘

---

8) 爲決 : 爲訣의 오기.

人, 投入鮮營, 乞着衣服. 朝鮮元帥姜弘立, 給其餘衣, 而將免死焉. 從事官李民寏, 懼其見悟於虜酋, 還奪其衣執送賊陣, 而陟本朝鮮人, 遑亂之中, 區徧行間, 獨漏免殺. 及弘立等投降, 陟與本國將士, 被擒於虜酋庭.

是時, 夢釋亦以南原武學赴來, 在元帥陳中. 虜酋分置降卒時, 陟與夢釋, 同囚一處. 父子相對, 莫知其爲誰也. 夢釋疑陟之言語哽澁, 意謂天兵之解鮮語者, 懼其見殺, 冒稱鮮人也, 詰其居住. 陟亦疑虜胡人之調實狀, 推諉辭說, 或稱在於全羅, 或稱居於忠淸. 夢釋心甚怪之, 而莫測其實.

已過數月, 情誼頗密, 同病相憐, 少無猜訝. 陟吐實無隱, 歷陳平生. 夢釋色動神驚, 若悲若喜, 猝然問曰:

"所亡之兒, 年歲幾何? 身體貌樣, 若何?"

陟曰:

"甲午十月生子, 相失於丁酉八月, 而背上有赤痣, 如小兒掌."

夢釋失聲驚倒, 袒而視其背曰:

"兒實是也."

陟始認己子, 因問其父姑之存沒, 旣知其生存, 悲喜交切, 相持痛哭. 主家老胡, 頻頻來見, 若有解聽其言, 而有憐色焉.

一日, 群胡皆出, 老胡潛來, 同席而坐, 解語以問之曰:

"汝輩相持痛哭, 必是至慽之情, 有何別事耶?"

陟等畏其誘探, 不直說. 胡曰:

"爾等勿懼我. 我卽朔州土兵也, 牧守侵漁難堪, 擧家入胡, 已經十年. 胡人性直, 且無苛政. 人生如朝露耳, 何乃踽踽於托楚之鄕, 縛束之地哉? 惟我提挈, 來赴此國, 虜酋使我, 領兵八千, 管押國人, 以備逃逋. 今聞爾言, 大是異事, 我雖得罪, 安得忍以不送?"

遂備粮, 指送間路.

於是, 陟率其子, 生還古國[9] 省親時急, 倍程南下. 適患背疽, 不遑調治.

行到恩津, 腫勢轉劇, 委頓旅次, 氣息如縷, 喘喘垂死. 夢釋奔遑焦悶, 渴求針藥. 適有華人逃匿者, 自湖右而向嶺南, 見陟而驚曰:

"危哉! 危哉! 若過今日, 則不可救也."

卽抽囊中小針, 決其瘡口, 翌日乃愈.

纔經數日, 杖還鄉閭, 渾舍驚痛, 如見再生之人矣. 祖子孫三世, 手握抱頸, 痛哭失聲. 如醉如夢, 似非眞事也. 沈氏一自失女之後, 喪心如癡, 只俟夢釋生還, 近聞北征人, 皆死云, 病勢添加, 沈綿床席, 不起者累月. 及見夢釋, 又見其父偕來, 且聞玉英之生存, 狂呼錯愕, 尤不堪悲喜之情也.

夢釋感華人救活其父之恩, 偕來將厚報. 陟問曰:

"爾是天朝人, 則家在何地, 而姓名云何?"

答曰:

"我姓陳, 名偉慶, 家在杭州湧金門外. 萬曆東征之後, 從陣于劉提督府下, 陣於順天. 一日以偵賊勢, 見忤主將將行軍法, 夜半潛遁, 因留矣."

陟聞之, 大喜曰:

"爾家有父母妻子乎?"

曰:

"家有妻與一女而已. 女則我發行時新産, 纔過數月耳."

又問曰:

"女名爲何?"

曰:

"兒生之日, 適有隣人送饋桃實, 故因名紅桃."

陟遽執其手曰:

"怪哉! 怪哉! 吾在杭州, 與爾家作隣而居. 汝妻病死於辛亥九月, 獨有紅桃, 見養於其姨吳鳳林家. 我娶以爲次子婦, 不意今日逢汝於此, 奇異之事也."

偉慶聽此言, 如見其家眷, 喜且悲愴, 一場痛哭曰:

"吾托身於嶺南朴姓人邱大家, 以鍼術資生. 今與君旣有親査之誼, 吾欲移居于此, 相依如何?"

夢釋曰:

"公非但有活親之恩, 亦切姻間. 且我母及弟, 托於令女, 旣爲一家, 則同居一事, 更何可言?"

卽令搬移於隔隣.

夢釋自聞其母之生存, 日夜將入天朝, 率其母與弟, 夫妻爲腐心之恨, 而猝不得發行矣.

當時, 玉英在杭州, 聞官軍陷沒, 意以爲陟必死於陣中, 晝夜號哭, 期欲自決. 忽於夢中, 丈六金佛來見曰:

"愼勿死也. 後必有喜."

覺而語夢於其子曰:

"吾於被擄之日, 欲赴水而死, 南原萬福寺丈六金佛, 來夢曰, '愼勿死也, 後必有喜.' 越十年, 得逢汝父於安南海上. 今又欲死, 而又夢如此, 汝兄弟産育, 皆是金佛黙佑所致, 無乃汝父親, 脫免於死地耶? 汝父若生存, 吾死何恨焉?"

夢禪曰:

"今聞, 虜酋盡殺天兵, 而朝鮮人皆免死云. 父親本是朝鮮人, 獲生必矣."

玉英幡然曰,

"虜酋窟穴, 朝鮮地界, 不滿十日之程. 汝父若生, 則其勢急於訪親, 必歸本國也. 我當往尋於本國. 苟或戰死, 躬往昌州, 尋屍招魂, 以歸故鄕, 葬於先壟, 以安孤魂矣. 越禽思南, 胡馬依北, 禽獸猶然, 況人情乎? 今吾飄蓬異域, 死日將迫, 尤不堪首丘之懷也. 老舅偏母, 一時分散, 懷中稚子, 遽爾相失, 其生其死, 亦莫知之. 頃因日本賈人聞之, 則鮮人被虜者, 連續出送. 信斯言也, 豈無一人還歸者乎? 汝祖汝父, 雖皆暴骨於異域, 而先人丘墓, 誰復看護? 但內外親戚盡殘於亂中, 必無是理. 苟得相見, 是亦一幸. 汝須雇舟備粮. 此去朝鮮水路, 不過二三千里. 皇天眷佑, 倘得順風, 則不滿旬朔, 當抵我國. 吾計決矣."

夢禪泣曰:

"母親何爲此言? 若能順涉, 則信是天幸, 而萬里滄波, 固非一葦可航. 風濤鮫鰐, 爲禍不測, 海寇賊舡, 到處生梗, 母子俱葬於魚腹, 何益死父乎? 子雖愚騃, 當此大事, 非敢爲拒托之說, 勢有不可容易者也."

紅桃在傍, 遽言其夫曰:

"郎君! 郎君! 無阻! 無阻! 理苟當然, 則外患何論? 親意牢定, 水火豈畏?"

玉英曰:

"水路艱難, 我旣備歷. 昔在日本, 以舟爲家, 春商閩廣, 秋販琉球. 鯨波駭浪, 出沒旣慣, 占星候潮, 經歷已熟. 風濤險易, 吾自當之, 舟楫安危, 亦我主之. 脫有不幸之患, 豈無方便之道哉?"

卽裁鮮倭兩國服色, 日敎子與婦, 傳習兩國譯語. 而日飭行事夢禪曰:

"舡行利害, 專係檣楫, 必須堅緻, 不可無者, 指南石也. 卜日行舡, 無違我志."

夢禪悶然退, 而私責於紅桃曰:

"母親不顧一生, 出萬死之計, 冒危涉險, 欲歸東國, 而汝乃贊成, 交口慫辭, 何其不忍之甚也? 我父已(死)矣, 又置母何地?"

紅桃曰:

"母親旣以至誠, 出此大計, 固不可以言語阻搪也. 而慮或有難追之悔, 今不如順承之爲愈也. 妾之私情, 尙何言哉? 生纔數月, 嚴父戰歿於他邦, 暴骨異域, 野草纏體. 慈母見背於數歲, 擧目言笑, 頓無生世之心. 近聞道路之言, 則戰敗之卒, 或有得脫於東土, 而流落尙多云. 人子至情, 不能無微幸之望. 若賴郎君之力, 得抵東國, 一向戰場, 招魂奠酹, 則庶慰子子之旅魂, 洩我終天之至痛, 朝往夕死, 實所甘心."

言訖, 哽咽泣下. 夢禪已知, 母與妻同心, 行事牢定, 不可撓改. 結束治行, 以庚申二月朔日, 擧碇發舡. 卜日已定, 玉英謂其子曰:

"朝鮮當在東北, 必待西南風. 汝須堅坐執櫓, 惟我指揮."

遂懸羽於旗竿, 置磁石於前, 點檢舟中, 無一未備也. 江豚吹浪, 海鮫騰波,風起空中, 旗羽向北累然. 三人齊力擧帆, 疾馳橫絶無晝夜, 劈箭入浪, 飛電如矢, 一瞬登萊州. 半餉, 過靑齊, 茫茫島嶼, 轉眄已失.

一日, 遇天朝人舡, 問曰:

"何處舡隻, 而向何方也?"

玉英應聲曰:

"我是杭州人, 將往山東買茶耳."

又數日, 逢倭舡, 玉英與子婦, 卽着日本衣, 而待之, 倭人問之曰:

"汝是何方人, 而從何來?"

玉英作日本語曰:

"以漁採入海, 爲風浪所漂, 摧敗舟楫, 雇得杭州舡而來矣."

倭曰:

"良苦! 良苦! 此去日本差往南方云."

是日, 南風甚急. 日已西沈, 白蜃鼓浪, 翠濤驚天. 雲霧四塞, 咫尺不卞, 檣摧帆裂, 不知所適. 夢禪夫妻, 惶怖匍匐, 困於水疾. 玉英凝然獨坐, 只自仰天黙禱. 而向夜, 風浪少息, 轉泊小島.

修葺舡具, 遲留數日, 忽望洋中有舡, 自遠漸至. 玉英使夢禪, 取舡中裝橐, 藏於巖穴. 俄見舡人, 叫噪而下, 語音非鮮倭兩國人, 略與華人相似. 手無兵器, 惟以白梃, 嘔打恐嚇, 索其貨物. 玉英以華語答曰:

"我以天朝人, 漁採入海, 漂泊于此, 本無貨物."

涕泣哀乞, 願得生還, 卽不殺, 而只取玉英所乘舡隻, 繫其舡尾而去. 玉英曰:

"此必是海浪賊也. 吾聞海浪島, 在於鮮華之間, 出沒搶掠, 不殺人物云. 此必是也. 我不聽兒言, 而强作此行, 昊天不佑, 値此狼狽. 旣失舟楫, 夫復何爲焉? 粘天滄溟, 不可飛越, 竹葉枯槎, 無憑可泛, 但待一死. 吾生已決, 只可憐者, 汝夫妻! 由其母之不善, 而死矣."

卽與子婦哀號, 聲甚悽切, 涯滋恨入層波, 海若瑟縮, 山鬼嚬呻. 玉英登臨岸上, 將欲投海, 而子與婦共挽, 不得入水. 顧謂夢禪曰:

“爾勿挽我死. 將欲何俟? 橐中餘粮, 僅支三日, 坐待傾橐, 不死何爲?”

夢禪曰:

“粮盡後死, 亦未晚也. 其間或有萬一圖生之路, 則悔將何及?”

遂扶下來, 伏巖穴, 僅爲小憩. 謂子婦曰:

“氣困身疲, 乍成一夢, 恍惚之間, 丈六金佛, 又告以吉象, 極可異也.”

三人相對, 而稱喜黙禱. 過數日, 忽望風帆, 泛泛來自洋中, 夢禪驚喜曰:

“曾所未覩之舡, 出自洋上而來, 甚可憂也.”

玉英擡頭望見, 喜曰:

“汝其勿怯. 吾等生矣. 彼乃朝鮮舡也. 固當俟彼而知之.”

熟火揚烟, 登岸揮衣, 俱着朝鮮衣服, 列立岩上. 鮮人停帆而問曰:

“汝是何人來此絶島?”

玉英應聲曰:

“我京城士族, 將下羅州, 猝遇風波, 舟覆人死, 惟我三人, 攀抱帆席, 漂轉到此.”

舡人憐之, 載之而歸(曰):

“此乃統營饌物舡也. 官程有限, 不可迤往.”

行至順天, 泊舟曳橋而下.

時庚申四月也. 玉英一行, 五六日而到南原. 意謂全家, 皆陷於亂中, 只欲尋入舊廬, 周覽瀉懷. 先尋萬福寺而去, 仍至金橋側而坐. 望城郭之宛然, 村閭依舊. 顧謂夢禪, 而指點曰:

“彼是汝父之弊廬, 而今不知何人之家也. 第往寄宿, 感憶舊事耳.”

卽起進於其門前, 則陟與其父, 坐於垂楊下矣. 舅婦夫妻父子兄弟, 驚扶痛哭. 偉慶亦來, 相逢其女. 沈氏轉倒出迎, 抱持其女兒, 哭倒不省. 如夢事, 非世間眞有之事, 悲喜不勝. 四隣觀者如雲, 初以爲鬼怪作戲, 乃聞玉英紅桃, 終始之事, 嘉歎不已, 互相傳說.

玉英謂陟曰:

“吾等之有此日, 實丈六金佛蔭隲之恩也. 其可不報恩乎?”

乃率二子二婦, 夫妻盛備齋幣, 詣寺致齋, 盡誠建醮.

陟與其妻, 上奉父與姑, 下育子與婦, 仍居府西門外舊屋. 偉慶倚紅桃, 同居陟家, 與之相終始焉.

自官狀聞, 朝家以陟, 特資正憲大夫, 其妻玉英, 封貞烈夫人. 後二年辛酉, 釋禪兄弟, 俱登武科, 而釋官至湖南兵馬節度使, 禪官至海南縣監. 是時, 陟夫妻俱存, 多受榮養, 可稀事夫!

전기소설 관련 논저 목록[*]

■ 일반론 및 종합적 연구

장기근(1959), 「전기소설과 그 성장」, 『논문집』 9, 서울대.

김명현(1960), 「소설발달고」, 『국어국문학』 1, 서울대 국문과.

전인초(1969), 「한당전기소설연구」, 연세대 석사학위논문.

지준모(1975), 「전기소설의 효시는 신라에 있다-조신전을 해부함」, 『어문학』 32, 한국어문학회.

조동일(1977), 「소설의 성립과 초기소설의 유형적 특징」, 『한국소설의 이론』, 지식산업사.

소재영(1980), 『임병양란과 문학의식』, 한국연구원.

유종국(1981), 「이조전기소설의 특성에 관한 연구」, 『국어문학』 2, 전북대 대학원.

임형택(1981), 「나말여초의 전기문학」, 『한국한문학연구』 5, 한국한문학연구회.

최신호(1981), 「傳記·傳奇·小說」, 『성심어문논집』 5, 성심여대 국문과.

김중렬(1981), 「한국소설의 발생고」, 『어문논집』 22, 고려대 국어국문학회.

징학성(1982), 「전기소설의 문제」, 『한국학연구입문』, 지식산업사.

한영환(1986), 「한국전기소설의 성립여건」, 『경기어문학』 7, 경기대 국문과.

한영환(1986), 「한국소설사 출발점의 문제」, 『어문논집』 2, 경희대 국문과.

정규복(1987), 『한중비교문학의 연구』, 고려대 출판부.

김종철(1988), 「서사문학사에서 본 초기소설의 성립문제-전기소설과 관련하여」,

---

[*] 여기에 수록된 논저는 고려대 고전문학한문학연구회에서 수집한 것을 토대로 역자가 보강을 한 것이나 여전히 적지 않은 논저들이 수록되지 않았을 것으로 추정된다. 이는 전적으로 역자의 좁은 견문과 부족함에서 기인한 것인바, 널리 헤아려주시기를 간구한다.

『고소설연구논총』(다곡 이수봉선생 화갑기념 논총).

설중환(1988), 「고소설(新話)의 명칭에 대한 시론」, 『고소설연구논총』(다곡 이수
봉선생 화갑기념논총).

유탁일(1988), 「15·6세기 중국소설의 한국전입과 수용」, 『어문교육논집』 10.

신재홍(1989), 「초기 한문소설집의 전기성에 관한 반성적 고찰」, 『관악어문연구』
14, 서울대 국문과.

정범진(1989), 「당대전기의 체재에 관한 연구」, 『대동문화연구』 23, 성균관대 대
동문화연구원.

박일용(1992), 「명혼소설의 낭만적 경향성과 그 소설사적 의미」, 『관악어문연구』
17, 서울대 국문과.

박희병(1992), 「한국고전소설의 발생 및 발전단계를 둘러싼 몇몇 문제에 대하
여」, 『관악어문연구』 17, 서울대 국문과.

정출헌(1992), 「초기 한문소설에서의 현실주의 논의와 그 전망」, 『민족문학사연
구』 2, 창작과비평사.

이헌홍(1992), 「고소설의 기점설정 문제 재론」, 『국문학의 사적 조명』, 계명문화사.

강중탁(1993), 「한·중 전기소설의 특성에 관한 연구」, 『인문과학연구논총』 10,
명지대.

김대현(1993), 「17세기 소설사의 한 연구-전기소설의 변형양상과 장편화의 과
정」, 성균관대 박사논문.

박희병(1993), 「전과 소설의 장르적 성격에 대한 예비적 고찰」, 『조선후기 전의
소설적 성향 연구』, 성균관대 대동문화연구원.

이혜순(1993), 「전기소설의 전개」, 『고소설사의 제문제』(성오 소재영교수 환력기
념논총), 집문당.

박희병(1994), 「설화와 전기소설의 장르와 그 성격-전기소설의 문제」, 『한국한문
학연구』 17, 한국한문학연구회.

위욱승(1994), 『한국문학에 끼친 중국문학의 영향』(이해산·우쾌제 공역), 아세
아문화사.

이동환(1994), 「고려 전기의 교육과 문화(문학편)」, 『한국사』 17, 국사편찬위원회.

장개종(1994), 「한·중·월 전기소설의 비교연구」, 성균관대 박사학위논문.

김종률(1995), 「전기소설의 발생론」, 『국어교육』 4, 영남대.

김종철(1995), 「고려 전기소설의 발생과 그 행방에 대한 재론」, 『어문연구』 26,
충남대 국문과.

박희병(1995), 「전기적 인간의 미적 특질」, 『민족문학사연구』 7, 민족문학사연구소

설중환(1995), 「조선초기 전기소설의 개념과 형성」, 『경산 사재동박사 화갑기념

논총』.

장효현(1995), 「전기소설의 연구 성과와 과제」, 『민족문화연구』 28, 고려대 민족
문화연구소

김종철(1995), 「전기소설의 전개 양상과 그 특성」, 『민족문화연구』 28, 고려대
민족문화연구소.

윤재민(1995), 「전기소설의 인물 성격」, 『민족문화연구』 28, 고려대 민족문화연
구소.

박일용(1995), 「전기계 소설의 양식적 특징과 그 소설사적 변모 양상」, 『민족문
화연구』 28, 고려대 민족문화연구소.

박태상(1995), 「패설류에 나타난 '애정모티프' 연구」, 『국어국문학』 113, 국어국
문학회.

라인정(1995), 「인귀교구설화의 서사문학적 전개」, 『한국서사문학의 연구』 Ⅲ,
중앙문화사.

소인호(1995), 「선초 잡록의 성행과 전기소설의 변모」, 『고소설연구』 1, 한국고
소설학회.

김대현(1996), 『조선시대 소설사 연구-17세기 소설의 이행과정을 중심으로』, 국
학자료원.

윤재민(1996), 「전기소설의 성격」, 『한국한문학연구』 창립 20주년기념특집호, 한
국한문학회.

장효현(1997), 「형성기 고전소설의 낭만성과 현실성」, 『민족문학사연구』 10, 민
족문학사학회.

강상순(1997), 「전기소설의 해체와 17세기 소설사적 전환의 성격」, 『어문논집』
36, 안암어문학회.

박희병(1997), 『한국전기소설의 미학』, 돌베개.

소인호(1998), 『한국전기문학연구』, 국학자료원.

윤채근(1998), 「소설적 주체의 성립과 그 발전」, 고려대 박사학위논문.

안창수(1998), 「전기의 서술구조와 작가의식」, 『한민족어문학』 33, 한민족어문학회.

조동일(1998), 「한국·일본·월남의 중국소설 수용양상 비교연구 서설」, 『한국
고전소설과 서사문학 상』(양포 이상택교수환력기념).

윤재민(1999), 「조선후기 전기소설의 향방」, 『민족문학사연구』 15, 민족문학사학회.

이학주(1999), 「동아시아 전기소설의 예술적 특성 연구」, 성균관대 박사학위논문.

이헌홍(1999), 「나말 여초 인물전의 전기적 성격」, 『동양학』 29, 단국대 동양학
연구소.

정환국(1999), 「17세기 초 소설에 미친 元明傳奇小說의 영향에 대하여」, 『한문학

　　　　　　　보』 1, 우리한문학회.

정학성(2000), 『역주 17세기 한문소설집』, 삼경문화사.

정환국(2000), 「17세기 애정류 한문소설 연구」, 성균관대 박사학위논문.

안창수(2000), 「전기의 특성과 서사문학사에서의 위상」, 『한민족어문학』 37, 한
　　　　　　　민족어문학회.

소재영(2001), 「필사본 한문소설 화몽집에 대하여」, 『민족문화연구』 35, 고려대
　　　　　　　민족문화연구원.

최용철(2001), 「명대문언소설의 조선간본과 전파」, 『민족문화연구』 35, 고려대
　　　　　　　민족문화연구원.

윤주필(2001), 「고소설과 설화문학의 관련성 연구의 제 문제점」, 『고소설연구』
　　　　　　　11, 한국고소설학회.

권도경(2001), 「17세기 애정류 전기소설에 나타난 정절관념의 강화와 그 의미」,
　　　　　　　『한국고전여성문학연구』 2, 한국고전여성문학회.

소인호(2001), 「고려시대 전기의 유형적 특징」, 『고소설사의 전개와 서사문학』,
　　　　　　　아세아문화사.

소인호(2001), 「선초 잡록과 전기소설」, 『고소설사의 전개와 서사문학』, 아세아
　　　　　　　문화사.

황윤실(2001), 「17세기 애정전기소설에 나타난 여성주체의 욕망발현 양상」, 한양
　　　　　　　대 박사학위논문.

김문희(2001), 「17세기 애정소설의 장르적 역동성」, 『한국고전연구』 7, 한국고전
　　　　　　　연구학회.

조태영(2001), 「전기의 세계관과 양식 특질」, 『국문학연구』 5, 국문학회.

권도경(2002), 「조선후기 애정 전기소설의 변심 주지 연구」, 이화여대 박사학위
　　　　　　　논문.

윤재민(2002), 「한국 한문소설의 유형론」, 『동아시아문학 속에서의 한국한문소
　　　　　　　설 연구』, 월인.

이상구(2002), 「나말여초 전기의 특징과 소설적 성취」, 『배달말』 30, 배달말학회.

이상구(2002), 「한·중 전기소설의 관계 양상 및 그 특징」, 『고전문학연구』 21,
　　　　　　　한국고전문학회.

조현설(2002), 「전기적 시간의 낭만성 소고」, 『우리어문연구』 19, 우리어문학회.

윤채근(2002), 「한국한문소설의 낭만성의 구조-중·단편 소설을 중심으로」, 『우
　　　　　　　리어문연구』 18, 우리어문학회.

정학성(2002), 「신독재수택본 전기집의 17세기 소설집으로서의 성격과 위상」,
　　　　　　　『고소설연구』 13, 한국고소설학회.

정출헌(2002), 「한문소설의 미적 특성과 그 구현 양상에 대한 검토-초기 한문소
　　　　　　　설에서의 몇몇 국면을 중심으로」, 『한국한문학연구』 29, 한국한
　　　　　　　문학회.
정길수(2002), 「전기소설의 전통과 구운몽」, 『한국한문학연구』 30, 한국한문학회.
이정원(2002), 「전기계 소설에 등장하는 여주인공의 형상과 의미」, 『어문연구』
　　　　　　　114, 한국어문교육연구회.
이현정(2002), 「17세기 애정전기소설에 나타난 공간의 의미」, 동국대 석사학위논
　　　　　　　문.
양승민(2003), 「17세기 전기소설의 통속화 경향과 그 소설사적 의미」, 고려대 박
　　　　　　　사학위논문.
이정원(2003), 「전기소설에서 '전기성(傳奇性)'의 변천과 의미」, 『한국고전여성문
　　　　　　　학연구』 6, 한국고전여성문학회.

■ 『수이전』, 『삼국사기』, 『삼국유사』 소재 작품

이인영(1940), 「태평통재 잔권소고-특히 신라수이전 일문에 대하여」, 『진단학보』
　　　　　　　13, 진단학회.
신기형(1956), 「수이전 소고-국문학사상에서 본 설화문학의 위치」, 『문경』 2, 중
　　　　　　　앙대 문리대.
최강현(1962), 「신라수이전 소고-주로 그 명칭과 저자에 관하여」, 『국어국문학』
　　　　　　　25, 국어국문학회.
최강현(1963), 「신라수이전 소고-주로 그 일문을 중심하여」, 『국어국문학』 26, 국
　　　　　　　어국문학회.
이기백(1967), 「온달전 검토」, 『백산학보』 3, 백산학회.
소재영(1967), 「연오세오 설화 고」, 『국어국문학』 36, 국어국문학회.
인권환(1968), 「심화요탑 설화 고」, 『국어국문학』 41, 국어국문학회.
조수학(1975), 「최치원전의 소설성」, 『영남어문학』 2, 영남어문학회.
이관일(1976), 「연오랑·세오녀 설화의 한 연구」, 『국어국문학』 55-57합집, 국어
　　　　　　　국문학회.
지준모(1976), 「신라수이전 연구」, 『어문학』 35, 한국어문학회.
차용주(1978), 「김현감호의 비교 연구」, 『논문집』 7, 청주여자 사범대학.
김중렬(1981), 「한국소설의 발생고-금오신화와 최치원을 중심으로」, 『어문논집』
　　　　　　　22, 고려대 국어국문학회.

338

이경우(1981), 「형성기 산문시고-수이전을 중심으로」, 『한국고전산문연구』, 동화
　　문화사.
김영만(1981), 「삼국유사 소재 설화의 통시적 연구-김현감호를 중심으로」, 『한국
　　문학논총』 4, 한국문학회.
차용주(1982), 「쌍녀분 설화와 유선굴과의 비교연구」, 『어문논집』 23, 고려대 국
　　어국문학회.
이헌홍(1982), 「최치원전의 전기소설적 구조」, 『수련어문논집』 9, 부산여대 국어
　　교육과.
임재해(1982), 「온달형 설화의 유형적 성격과 부녀의 갈등」, 『여성문제연구』 11,
　　효성여대 여성문제연구소.
차용주(1983), 「수삽석남 설화의 비교연구」, 『민속어문논총』(최정여박사 송수기
　　념).
김창균(1984), 「연오랑·세오녀 전설의 유래」, 『설화·소설의 연구(한국고전비평
　　집 4)』, 정음사.
정준민(1985), 「최치원전의 전기소설성 연구」, 성신여대 석사논문.
윤재근(1985), 「고운 최치원전의 수용양상 고찰」, 『어문논집』 24·25합집, 고려
　　대 국어국문학회.
강현모(1986), 「연오랑·세오녀 설화 일고」, 『한양어문연구』 4, 한양대.
김혜숙(1986), 「수이전의 작자」, 『한국문학사의 쟁점』, 집문당.
김성기(1987), 「고대소설의 기점고」, 『장태진박사회갑기념 국어국문학논총』, 조
　　선대.
김정석(1987), 「전기문학 최치원 연구」, 고려대 교육대학원 석사논문.
한영환(1987), 「최치원전과 유선굴의 비교연구」, 『인문과학연구』 7, 성신여대.
한국정신문화연구원 편(1987), 『삼국유사의 종합적 검토』, 제4회 국제학술회의
　　논문집.
김건곤(1988), 「신라수이전의 작자와 저작배경」, 『정신문화연구』 34, 한국정신문
　　화연구원.
이문규(1988), 「고려시대 서사문학의 전개양상고」, 『고소설 연구논총』, 경인문화
　　사.
한석수(1989), 『최치원 전승연구』, 계명문화사.
임형택(1989), 「삼국사기·열전의 문학성」, 『한국한문학연구』 12, 한국한문학연
　　구회.
조동일(1990), 『삼국시대 설화의 뜻풀이』, 집문당.
정규복(1990), 「전등신화의 충동」, 『학산조종업박사 화갑기념논총』.

김광순(1990), 「김현감호의 이본과 문학사적 의의」, 『한국고소설의 조명』, 아세
　　　　　　아문화사.
조수학(1990), 「수이전 저술자 및 문체고」, 『영남어문학』 17, 영남어문학회.
이헌홍(1991), 「최치원전의 구조와 소설사적 의의」, 『고전소설의 이해(윤광봉 ·
　　　　　　유영대 편)』, 문학과 비평사.
김일렬(1993), 「수이전의 성격과 그 소설사적 맥락」, 『고소설사의 제문제(성오
　　　　　　소재영교수 환력기념논총)』, 집문당.
박일용(1993), 「소설의 발생과 수이전 일문의 장르적 성격」, 『조선시대의 애정소
　　　　　　설』, 집문당.
서용규(1993), 「수이전고(1)-서명 · 편저자 · 간행연대를 중심으로」, 『대구어문논
　　　　　　총』 11, 대구어문학회.
윤경수(1993), 「온달전의 현대적 고찰」, 『연민학지』 1, 연민학회.
김대숙(1994), 「온달전의 구비문학적 이해」, 『한국설화문학연구』, 집문당.
김창룡(1994), 「고구려의 문학II-바보 온달과 평강공주」, 『연민학지』 2, 연민학
　　　　　　회.
임기환(1994), 「온달 · 서동 설화와 6세기 사회」, 『연민학지』 2, 연민학회.
김광순(1994), 「침중기와 조신전의 비교분석적 고찰」, 『모산학보』 6, 모산학술연
　　　　　　구소
김연숙(1994), 「삼국사기 소재 설화 연구-온달 · 도미처 · 설씨녀 설화에 나타난
　　　　　　'열' 사상」, 『서강어문』 10, 서강어문학회.
김용철(1995), 「조신에서 깨달음의 실천지향과 변증법적 삼단구조」, 『한국학연
　　　　　　구』 7, 고려대 한국학연구소.
박태상(1996), 「태평통재 소재 최치원전 연구」, 『조선조 애정소설 연구』, 태학사.
김현양 외(1996), 『역주 수이전 일문』, 박이정.
진재교(1996), 「삼국사기 · 열전 분석의 한 시각」, 『한국한문학연구』 특집호, 한
　　　　　　국한문학회.
이구의(1996), 「조신전의 구성과 의미」, 『한민족어문학』 30, 한민족어문학회.
김현양(1997), 「최치원의 장르성격 논의에 대한 비판적 검토」, 『민족문학사연구』
　　　　　　10, 민족문학사학회.
이검국 · 최환(1997), 「신라수이전 연구의 기본적 맥락과 관점」, 『중국소설논총』
　　　　　　6, 중국소설연구회.
안창수(1997), 「태평통재 소재 최치원의 소설성 검토」, 『영남어문학』 32, 영남어
　　　　　　문학회.
문흥구(1998), 「수이전 일문 최치원의 재고찰」, 『고소설연구』 6, 한국고소설학회.

340

정출헌(1998), 「나말여초 서사문학사의 구도와 수이전」, 『인문과학』 12, 경북대 인문과학연구소.

이동근(1998), 「침중기·조신전·만복사저포기의 기술방법 비교연구」, 『어문학』 63, 한국어문학회.

이검국·최환(1999), 「신라수이전 최치원본고」, 『중국어문학』 33.

정병헌(1999), 「배우자 선택 이야기(擇夫譚)의 유형적 성격」, 『국문학의 구비성과 기록성』, 태학사.

이창식(1999), 「온달전의 구비성과 기록성」, 『국문학의 구비성과 기록성』, 태학사.

이동근(1999), 「수이전 일문의 장르적 검토」, 『어문학』 66, 한국어문학회.

지준모(1999), 「최치원전 평역」, 『동방한문학』 17, 동방한문학회.

이검국·최환(2000), 「신라수이전 박인량본 및 김척명본고」, 『중국소설논총』 11, 중국소설연구회.

이검국·최환(2000), 『신라수이전 고론』, 중문.

소인호(2000), 「전기소설 최치원의 창작 경위와 문헌 성격」, 『국어국문학』 127, 국어국문학회.

이동근(2000), 「삼국유사 소재 한문학 작품 연구」, 『우리말글』 19, 우리말글학회.

이창식 편저(2000), 『온달문학의 설화성과 역사성』, 박이정.

곽정식(2000), 「조신전의 갈래 규정」, 『논문집』 21집 2권, 경성대학교.

손정인(2000), 「온달전의 가치체계와 의미구조」, 『대동한문학』 13, 대동한문학회.

소인호(2001), 「최치원의 작자와 원작의 문제」, 『고소설사의 전개와 서사문학』, 아세아문화사.

이상구(2001), 「온달전의 갈등구조와 소설사적 의의」, 『고전문학연구』 19, 한국고전문학회.

최윤구(2001), 「수이전의 일문 연구」, 강릉대 석사학위논문.

장효현(2002), 「전기소설의 장르개념과 장르사의 문제」, 『한국고전소설사연구』, 고려대 출판부.

장효현(2002), 「한국 고전소설에 미친 중국 소설의 영향사」, 『한국고전소설사연구』, 고려대 출판부.

이동환(2002), 「쌍녀분기의 작자와 그 창작배경」, 『민족문화연구』 37, 고려대 민족문화원.

안은영(2002), 「온달전의 서사전략과 전승양상 연구」, 동아대 석사학위논문.

■『금오신화』

최남선(1927), 「금오신화 해제」, 『계명』 19, 계명구락부.

정병욱(1958), 「김시습 연구」, 『서울대 논문집』 7. 서울대.

박성의(1958), 「비교문학적 견지에서 본 금오신화와 전등신화」, 『문리논집』 3, 고려대.

이가원(1959), 「금오신화 해제」, 『역주 금오신화』, 통문관.

정병욱(1960), 「김시습의 생애와 사상」, 『국문학 산고』, 신구문화사.

이명구(1961), 「이생규장전과 전등신화의 비교」, 『성대문학』 8, 성균관대.

이우성(1964), 「김시습과 금오신화」, 『한국의 명저』, 사상계사.

정주동(1965), 『매월당 김시습 연구』, 신아사.

이재수(1966), 「금오신화론고」, 『가람 이병기박사 송수기념논문집』.

김수성(1968), 「금오신화의 자연배경고」, 『중국학보』.

이석래(1968), 「금오신화의 전개적 고찰」, 『이숭녕박사 송수기념논총』, 삼화출판사.

이원주(1970), 「금오신화소고」, 『논문집』 2. 상주농업전문대.

이상익(1971), 「한·중 고전소설의 비교 연구-금오신화와 전등신화」, 『문교부 학술연구보고서』.

이재호(1972), 「금오신화고-작자 김시습의 저항정신을 중심으로」, 『논문집』 14, 부산대.

김수성(1972), 「이생규장전과 전등신화의 비교 연구」, 『논문집』 5, 경기공전.

정병욱(1974), 「김시습과 금오신화」, 『한국고전소설』, 계명대 출판부.

김영기(1974), 「한국적 비극의 원형-금오신화의 詩的意味」, 『현대문학』 232, 현대문학사.

이석래(1974), 「금오신화의 전개적 고찰」, 『한국고전소설』, 계명대출판부.

김기동(1975), 「금오신화의 연구」, 『동양학』 5, 단국대 동양학연구소.

한영환(1975), 『전등신화와 금오신화의 구성 비교 연구』, 개문사.

김일렬(1976), 「금오신화 고찰」, 『조선 전기의 언어와 문학』, 형설출판사.

이하경(1976), 「금오신화연구-작가 김시습의 창의성을 중심으로」, 연세대 석사논문.

민병수(1977), 「김시습론」, 『한국문학작가론』, 형설출판사.

이혜순(1977), 「금오신화에 나타난 인귀교구소설의 유형적 고찰」, 『이숭녕선생 고희기념 국어국문학논총』, 탑출판사.

임형택(1977), 「현실주의적 세계관과 금오신화」, 『국문학연구』 13, 서울대 국어

342

국문학회.

김미란(1977), 「금오신화에 나타난 여귀」, 『연세어문학』 9·10합병호, 연세대.

유창목(1977), 「금오신화연구」, 『논문집』 7, 상지전문대.

김수성(1977), 「금오신화와 전등신화의 배경에 관한 비교연구」, 『논문집』 10, 경기공전.

임형택(1978), 「김시습의 인간과 사상」, 『한국철학연구(중)』, 동명사.

김무중(1978), 「금오신화에 미친 전등신화의 영향고찰」, 동아대 석사논문.

이복규(1978), 「금오신화의 모방성과 창조성」, 『논문집』 16, 국제대.

윤영옥(1978), 「만복사저포기의 아이러니」, 『국어국문학연구』 18, 영남대 국문과.

박성의(1979), 「금오신화와 전등신화의 비교연구」, 『고전소설연구』, 정음사.

정규복(1979), 「금오신화의 내각문고본에 대하여」, 『인문논집』 24, 고려대.

나리사와 마사르(1979), 「금오신화의 전기적 위상에 대하여」, 『홍익논총』 11, 홍익대.

임형택(1979), 「매월당의 문학의 성격」, 『대동문화연구』 13, 성균관대 대동문화연구원.

정병욱(1979) 「김시습 연구」, 『한국고전의 재인식』, 홍성사.

박명희(1980), 「만복사저포기 연구」, 『이화어문논집』 3, 이화여대 어문학회.

최숙인(1980), 「이생규장전 연구-작품에 나타난 인물들의 성격과 갈등을 중심으로」, 『이화어문논집』 3, 이화여대 어문학회.

최삼룡(1980), 「금오신화의 구조적 특질」, 『어문학』 21, 형설출판사.

최삼룡(1981), 「금오신화의 비극성에 대한 초월의 문제」, 『어문논집』 22. 고려대 국어국문학회.

김연식(1981), 「금오신화의 비극적 성격」, 동국대 석사학위논문.

김성기(1981), 「만복사저포기에 대한 심리적 고찰」, 『한국고전산문연구』, 동화문화사.

김용덕(1982), 「만복사저포기 연구」, 『한국학논집』 2, 한양대 한국학연구소

최삼룡(1982), 「김시습의 소설에 나타난 도선사상」, 『한국초기소설의 도선사상』, 형설출판사.

김창진(1982), 「금오신화의 순환구조 연구」, 경희대 석사학위논문.

설중환(1982), 「금오신화의 귀신」, 『어문논집』 23, 고려대 국어국문학연구회.

강준철(1982), 「금오신화의 문법」, 『어문학교육』 5, 부산국어교육학회.

황동욱(1982), 「금오신화의 근원사상 연구」, 서울대 석사학위논문.

진무현(1982), 「이생규장전의 원형비평적 접근고」, 『국어국문학논문집』 5, 동아대 국문과.

전준걸(1982), 「김시습 문학의 사상적 배경 연구」, 『새국어교육』 35 · 36합병호, 한국국어교육학회.

김명순(1983), 「금오신화의 비극성」, 『우전 신호열선생 고희기념논총』, 창작과비평사.

김용덕(1983), 「이생규장전 연구」, 『한국문학탐구』, 민족문화사.

김창진(1983), 「금오신화의 순환체계 연구(1)」, 『국제어문』 4, 국제대 국문과.

설중환(1983), 「금오신화의 신연구」, 고려대 박사학위논문.

이상택(1983), 「취유부벽정기의 도가적 문화의식」, 『한국고전소설의 탐구』, 중앙출판사.

이상익(1983), 「금오신화와 전등신화」, 『한중소설의 비교문학적 연구』, 삼영사.

주종연(1983), 「금오신화에 대한 일고찰」, 『어문학』 2, 국민대 어문학연구소.

최삼룡(1983), 「금오신화의 비극성과 초월의 문제」, 『한국고전소설연구』, 이우출판사.

진무현(1983), 「이생규장전의 원형비평적 접근고」, 『국어국문학』 5, 동아대.

김명호(1984), 「김시습의 문학과 성리학 사상」, 『한국학보』 35, 일지사.

한영환(1984), 「금오신화의 비교문학적 연구」, 경희대 박사학위논문.

안창수(1984), 「금오신화의 의미구조와 작가의식」, 『영남어문학』 26, 영남어문학회.

강진옥(1985), 「금오신화와 만남의 문제」, 『고전소설 연구의 방향』, 새문사.

김용덕(1985), 「남염부주지의 구성분석」, 『고전소설 연구의 방향』, 새문사.

권순긍(1985), 「금오신화의 비현실성과 매월당의 비극적 세계관」, 『성대문학』 24, 성균관대 출판부.

김재민(1985), 「금오신화 구성상의 특성 연구-삽입시가를 중심으로」, 국민대 석사논문.

서규태(1985), 「금오신화의 구조와 작가의식」, 『어문논집』 24 · 25합집, 고려대 국어국문학연구회.

한영환(1985), 『한 · 중 · 일 소설의 비교연구-전등신화 · 금오신화 · 도끼보오꼬를 중심으로』, 정음사.

김현룡(1985), 「이생규장전과 정현조 여노 설화」, 『어문학논총』(김일근박사 화갑기념).

김명순(1986), 「만복사저포기」, 『고전소설의 비극성 연구』, 창학사.

김명순(1986), 「이생규장전」, 『고전소설의 비극성 연구』, 창학사.

이석래(1986), 「금오신화는 전등신화의 모방인가」, 『한국문학사의 쟁점』, 집문당.

박혜숙(1986), 「금오신화의 사상적 성격」, 『한국문학사의 쟁점』, 집문당.

344

설성경(1986), 「이생규장전의 구조와 의미」, 『고소설의 구조와 의미』, 새문사.

문상기(1986), 「매월당 사상의 작품적 구현-남염부주지를 중심으로」, 『청천 강용권박사 송수기념논총』.

심여택(1986), 「금오신화소고」, 『논문집』 22, 제주대.

김갑진(1986), 「금오신화의 공간구조와 작가의식」, 『한국어문학』 12, 영남대 국문과.

문오영(1986), 「이생규장전과 심생전의 대비연구」, 『시원 김기동박사 회갑기념논문집』, 교학사.

백남오(1987), 「금오신화연구-갈등과 화해의 미적 구조를 중심으로」, 경남대 석사논문.

설중환(1987), 「만복사저포기와 불교」, 『석헌 정규복박사 환력기념편집호』, 고려대 국어국문학연구회.

문상기(1988), 「금오신화의 민간신앙적 요소」, 『파전 김무조박사 화갑기념논총』, 제일인쇄.

유탁일(1988), 「전등신화·전등여화의 한국전래와 수용」, 『고소설연구논총』(다곡 이수봉선생 회갑기념논총), 제일문화사.

설중환(1988), 「금오신화와 홍길동전의 거리」, 『인문대논집』 6, 고려대 인문대학.

강원대 인문과학연구소 편(1989), 『매월당-그 문학과 사상』, 강원대 출판부.

이문규(1989), 「매월당의 문학관을 통해 본 금오신화의 기본 의미망」, 『선청어문』 18, 서울대 사대.

강신구(1989), 「금오신화 속의 시가 연구」, 『국어국문학』 9, 동아대 국문과.

이대규(1989), 「만복사저포기와 이생규장전의 해석」, 『국어교육』 67·68합집, 한국국어교육연구회.

소재영(1989), 「금오신화의 문학적 가치」, 『한국고소설의 조명』, 아세아문화사.

설성경(1990), 「남염부주지의 주제 연구」, 『매지논총』 6, 연세대 매지학술연구소.

정규복(1990), 「전등신화의 충동」, 『학산조종업박사 화갑기념논총』.

김수성(1990), 「만복사저포기의 배경」, 『벽사 이우성선생 정년퇴직기념 국어국문학논총』, 여강출판사.

이혜순(1990), 「금오신화」, 『한국고전소설작품론』, 집문당.

윤주필(1990), 「조선전기 방외인문학에 관한 당대인의 인식 연구」, 정신문화연구원 박사학위논문.

정규복(1991), 「금오신화의 연구사」, 『송순강교수 회갑논문집』, 원광대.

정병호(1991), 「금오신화에 나타난 삽입시가의 양상과 기능」, 『한국의 철학』 19, 경북대 퇴계연구소

조동일(1992), 「김시습의 귀신론과 금오신화」, 『문학사와 철학사의 관련양상』, 한샘.

전혜경(1993), 「동양권 전기소설의 비교적 시각에서 본 금오신화의 위상」, 『고소설사의 제문제』(성오 소재영교수 환력기념논총), 집문당.

성택승(1993), 「금오신화의 전기적 위상에 관하여-만복사저포기를 중심으로」, 『고려·조선시대 서사문학 발전의 연구』, 고려대 민족문화연구소.

안동준(1994), 「김시습문학사상연구」, 정신문화연구원 박사학위논문.

안창수(1994), 「금오신화의 의미구조와 작가의식」, 『영남어문학』 26, 영남어문학회.

전혜경(1994), 「한·중·월 전기소설의 비교연구」, 숭실대 박사학위논문.

신재홍(1994), 「금오신화와 기재기이의 전기적 성격」, 『한국몽유소설연구』, 계명문화사.

김수성(1994), 「금오신화와 전등신화의 비교 연구」, 성균관대 박사학위논문.

김종철(1994), 「금오신화 교육의 몇 국면」, 『고전문학 어떻게 가르칠 것인가』, 집문당.

정병헌(1995), 「이생규장전의 만남과 이별」, 『연거제 신동익박사 정년기념논총』, 경인문화사.

박태상(1996), 「금오신화에 나타난 애정모티프 연구」, 『조선조 애정소설 연구』, 태학사.

이상구(1996), 「이생규장전의 갈등구조와 작가의식」, 『어문논집』 35, 고려대 국어국문학연구회.

이시영(1996), 「금오신화와 기재기이의 비교연구」, 서울대 석사학위논문.

문범두(1996), 「매월당의 유가적 이념과 금오신화」, 『한민족어문학』 30, 한민속어문학회.

김대현(1997), 「이생규장전과 심생전의 비교연구」, 『국어국문학논총』(손정유우선교수정년기념).

여세주(1997), 「이생규장전에서 문제된 성도덕관념」, 『한민족어문학』 31, 한민족어문학회.

진경환(1998), 「탈주와 해체의 기획-매월당 김시습」, 『한국 고전문학 작가론』, 소명.

진경환(1998), 「남염부주지의 반어」, 『고전문학연구』 13, 한국고전문학연구회.

윤채근(1998), 「김시습 문학의 존재미학적 고찰」, 『어문논집』 38, 안암어문학회.

윤채근(1998), 「금오신화의 미적 원리와 반성적 주체」, 『고전문학연구』 14, 한국

　　고전문학회.

상기숙(1998), 「금오신화의 애정소설 연구」, 『고전작가 작품의 이해』, 박이정.

신재홍(1999), 「금오신화의 환상성에 대한 주제론적 접근」, 『고전문학과 교육』
　　1, 청관고전문학회.

김광순(1999), 「금오신화의 연구사적 검토와 쟁점」, 『어문논총』 33, 경북어문학
　　회.

임수현(1999), 「남염부주지의 환상성 연구」, 『서강어문』 15, 서강어문학회.

곽현주(1999), 「금오신화의 구성과 삽입시 연구」, 성신여대 석사학위논문.

이미성(1999), 「금오신화에 나타난 현실인식 연구」, 동국대 교육대학원 석사학
　　위논문.

문범두(1999), 「남염부주지에 나타난 작가적 문제의식」, 『한민족어문학』 34, 한
　　민족어문학회.

엄기주(2000), 「남염부주지의 우의성」, 『고소설의 사적전개와 문학적 지향』, 보
　　고사.

안창수(2000), 「남염부주지에 나타난 작가적 문제의식」, 『한민족어문학』 34, 한
　　민족어문학회.

임한용(2000), 「금오신화 연구-발화행위와 서술자를 중심으로」, 청주대 박사학위
　　논문.

우옥자(2000), 「금오신화 현장 교육적 방안 연구」, 인천대 교육대학원 석사학위
　　논문.

노인숙(2000), 「만복사저포기 삽입시 연구」, 『청람어문교육학』 22, 청람어문학회.

채연식(2000), 「애정류 전기소설 연구-이생규장전을 중심으로」, 『한성어문학』 19,
　　한성대 국어국문학과.

정운채(2000), 「만복사저포기의 문학치료학적 독해」, 『고전문학과 교육』 2, 청관
　　고전문학회.

최용철(2001), 「금오신화 조선간본의 간행과 전파」, 『한국학연구』 1, 중국 연변
　　과학기술대학 한국학연구소

한상현(2001), 「만복사저포기의 삽입시 기능에 대한 무속제의적 고찰」, 『고전산
　　문의 계보적 연구』, 국학자료원.

변은전(2001), 「일본강호시대에 있어서의 전등신화구행와 금오신화의 수용」,
　　『민족문화연구』 35, 고려대 민족문화연구원.

이대형(2001), 「금오신화의 서사구조 연구」, 연세대 박사학위논문.

신혜숙(2001), 「금오신화의 작가의식 연구」, 조선대 석사학위논문.

이정우(2001), 「금오신화에 나타난 한의 서사원리 연구」, 계명대 교육대학원 석

사학위논문.

이승수(2001), 「17세기후반 사대부의 김시습 수용양상과 그 의미」, 『한문학연구』 28, 한국한문학회.

설중환(2001), 「만복사저포기 분석심리학으로 읽어보기」, 『한국학연구』 15, 고려대 한국학연구소

정환국(2001), 「전란 소재 애정전기소설의 성립과 발전에 대한 시론-취취전과 이생규장전을 중심으로」, 『민족문학사연구』 19, 민족문학사학회.

윤채근(2002), 「소설가의 시간과 공간-김시습, 임제를 중심으로」, 『어문논집』 45, 민족어문학회.

박일용(2002), 「금오신화와 전등신화에 나타난 애정모티프의 형상화방식과 그 의미」, 『동아시아문학 속에서의 한국한문소설 연구』, 월인.

정환국(2002), 「금오신화와 전등신화의 지향과 구현화 원리」, 『고전문학연구』 22, 한국고전문학연구회.

장효현(2002), 「김시습의 세계인식과 금오신화」, 『한국고전소설사연구』, 고려대 출판부.

박일용(2002), 「취유부벽정기의 형상화 방식과 그 의미」, 『고소설연구』 14, 한국고소설학회.

김순자(2002), 「금오신화에 나타난 귀신관과 전기성의 상호연계성 연구」, 성신여대 석사학위논문.

임선희(2003), 「금오신화에 나타난 여성상 연구」, 군산대 석사학위논문.

이복자(2003), 「만복사저포기의 우의성 고찰」, 『새국어교육』 65, 한국국어교육학회.

■『기재기이』

소재영(1986), 「신광한의 기재기이」, 『숭실어문』 3, 숭실대 국문과.

유종국(1987), 「안빙몽유록」, 『몽유록소설연구』, 아세아문화사.

소재영(1988), 「신광한의 최생우진기고」, 『숭실어문』 5, 숭실대 국문과.

소재영(1989), 「기재 신광한론-문학적 재평가를 위하여」, 『숭실어문』 6, 숭실어문연구회.

소재영(1989), 「하생기우전 논고」, 『수여 성기설박사 환갑기념논총』.

유기옥(1989), 「하생기우전의 구조적 특성과 의미」, 『국어국문학』 101, 국어국문학회.

348

유기옥(1989), 「최생우진기의 구조와 의미」, 『한국언어문학』 27, 한국언어문학회.

유기옥(1989), 「안빙몽유록의 형성배경과 문학사적 위치」, 『국어문학』 27, 전북대 국어문학회.

유기옥(1989), 「서재야회록의 구조적 특성과 의미」, 『국어국문학』 102, 국어국문학회.

소재영(1990), 「서재야회록 연구」, 『이능우박사 고희논문집』.

소재영(1990), 『기재기이연구』, 고려대 민족문화연구소

소재영(1990), 「안빙몽유록 연구」, 『조종업박사 회갑기념논총』, 태학사.

유기옥(1990), 「신광한의 기재기이연구」, 전북대 박사학위논문.

소재영(1991), 「신광한론」, 『한국문학작가론』, 현대문학사.

유기옥(1992), 「기재 신광한의 문학과 사상적 배경」, 『인문논총』 12, 전북대학교.

유기옥(1993), 「신광한의 기재기이」, 『고소설사의 제문제』(성오 소재영교수 환력기념논총), 집문당.

김근태(1993), 「초기 서사유형의 모색과정과 기재기이」, 『열상고전연구』 5, 열상고전연구회.

정재현(1993), 「기재 신광한 연구」, 단국대 석사학위논문.

소재영(1994), 「기재기이의 작자」, 『고소설의 저작과 전파』, 아세아문화사.

유기옥(1995), 「기재 신광한론」, 『국어문학』 30, 전북대 국어문학회.

차용주(1995), 「신광한과 기재기이」, 『한국한문소설사』, 경인문화사.

박태상(1996), 「하생기우전의 미적 가치와 성격」, 『조선조 애정소설 연구』, 태학사.

정운채(1997), 「하생기우전의 구조적 특성과 서동요의 흔적들」, 『한국시가연구』 2, 한국시가학회.

송병렬(1997), 「기재기이의 의인체적 성격」, 『한국한문학연구』 20, 한국한문학회.

신해진(1997), 「안빙몽류록의 주제의식 고찰」, 『한국한문학연구』 20, 한국한문학회.

김근태(1997), 「신광한 소설의 갈래교섭과 작자의식」, 숭실대 박사학위논문.

이월영(1997), 「만복사저포기와 하생기우전의 비교연구」, 『국어국문학』 120, 국어국문학회.

신해진(1998), 「신광한의 안빙몽유록」, 『조선중기 몽유록의 연구』, 박이정.

유기옥(1999), 『신광한의 기재기이 연구』, 한국문화사.

윤채근(1999), 「기재기이 : 우의의 소설미학」, 『한국한문학연구』 24, 한국한문학회.

이경규(1999), 「신광한의 기재기이 연구」, 한남대 석사학위논문.

최재우(1999), 「하생기우전의 결핍-충족 구조와 그 의미」, 『민족문학사연구』 15, 민족문학사연구소

권도경(2000), 「16세기 기재기이의 전기소설사적 의의 연구」, 『한국고전연구』 6,

한국고전연구학회.

신범순(2000), 「은자의 정원에 나타난 상징과 꿈의 의미-안빙몽유록을 중심으로
　　　　　　」, 『한국문화』 26, 서울대 한국문화연구소.

문범두(2001), 「최생우진기의 구조와 의미」, 『어문학』 72, 한국어문학회.

정상균(2001), 「신광한 기재기이 연구」, 『국어교육』 105, 한국국어교육연구회.

유정일(2002), 「기재기이의 전기소설적 특성에 관한 연구」, 동국대 박사학위논
　　　　　　문.

문범두(2003), 「안빙몽유록 주제고」, 『어문학』 80, 한국어문학회.

■ 『주생전』과 『위경천전』

문선규 역(1961), 『화사·주생전·서대주전』, 통문관.

리철화 역(1963), 『림제·권필작품선집』(조선고전문학전집 13), 조선문학예술총
　　　　　　동맹출판사.

김기회(1971), 「권석주연구」, 고려대 교육대학원 석사논문.

김기동(1973), 「주생전」, 『이조시대소설의 연구』, 성문각.

소재영(1976), 「석주 권필 소론」, 『논문집』 6, 숭전대 인문과학연구소.

김일렬(1977), 「주생전 소고」, 『어문논총』 11, 경북대 국문과.

김재수(1982), 「주생전 연구-서술방법을 중심으로」, 『한국언어문학』 21, 한국언
　　　　　　어문학회.

김기동(1983), 「주생전」, 『한국고전소설연구』, 교학사.

소재영(1983), 「권필과 그의 문학」, 『고소설통론』, 이우출판사.

오세옥(1983), 「권필문학에 나타난 갈등극복의 구조-시와 주생전을 중심으로」,
　　　　　　연세대 석사학위논문.

김일렬(1984), 「주생전의 작품세계와 비극적 성격」, 『조선조소설의 구조와 의
　　　　　　미』, 형설출판사.

유문수(1984), 「주생전의 현실반영」, 동국대 교육대학원 석사학위논문.

왕숙의(1986), 「주생전의 비교문학적 연구」, 한양대 석사학위논문.

박충록 편(1987), 『림제 권필 작품집』(조선고전문학선집 8), 연변민족출판사.

이채연(1988), 「주생전 연구」, 부산대 석사학위논문.

이채연(1989), 「주생전의 구조와 의미」, 『국어국문학』 26, 부산대 국문과.

박일용(1990), 「주생전」, 『한국고전소설작품론』, 집문당.

이종묵(1991), 「주생전의 미학과 그 의미」, 『관악어문연구』 16, 서울대 국문과.

350

정 민(1991),「주생전의 창작기층과 문학적 성격」,『한양어문연구』9, 한양어문
　　　　　연구회.

임형택(1992),「전기소설의 연애주제와 위경천전」,『동양학』22, 단국대 동양학
　　　　　연구소.

정 민(1992),「석주 권필 연보」,『한국학논집』20, 한양대 한국학연구소.

윤주필(1992),「조선전기 방외인문학에 관한 당대인의 인식연구」, 한국학대학원
　　　　　박사학위논문.

윤주필(1993),「임제·권필의 방외인문학 사조와 초기 소설사의 행방」,『고소설
　　　　　사의 제문제』(성오 소재영교수 환력기념논총), 집문당.

박일용(1993),「17세기 애정소설의 사실적 경향과 낭만적 경향」,『조선시대의 애
　　　　　정소설』, 집문당.

정 민(1993),「위경천전의 낭만적 비극성」,『한국학논문집』24, 한양대 한국학
　　　　　연구소.

송재용(1993),「주생전」,『고전소설연구』(화경 고전문학연구회), 일지사.

문범두(1993),「주생전 연구」,『영남어문학』23, 영남어문학회.

송재용(1994),「석주 권필론」,『한문학논집』12, 단국한문학회.

여세주(1994),「주생전의 서사구조와 성모랄」,『영남어문학』25, 영남어문학회.

김희경(1995),「전기소설의 측면에서 본 주생전 연구」,『연세어문학』27, 연세대
　　　　　국문과.

이채연(1995),『임진왜란 포로실기 연구』, 박이정.

정 민(1996),「임란시기 문인지식층의 明軍 교유와 그 의미」,『한국한문학연구』
　　　　　19, 한국한문학회.

박태상(1996),「주생전의 애정소설로서의 특성과 미학적 가치」,『조선조 애정소
　　　　　설 연구』, 태학사.

문범두(1996),『석주권필문학의 연구』, 국학자료원.

이복규(1998),「설공찬전·주생전 국문본 등 새로 발굴한 5종의 국문표기소설
　　　　　연구」,『고소설연구』6, 한국고소설학회.

이복규(1998),『초기 국문·국문본 소설』, 박이정.

정병호(1998),「주생전과 위경천전의 비교 고찰」,『고소설연구』6, 한국고소설학
　　　　　회.

정 민(1999),『목릉문단과 석주 권필』, 태학사.

조광국(1999),「주생전과 16세기말 소외 양반의 의식 변화와 기녀의 자의식 표
　　　　　출의 시대적 의미」,『고소설연구』8, 한국고소설학회.

김양진(1999),「주생전의 갈등구조」,『새얼어문논집』12, 새얼어문학회.

김양진(2000), 「주생전의 창작배경과 서사구조」, 동의대 석사학위논문.

김양진(2000), 「주생전의 서사미학」, 『새얼어문논집』 13, 새얼어문학회.

김일근(2000), 「주생전과 위경천전 언해의 연철본(쥬싱뎐·위싱뎐) 출현에 다른 서지적 문제」, 『겨레어문학』 25, 겨레어문학회.

윤경희(2000), 「주생전의 문체론적 접근」, 『한국고전연구』 6, 한국고전연구학회.

소인호(2001), 「주생전 이본의 존재 양태와 소설사적 의미」, 『고소설연구』 11, 한국고소설학회.

윤승준(2001), 「취향과 현실일탈의 꿈-주생전의 문학적 감염장치」, 『동양학』 31, 단국대 동양학연구소.

백운용(2001), 「주생전의 비극적 성격 연구」, 『어문학』 72, 한국어문학회.

우수경(2002), 「주생전과 위경천전 대비 연구」, 신라대 석사학위논문.

■『운영전』과 『상사동기(영영전)』

大谷森繁(1968), 「운영전 소고」, 『조선학보』 37·38합집, 일본 천리대 조선학회.

정규복(1970), 「운영전의 문제」, 『고대문화』 11, 고려대 총학생회.

김일렬(1971), 「운영전 고(Ⅰ)」, 『어문논총』 1, 경북대.

소재영(1971), 「운영전 연구」, 『아세아연구』 통권41, 고려대 아세아문제연구소.

김일렬(1972), 「운영전 고(Ⅱ)」, 『어문논총』 7, 경북대.

성현경(1974), 「우리 고전소설에 나타난 여성-운영전의 경우」, 『여성문제연구』 10, 효성여대 한국여성문제연구소.

김일렬(1975), 「구운몽과 운영전의 비교 연구」, 『어문논총』 9, 경북대 국문과.

정해주(1975), 「운영전의 비극적 구조 고찰」, 성신여자사범대학 석사학위논문.

성현경(1977), 「운영전의 성격」, 『국어국문학』 76, 국어국문학연구회.

송정애(1977), 「운영전 연구」, 서울대 석사학위논문.

성현경(1978), 「운영전의 구조」, 『조선후기의 언어와 문학』, 한국어문학회.

박기석(1980), 「운영전 재평가를 위한 예비적 고찰」, 『국어교육』 37, 국어교육연구회.

윤해옥(1980), 「운영전의 구조적 고찰」, 『국어국문학』 84, 국어국문학회.

성현경(1981), 「우리 고전소설에 나타난 여성상-운영전의 경우」, 『여성문제연구』 10, 효성여대 여성문제연구소.

배원룡(1981), 「운영전과 영영전의 비교고찰」, 『국제어문』 2, 국제대.

소재영(1983), 「운영전의 비극성」, 『고소설통론』, 이우출판사.

김봉수(1983), 「운영전의 저작연대-운영전 연구」, 『논문집』 24, 광주교대.

김일렬(1984), 「운영전에 나타난 사랑의 성격과 세계관적 고찰」, 『조선조 소설의 구조와 의미』, 형설출판사.

이정자(1984), 「운영전 연구」, 서울대 석사학위논문.

서라경(1984), 「운영전 연구」, 연세대 석사학위논문.

김장동(1985), 「운영전의 시점과 時制의식」, 『한국문학연구』 8, 동국대 한국문학연구소.

大谷森繁(1985), 「운영전 소고」, 『조선후기 소설독자 연구』, 고려대 민족문화연구소.

문상기(1985), 「운영전 고」, 『부산한문학연구』 1, 부산한문학회.

서라경(1985), 「운영전에서의 입궁과 출궁의 의미」, 『덕성어문』 2, 덕성여대.

박태상(1986), 「운영전에 나타난 사랑과 죽음의 의미」, 『고소설의 구조와 의미』, 새문사.

김명순(1986), 「운영전」, 『고전소설의 비극성 연구』, 창학사.

박일용(1987), 「운영전과 상사동기의 비극적 성격과 그 사회적 의미」, 『국어국문학』 98, 국어국문학회.

김낙효(1989), 「영영전의 구조와 의미」, 『한국학논집』 16, 한양대 한국학연구소

김영화(1989), 「운영전의 대비적 고찰」, 『건국어문』 13, 건국대.

이연희(1989), 「운영전 연구」, 성심여대 석사학위논문.

도명화(1989), 「운영전의 신화비평적 연구」, 숙명여대 석사학위논문.

박기석(1990), 「운영전」, 『한국고전소설작품론』, 집문당.

박기석(1990), 「운영전 연구」, 『인문사회과학논총』 5, 서울여대 인문사회과학연구소

신경숙(1990), 「운영전의 반성적 검토」, 『한성어문』 9, 한성대.

차용주(1990), 「운영전의 갈등양상에 반영된 작가의식」, 『한국고소설의 조명』, 아세아문화사.

김낙효(1990), 「영영전과 운영전의 비교연구」, 『한국학논집』 18, 한양대 한국학연구소

김낙효(1990), 「영영전의 비교연구-운영전과 앵앵전을 중심으로」, 『자하어문논집』 6·7합집, 상명여대 국문과.

김일렬(1991), 「운영전의 성격과 의미」, 『고소설의 이해』(윤광봉·유영대 편), 문학과 비평사.

김일렬(1991), 「운영전에 나타난 탈문예사상적 지향」, 『어문논총』 25, 경북어문학회.

이성동(1991), 「운영전과 영영전의 대비적 연구」, 계명대 석사학위논문.

주은일(1992), 「운영전의 특수성 연구」, 목포대 석사학위논문.

성현경(1993), 「운영전」, 『고전소설연구』(화경 고전문학연구회 편), 일지사.

여경은(1993), 「운영전의 작품 변용에 따른 독자기대 고찰」, 부산대 석사학위논
        문.

김재수(1995), 「운영전의 소재로서의 안생전」, 『국어교육연구』 6, 광주교육대.

윤경희(1995), 「문학관의 대립으로 살펴본 운영전의 해석」, 『서강어문』 11, 서강
        어문학회.

성현경(1995), 「운영전론」, 『한국옛소설론』, 새문사.

하은하(1995), 「운영전에 관한 양식내적 접근」, 서울여대 석사학위논문.

김현식(1995), 「수성궁몽유록과 상사동기의 비교 연구」, 『홍익어문』 14, 홍익대
        국어국문학과.

곽은우(1996), 「운영전의 인물 성격 연구」, 『홍익어문』 15, 홍익대 홍익어문연구
        회.

정출헌(1996), 「운영전의 애정갈등과 그 비극적 성격」, 『한국고소설사의 시각』,
        국학자료원.

심치열(1996), 「운영전의 서사체계와 주제의식」, 『어문연구』 89, 한국어문교육연
        구회.

전용오(1996), 「운영전의 발생론적 고찰」, 『인문논총』 10. 배재대 인문과학연구소.

이병직(1997), 「운영전의 성 억압과 그 의미」, 『한국문학논총』 21, 한국문학회.

조용호(1997), 「운영전 서사론」, 『한국고전연구』 3, 한국고전연구학회.

이상구(1998), 「운영전의 갈등양상과 작가의식」, 『고소설연구』 5, 고소설학회.

서종남(1998), 「운영전에 나타난 작가의 의식세계」, 『동방학』 4, 한서대 동양고
        전연구소.

형찬수(1998), 「운영전-비극성을 중심으로」, 영남대 석사학위논문.

정상진(1998), 「상사동기의 재조명」, 『국어국문학』 35, 부산대 국어국문학회.

백 완(1999), 「운영전의 시간구조 고찰」, 『건국어문학』 23 · 24합집, 건국대 국
        어국문학연구회.

손명숙(2000), 「운영전 연구」, 영남대 교육대학원 석사학위논문.

정희정(2000), 「운영전의 액자기능과 서술 상황」, 『한국언어문학』 44, 한국언어
        문학회.

차옥덕(2000), 「여성 자매애에 대한 일 고찰-운영전을 중심으로」, 『여성연구논
        총』 1, 성신여대.

신동흔(2001), 「운영전에 대한 문학적 반론으로서의 영영전 연구」, 『고전 산문의

계보적 연구』, 국학자료원.

손광주(2001), 「운영전 연구-영영전과의 대비적 고찰을 중심으로」, 강남대 석사
　　　　　　학위논문.

김귀석(2001), 「운영전 연구-궁주 안평대군을 중심으로」, 『인문논총』 8, 동신대.

박현주(2002), 「운영전의 여성인물 연구」, 경희대 석사학위논문.

진현주(2002), 「운영전의 애정실현 방식 연구」, 성신여대 석사학위논문.

김경미(2002), 「여성 서술자를 통해 본 운영전의 의의」, 『한국고전여성문학연구』
　　　　　　4, 한국고전여성문학회.

신용수(2003), 「운영전 연구-여성 인물을 중심으로」, 영남대 석사학위논문.

■『최척전』

김기동(1974), 「불교소설 최척전 소고」, 『불교학보』 11, 동국대 불교문화연구소

소재영(1977), 「기우록논고-피로문학의 가능성 시론」, 『성봉 김성배박사 회갑기
　　　　　　념논문집』, 형설출판사.

이수봉(1979), 「최척전소고」, 『서병국박사 회갑기념논문집』.

소재영(1980), 『임병양란과 문학의식』, 한국연구원.

김기동(1981), 「최척전」, 『한국고전소설연구』, 교학사.

소재영(1982), 「임병양란의 충격과 문학적 대응」, 『한국문학연구입문』, 지식산업
　　　　　　사.

김재수(1985), 「최척전의 소설화 과정」, 『논문집』 26, 광주교대.

강진옥(1986), 「최척전에 나타난 고난과 구원의 문제」, 『이화어문논집』 8, 이화
　　　　　　여대 한국어문학연구소.

민영대(1987), 「최척전에 나타난 작자의 애정관」, 『국어국문학』 98, 국어국문학
　　　　　　회.

민영대(1987), 「최척전 연구」, 『한남어문학』 13, 한남어문학회.

민영대(1989), 「최척전의 작자, 현곡 조위한론」, 『한남어문학』 15, 한남어문학회.

민영대(1990), 「작자와 작품과의 관계-조위한과 최척전」, 『논문집』(인문과학 편)
　　　　　　20, 한남대 동서문화연구소.

민영대(1990), 「최척전과 홍도전의 대비」, 『한남어문학』 16, 한남어문학회.

박일용(1990), 「장르적 관점에서 본 최척전의 특징과 소설사적 위상」, 『고전문학
　　　　　　연구』 5, 한국고전문학연구회.

박희병(1990), 「최척전-16·7세기 동아시아의 전란과 가족이산」, 『한국고전소설

작품론』, 집문당.

민영대(1991), 「최척전 연구」, 경남대 박사학위논문.

민영대(1991), 『조선조 사실계소설연구』, 한남대 출판부.

민영대(1992), 「최척전의 근대소설적 경향」, 『한국고전문학연구』(낙은 강전섭선생 화갑기념논총), 창학사.

민영대(1993), 『조위한과 최척전』, 아세아문화사.

정명기(1993), 「최척전」, 『고전소설연구』(화경 고전문학연구회 편), 일지사.

박태상(1996), 「최척전에 나타난 애정담과 전쟁담 연구」, 『조선조 애정소설 연구』, 태학사.

신해진(1996), 「홍도이야기의 수용 부연양상과 그 의미」, 『한국고소설사의 시각』, 국학자료원.

신해진(1996), 「최척전에서의 '장육불'의 기능과 의미」, 『어문논집』 35, 고려대 국어국문학연구회.

민영대(1998), 「최척전고」, 『고소설연구』 6, 한국고소설학회.

민영대(1999), 「최척전과 그 전후대에 나타난 소설과의 영향관계 1」, 『한국언어문학』 43, 한국언어문학회.

민영대(2000), 「최척전과 전·후대에 나타난 소설과의 영향관계(2)」, 『한남어문학』 25, 한남대.

민영대(2000), 『조위한의 삶과 문학』, 국학자료원.

양승민(2000), 「최척전의 창작동인과 소통과정」, 『고소설연구』 9, 한국고소설학회.

권혁래(2000), 「최척전의 이본 연구-국문본의 성격을 중심으로-」, 『고전문학연구』 18, 한국고전문학회.

김문희(2000), 「최척전의 가족지향성 연구」, 『한국고전연구』 6, 한국고전연구학회.

이경옥(2000), 「최척전의 이본과 양식적 변용」, 경북대 교육대학원 석사학위논문.

현혜경(2001), 「최척전과 옥랑자전에 나타난 여성이미지」, 『우리문학의 여성성·남성성』(고전문학편), 이화어문학회.

강동엽(2001), 「최척전에 나타난 임진왜란과 동아시아」, 『동악어문논집』 38, 동악어문학회.

신태수(2002), 「최척전의 근대적 성향 연구」, 한남대 석사학위논문.

고경만(2002), 「조위한의 최척전 연구」, 공주대 교육대학원 석사학위논문.

356

■ 기타 : 「심생전」, 「동선기」, 「정생전」, 「절화기담」, 「포의교집」, 「빙허자방화록」,
「배운선완춘결연록」, 「왕경룡전」, 「왕시붕기우기」 등.

박노춘(1971), 「빙허자방화록 · 백운선완춘결연록 약고」, 『한메 김영기선생 고희
　　　　　　기념논문집』, 형설출판사.
송준호(1974), 「실의의 미학 : 미발표 한문소설 정생전 고」, 『연세어문학』 5, 연
　　　　　　세대 국문과.
김현룡(1977), 「왕경룡전에 대한 고찰」, 『어문논집』 19 · 20합집, 고려대 국어국
　　　　　　문학연구회.
이신성(1980), 「한문단편 심생의 연구」, 『어문학교육』 2 · 3합병호, 부산국어교육
　　　　　　학회.
임유경(1980), 「이옥의 전 연구」, 이화여대 석사학위논문.
김균태(1985), 「이옥의 문학이론과 작품세계의 연구」, 서울대 박사학위논문.
전수연(1987), 「심생전의 양식적 특성」, 『이화어문논집』 9, 이화어문학회.
이상덕(1987), 「이옥 전의 양식적 변개양상에 관한 소고」, 고려대 석사학위논문.
문범두(1987), 「동선기 연구」, 영남대 석사학위논문.
정학성(1988), 「전기소설 최랑전 연구」, 『고소설연구논총』, 다고이수봉선생회갑
　　　　　　기념논총 간행위원회.
이수진(1988), 「절화기담 소고」, 『영남어문학』 15, 영남어문학회.
정양완(1992), 「절화기담에 대하여」, 『한국학보』 68, 일지사.
박훈기(1992), 「이옥의 심생전 연구」, 성균관대 석사학위논문.
김재수(1994), 「동선기 연구 Ⅰ」, 『한국언어문학』 33, 한국언어문학회.
김재수(1994), 「동선기 연구Ⅱ」, 『논문집』, 광주교대.
김경미(1995), 「절화기담 연구」, 『한국고전연구』 창간호. 한국고전연구회.
이상구(1996), 「심생전의 인물형상과 작가의식」, 『한국고소설사의 시각』, 국학자
　　　　　　료원.
정환국(1996), 「왕경룡전 연구」, 『한국의 경학과 한문학』, 태학사.
소재영(1996), 「동선기를 통해 본 17세기 소설사의 변모양상」, 『어문논집』 35,
　　　　　　고려대 국어국문학연구회.
소재영(1997), 「동선기 연구」, 『고소설연구』 2, 한국고소설학회.
신상필(1997), 「동선기 연구-17세기에 있어서의 전기소설의 한 변모양상」, 성균
　　　　　　관대 석사학위논문.
이승복(1998), 「한문소설 포의교집의 인물형상과 소설적 의미」, 『규장각』 21,
　　　　　　서울대 도서관.

송하준(1998), 「왕경룡전 연구」, 고려대 석사학위논문.

윤영옥(1998), 「동선기의 국역과 해석」, 『한국소설의 전개』, 문창사.

정길수(1999), 「절화기담 연구」, 서울대 석사학위논문.

권도경(1999), 「정생전 연구」, 『한국고전연구』 5, 한국고전연구회.

김찬화(1999), 「동선기 연구」, 인천대 석사학위논문.

정학성(1999), 「왕시붕기우기에 대한 고찰」, 『고소설연구』 8, 한국고소설학회.

민영대(2000), 「최랑전 연구(1)」, 『고소설연구』 10, 한국고소설학회.

정하영(2000), 「심생전의 제재적 맥락과 서사방식」, 『고전문학연구』 18, 한국고전문학회.

박현규(2000), 「동선기의 이본실태와 사상 구도」, 『순천향어문논집』 6, 순천향어문학연구회.

권도경(2000), 「동선기연구」, 『이화어문논집』 18, 이화어문학회.

신상필(2000), 「한문소설 포의교집 연구」, 『한문학보』 3, 우리한문학회.

김경미(2000), 「19세기 한문소설의 새로운 모색과 그 의미」, 『한국문학연구』 창간호, 고려대 민족문화연구원 한국문학연구소

권도경(2001), 「정생전의 서사구조적 특징과 18세기 전기소설적 의미」, 『민족문학사연구』 18, 민족문학사학회.

양승민(2001), 「동선기의 작품세계와 소설사적 위상」, 『고소설연구』 11, 한국고소설학회.

정환국(2001), 「동선기의 지향과 소설사적 의미-17세기 소설 전변의 한 양상」, 『대동한문학』 14, 대동한문학회.

정길수(2001), 「왕시붕기우기의 개작 양상과 소설사적 위상」, 『고전문학연구』 19, 한국고전문학회.

김정숙(2001), 「포의교집의 소설적 특징 연구」, 『한문교육연구』 16, 한국한문교육연구회.

민영대(2001), 「비극소설로서의 최랑전」, 『한국언어문학』 47, 한국언어문학회.

오윤선(2001), 「정생전의 성격 재고」, 『우리문학연구』 14, 우리문학연구회.

이복규(2001), 「왕시붕전·왕시붕기우기의 형성과정 재론」, 『온지논총』 7, 온지학회.

권도경(2002), 「김기의 문학세계와 작가의식」, 『고소설연구』 13, 한국고소설학회.

권도경(2002), 「빙허자방화록 연구」, 『민족문화연구』 36, 고려대 민족문화연구원.

조혜란(2002), 「포의교집 여성주인공 초옥에 대한 연구」, 『한국고전여성문학연구』 3, 한국고전여성문학회.

권도경(2002), 「포의교집의 애정갈등과 비극적 결말의 현실적 의미」, 『국어국문

학』132, 국어국문학회.

윤채근(2002), 「절화기담에 나타난 환유적 사랑」, 『한국고전연구』8, 한국고전연구회.

모혜정(2002), 「왕시붕기우기 연구」, 공주대 교육대학원 석사학위논문.

신희경(2002), 「심생전 연구」, 『돈암어문학』15, 돈암어문학회.

이동백(2003), 「최랑전 여구」, 영남대 석사학위논문.

■ 이상구
　전북 남원 출생
　고려대 국어국문학과 졸업
　동 대학원 졸업(문학박사)
　현재 순천대학 사범대 국어교육과 교수

■ 주요 논저
　『유충렬전/최고운전』(공역주)
　「숙향전의 문헌적 계보와 현실적 성격」
　「운영전의 갈등양상과 작가의식」
　「유충렬전의 갈등구조와 현실인식」 등 다수

17세기 애정전기소설

초　판 1쇄 발행 • 1999년 10월 20일
수정판 1쇄 발행 • 2003년 10월 10일
수정판 2쇄 발행 • 2015년　4월 30일

옮긴이 • 이상구
펴낸이 • 박성복
펴낸곳 • 도서출판 月印
서울특별시 강북구 노해로25길 61
등록 • 제6-0364호 / 등록일 • 1998년 5월 4일
대표전화 • (02) 912-5000 / 팩스 • (02) 900-5036
http://www.worin.net
ⓒ 이상구, 2015
ISBN 89-88297-51-2　93810

값 12,000원